TERRY PRATCHETT

Mummenschanz

Ein Roman von der bizarren Scheibenwelt

Ins Deutsche übertragen von Andreas Brandhorst

GOLDMANN

Die englische Originalausgabe erschien 1995
unter dem Titel »Maskerade«
bei Victor Gollancz Ltd., London

Umwelthinweis
Alle bedruckten Materialien dieses Taschenbuches
sind chlorfrei und umweltschonend.

Der Goldmann Verlag
ist ein Unternehmen der Verlagsgruppe Bertelsmann

Deutsche Erstveröffentlichung 10/97

First published by Victor Gollancz Ltd., London

Umschlaggestaltung: Design Team München
Umschlagillustration: Schlück/Josh Kirby
Satz: deutsch-türkischer fotosatz, Berlin
Druck: Graphischer Großbetrieb Pößneck
Verlagsnummer: 41593
V. B. · Redaktion: Dr. Michael Ballauff
Herstellung: Peter Papenbrok
Made in Germany
ISBN 3-442-41593-4

1 3 5 7 9 10 8 6 4 2

Widmung

Ich danke all den Personen,
die mir zeigten, daß eine Oper
seltsamer sein kann, als ich dachte.
Am besten vergelte ich ihre
Freundlichkeit, indem ich darauf
verzichte, ihre Namen hier zu nennen.

Wind heulte. Gewitter prasselte und krachte über den Bergen. Blitze tasteten über die Gipfel wie ein alter Mann, der versuchte, einen widerspenstigen Brombeerkern aus seinem Gebiß zu entfernen.

Zwischen den zischenden Stechginsterbüschen züngelten die Flammen eines Feuers in den Böen hin und her.

Eine unheimliche Stimme kreischte: »Wann werd'n wir ... zwei ... uns wiedersehen?«

Donner grollte.

Eine weitaus normaler klingende Stimme erwiderte: »Warum schreist du so? Mir ist die Scheibe Brot ins Feuer gefallen.«

Nanny Ogg setzte sich wieder.

»Entschuldige, Esme. Ich dachte dabei nur an die ... du weißt schon ... die gute alte Zeit. Tja, es kommt nicht glatt über die Zunge, oder?«

»Sie war gerade hübsch braun.«

»Tut mir leid.«

»Es gab überhaupt keinen Grund, so laut zu schreien.«

»Bitte um Verzeihung.«

»Ich meine, schließlich bin ich nicht taub. Du hättest mich in normalem Tonfall fragen können. Dann hätte ich geantwortet: Nächsten Mittwoch.«

»Ich bin untröstlich, Esme.«

»Schneid mir eine neue Scheibe ab.«

Nanny Ogg nickte und drehte den Kopf. »Magrat, schneid Oma eine ... Oh. Die Macht der Gewohnheit. Ich schätze, ich sollte mich selbst darum kümmern.«

»Ha!« machte Oma Wetterwachs und starrte ins Feuer.

Eine Zeitlang blieb alles still, abgesehen vom Heulen des Winds und den charakteristischen Geräuschen, die eine Brot schneidende Nanny

Ogg verursachte. Sie legte dabei ebensoviel Geschick an den Tag wie jemand, der versuchte, mit einer Kettensäge eine Matratze zu sezieren.

»Ich dachte, der Ausflug hierher würde dich ein wenig aufmuntern«, sagte Nanny nach einer Weile.

»Ach.« Das klang nicht nach einer Frage.

»Ich habe gehofft, dich damit ein wenig ablenken zu können«, meinte Nanny Ogg und beobachtete ihre Freundin aufmerksam.

»Wovon denn?« entgegnete Oma Wetterwachs. Sie blickte weiter verdrießlich ins Feuer.

Meine Güte, dachte Nanny. Das hätte ich nicht sagen sollen.

Eigentlich lief alles darauf hinaus, daß Nanny Ogg besorgt war. Sogar sehr besorgt. Sie fragte sich immer wieder, ob Esme vielleicht ... ob bei ihr die Gefahr bestand, daß sie ... in gewisser Weise ... zu einer *schwarzen* Esme wurde.

Bei den wirklich mächtigen Hexen geschah das recht häufig. Und Oma Wetterwachs zählte zweifellos zu den besonders mächtigen Exemplaren. Vermutlich gingen ihre Fähigkeiten selbst über die der berüchtigten Schwarzen Aliss hinaus, und alle wußten, was mit *der* zum Schluß passiert war: Zwei Kinder hatten sie in ihren eigenen Backofen gesperrt. Und alle fanden, das sei auch ganz gut so – obgleich es eine Woche dauerte, den Ofen zu reinigen.

Bis zu jenem schrecklichen Tag hatte Aliss die Spitzhornberge terrorisiert. Sie konnte so gut mit Magie umgehen, daß es in ihrem Kopf für etwas anderes keinen Platz mehr gab.

Es hieß, daß Waffen nichts gegen sie ausrichteten. Messer prallten einfach an ihrer Haut ab. Angeblich hörte man ihr irres Lachen schon aus einer Entfernung von anderthalb Kilometern. Irres Lachen gehörte unter gewissen Umständen zum normalen Handwerkszeug einer Hexe, aber in ihrem Fall war es *verrücktes* irres Lachen, die schlimmste Sorte. Außerdem verwandelte sie Leute in Lebkuchen und besaß ein Haus aus Fröschen. Ja, zum Ende hin wurde die Sache wirklich übel. Wie immer, wenn eine Hexe durchdrehte.

Nun, manchmal drehten sie nicht in dem Sinne durch, sondern rasteten nur aus und ... verschwanden.

Omas Intellekt brauchte *Beschäftigung*. Auf Langeweile reagierte sie kritisch. Zum Beispiel legte sie sich ins Bett und begann mit dem Borgen: Sie schickte ihren Geist auf die Reise und kroch ins Selbst irgendeines Waldgeschöpfs, um mit seinen Ohren zu hören, mit seinen Augen zu sehen. Im großen und ganzen gab es daran nichts auszusetzen, aber Oma Wetterwachs verstand sich zu gut darauf. Sie konnte länger fortbleiben als alle anderen Hexen, die Nanny kannte.

Vielleicht hielt sie es irgendwann einfach nicht mehr für nötig, von einem solchen Streifzug zurückzukehren ... Und dies war die schlimmste Jahreszeit. Jeden Abend zogen Wildgänse über den Himmel, und auch die kühle Herbstluft lud zu einer Reise ein. Die gesamte Atmosphäre hatte etwas sehr Verlockendes.

Nanny Ogg ahnte die Ursache des Problems.

Sie hüstelte.

»Neulich habe ich Magrat gesehen«, sagte sie und warf Oma einen kurzen Blick zu.

Keine Reaktion.

»Sie sah gut aus. Das Leben als Königin scheint ihr zu bekommen.«

»Hmm.«

Nanny stöhnte innerlich. Wenn sich Oma nicht einmal zu einer bissigen Bemerkung herausfordern ließ, mußte sie Magrat wirklich vermissen.

Zu Anfang hätte Nanny Ogg es nicht für möglich gehalten, aber jetzt stellte sich heraus, daß Magrat als Hexe nicht nur feucht, sondern klatschnaß hinter den Ohren war, was sie jedoch nicht daran hinderte, in einem wichtigen Punkt recht zu haben – die ideale Anzahl von Hexen belief sich auf drei.

Und wir haben eine verloren, dachte Nanny Ogg. Nun, nicht direkt verloren. Magrat war jetzt Königin, und Königinnen verlegte man nicht so einfach. Aber es bedeutete, daß ihr Zirkel nur noch aus zwei Hexen bestand.

Wenn es drei Hexen waren, konnte eine Streit schlichten. Darin hatte Magrat großes Talent bewiesen. Ohne sie liefen Nanny Ogg und Oma Wetterwachs Gefahr, sich immer stärker auf die Nerven zu gehen. *Mit*

Magrat waren sie allen anderen Bewohnern der Welt auf die Nerven gefallen, was viel mehr Spaß gemacht hatte.

Und sie konnten Magrat nicht zurückbekommen. Besser gesagt: Sie konnten sie *noch* nicht zurückbekommen.

Der Grund dafür ... Drei war zwar die geeignete Zahl für Hexen, aber es mußten die *richtigen* drei sein, die richtige ... *Art.*

Es machte Nanny Ogg verlegen, auch nur darüber nachzudenken, und das war bereits erstaunlich genug, denn sie tendierte ebenso zu Verlegenheit wie eine Katze zu Altruismus.

Als Hexe glaubte sie natürlich nicht an okkulten Unsinn. Aber tief im Fundament jeder Seele steckten einige Grundwahrheiten, denen sich selbst Nanny Ogg nicht entziehen konnte. Dazu gehörte auch die Sache mit Maid, Mutter und ... der anderen.

Na bitte. Sie hatte es umschrieben.

Natürlich war es nur ein alter Aberglaube, der aus jener dunklen Epoche stammte, als »Maid«, »Mutter« und ... die andere ... das Leben aller Frauen über zwölf bestimmten, abgesehen vielleicht von gewissen neun Monaten. Heutzutage mußte ein Mädchen nur zählen können und Nannys Rat beherzigen, um zumindest eine der drei Möglichkeiten zu vermeiden.

Wie dem auch sei: Es handelte sich um einen *alten* Aberglauben. Er war älter als Bücher, älter als die Schrift ... Solche Überzeugungen waren wie Gewichte auf der Gummifläche menschlicher Erfahrungen und neigten dazu, Menschen in ihren Einflußbereich zu ziehen.

Seit drei Monaten war Magrat nun verheiratet, was bedeutete, daß sie nicht mehr zur ersten Kategorie gehörte. Nannys Gedanken verharrten kurz und glitten dann in eine neue Richtung ... *Sehr wahrscheinlich* gehörte Magrat nicht mehr zur ersten Kategorie. O ja, mit *ziemlicher* Sicherheit. Immerhin hatte sich der junge Verence ein hilfreiches Buch bestellt, mit Bildern und numerierten Abschnitten. Nanny wußte davon, weil sie sich einmal, während eines Besuchs, ins königliche Schlafzimmer geschlichen und zehn aufschlußreiche Minuten damit verbracht hatte, einige Gestalten mit gezeichneten Schnurrbärten und Brillen zu versehen. Selbst Magrat und Verence mußten früher oder später verstehen, worauf es bei gewissen Dingen ankam ... Ja, zweifellos wußten sie Bescheid, obwohl sich Verence angeblich danach erkundigt hatte, wo man falsche Schnurrbärte kaufen konnte. Vermutlich dauerte es nicht lange, bis Magrat für die zweite Kategorie in Frage kam, auch wenn sie und ihr Angetrauter langsame Leser waren.

Natürlich wies Oma Wetterwachs immer wieder auf ihre Unabhängigkeit und Selbständigkeit hin. Aber um richtig unabhängig und selbständig zu sein, brauchte man jemanden, dem man es *zeigen* konnte. Leute, die keine anderen Leute brauchten, mußten anderen Leuten zeigen, daß sie Leute waren, die keine anderen Leute brauchten.

Ähnlich sah es mit Eremiten aus. Welchen Sinn hatte es, sich etwas abzufrieren, während man auf irgendeinem Berg hockte und mit dem Unendlichen kommunizierte, wenn nicht gelegentlich leicht zu beeindruckende Frauen kamen und »Donnerwetter« sagten?

Es mußten wieder drei sein. Es wurde richtig aufregend, wenn ein Hexenzirkel aus drei Hexen bestand. Dann gab es Streitereien und Abenteuer und Dinge, über die sich Oma ärgern konnte. Und Oma Wetterwachs war nur zufrieden, wenn sie sich ärgerte. Nanny glaubte sogar, daß ihr vor allem der Ärger ermöglichte, Oma Wetterwachs zu sein.

Ja. Sie brauchten eine dritte Hexe.

Die Alternative waren graue Flügel in der Nacht oder die zuknallende Backofenklappe.

Das Manuskript fiel sofort auseinander, als Herr Ziegenberger danach griff.

Es bestand nicht einmal aus richtigem Papier. Jemand hatte es auf leere Zuckertüten geschrieben, auf die Rückseite von Briefumschlägen und alte Kalender.

Er brummte und griff nach einigen modrigen Seiten, um sie ins Feuer zu werfen.

Ein Wort fiel ihm auf.

Er las es, und sein Blick glitt zum Ende des Satzes.

Er las bis zum Ende der Seite und las einige Stellen noch mal, weil er es kaum fassen konnte.

Er blätterte. Und blätterte erneut. Und las weiter. Einmal nahm er ein Lineal aus der Schublade und sah nachdenklich darauf hinab.

Er öffnete das Getränkefach des Schranks. Die Flasche klirrte fröhlich am Rand des Glases, als er einzuschütten versuchte.

Anschließend starrte er aus dem Fenster zum Opernhaus auf der anderen Straßenseite. Eine kleine Gestalt fegte dort die Treppe.

»Meine Güte«, sagte er.

Nach einer Weile ging er zur Tür und öffnete sie. »Wenn du einen Augenblick Zeit hättest, Herr Reinfall ...«

Der Chefdrucker kam mit einigen Korrekturfahnen herein. »Herr Kratzgut muß die Seite 11 noch einmal gravieren«, klagte er. »Er hat ›Hunger‹ mit sieben Buchstaben geschrieben ...«

»Lies das«, sagte Herr Ziegenberger.

»Ich wollte gerade zum Mittage...«

»Lies das.«

»In der Gildenvereinbarung heißt es ...«

»Lies das. Mal sehen, ob du dann noch Hunger hast.«

Herr Reinfall nahm verdrießlich Platz und sah auf die erste Seite.

Kurz darauf blätterte er zur zweiten.

Einige Minuten später zog er die Schublade auf, holte ein Lineal hervor und sah nachdenklich darauf hinab.

»Hast du gerade von der Bananensuppenüberraschung gelesen?« fragte Herr Ziegenberger.

»Ja!«

»Warte nur, bis du zum Kochpudding kommst.«

»Meine Großmutter kannte ein Rezept für leckeren Kochpudding...«

»Dies ist ein anderes«, sagte Ziegenberger, und sein Tonfall kündete von absoluter Gewißheit.

Herr Reinfall blätterte schneller. »Potzblitz! Glaubst du, dieses Zeug funktioniert tatsächlich?«

»Wen kümmert's? Lauf zur Gilde und stell alle verfügbaren Graveure ein. Vorzugsweise ältere.«

»Aber der Almanach fürs nächste Jahr ist noch in Arbeit. Ich muß die Vorhersagen für Gruni, Juni, August und Spuni hinzufügen ...«

»Verlier keine Zeit damit. Nimm alte.«

»Das merken die Leute.«

»Sie haben noch *nie* was gemerkt«, erwiderte Herr Ziegenberger. »Du weißt ja, was da rein muß: erstaunlicher Curry-Regen in Klatsch, plötzlicher Tod des Serifen von Iieeh, Wespenplage im Wiewunderland ... Diese Sache ist viel wichtiger.«

Er blickte erneut aus dem Fenster.

»*Viel* wichtiger.«

Und er träumte den Traum all jener, die Bücher publizieren: Er träumte davon, die Taschen so voller Gold zu haben, daß er zwei Leute einstellen mußte, die ihm die Hose festhielten.

Das große, mit Säulen und grimmig dreinblickenden Wasserspeiern ausgestattete Opernhaus erhob sich vor Agnes Nitt.

Sie blieb stehen. Besser gesagt, der größte Teil von ihr blieb stehen. Es gab ziemlich viel Agnes Nitt. Es dauerte eine Weile, bis die peripheren Regionen verharrten.

Jetzt war es soweit. Endlich. Sie konnte das Gebäude betreten oder fortgehen. Eine wichtige Entscheidung, mit nachhaltigem Einfluß auf den Rest ihres Lebens. Sie stand gewissermaßen an einem Scheideweg.

Agnes Nitt zögerte so lange, daß eine Taube bereits mit dem Gedanken spielte, ihren großen, schwarzen und eher traurig wirkenden Schlapphut als Nistplatz zu benutzen. Schließlich gab sie sich einen Ruck und ging die Treppe hoch.

Ein Mann fegte diese, zumindest theoretisch. In *Wirklichkeit* benutzte er einen Besen, um den Schmutz hin und her zu schieben, damit er einen Szenenwechsel genießen und neue Freunde finden konnte. Er trug eine lange, zu kleine Jacke und ein dazu überhaupt nicht passendes Barett, das auf schwarzem, dornenartigem Haar ruhte.

»Entschuldigung«, sagte Agnes.

Mit diesem einen Wort erzielte sie eine bemerkenswerte Wirkung. Der Mann drehte sich um, stolperte und fiel auf den Besen.

Agnes hob erschrocken die Hand vor den Mund und streckte sie dann aus.

»Oh, es tut mir leid!«

Die Hand des Mannes fühlte sich feucht und kalt an – wer sie berührte, verlangte sofort nach Seife. Er zog sie rasch zurück, wischte sich fettiges Haar aus den Augen und bedachte Agnes mit einem entsetzten Lächeln. Sein Gesicht war »unfertig« – so hätte es Nanny Ogg genannt –, wirkte gummiartig und viel zu blaß.

»Schon gut, Fräulein!«

»Ist alles in Ordnung?«

Er versuchte aufzustehen, brachte irgendwie den Besen zwischen seine Knie und sank wieder zu Boden.

»Äh ... soll ich den Besen halten?« bot sich Agnes an.

Sie zog ihn aus dem Durcheinander, und nach einigen weiteren Versuchen gelang es dem Mann, sich zu erheben.

»Arbeitest du für die Oper?« fragte Agnes.

»Ja, Fräulein!«

»Äh ... kannst du mir sagen, wo das Vorsingen stattfindet?«

Er sah sich wild um. »Bühneneingang! Ich zeige es dir!« Der Mann stieß die Worte so hastig hervor, als müßte er sie erst zurechtlegen und dann möglichst schnell aussprechen, um ihnen keine Chance zu geben, wieder von seiner Zunge zu kriechen.

Er riß Agnes den Besen aus der Hand, trat die Treppe hinunter und eilte zu einer Ecke des Gebäudes. Seine Fortbewegungsart war sehr individueller Natur: Etwas schien den Körper nach vorn zu zerren, und die Beine staksten hin und her, bemühten sich verzweifelt, das Gleichgewicht zu wahren. Der Mann ging nicht, sondern fiel, aber stets nur fast.

Die unberechenbaren Schritte führten um die Ecke zu einer Tür. Agnes passierte den Zugang.

Dahinter erstreckte sich eine Art Schuppen, bei dem eine Wand zu fehlen schien. Ein Pult war so aufgestellt, daß man von dort aus die Tür sehen konnte. Die Person dahinter mußte ein menschliches Wesen sein, denn Walrösser tragen keine Jacken. Der seltsame Mann verschwand in der Düsternis weiter hinten.

Agnes sah sich um.

»Ja, Fräulein?« fragte der Walroß-Mann. Sein Schnurrbart war wirklich beeindruckend und schien das Wachstum für sich beansprucht zu haben, das eigentlich anderen Komponenten des Körpers zustand.

»Äh ... ich bin gekommen, um ... vorzusingen«, sagte Agnes. »Ich habe einen Hinweis gelesen, der besagte, daß man hier ... äh ... vorsingen kann ...«

Agnes lächelte hilflos. Das Gesicht über dem Schnurrbart verriet, daß es mehr verzweifelte Lächeln gesehen hatte als Agnes' Magen warme Mahlzeiten.

Der Mann hinter dem Pult holte ein Klemmbrett und einen Bleistiftstummel hervor.

»Unterschreib hier«, sagte er.

»Wer war ... die Person, die mich hierher begleitet hat?«

Der Schnurrbart bewegte sich und ließ ein Schmunzeln darunter vermuten. »Jeder kennt unseren Walter Plinge.«

Mit weiteren Informationen durfte Agnes offenbar nicht rechnen.

Sie griff nach dem Bleistift.

Die wichtigste Frage lautete: Wie sollte sie sich nennen? Ihr Name hatte natürlich viele hervorragende Aspekte, aber er ging einem nicht unbedingt glatt über die Zunge. Um genau zu sein, prallte er vom Gaumen ab und klackte zwischen den Zähnen.

Das Problem war, daß ihr einfach kein *glatter* Name einfiel.

Catherine?

Oder ... Perdita? Sollte sie es noch einmal mit Perdita versuchen? In Lancre war Agnes von diesem Namen so sehr in Verlegenheit gebracht worden, daß sie ihn schließlich nicht mehr benutzte. Er klang geheimnisvoll, symbolisierte Dunkelheit und Faszination – und ließ jemanden vermuten, der ziemlich dünn war. Sie hatte sich auch die Initiale eines zweiten Vornamens gegeben: X. Das stand für »jemanden, der einen coolen und aufregenden zweiten Vornamen hat«.

Doch die erhoffte Wirkung blieb aus. Unglücklicherweise erfreuten sich die Bewohner von Lancre einer natürlichen Immunität gegen coole zweite Vornamen. Sie wurde nur bekannt als »Agnes, die sich Perditax nennt«.

Sie hatte nie gewagt, jemandem zu erzählen, wie ihr voller Wunschname lautete: Perdita X. Traum. Niemand hätte es *verstanden*. Sie befürchtete verbale Reaktionen wie: »Wenn du das für einen geeigneten Namen hältst – wieso hast du dann noch immer zwei Regale voller Plüschtiere?«

Jetzt und hier konnte sie noch einmal ganz von vorn beginnen. Sie war gut. Das *wußte* sie.

Doch auf den Nachnamen Traum mußte sie wahrscheinlich verzichten.

Sicher blieb ihr nichts anderes übrig, als mit Nitt vorliebzunehmen.

Meistens ging Nanny Ogg früh zu Bett. Immerhin war sie schon recht alt. Manchmal kroch sie schon um sechs Uhr morgens unter die Decke.

Ihr Atem kondensierte, als sie durch den Wald stapfte. Welke Blätter knirschten unter ihren Stiefeln. Der Wind hatte sich gelegt, und vom wolkenlosen Himmel senkte sich der erste Frost herab: Er biß in spätes Obst, zupfte Blütenblätter von Stengeln und zeigte ganz deutlich, warum man die Natur als Mutter bezeichnete ...

Eine dritte Hexe.

Drei Hexen konnten die ... Last besser tragen.

Maid, Mutter und ... altes Weib. Na bitte.

Allerdings repräsentierte Oma Wetterwachs alle drei Kategorien. Sie war eine ... äh ... Maid, soweit Nanny wußte, und sie hatte auch das richtige Alter erreicht, um, nun, um ein altes Weib zu sein. Was den dritten Punkt betraf: Wer Oma Wetterwachs' Zorn erregte, dem erging es wie Blütenblättern bei einem besonders strengen Frost.

Die leere Stelle mußte irgendwie besetzt werden. In Lancre gab es mehrere junge Frauen im richtigen Alter.

Doch das wußten auch die jungen Männer von Lancre. Im Sommer wanderte Nanny Ogg regelmäßig zwischen den Getreidefeldern, mit scharfen, mitfühlenden Augen und einem Gehör, das auch noch Geräusche jenseits des Horizonts registrierte. Daher wußte sie, daß Violett Frottich mit dem jungen Dietrich Fuhrmann ging – oder sich auf eine Weise mit ihm beschäftigte, die bis auf neunzig Grad ans Gehen herankam. Bonnie Quark hatte im Mai Nüsse mit Ernst Einfach gesammelt und verdankte es vor allem Nannys nützlichem Rat, daß sie im Februar keine Früchte trug. Außerdem dauerte es jetzt nicht mehr lange, bis die Mutter der jungen Mildred Kesselflicker mit Mildred Kesselflickers Vater reden mußte, der dann mit seinem Freund Dachdecker sprechen würde, damit der seinen Sohn Hob zur Rede stellte, mit dem Ergebnis, daß eine Hochzeit stattfand, auf eine zivilisierte und kultivierte Art und Weise, wenn man von einigen blauen Augen absah.* Nannys Blick reichte in die Erinnerungsferne, und ein wissendes Lächeln umspielte ihre Lippen. Kein Zweifel: Die Unschuld eines warmen Sommers in Lancre war genau die richtige Voraussetzung dafür, die Unschuld zu verlieren.

Dann rückte ein Name in den Mittelpunkt ihrer Aufmerksamkeit. O ja. Sie. Warum hatte sie nicht gleich an *sie* gedacht? Eigentlich kein Wunder. Wer an die jungen Frauen von Lancre dachte, verschwendete kaum einen Gedanken an *sie*. Und wenn sie einem schließlich einfiel, so hieß es: »Oh, natürlich. Und sie. Hat einen wundervollen Charakter. Und hübsches Haar.«

Sie war intelligent und talentiert. Ihre Stimme drückte Macht aus, die nach einer Möglichkeit suchte, sich zu manifestieren. Und natürlich hatte sie einen wundervollen Charakter. Das verringerte die Wahrscheinlichkeit dafür, daß sie ... ungeeignet war.

Damit geriet die Lösung des Problems in Reichweite. Eine andere Hexe, die schikaniert und beeindruckt werden konnte, verbesserte Omas Moral gewiß erheblich. Und Agnes würde ihr letztendlich dankbar dafür sein.

Nanny Ogg atmete erleichtert auf. Man brauchte mindestens drei Hexen für einen ordentlichen Hexenzirkel. Zwei bedeuteten nur Streit.

Sie öffnete die Tür ihrer Hütte und ging die Treppe zum Schlafzimmer hinauf.

Der Kater Greebo lag wie ein grauer Pelzhaufen auf dem Bett. Er

* Für die Bewohner von Lancre war Heirat ein sehr wichtiger Schritt im Leben. Sie vertraten die Ansicht, daß man dabei besser keine Fehler machen sollte, und übten deshalb viel.

schlummerte weiter, als Nanny ihn hochhob, um, inzwischen in ein Nachthemd gekleidet, unter die Decke zu schlüpfen.

Um böse Träume von sich fernzuhalten, nahm sie einen kräftigen Schluck aus einer Flasche, die nach Äpfeln und fröhlichem Hirntod roch. Dann klopfte sie das Kissen weich, dachte *Sie ... ja* und schlief ein.

Kurz darauf erwachte Greebo, streckte sich, gähnte und sprang lautlos vom Bett. Er war ein besonders schlauer und heimtückischer grauer Pelzhaufen – einmal hatte er völlig reglos vor einem Vogelhaus gesessen, das Maul geöffnet und mit einem Stück Brot als Köder auf der Nase.

Kurze Zeit später hob der junge Hahn nebenan den Kopf, um den Morgen mit einem energischen »Kikeriki!« zu begrüßen. Er kam nur bis zur ersten Silbe.

Vor Agnes erstreckte sich breite, tiefe Dunkelheit; gleichzeitig strahlte ihr helles Licht entgegen, das sie halb blendete. Direkt vor der Bühne schwammen flache Kerzen in einem mit Wasser gefüllten Trog und erzeugten ein intensives gelbes Schimmern, das sich völlig von dem Glühen gewöhnlicher Öllampen unterschied. Jenseits des Glanzes wartete der Zuschauerraum wie der Rachen eines sehr großen und sehr hungrigen Ungeheuers.

Irgendwo in der Finsternis erklang eine Stimme. »Wenn du soweit bist ...«

Es war keine besonders unfreundliche Stimme. Sie wollte nur, daß Agnes ihr Stück vortrug und dann ging.

»Ich ... äh ... kenne da ein Lied, das ... äh ...«

»Hast du die Notenblätter Frau Stolzig gegeben?«

»Nun ... äh ..., eigentlich gibt es gar keine musikalische Begleitung ...«

»Oh, es ist ein *Volkslied*, stimmt's?«

Es flüsterte in der Dunkelheit, und jemand lachte leise.

»Na schön. Du kannst anfangen ... Perdita, nicht wahr?«

Agnes stimmte das Igel-Lied an und wußte etwa beim siebten Wort, daß sie die falsche Wahl getroffen hatte. Für derartige Lieder brauchte man eine Taverne mit Leuten, die grölten und ihre Krüge auf die Tische klopften. Diese große, strahlende Leere saugte den Gesang einfach auf, ließ Agnes' Stimme unsicher und schrill klingen.

Nach der dritten Strophe verstummte sie und spürte, wie sie zu erröten begann – im Bereich der Knie. Es dauerte eine Weile, bis die Verlegenheit ihr Gesicht erreichte, denn zwischen Kopf und Knien erstreckte sich ziemlich viel Fleisch, aber Agnes erahnte schon jetzt die Farbe ihrer Wangen: ein sattes, unübersehbares Puterrot.

Das Flüstern wiederholte sich. Worte wie »Timbre« raunten aus der Finsternis, gefolgt von einem nicht sonderlich überraschenden »stattlich gebaut«. Sie hörte diese Bezeichnung nicht zum erstenmal. Auch das Opernhaus war stattlich gebaut, doch deshalb fühlte sie sich keineswegs besser.

Die Stimme erklang einmal mehr.

»Du hast noch keine richtige Ausbildung genossen, oder?«

»Nein.« Das entsprach der Wahrheit. Die einzige andere nennenswerte Sängerin in Lancre war Nanny Ogg, die Liedern mit einer rein ballistischen Einstellung begegnete: Sie zielte mit ihrer Stimme aufs Ende der Strophe und legte los.

Flüster. Flüster.

»Sing die Tonleiter, Teuerste.«

Die Verlegenheitsröte erreichte jetzt ihre Brust und erklomm dort steile Höhen.

»Die Tonleiter?«

Flüster. Leises Lachen.

»Do-Re-Mi? Du weißt schon. Man beginnt unten und arbeitet sich nach oben. La-la-lah?«

»Oh. Ja.«

Die ersten Ausläufer der Hitze erreichten ihren Hals, als Agnes die unterste Sprosse der Tonleiter betrat und nach oben kletterte.

Sie konzentrierte sich auf die einzelnen Töne, erklomm vom Meeresspiegel aus den höchsten aller hohen Gipfel und achtete nicht darauf, als erst ein Stuhl über die Bühne vibrierte und zum Schluß ein Glas zerbrach und mehrere Fledermäuse aus dem Dachgebälk fielen.

Stille herrschte in der großen Dunkelheit vor der Bühne, abgesehen von einem dumpfen Pochen, mit dem eine weitere Fledermaus auf dem Boden landete, und dem leisen Klirren eines zweiten Glases.

»Ist das dein ... voller Stimmumfang?«

In den Kulissen bildeten sich kleine Gruppen von Neugierigen.

»Nein.«

»Nein?«

»Wenn ich noch höhere Töne singe, fallen die Leute in Ohnmacht«, sagte Agnes. »Und wenn ich noch tiefer gehe, bekommen manche Zuhörer Kopfschmerzen.«

Flüster. Flüster. *Flüster.* Flüster.

»Und ... äh ... sonst?«

»Ich kann mit mir selbst in einer Terz singen. Nanny Ogg meint, dazu sei niemand sonst in der Lage.«

»Wie bitte?«

»Hier oben?«

»Zum Beispiel ... Do-Mi. Gleichzeitig.«

Flüster. Flüster.

»Zeig uns, was du meinst.«

♩Laaaaaa ♫

Die Leute am Rand der Bühne sprachen aufgeregt miteinander.

Flüster. Flüster.

»Und nun zur Frage der Projektion ...«, tönte es aus der Dunkelheit.

»Oh, das ist ganz einfach«, erwiderte Agnes. Sie hatte allmählich die Nase voll. »Wohin soll ich die Stimme projizieren?«

»Wie bitte? Ich meinte ...«

Agnes knirschte mit den Zähnen. Sie *war* gut, das wollte sie diesen Leuten zeigen.

»Hierher?«

»Oder hierher?«

»Oder vielleicht hierher?«

Eigentlich steckte gar nicht viel dahinter, fand Agnes. Es wirkte recht beeindruckend, wenn man die Worte in den Mund einer nahen Puppe legte – reisende Schauspieler verblüfften ihr Publikum immer wieder mit solchen Tricks. Aber die Stimme ließ sich nicht sehr weit projizieren, ohne daß die Zuhörer Verdacht schöpften.

Agnes' Augen hatten sich inzwischen an die Dunkelheit gewöhnt. Sie bemerkte mehrere Personen, die sich verwundert umsahen.

»Wie lautete noch gleich dein Name, Teuerste?« Die Stimme klang nun nicht mehr herablassend; sie schien sich geschlagen zu geben.

»Ag... Per... Perdita«, sagte Agnes. »Perdita Nitt. Perdita X Nitt.«

»Was das Nitt angeht, müssen wir vielleicht was unternehmen, Teuerste.«

Oma Wetterwachs' Tür öffnete sich von ganz allein.

Jarge Weber zögerte. Nun, sie war natürlich eine Hexe. Man hatte ihn darauf hingewiesen, daß so etwas passierte.

Es gefiel ihm nicht. Aber sein Rücken gefiel ihm auch nicht, besonders deshalb, weil sein Rücken *ihn* nicht mochte. Es konnte unangenehm werden, wenn sich die eigene Wirbelsäule gegen einen verschwor.

Er betrat die Hütte, schnitt eine Grimasse und stützte sich auf zwei Gehstöcke.

Die Hexe saß in einem Schaukelstuhl und blickte an die gegenüberliegende Wand.

Jarge zögerte.

»Komm näher, Jarge Weber«, sagte Oma Wetterwachs. »Ich möchte dir etwas für deinen Rücken geben.«

Er war so überrascht, daß er versuchte, aufrecht zu stehen. Das erzeugte im Bereich seiner Gürtellinie eine Art Explosion.

Oma Wetterwachs rollte mit den Augen und seufzte. »Kannst du dich setzen?« fragte sie.

»Nein. Aber ich könnte auf einen Stuhl fallen.«

Oma holte eine kleine schwarze Flasche aus der Schürzentasche und schüttelte sie energisch. Jarge staunte.

»Das hast du schon für mich vorbereitet?« fragte er.

»Ja«, erwiderte Oma. Sie hatte sich längst daran gewöhnt, daß die Leute eine mit öliger Flüssigkeit gefüllte Flasche von ihr erwarteten.

Doch in den meisten Fällen ging die heilende Wirkung nicht von der Medizin aus, sondern vom Löffel.

»Dies ist eine Mixtur aus seltenen Kräutern und so«, sagte sie. »Sie enthält auch Inkwer und Hagabutt.«

»Meine Güte«, hauchte Jarge beeindruckt.

»Trink jetzt davon.«

Er kam der Aufforderung nach. Das Zeug schmeckte ein wenig nach Lakritze.

»Nimm jeden Abend einen Schluck, bevor du zu Bett gehst«, fuhr Oma Wetterwachs fort. »Und geh dreimal um einen Kastanienbaum.«

»... dreimal um einen Kastanienbaum gehen ...«

»Und ... und leg ein Brett unter die Matratze. Es muß von einer dreiundzwanzig Jahre alten Kiefer stammen.«

»... von einer dreiundzwanzig Jahre alten Kiefer ...«, wiederholte Jarge. Er fühlte sich verpflichtet, einen Beitrag zu leisten. »Damit die Knoten in meinem Rücken auf das Holz übergehen?« spekulierte er.

Oma war beeindruckt und beschloß, sich diesen sehr einfallsreichen Unsinn für andere Gelegenheiten zu merken.

»Ja, stimmt genau«, sagte sie.

»Und das ist alles?«

»Was willst du denn sonst noch?«

»Ich dachte, daß ... getanzt und gesungen wird und so.«

»Hab ich erledigt, bevor du hier eingetroffen bist«, behauptete Oma.

»Na so was. Nun, was die Bezahlung betrifft ...«

»Oh, du brauchst mich nicht zu bezahlen«, sagte Oma Wetterwachs. »Es bringt Pech, Geld zu nehmen.«

»Oh. Ja. In Ordnung.« Jarges Miene erhellte sich.

»Aber vielleicht ... Wenn deine Frau alte Kleider hat, meine Größe ist 12, schwarze Sachen sind mir am liebsten, oder wenn sie Kuchen backt, bitte ohne Pflaumen, davon bekomme ich Blähungen, oder wenn ihr etwas Honigwein übrig habt, oder vielleicht wollt ihr ein Schwein schlachten, die Jahreszeit ist gut geeignet dafür, Schinken mag ich besonders gern, in Frage käme auch die eine oder andere Hachse ... Was ihr entbehren könnt. Ohne irgendwelche Verpflichtungen. Ich möchte niemanden zu etwas verpflichten, nur weil ich eine Hexe bin. Ist bei euch zu Hause alles in Ordnung? Frau und Kinder sind bei guter Gesundheit, hoffe ich?«

Sie gab dem Besucher Gelegenheit, über die letzten Worte nachzudenken.

»Und jetzt helfe ich dir durch die Tür«, fügte sie hinzu.

Später wußte Weber nicht genau zu sagen, was als nächstes geschehen war. Normalerweise geriet Oma Wetterwachs nie aus dem Gleichgewicht, aber diesmal schien sie über einen der beiden Gehstöcke zu stolpern, als sie nach draußen trat. Sie kippte nach hinten und hielt sich instinktiv an Webers Schulter fest. Ihr Knie kam nach oben und traf eine bestimmte Stelle seines Rückgrats – etwas *knackte* ...

»Aargh!«

»Entschuldigung!«

»Mein Rücken! Mein Rücken!«

Nun, Oma war schon ziemlich alt, dachte Weber später. Vielleicht wurde sie allmählich schwerfällig und ungeschickt. Sie war schon immer seltsam gewesen, aber ihre Mixturen genossen einen guten Ruf. Außerdem wirkten sie schnell. Jarge trug die beiden Gehstöcke, als er heimkehrte.

Oma Wetterwachs sah ihm nach und schüttelte den Kopf.

Die Leute waren so *blind*, fand sie. Sie glaubten lieber an irgendeinen Unsinn als an Chiropraktik.

Eigentlich gab es daran auch nichts auszusetzen. Sollte es den Besuchern ruhig die Sprache verschlagen, wenn die Hexe wußte, wer sich ihrer Hütte näherte – von der aus man eine weite Kurve des Pfades überblicken konnte.* Und damit sich eine Tür von ganz allein öffnete, brauchte man nur eine dünne schwarze Schnur.

Alles lief darauf hinaus, daß sie gerade einen recht einfältigen Mann überlistet hatte. Welch ein Triumph!

Sie war Zauberern, Ungeheuern und Elfen gegenübergetreten ... und

* Was nicht bedeutete, daß Oma Wetterwachs oft aus dem Fenster sah. Sie hatte in die Kaminflammen gestarrt, als Jarge Weber kam. Aber hier ging es ums *Prinzip*.

nun freute sie sich darüber, Jarge Weber getäuscht zu haben, einen Mann, der es zweimal nicht zum Dorfidioten geschafft hatte, obwohl er alle notwendigen Voraussetzungen erfüllte.

Sie war auf einem gefährlichen Weg. Vielleicht dauerte es nicht mehr lange, bis sie kicherte und brabbelte und Kinder in den Backofen lockte. Obwohl sie gar keine Kinder *mochte.*

Über Jahre hinweg hatte sich Oma Wetterwachs mit den Herausforderungen begnügt, die ihr der Status als Hexe in einem kleinen Ort bescherte. Dann zwangen die Umstände sie dazu, auf Reisen zu gehen, wodurch sie etwas von der Welt sah. Und das weckte eine sonderbare Unruhe in ihr, die sich vor allem in dieser Jahreszeit bemerkbar machte, wenn die Wildgänse flogen und erster Frost den unschuldigen Blättern weiter unten im Tal eine Lektion erteilte.

Sie sah sich in der Küche um. Der Boden mußte gefegt werden. Schmutziges Geschirr wartete auf Wasser und Seife. Schmierige Flecken zeigten sich an den Wänden. Es gab so viel zu tun, daß Oma sich einfach nicht dazu durchringen konnte, irgendwo anzufangen.

Vogelschreie erklangen, und ein fransiges V aus Gänsen zog über den Himmel.

Sie flogen warmem Klima entgegen, in Regionen, von denen Oma Wetterwachs nur gehört hatte.

Ja, die Versuchung war groß.

Das Auswahlkomitee saß am Tisch im Büro von Emil Eimer, dem neuen Eigentümer der Oper. Musikdirektor Salzella und Chorleiter Dr. Unterschaft leisteten ihm Gesellschaft.

»Kommen wir nun zu … mal sehen … ja, zu Christine«, sagte Herr Eimer. »Wirkt gut auf der Bühne, nicht wahr? Und hat eine prächtige Figur.« Er zwinkerte Herrn Unterschaft zu.

»Ja, sehr hübsch«, erwiderte der Chorleiter. »Aber sie kann nicht singen.«

»Ihr Kunstburschen habt noch immer nicht begriffen, daß wir im Jahrhundert des Flughunds sind«, sagte Herr Eimer. »Die Oper ist eine Produktion und besteht nicht nur aus Liedern.«

»Wie du meinst. Aber ...«

»Die Vorstellung, daß eine Sopranistin fünf Kubikmeter Busen und einen Helm mit Hörnern haben sollte, gehört in die Vergangenheit.«

Salzella und Unterschaft wechselten einen kurzen Blick. Zu *den* Opernhaus-Eigentümern gehörte Emil Eimer also ...

»Unglücklicherweise gehört die Vorstellung, daß eine Sopranistin eine vernünftige Singstimme haben sollte, *nicht* in die Vergangenheit«, erwiderte Salzella bissig. »Christine hat eine gute Figur, ja. Ihrer Erscheinung mangelt es nicht an einem gewissen ... Reiz. Aber sie kann nicht *singen.*«

»Du bist doch dazu fähig, sie auszubilden, oder?« fragte Herr Eimer. »Einige Jahre im Chor ...«

»Ja, wenn sie einige Jahre lang durchhält, singt sie vielleicht nicht mehr miserabel, sondern nur noch sehr schlecht«, meinte Unterschaft.

»Äh... meine Herren ...« Herr Eimer räusperte sich. »Äh ... na gut. Legen wir die Karten offen auf den Tisch, in Ordnung? Ich schätze die Aufrichtigkeit. Halte nichts davon, wie die Katze um den heißen Brei herumzuschleichen. Nehme kein Blatt vor den Mund. Nenne das Kind beim Namen ...«

»Wir sind ganz Ohr«, sagte Salzella. Ja, eindeutig, *so ein* Opernhaus-Eigentümer. Ein Selfmademan, stolz auf seine Leistungen. Jemand, der Unhöflichkeit mit rauher, herzlicher Ehrlichkeit verwechselte. Ich wette einen Ankh-Morpork-Dollar, daß er glaubt, die Festigkeit eines Händedrucks gäbe Auskunft über den Charakter des Betreffenden, dachte der Musikdirektor. Und bestimmt ist er davon überzeugt, einer anderen Person nur tief in die Augen blicken zu müssen, um festzustellen, ob er ihr trauen kann.

»Ich habe eine Menge durchgemacht, jawohl«, fuhr Herr Eimer fort. »Was ich heute bin ...«

Ein aufgeblasener Narr? fuhr es Salzella durch den Sinn.

»... verdanke ich in erster Linie mir selbst. Allerdings muß ich in diesem Fall ein gewisses ... äh ... finanzielles Interesse eingestehen. Christines Vater ... ähm ... Er hat mir ziemlich viel Geld geliehen für den Kauf dieser Oper, und er hat eine von Herzen kommende väterliche

Bitte an mich gerichtet. Wenn ich mich recht entsinne, lauteten seine Worte: ›Zwing mich nicht, dir die Beine zu brechen.‹ Ihr *Künstler* begreift so etwas natürlich nicht. Es ist eine geschäftliche Angelegenheit. Die Götter helfen denen, die sich selbst helfen – so lautet mein Motto.«

Salzella schob die Hände in die Westentaschen, lehnte sich zurück und pfiff leise.

»Ich *verstehe*«, sagte Unterschaft. »Nun, so was geschieht nicht zum erstenmal. Für gewöhnlich betrifft es eine Ballerina.«

»O nein, *darum* geht es mir nicht«, entgegnete Herr Eimer hastig. »Es ist nur ... Mit dem Geld kommt auch die junge Dame namens Christine. Und ihr müßt zugeben, daß sie wirklich *gut* aussieht.«

»Hm, na schön«, sagte Salzella. »Es ist Ihre Oper, kein Zweifel. Und nun ... Perdita ...«

Die Männer lächelten.

»Perdita!« entfuhr es Herrn Eimer. Er war froh, die Sache mit Christine abgeschlossen zu haben, damit er wieder ehrliche Unhöflichkeit zeigen konnte.

»Perdita X«, korrigierte Salzella.

»Was mag den Mädchen als nächstes einfallen?«

»Ich glaube, wir können sie gebrauchen«, sagte Unterschaft.

»Ja, wenn wir jemals ein Stück mit Elefanten aufführen.«

»Aber ihr Umfang ... Sie hat einen enormen Umfang.«

»In der Tat. Mir ist aufgefallen, wie du sie angestarrt hast.«

»Ich meine den Umfang ihrer *Stimme*, Salzella. Sie wäre eine beträchtliche Erweiterung des Chors.«

»Sie *ist* ein Chor. Wir könnten alle anderen nach Hause schicken. Bei den Göttern! Sie kann sogar mehrstimmig singen. Aber was haltet ihr davon, sie in einer Hauptrolle auftreten zu lassen?«

»Nichts. Dadurch würden wir zum Gespött der Leute.«

»Ja. Sie scheint ganz ... zugänglich zu sein.«

»Ein wundervoller Charakter, dachte ich sofort. Und so hübsches Haar.«

Sie hatte nicht damit gerechnet, daß es so leicht sein würde …

Agnes hörte wie in Trance zu, während verschiedene Personen mit ihr sprachen: über Lohn (wenig), Ausbildung (viel) und Unterkunft (Chormitglieder wohnten im Opernhaus dicht unterm Dach).

Und dann vergaß man sie mehr oder weniger. Sie stand abseits des Geschehens und beobachtete, wie auf der Bühne einige Mädchen umhersprangen, in der Hoffnung, Ballettänzerinnen zu werden.

»Du hast eine erstaunliche Stimme«, sagte jemand hinter ihr.

Sie drehte sich um. Nanny Ogg hatte einmal betont, es sei ein Erlebnis, die sich umdrehende Agnes zu sehen. Sie war recht leichtfüßig, aber das Trägheitsmoment hielt die abgelegenen Bereiche auch dann noch in Bewegung, wenn Agnes bereits verharrte.

Die junge Frau, von der die Bemerkung stammte, war selbst nach gewöhnlichen Maßstäben schlank, und sie war offenbar sehr darauf bedacht, noch schlanker zu wirken. Sie hatte langes blondes Haar und das glückliche Lächeln einer jungen Frau, die wußte, schlank zu sein und langes blondes Haar zu haben.

»Ich bin Christine!« sagte sie. »Ist das nicht aufregend?!«

Ihre Stimme versah sogar eine Frage mit einem Ausrufezeichen. Ein aufgeregtes Quieken schien daran festgeschraubt zu sein.

»Äh … ja«, sagte Agnes.

»Auf diesen Tag habe ich *jahrelang* gewartet!«

Agnes hatte vierundzwanzig Stunden lang gewartet, seit ihrer ersten Begegnung mit dem Plakat an der Opernhausmauer. Doch sie hielt es für besser, nicht darauf hinzuweisen.

»Welche Schule hast du besucht?!« fragte Christine. »Ich bin drei Jahre bei Madame Venturi am Konservatorium von Quirm gewesen!«

»Äh … ich …« Agnes zögerte und griff nach einigen Worten, die sich ihr anboten. »Ich habe bei … Dame Ogg gelernt. Aber sie hat kein Konservatorium, weil es zu schwierig ist, die ganze Klasse nach oben in die Berge zu schaffen.«

Christine nahm diese Erklärung einfach so hin. Wenn es ihr zu schwer fiel, etwas zu verstehen, ignorierte sie es einfach.

»Die Bezahlung im Chor ist nicht besonders gut, oder?!« meinte sie.

»Nein.« Man bekam mehr, wenn man den Boden schrubbte. Wenn man jemanden suchte, der schmutzige Böden reinigte, dann bewarben sich nicht Hunderte von hoffnungsvollen jungen Frauen.

»Aber ich wollte schon immer in einem Chor singen! Und dazu der Status!«

»Ja, da hast du vermutlich recht.«

»Ich habe mir unsere Unterkunft angesehen! Ist ganz winzig! Welches Zimmer hast du bekommen?!«

Agnes blickte auf den Schlüssel hinab, den man ihr gegeben hatte, zusammen mit einigen Verhaltensmaßregeln, die vor allem *keine Männer* betrafen – wobei das Gesicht der Chorfrau einen unangenehmen Bei-*dir*-besteht-da-sicher-keine-Gefahr-Ausdruck trug.

»Oh ... Nummer siebzehn.«

Christine klatschte in die Hände. »Wundervoll!!«

»Wie bitte?«

»Ich bin ja *so* froh!! Du wohnst direkt neben mir!!«

Agnes war verblüfft. Sie hatte sich schon vor einer ganzen Weile damit abgefunden, immer als letzte für die große Mannschaft des Lebens ausgewählt zu werden.

»Äh ... ja ... wie du meinst ...«

»Du bist ja *so* gut dran!! Hast eine *majestätische* Figur für die Oper!! Und dein Haar ist so hübsch aufgetürmt!! Übrigens steht dir Schwarz!!«

Majestätisch, dachte Agnes. Dieses Wort wäre ihr nie in den Sinn gekommen. Was die Kleidung betraf: Sie mied weiße Sachen, weil sie glaubte, darin auszusehen wie eine Wäscheleine an einem windigen Tag.

Sie folgte Christine.

Während sie sich von der anderen Chorsängerin zu ihrem neuen Quartier führen ließ, reifte folgende Erkenntnis in ihr heran: Wenn man viel Zeit im gleichen Zimmer verbrachte wie Christine, mußte man irgendwann die Tür öffnen, um nicht in Interpunktion zu ersticken.

Aus der Finsternis jenseits der Bühne, verborgen und unbemerkt, sah ihr jemand nach.

Meistens freuten sich die Leute, wenn ihnen Nanny Ogg Gesellschaft leistete. Sie sorgte dafür, daß sie sich in ihrem eigenen Heim wie zu Hause fühlten.

Aber Nanny war auch eine Hexe, und deshalb traf sie häufig dann ein, wenn ein Kuchen gebacken oder Würstchen gebraten wurden. Normalerweise reiste sie mit einem Einkaufsnetz, das im einen Bein ihres knielangen Schlüpfers steckte ... für den Fall, daß ihr jemand etwas geben wollte, wie sie sich ausdrückte.

»Nun, Frau Nitt ...«, sagte sie nach dem dritten Stück Kuchen und der vierten Tasse Tee. »Wie geht es deiner Tochter? Ich meine Agnes.«

»Oh, weißt du denn nichts davon, Frau Ogg? Sie ist nach Ankh-Morpork gefahren, um dort Sängerin zu werden.«

Nanny Ogg versuchte, sich ihre Enttäuschung nicht anmerken zu lassen.

»Wie schön«, erwiderte sie. »Agnes hat eine gute Singstimme, wenn ich mich recht entsinne. Ich habe sie im Wald singen hören und ihr den einen oder anderen Tip gegeben.«

»Das macht die hiesige Luft«, meinte Frau Nitt. »Agnes hatte nie Probleme mit der Brust.«

»Ja. Das ... äh ... sieht man ihr an. Sie ist also nicht hier?«

»Du kennst ja unsere Agnes. Sie sagt nicht viel. Ich glaube, sie fand das Leben hier ein wenig langweilig.«

»Langweilig?« wiederholte Nanny Ogg. »Lancre?«

»Das habe ich ebenfalls gesagt«, entgegnete Frau Nitt. »Man denke nur an die hübschen Sonnenuntergänge. Und an den Jahrmarkt jeden Seelenkuchendienstag.«

Nanny Ogg dachte an Agnes Nitt. Man benötigte ziemlich große Gedanken, damit Agnes ganz hineinpaßte.

Lancre hatte immer starke, tüchtige Frauen hervorgebracht. Ein Bauer in Lancre brauchte eine Frau, die mit ihrer Schürze einen Wolf erschlagen konnte, wenn sie nach draußen ging, um Feuerholz zu holen. Küsse mochten zu Beginn reizvoller sein als die Kochkunst, aber wenn ein junger Mann in Lancre nach einer Braut suchte, so tat er gut daran, die weisen Worte seines Vaters zu berücksichtigen: Küsse verlieren im Lauf der Zeit die Glut der Leidenschaft, aber das Kochen wird immer besser. Deshalb hielten *kluge* junge Männer bei jenen Familien, die deutlich zu erkennen gaben, daß sie ihre Mahlzeiten genossen, nach potentiellen Ehefrauen Ausschau.

Eigentlich war Agnes recht attraktiv, auf eine *umfangreiche* Art und Weise. Nach den Maßstäben von Lancre war sie eine Frau, die sich bestens dafür eignete, Bäuerin zu werden. Es blieb sogar noch genug Material für zwei weitere Frauen übrig.

Außerdem, so erinnerte sich Nanny, war Agnes nachdenklich und scheu, als wäre sie bestrebt, weniger Raum in der Welt zu beanspruchen.

Aber sie hatte Talent gezeigt. Eigentlich kein Wunder. Das Gefühl, keinen rechten Platz zu finden, stimulierte die alten magischen Nerven – deshalb war Esme so gut im Hexen. Agnes verleitete es dazu, lächerliche schwarze Spitzenhandschuhe zu tragen, sich mit viel heller Schminke ein blasses Erscheinungsbild zu geben und eine Initiale vom Hintern des Alphabets zu wählen. Bisher hatte Nanny angenommen, dieser Unsinn würde aufhören, sobald Agnes ernsthafte Magie unter ihren ziemlich strammen Gürtel bekam.

Sie hätte der Sache mit der Musik mehr Aufmerksamkeit schenken sollen. Manchmal schlug die Macht seltsame Wege ein, um sich zu entfalten …

Musik und Magie hatten viel gemeinsam. Beide Wörter begannen mit M. Und das eine schloß das andere aus.

Mist. Nanny hatte ihre ganzen Hoffnungen auf Agnes gesetzt.

»Sie hat sich Musik aus Ankh-Morpork kommen lassen«, sagte Frau Nitt. »Hier, sieh nur.«

Sie reichte Nanny mehrere Stapel Papier.

Nanny Ogg blätterte. Auch in den Spitzhornbergen waren Lieder niedergeschrieben worden, und in der Taverne zu singen galt als drittbester Zeitvertreib an einem langen, dunklen Abend. Doch Nanny sah auf den ersten Blick, daß es sich in diesem Fall nicht um gewöhnliche Musik handelte. Die einzelnen Töne drängten sich viel zu sehr zusammen.

»*Cosi fan Hita*«, las sie. »*Die Meistersänger von Skrote.*«

»Das ist ausländisch«, verkündete Frau Nitt stolz.

»Kein Zweifel«, bestätigte Nanny.

Frau Nitt bedachte sie mit einem hoffnungsvollen Blick.

»Was ist denn?« fragte Nanny. Kurz darauf sagte sie: »Oh.«

Frau Nitts Blick huschte kurz zur leeren Teetasse und kehrte dann zum Gesicht der Hexe zurück.

Nanny Ogg seufzte und legte die Blätter beiseite. Ab und zu verstand sie Oma Wetterwachs' Standpunkt – manchmal erwarteten die Leute zuwenig von Hexen.

»Ja, natürlich«, sagte sie und versuchte zu lächeln. »Stellen wir anhand der Teereste in dieser Tasse fest, was die Zukunft bringt, nicht wahr?«

Nanny gab ihrem Gesicht einen angemessen okkulten Ausdruck und blickte in die Tasse.

Die wenige Sekunden später zu Boden fiel und zerbrach.

Es war ein kleines Zimmer. Eigentlich war es die Hälfte eines kleinen Zimmers, denn man hatte ihm in der Mitte eine dünne Trennwand hinzugefügt. Neue Mitglieder des Chors hatten einen noch geringeren Rang inne als Kulissenschieber-Lehrlinge.

Der Platz reichte für ein Bett, einen Kleiderschrank, eine Frisierkommode und seltsamerweise einen türgroßen Spiegel.

»Beeindruckend, nicht wahr?!« kommentierte Christine. »Man hat versucht, den Spiegel fortzuschaffen, aber offenbar ist er fest mit der Wand verbunden!! Bestimmt erweist er sich noch als sehr nützlich!!«

Agnes schwieg. Ihre eigene Unterkunft – die andere Hälfte des kleinen Zimmers – wies keinen solchen Spiegel auf. Darüber war sie froh. Spiegel waren nicht ihre natürlichen Freunde. Das lag nicht nur an den Bildern, die sie ihr zeigten. Agnes hatte Spiegel schon immer als ... *beunruhigend* empfunden. Sie fühlte sich von ihnen beobachtet. Und sie mochte es nicht, beobachtet zu werden.

Christine trat in den winzigen freien Bereich in der Mitte des Zimmers und drehte sich. Sie bot einen hübschen Anblick. Etwas an ihr schien zu *funkeln* wie Pailletten.

»Ist das nicht schön?!« fragte sie.

Christine nicht zu mögen ... Genausogut hätte man kleine flauschige Tiere abscheulich finden können. Ja, Christine ließ sich am besten mit einem kleinen flauschigen Tier vergleichen. Vielleicht mit einem Kaninchen. Es war ganz offensichtlich unmöglich, neue Ideen am Stück in ihrem Kopf unterzubringen – Christine mußte sie erst in kleine Brocken zerknabbern.

Sie drehte sich jetzt nicht mehr.

»Ist alles in Ordnung mit dir?!« fragte sie.

Agnes nickte.

»Warum erzählst du mir nicht ein bißchen mehr über dich?!«

»Äh ... nun ...« Agnes freute sich fast. »Ich stamme aus einem Ort in den Bergen, von dem du wahrscheinlich nie gehört hast ...«

Sie unterbrach sich. In dem Kopf unter dem blonden Haar war ein Licht ausgegangen, und Agnes begriff: Christine wollte eigentlich gar nicht mehr über sie wissen; sie hatte nur versucht, eine unangenehme Stille mit Worten zu füllen. »... und mein Vater ist Kaiser von Klatsch, und meine Mutter ist eine kleine Schale mit Himbeerpudding.«

»Wie interessant!« erwiderte Christine und blickte in den Spiegel. »Glaubst du, mit meinem Haar ist alles in Ordnung?!«

Wäre Christine imstande gewesen, länger als nur für einige Sekunden zuzuhören, hätte Agnes ihr folgendes mitgeteilt:

Sie erwachte eines Morgens mit dem schrecklichen Wissen, daß sie einen guten Charakter hatte. Und hübsches Haar.

Agnes fühlte sich nicht durch den guten Charakter belastet, sondern von dem »aber«, mit dem andere Leute diese Eigenschaft stets einleiteten: *Aber sie hat einen guten Charakter.* Der Umstand, keine Wahl gehabt zu haben, wurmte sie sehr. Niemand hatte sie vor der Geburt gefragt, ob sie einen wundervollen Charakter haben wollte – oder einen schlechten und als Ausgleich dafür eine im positiven Sinne atemberaubende Figur. Statt dessen betonten die Leute immer wieder, daß man nicht nach dem Äußeren urteilen durfte – als wenn sich Männer von inneren Werten anlocken ließen.

Sie glaubte zu spüren, wie sich eine ganz bestimmte Zukunft auf sie herabzusenken versuchte.

Vermutlich würde sie »na so was« und »verflixt« sagen, wenn alles in ihr danach drängte, ordentlich zu fluchen. Und vielleicht konnte etwas sie dazu bringen, rosarotes Briefpapier zu benutzen.

Anschließend dauerte es sicher nicht mehr lange, bis sie ebenso gute Butterkekse und Apfeltorten backen konnte wie ihre Mutter. Und dann gab es keine Hoffnung mehr für sie.

Deshalb erfand sie Perdita. Sie hatte einmal gehört, daß in jeder dicken Frau eine dünne Frau darauf wartete, nach draußen zu schlüpfen*, und diese Frau nannte sie Perdita. Sie eignete sich gut dafür, all jene Gedanken zu denken, die sich Agnes wegen ihres guten Charakters nicht durch den Kopf gehen lassen durfte. Perdita würde schwarzes Briefpapier benutzen, wenn sie damit durchkam; ihre Wangen zeigten immer herrliche Blässe statt eines peinlich roten Glanzes. Perdita wollte eine interessante verlorene Seele sein, mit pflaumenfarbenem Lippenstift. Gelegentlich argwöhnte Agnes, daß Perdita ebenso dumm und närrisch war wie sie selbst.

Boten die Hexen die einzige Alternative? Agnes spürte ihr Interesse auf eine Weise, die sie nicht ganz verstand. Ähnlich erging es ihr, wenn sie sich beobachtet fühlte, obwohl sie niemanden sah. Allerdings hatte sie einmal gesehen, wie Nanny Ogg sie auf eine kritische Art musterte, wie jemand, der ein Pferd aus zweiter Hand einzuschätzen versuchte.

Sie ahnte, daß sie zumindest über *etwas* Talent verfügte. Manchmal wußte sie schon im voraus, was gleich passieren würde, doch meistens blieb alles so verworren, daß sie mit ihrem Wissen nichts anfangen konnte, bis die betreffenden Dinge geschehen waren. Und dann diese Stimme. Eine solche Stimme durfte sicher nicht normal genannt werden. Agnes hatte immer gern gesungen, und irgendwie verhielt sich ihre Stimme dabei genau so, wie sie es wollte.

Sie hatte einen Eindruck von der Lebensweise der Hexen gewonnen. Oh, an Nanny Ogg gab es soweit nichts auszusetzen. Sie war im großen

* Zumindest sehnte sie sich nach einem Stück Schokolade.

und ganzen eine nette Alte. Aber die anderen fand Agnes *sonderbar*. Sie lagen quer auf der Welt anstatt parallel zu ihr, wie alle anderen. Zum Beispiel Mütterchen Dismass: Sie sah in die Vergangenheit und in die Zukunft, aber in der Gegenwart war sie völlig blind. Und Millie Hüftschwung drüben in Schnitte, die stotterte und der dauernd etwas aus den Ohren tropfte. Und Oma Wetterwachs …

Oh, *ja*. War es wünschenswert, eine verdrießliche alte Frau ohne Freunde zu sein?

Sie suchten immer nach seltsamen Leuten, die ihnen ähnelten.

Nun, bei Agnes Nitt würde ihre Suche erfolglos bleiben.

Sie hatte genug von Lancre und von Hexen und davon, Agnes Nitt zu sein. Deshalb … floh sie.

Nanny Ogg schien nicht dafür geeignet zu sein, schnell zu laufen, doch diesmal *raste* sie regelrecht über den Pfad. Ihre großen, schweren Stiefel wirbelten welkes Laub auf.

Am Himmel erklang bereits vertrautes Tröten. Ein weiterer Schwarm Wildgänse flog hoch über den Baumwipfeln, so sehr bestrebt, dem entschwindenden Sommer zu folgen, daß sich in der ballistischen Hast ihre Flügel kaum bewegten.

Die Hütte von Oma Wetterwachs wirkte verlassen und *leer* auf Nanny.

Sie sprintete zur Hintertür, sprang über die Schwelle, rannte die Treppe hoch, sah eine dürre Gestalt auf dem Bett, gelangte zu einem ganz bestimmten Schluß, nahm die mit kaltem Wasser gefüllte Karaffe vom marmornen Waschgestell, trat vor …

Eine Hand zuckte nach oben und hielt sie am Unterarm fest.

»Ich habe nur ein *Nickerchen* gemacht«, sagte Oma Wetterwachs und öffnete die Augen. »Ich schwöre dir, Gytha: Ich konnte dich schon in einer Entfernung von mehr als einem halben Kilometer hören …«

»Wir müssen rasch eine Tasse Tee kochen!« stieß Nanny hervor. Erleichterung durchströmte sie.

Oma Wetterwachs war mehr als nur intelligent genug, keine Fragen zu stellen.

Doch das Zubereiten von Tee nahm gewisse Zeit in Anspruch. Nanny Ogg trat von einem Bein aufs andere, während Oma das Feuer entfachte, kleine Frösche aus dem Wassereimer entfernte und das Wasser kochte. Danach mußte der Tee ziehen.

»Ich sage nichts«, sagte Nanny und setzte sich schließlich. »Nur dies: Schenk eine Tasse ein.«

Normalerweise hielten Hexen nichts davon, aus Teeblättern die Zukunft zu lesen. Teeblätter hatten das Wissen um die Zukunft nicht für sich gepachtet. Eigentlich boten sie nur dem Blick einen Halt, während der Geist die Arbeit erledigte. Auch andere Dinge konnten diesen Zweck erfüllen. Die Haut eines Puddings, Muster in verrührter Creme und so weiter. Nanny Ogg war in der Lage, Bilder der Zukunft im Bierschaum am Rand eines Krugs zu erkennen. Sie berichteten ihr, daß sie gleich ein erfrischendes Bier genießen durfte, noch dazu gratis.

»Erinnerst du dich an die junge Agnes Nitt?« fragte Nanny, als Oma Wetterwachs nach der Milch suchte.

Oma zögerte.

»Meinst du die Agnes, die sich Perditax nennt?«

»Perdita X«, berichtigte Nanny. Sie respektierte den Wunsch junger Frauen, sich eine neue Identität zuzulegen.

Oma zuckte mit den Achseln. »Dick. Aufgetürmtes Haar. Geht mit gespreizten Füßen. Singt im Wald. Gute Stimme. Liest Bücher. Sagt ›verflixt‹, anstatt zu fluchen. Errötet oft, wenn man sie ansieht. Trägt schwarze Spitzenhandschuhe mit abgeschnittenen Fingern.«

»Wir haben einmal darüber gesprochen, daß sie vielleicht ... geeignet ist.«

»O ja, es gibt da einen gewissen Knick in ihrer Seele«, sagte Oma. »Aber ... ihr Name taugt nicht viel.«

»Ihr Vater hieß Terminum«, erwiderte Nanny Ogg nachdenklich. »Es waren insgesamt drei Brüder: Primum, Medium und Terminum. Bei der Namensgebung hatte man in dieser Familie nie eine besonders glückliche Hand.«

»Ich meine *Agnes*«, sagte Oma. »Bei diesem Namen fallen mir Teppichfusseln ein.«

»Vermutlich nennt sie sich deshalb Perdita«, meinte Nanny.

»Klingt noch schlimmer.«

»Bist du jetzt auf sie konzentriert?« fragte Nanny.

»Ja, ich denke schon.«

»Gut. Dann sieh dir die Teeblätter an.«

Oma blickte nach unten.

Es geschah nichts Dramatisches, vielleicht deshalb, weil Nanny Ogg hohe Erwartungen geweckt hatte. Aber Oma Wetterwachs verzichtete nicht darauf, leise zu pfeifen.

»Meine Güte«, sagte sie. »Na so was.«

»Hast du's gesehen? Hast du's gesehen?«

»Ja.«

»Auch ... den Kopf?«

»Ja.«

»Und die Augen? Ich hätte mir fast in die ... Ich meine, die Augen haben mich ziemlich überrascht.«

Oma stellte die Tasse vorsichtig ab.

»Frau Nitt hat mir die Briefe gezeigt, die ihre Tochter nach Hause geschrieben hat«, sagte Nanny. »Hier sind sie. Ich bin beunruhigt, Esme. Vielleicht steht ihr was Schlimmes bevor. Sie ist ein Lancre-Mädchen. Eine von uns. Nichts macht zuviel Mühe, wenn es eine von uns ist – so lautet mein Standpunkt.«

»Teeblätter können nicht die Zukunft voraussagen«, sagte Oma Wetterwachs leise. »Das ist allgemein bekannt.«

»Teeblätter wissen nicht Bescheid.«

»Wer wäre schon so dumm, ausgerechnet mit Teeblättern über die Zukunft zu reden?«

Nanny Ogg betrachtete Agnes' Briefe. Sie offenbarten die sorgfältige, rundliche Handschrift einer Person, die schreiben gelernt hatte, indem sie Buchstaben auf einer Schiefertafel kopierte – und die später nicht genug geschrieben hatte, um ihren Stil zu verändern. Die Autorin der Briefe hatte dünne Bleistiftlinien gezeichnet, bevor sie mit dem Text begann.

Lieber Mutter,
ich hoffe, Dir geht es ebenso gut wie mir. Ich bin jetzt in Ankh-Morpork, und alles ist in Ordnung, bisher hat mich noch niemand vergewaltigt! Ich wohne in der Sirupminenstraße Nummer 4, an der Unterkunft gibt es nichts auszusetzen …

Oma Wetterwachs wählte einen anderen Brief.

Lieber Mutter,
ich hoffe, es geht Dir gut. Alles ist bestens, aber das Geld fließt einem hier ebenso schnell aus der Hand wie Wasser. Ich singe in Tavernen, verdiene aber nicht sehr viel, deshalb bin ich zur Näherinnengilde gegangen, in der Hoffnung, als Näherin Arbeit zu finden. Ich habe einige Näharbeiten mitgenommen, um sie zu zeigen, und Du würdest STAUNEN, mehr will ich dazu nicht sagen …

Und noch einen anderen …

Lieber Mutter,
endlich habe ich gute Neuigkeiten, in der nächsten Woche kann ich in der Oper vorsingen …

»Was ist eine Oper?« fragte Oma Wetterwachs.

»Wie Theater, nur mit Gesang«, erklärte Nanny Ogg.

»Ha! Theater«, schnaufte Oma.

»Unser Nev hat mir davon erzählt. Irgendwelche Leute singen auf ausländisch, meinte er. Konnte kein Wort verstehen.«

»Nun, euer Nev versteht viele Dinge nicht. Was hatte er überhaupt in dem Operntheater zu suchen?«

»Hat das Blei vom Dach geklaut«, erwiderte Nanny fröhlich. Wenn ein Ogg daran beteiligt war, konnte von Diebstahl keine Rede sein.

»Aus den Briefen geht eigentlich nur hervor, daß Agnes versucht, sich ihren Lebensunterhalt zu verdienen«, sagte Oma. »Aber sicher dauert es noch eine Weile, bis …«

Jemand klopfte leise und rücksichtsvoll an die Tür: Shawn Ogg, Nannys jüngster Sohn. Er repräsentierte alle Sparten des öffentlichen Dienstes von Lancre; derzeit trug er das Abzeichen des Briefträgers. Normalerweise bestand der Postdienst darin, den entsprechenden Sack dort vom Haken zu nehmen, an dem ihn die Kutsche zurückließ. Wenn Shawn anschließend ein wenig Zeit fand, stellte er die Briefe und Päckchen zu. Oft konnte er sich die Mühe sparen, denn viele Bürger hatten die Angewohnheit, zur Haltestelle der Kutsche zu gehen und so lange im Sack zu wühlen, bis sie interessante Post fanden.

Er grüßte Oma Wetterwachs, indem er kurz die Hand zum Helm hob.

»Hab viele Briefe, Mama«, sagte er zu Nanny Ogg. »Äh ... sie sind alle adressiert an ... Nun, sieh's dir selbst an, Mama.«

Nanny Ogg nahm das Bündel entgegen.

»An die Hexe von Lancre«, las sie laut.

»Damit bin ich gemeint«, sagte Oma Wetterwachs fest und griff nach den Briefen.

»Ah. Nun, ich sollte jetzt besser gehen ...« Nanny wich rückwärts zur Tür.

»Weiß gar nicht, wer mir schreiben sollte«, murmelte Oma und öffnete den ersten Brief. »Nun, vielleicht haben sich gewisse Dinge herumgesprochen.«

Sie konzentrierte sich auf die Worte.

»Liebe Hexe«, las sie, »Du ahnst nicht, wie dankbar ich Dir für das berühmte Karotten- und Austernpasteten-Rezept bin. Mein Mann ...«

Nanny Ogg schaffte es einige Dutzend Meter weit, bevor ihre Stiefel zu schwer wurden.

»*Komm sofort zurück, Gytha Ogg*!«

Agnes versuchte es erneut. Sie hatte niemanden in Ankh-Morpork und brauchte einen Gesprächspartner, selbst wenn er nicht zuhörte.

»Ich schätze, ich bin hauptsächlich wegen der Hexen hier«, sagte sie.

Christine drehte sich und riß fasziniert die Augen auf. Gleichzeitig öffnete sie den Mund. So sah ihr Kopf wie eine recht attraktive Bowlingkugel aus.

»Hexen?!« hauchte sie.

»O ja«, bestätigte Agnes müde. Ja. Die Leute waren immer fasziniert, wenn es um Hexen ging. *Sie sollten einmal versuchen, in der Nähe von welchen zu leben.*

»Beschäftigen sie sich mit ... magischen Dingen und reiten sie auf ... Besen?!«

»Ja.«

»Kein Wunder, daß du weggelaufen bist!«

»Was? Oh ... oh, nein, das verstehst du falsch. Ich meine, sie sind nicht böse. Es ... ist schlimmer.«

»Schlimmer als böse?!«

»Die Hexen ... Sie glauben zu wissen, was für alle anderen gut ist.«

Falten bildeten sich auf Christines Stirn. Das geschah häufig, wenn sie über ein Problem nachdachte, das komplexer war als »Wie heißt du?«

»Das klingt eigentlich gar nicht so bö...«

»Sie ... mischen sich in die Angelegenheiten anderer Leute ein. Sie glauben, daß sie Dinge bestimmen können, nur weil sie immer recht haben. Mit *echter* Magie beschäftigen sie sich überhaupt nicht. Sie täuschen nur. Sie machen sich einen Spaß daraus, jemanden hinters Licht zu führen. Sie glauben, ganz nach Belieben schalten und walten zu dürfen!«

Die Wucht der Worte ließ Christine zurücktaumeln. »Lieber Himmel!! Wollten sie dich zu etwas zwingen?!«

»Sie wollten, daß ich etwas *werde*. Und dazu bin ich nicht bereit!«

Christine starrte sie groß an – und vergaß automatisch, was sie gerade gehört hatte.

»Komm«, sagte sie. »Sehen wir uns ein wenig um!!«

Nanny Ogg kletterte auf einen Stuhl, stellte sich auf die Zehenspitzen und holte einen rechteckigen, eingewickelten Gegenstand vom Schrank.

Oma Wetterwachs hatte die Arme verschränkt und sah ihr streng zu.

»Weißt du ...«, brabbelte Nanny Ogg, als sie sich von einem vorwurfsvollen Blick durchbohrt fühlte, »... mein verstorbener Mann sagte einmal nach dem Essen: Du weißt so viele nützliche Dinge, und es wäre sehr schade, wenn du sie mit ins Grab nimmst. Warum schreibst du sie nicht auf? Tja, und deshalb habe ich mir gelegentlich Notizen gemacht, und dann dachte ich, es wäre doch ganz nett, wenn alles *richtig* aufgeschrieben wird, und ich schickte den ganzen Kram nach Ankh-Morpork, und die Almanach-Leute verlangten gar nicht viel Geld von mir, vor einer Weile bekam ich das hier von ihnen, ich glaube, sie haben gute Arbeit geleistet, es ist wirklich erstaunlich, wie es ihnen gelungen ist, so viele Buchstaben auf nur einer Seite unterzubringen ...«

»Du hast ein *Buch* geschrieben«, sagte Oma Wetterwachs.

»Über die Kochkunst«, entgegnete Nanny kleinlaut. Es klang, als wollte sie darauf hinweisen, daß sie bisher nicht vorbestraft war.

»Was weißt du schon davon?« fragte Oma. »Du kochst fast nie.«

»Ich bereite besondere Spezialitäten zu«, sagte Nanny.

Oma Wetterwachs sah auf den Titel.

»Froide für den Gaumen und niche nur dafür«, las sie laut. »Von einer Hexe aus Lancre. Ha! Warum hast du nicht deinen Namen genannt, hm? Auf Büchern muß der Name des Autors angegeben sein – damit man weiß, wer Schuld hat.«

»Es ist mein Pseudonühm«, erwiderte Nanny. »Der Almanach-Mann Herr Ziegenberger meinte, dadurch wirke alles mysteriöser.«

Der aufmerksame Blick von Oma Wetterwachs glitt zum unteren Bereich der gut gefüllten Titelseite, wo sie folgenden, sehr klein gedruckten Hinweis entdeckte: »127. Auflage. Mehr als zwanzigtausend verkaufte Exemplare! Preis: ein halber Ankh-Morpork-Dollar.«

»Hast du den Leuten Geld geschickt, damit sie das hier drucken?« fragte sie.

»Ja, zwei Dollar«, antwortete Nanny. »Haben wirklich gute Arbeit geleistet. Später haben sie mir das Geld zurückgeschickt. Aber dabei müssen sie sich verzählt haben, denn es waren drei Dollar mehr.«

Oma Wetterwachs war zwar nicht besonders belesen, dafür aber um so rechenkundiger. Sie hielt alles Niedergeschriebene für Lügen, und das schien in besonderem Maße für Zahlen zu gelten. Zahlen wurden nur von jemandem gebraucht, der einen übers Ohr hauen wollte.

Ihre Lippen bewegten sich lautlos, als sie zu rechnen begann.

»Oh«, sagte sie leise. »Und damit hatte es sich? Du hast ihm nie wieder geschrieben?«

»Nein, natürlich nicht. Immerhin ... drei Dollar. Ich wollte ihm keine Gelegenheit geben, sie zurückzufordern.«

»Ich verstehe«, murmelte Oma, die noch immer in einem numerischen Kosmos weilte. Wieviel kostete die Herstellung eines Buchs? Bestimmt nicht sehr viel. Schließlich wurde ein großer Teil der Arbeit von Druckapparaten erledigt.

»Mit drei Dollar läßt sich eine ganze Menge anstellen«, sagte Nanny.

»Ja«, bestätigte Oma Wetterwachs. »Du hast nicht zufällig einen Bleistift? Wenn du als Literatin etwas schreiben möchtest?«

»Wie wär's mit einer Schiefertafel?« fragte Nanny.

»Gib sie mir.«

»Hab sie dabei, falls mir nachts ein neues Rezept einfällt«, erläuterte Nanny.

»Gut«, entgegnete Oma geistesabwesend. Der Stift kratzte über die Tafel. *Das Papier kostet bestimmt etwas. Und vermutlich muß man jemandem einige Ankh-Morpork-Cent für den Verkauf der Bücher geben ...* Kantige Zahlen sprangen von Kolonne zu Kolonne.

»Soll ich noch etwas Tee kochen?« fragte Nanny. Das Gespräch schien einem friedlichen Ende entgegenzustreben, was sie sehr erleichterte.

»Hmm?« Oma starrte auf das Ergebnis hinab und unterstrich es zweimal. »Hat es dir Spaß gemacht?« fragte sie. »Das Schreiben, meine ich.«

Nanny Ogg sah durch die Tür der Speisekammer. »O ja. Das Geld spielte gar keine Rolle.«

»Mit Zahlen konntest du nie besonders gut umgehen, oder?« Oma malte nun einen Kreis um das Ergebnis.

»Ach, du kennst mich ja, Esme«, sagte Nanny Ogg fröhlich. »Konnte nie einen Furz von einem Teller mit Bohnen subtrahieren.«

»Nun, ich glaube, Herr Ziegenberger schuldet dir noch ein paar Dollar mehr, wenn es in der Welt so etwas wie Gerechtigkeit gibt«, sagte Oma.

»Geld ist nicht alles, Esme. Ich sage immer: Hauptsache gesund ...«

»*Wenn* es Gerechtigkeit gibt, dann geht es hier um vier- oder fünftausend Dollar.«

Es schepperte in der Speisekammer.

»Wirklich gut, daß Geld keine Rolle für dich spielt«, fuhr Oma Wetterwachs fort. »Wäre sonst eine üble Sache für dich. Ich meine, es ist eine ganze Menge.«

Nannys bleiche Miene erschien in der Tür. »Ausgeschlossen!«

»Es könnte sogar noch etwas mehr sein«, sagte Oma Wetterwachs.

»Unmöglich!«

»Es kommt nur darauf an, richtig zu addieren und zu dividieren.«

Mit einer Mischung aus Entsetzen und Faszination starrte Nanny Ogg auf ihre eigenen Finger.

»Aber das ist ein ...« Sie unterbrach sich. Ihr fiel nur das Wort »Vermögen« ein, und das wurde der Sache einfach nicht gerecht. Hexen lebten nicht in einer von Bargeld geprägten Gesellschaft. In den Spitzhornbergen kam man ohne die Komplikationen des Kapitals zurecht. *Fünfzig* Dollar stellten ein Vermögen dar. Hundert Dollar waren ... nun, *zwei* Vermögen. Anders ließ es sich kaum beschreiben.

»Es ist eine Menge Geld«, brachte Nanny hervor. »Was könnte ich mit soviel Geld anfangen?«

»Keine Ahnung«, sagte Oma Wetterwachs. »Was hast du mit den drei Dollar gemacht?«

»Sie befinden sich in einer Büchse oben im Kamin«, antwortete Nanny Ogg.

Oma nickte anerkennend. Solche finanziellen Praktiken fand sie lobenswert.

»Mir ist schleierhaft, warum so viele Leute daran interessiert sind, ein Kochbuch zu lesen«, fuhr sie fort. »Ich meine, normalerweise ...«

Sie sprach nicht weiter.

Es war still. Nanny Ogg scharrte leise mit den Stiefeln.

»Es *ist* doch ein Kochbuch, oder?« fragte Oma Wetterwachs. Argwohn erklang in ihrer Stimme, und zwar ein besonders schlimmer Argwohn, der noch nicht genau wußte, worauf er sich konzentrieren sollte.

»Ja, natürlich«, erwiderte Nanny hastig und mied Omas Blick. »Ja. Rezepte und so. Ja.«

Oma Wetterwachs bedachte sie mit einem durchdringenden Blick. »Einfach nur Rezepte?«

»Ja. Oh, ja. Ja. Und einige ... kulinarische Anekdoten. Ja.«

Oma starrte sie noch immer an.

Nanny gab nach.

»Äh ... sieh dir das *berühmte Karotten- und Austernpasteten-Rezept* an«, sagte sie. »Seite fünfundzwanzig.«

Oma blätterte. Ihre Lippen bewegten sich lautlos. Dann sagte sie: »Ich *verstehe*. Sonst noch etwas?«

»Äh ... *Zimt- und Eibischfinger*, Seite siebzehn.«

Oma sah nach.

»Und?«

»Äh ... *Sellerie-Überraschung*, Seite zehn.«

Oma las.

»Nun, *ich* bin *nicht* überrascht«, sagte sie. »Und ...?«

»Äh ... nun, der größte Teil des Abschnitts *Lustige Pudding- und Kuchenausschmückungen*. Ich meine Kapitel sechs. Dafür habe ich auch Illustrationen gezeichnet.«

Oma blätterte zum sechsten Kapitel und sah sich die Bilder an. Sie drehte das Buch mehrmals hin und her.

»Welche Illustration betrachtest du?« fragte Nanny Ogg. Ein Autor ist immer an den Reaktionen des Lesers interessiert.

»Die des Erdbeerwacklers«, sagte Oma.

»Ah. Bringt die Leute immer zum Lachen.«

Mit Ausnahme von Oma Wetterwachs. Sie blieb sehr ernst und schloß das Buch.

»Erlaube mir eine Frage, Gytha ... Gibt es auf diesen Seiten hier irgendein Rezept, das nicht mit ... Dingen zu tun hat?«

Nannys Wangen waren nun so rot wie ihre Äpfel daheim. Sie dachte gründlich über die Frage nach.

»Haferbrei«, sagte sie schließlich.

»Tatsächlich?«

»Ja. Äh ... nein, es stimmt nicht ganz. Immerhin enthält er meine spezielle Honigmixtur.«

Oma öffnete das Buch wieder.

»Was ist hiermit? *Ehrenvolle Jungfern?*«

»*Nuuun* ...« Nannys Stiefel kratzten über den Boden. »Sie beginnen als ehrenvolle Jungfern. Aber wenn man sie etwas länger im Backofen läßt, gehen sie von ganz allein auf.«

Oma Wetterwachs sah einmal mehr auf die Titelseite. *Froide für den Gaumen und niche nur dafür.*

»Du hast mit voller Absicht ...«

»Äh, es hat sich von selbst in diese Richtung entwickelt.«

Oma Wetterwachs hatte keine direkten Erfahrungen mit den Listen der Liebe, aber als aufmerksame Zuschauerin wußte sie, wie man dieses Spiel spielte. Kein Wunder, daß sich das Buch so gut verkaufte. Sein Inhalt war ... heiß. Es grenzte an ein Wunder, daß die einzelnen Blätter nicht verbrannten.

Und »eine Hexe aus Lancre« hatte es verfaßt. Oma Wetterwachs zweifelte nicht daran, daß man im Rest der Welt genau wußte, wer *die* Hexe von Lancre war – sie selbst.

»Gytha Ogg«, sagte sie.

»Ja, Esme?«

»Sieh mir in die Augen, Gytha Ogg.«

»Entschuldige bitte, Esme.«

»Hier steht: Von einer Hexe in Lancre.«

»Hab mir nichts dabei gedacht, Esme.«

»Du wirst Herrn Ziegenberger einen Besuch abstatten und dafür sorgen, daß dies aufhört, klar? Ich möchte nicht, daß mich die Leute ansehen und dabei an die Bananensuppenüberraschung denken. Ich *glaube* nicht einmal an die Bananensuppenüberraschung. Und ich mag es nicht, über die Straße zu gehen und hören zu müssen, wie sich die Leute Witze über Bananen erzählen.«

»Ja, Esme.«

»Und wir reden mit Herrn Ziegenberger auch über das Geld.«

»Ja, Esme.«

»Und wir könnten feststellen, wie es der jungen Agnes geht.«

»Ja, Esme.«

»Und wir gehen natürlich sehr diplomatisch vor. Die Leute sollen nicht glauben, daß wir unsere Nase in Dinge stecken, die uns nichts angehen.«

»Ja, Esme.«

»Keiner kann behaupten, daß *ich* mich in irgendwelche Dinge einmische. Du findest niemanden, der so etwas behauptet.«

»Ja, Esme.«

»Damit meinst du: Ja, Esme, du hast recht, niemand kann behaupten, daß du dich in irgendwelche Dinge einmischst. Stimmt's?«

»Ja, Esme.«

»Bist du ganz sicher?«

»Ja, Esme.«

»Gut.«

Oma Wetterwachs blickte zum grauen Himmel und den verwelkenden Blättern. Erstaunlicherweise fühlte sie sich von neuer Kraft durchströmt. Noch am vergangenen Tag hatte die Zukunft trostlos und öde gewirkt. Jetzt lockte sie mit Überraschungen und Schrecken und schlimmen Dingen, die anderen Leuten zustießen ...

Wenn es nach ihr ging.

In der Speisekammer lächelte Nanny Ogg.

Agnes wußte ein wenig vom Theater, denn manchmal kam eine Schauspielgruppe nach Lancre. Ihre Bühne war etwa doppelt so groß wie eine Tür, und »hinter den Kulissen« bezog sich auf den Bereich hinter einem Fetzen Sackleinen. Für gewöhnlich versuchte dort ein Mann, Hose und Perücke gleichzeitig zu wechseln, während ein anderer, der die Kleidung eines Königs trug, heimlich rauchte.

Das Opernhaus war fast so groß wie der Palast des Patriziers und viel prunkvoller. Es beanspruchte eine Fläche von drei Morgen. Im Keller gab es Ställe für zwanzig Pferde und zwei Elefanten. Agnes verbrachte dort einige Zeit, da sie die Gesellschaft der Elefanten als angenehm empfand – es gab also doch Geschöpfe, die mehr Masse hatten als sie.

Hinter der Bühne lagen so große Zimmer, daß ganze Szenenaufbauten in ihnen untergebracht wurden. Das Gebäude enthielt irgendwo eine ganze Ballettschule. Einige Schülerinnen sprangen gerade in häßlichen Trägerkleidern aus Wolle auf der Bühne umher.

Das Innere des Opernhauses – besonders die Regionen »hinter den Kulissen« – erinnerte Agnes an die Uhr, die ihr Bruder einmal auseinandergenommen hatte, um das Ticken zu suchen. Von einem Gebäude in dem Sinne konnte hier eigentlich keine Rede sein. Es ähnelte eher einer … Maschine. Bühnendekorationen, Vorhänge, Seile und andere Dinge standen und hingen in der Dunkelheit wie schreckliche Geräte in einem finsteren Keller. Die Bühne bildete nur einen kleinen Teil eines viel größeren Ganzen: ein winziges Rechteck aus Licht in der gewaltigen, dunklen Maschinerie …

Putz rieselte aus der hohen Schwärze herab. Agnes wischte ihn fort.

»Ich glaube, ich habe dort oben jemanden gehört«, sagte sie.

»Wahrscheinlich ist es der Geist!« erwiderte Christine. »Wir haben hier einen, weißt du! Oh, ich habe *wir* gesagt!! Ist das nicht aufregend?!«

»Ein Mann, der sein Gesicht hinter einer weißen Maske verbirgt«, sagte Agnes.

»Oh?! Hast du von ihm gehört?!«

»Was? Von wem?«

»Von dem Geist!!«

Verflixt, dachte Agnes. Es lag auf der Lauer, immer dazu bereit, ihr einen Streich zu spielen. Manchmal wußte sie einfach über Dinge Bescheid. Das beunruhigte die Leute. Und es beunruhigte auch sie selbst.

»Oh, ich … jemand hat mir davon erzählt«, sagte sie.

»Er schleicht unsichtbar durch die Oper, heißt es!! Im einen Augenblick ist er in der Galerie, im nächsten irgendwo hinter der Bühne!! Niemand weiß, wie er das fertigbringt!!«

»Ach?«

»Angeblich ist er bei jeder Vorstellung zugegen!! Deshalb werden nie Karten für Loge acht verkauft! Wußtest du das nicht?!«

»Loge acht?« wiederholte Agnes. »Was ist eine Loge?«

»Logen! Du weißt schon! Dort nehmen die besseren Leute Platz! Komm, ich zeig's dir!!«

Christine trat zum vorderen Bereich der Bühne und deutete ausladend in den leeren Zuschauersaal.

»Die Logen!« verkündete sie. »Da drüben! Und dort oben – die Galerie, auch Olymp genannt!«

Ihre Stimme hallte von der fernen Wand wider.

»Gehören die besseren Leute nicht auf den Olymp? Es klingt so, als ...«

»O nein! Die besseren Leute nehmen in den Logen Platz! Oder im Parkett!«

Agnes streckte die Hand aus.

»Wer sitzt da unten? Von dort aus hat man sicher einen guten Blick ...«

»Sei nicht dumm!! Das ist der Orchestergraben!! Für die Musiker!!«

»Musiker und ein Graben? Nun, ergibt einen gewissen Sinn. Äh ... wo liegt Loge acht?«

»Keine Ahnung! Es heißt, wenn jemals Karten für Loge acht verkauft werden, droht eine schreckliche Tragödie!! Ist das nicht romantisch?!«

Etwas zog Agnes' Blick zu dem großen Kronleuchter, der wie ein phantastisches Seeungeheuer über dem Zuschauersaal hing. Sein dickes Seil verschwand in der Dunkelheit unter der Decke.

Glas klirrte leise.

Erneut machte sich jene Kraft bemerkbar, die Agnes immer zu unterdrücken versuchte. Ein vages Bild huschte an ihrem inneren Auge vorbei.

»Das sieht ganz nach einem bevorstehenden Unglück aus«, murmelte sie.

»Bestimmt ist alles *völlig* sicher!!« trillerte Christine. »Hier läßt man *gewiß* nicht zu ...«

Ein disharmonischer Ton erklang, und die ganze Bühne vibrierte. Noch mehr Staub rieselte herab.

»Was war das?« fragte Agnes.

»Die Orgel!! Sie ist so groß, daß sie hinter der Bühne steht!! Komm, sehen wir nach!!«

Angestellte eilten zu dem großen Musikinstrument. Ein umgekippter Eimer lag daneben, und eine Lache grüner Farbe wuchs in die Breite.

Ein Tischler griff an Agnes vorbei nach einem Umschlag, der auf dem Sitz vor der Orgel lag.

»Für den Chef«, sagte er.

»Wenn *ich* Post bekomme, klopft der Briefträger meistens an«, sagte eine Ballerina und kicherte.

Agnes sah nach oben. Seile pendelten in der muffigen Finsternis träge hin und her. Sie glaubte, für einen Sekundenbruchteil etwas Weißes zu sehen, dann verlor sich das Etwas wieder in der Schwärze.

Eine schemenhafte Gestalt hing reglos unter der Decke, gehalten von mehreren Stricken.

Etwas Feuchtes und Klebriges tropfte von ihr herab und klatschte auf die Orgeltasten.

Einige Leute schrien bereits, als Agnes den Finger in die Pfütze tauchte und daran roch.

»Blut!« heulte der Tischler.

»Es ist Blut, nicht wahr?« rief ein Musiker.

»Blut!!« kreischte Christine. »Blut!!«

Das schreckliche Schicksal von Agnes Nitt bestand darin, auch in kritischen Situationen einen kühlen Kopf zu bewahren. Sie schnupperte erneut an ihrem Finger.

»Es ist Terpentin«, sagte sie. »Tut mir leid. Stimmt was nicht?«

Unter der hohen Decke stöhnte die in Stricke eingewickelte Gestalt.

»Sollten wir ihn nicht herunterholen?« fragte Agnes.

Kando Sägefein war ein bescheidener Holzfäller. Seine Bescheidenheit basierte nicht etwa auf dem Umstand, daß er Holzfäller war. Selbst als Eigentümer von fünf Sägemühlen wäre er bescheiden gewesen. Die Bescheidenheit wurzelte in seinem Wesen.

Bescheiden stapelte er Holzscheite dort, wo der Weg nach Lancre von der Bergstraße abzweigte. Als er den Kopf hob, sah er, wie ein Bauernkarren anhielt und zwei ältere Frauen herunterkletterten. Beide trugen einen Besen in der einen und einen großen Beutel in der anderen Hand.

Sie stritten sich. Kein Streit, bei dem man die Stimme hob und sich anschrie, sondern ein chronischer Disput, der schon eine ganze Weile andauerte und vermutlich nicht vor Ende des aktuellen Jahrzehnts zu Ende gehen würde.

»Für dich mag ja alles bestens sein, aber es sind *meine* drei Dollar, und deshalb sollte ich auch bestimmen dürfen, auf welche Weise wir reisen.«

»Ich fliege gern.«

»Und ich sage dir, um diese Jahreszeit ist es auf einem Besen zu zugig, Esme. Der Wind erreicht Stellen, deren Namen ich nicht zu nennen wage.«

»Ach? Dann weiß ich überhaupt nicht, was du meinst.«

»Oh, Esme!«

»Komm mir nicht mit ›Oh, Esme‹. *Ich* habe mir nicht das *amüsante Hochzeitsdessert mit speziellen Schwammfingern* ausgedacht.«

»Wie dem auch sei: Greebo mag den Besen nicht. Er hat einen empfindlichen Magen.«

Sägefein bemerkte, daß sich in einem der Beutel etwas bewegte.

»Gytha, ich habe gesehen, wie er ein halbes Stinktier gefressen hat; so empfindlich kann sein Magen also nicht sein«, erwiderte Oma Wetterwachs, die Katzen aus Prinzip ablehnend gegenüberstand. »Außerdem ... er hat *es* wieder getan.«

Nanny Ogg winkte ab.

»Oh, er tut *es* nur, wenn er sich wirklich in die Enge getrieben fühlt«, erwiderte sie.

»Er hat *es* letzte Woche getan, in Frau Tappens Hühnerhaus. Sie hörte den Lärm, sah nach ... und er machte *es* direkt vor ihr. Anschließend mußte sie sich hinlegen.«

»Wahrscheinlich hat er sich mehr gefürchtet als sie«, sagte Nanny.

»Das kommt davon, wenn man sich im Ausland Flausen in den Kopf setzen läßt«, entgegnete Oma. »Jetzt haben wir einen Kater, der ... Ja, was ist denn?«

Sägefein hatte sich den beiden Alten auf eine zurückhaltende, bescheidene Art genähert und wartete nun halb geduckt, wie jemand, der bemerkt werden möchte, ohne aufdringlich zu wirken.

»Warten die Damen vielleicht auf die Kutsche?«

»Ja«, erwiderte die größere der beiden Alten.

»Äh ... ich fürchte, die nächste Kutsche hält hier gar nicht. Sie hält erst in Weidenquelle.«

Die beiden Frauen sahen ihn höflich an.

»Danke«, sagte die Größere und wandte sich an ihre Begleiterin.

»Nun, Frau Tappen hat deswegen einen ziemlichen Schock erlitten. Mir graut, wenn ich daran denke, was er diesmal lernen könnte.«

»Er vergeht vor Gram, wenn ich weg bin. Von anderen läßt er sich nicht füttern.«

»Weil er befürchten muß, vergiftet zu werden. Und zwar aus gutem Grund.«

Sägefein schüttelte traurig den Kopf und kehrte zu den Scheiten zurück.

Fünf Minuten später traf die Kutsche ein. Mit hoher Geschwindigkeit rollte sie durch die Kurve, kam auf eine Höhe mit den beiden Frauen ...

... und hielt an. Besser gesagt, die Pferde versuchten stehenzubleiben, und die Räder blockierten.

Die Kutsche kippte gefährlich von einer Seite zur anderen, als sie rutschte und nach etwa fünfzig Metern stoppte. Der Kutscher landete in einem nahen Baumwipfel.

Die beiden Frauen schlenderten über den Weg, noch immer streitend.

Eine von ihnen stieß den Kutscher mit ihrem Besen an. »Zwei Fahrkarten nach Ankh-Morpork, bitte.«

Der Mann fiel aus dem Baum.

»Was soll das heißen, zwei Fahrkarten nach Ankh-Morpork? Die Kutsche hält hier gar nicht!«

»Sie *hat* bereits angehalten.«

»Steckt ihr dahinter?«

»Wer, *wir*?«

»Jetzt hör mal, Verehrteste. Selbst wenn ich hier anhalten würde – eine Fahrkarte nach Ankh-Morpork kostet vierzig Dollar!«

»Oh.«

»Warum habt ihr Besen? Seid ihr Hexen?«

»Ja. Sind die Fahrkarten für uns billiger?«

»Alte Tanten, die sich dauernd in die Angelegenheiten anderer Leute einmischen, müssen bei mir noch mehr bezahlen.«

Sägefein hatte das Gefühl, einen Teil des Gesprächs überhört zu haben, denn der weitere Wortwechsel klang so:

»Was hast du gesagt, junger Mann?«

»Zwei *kostenlose* Fahrkarten nach Ankh-Morpork, Gnädigste. Kein Problem.«

»*In* der Kutsche. Nicht auf ihr.«

»Natürlich, Gnädigste. Bitte entschuldige, ich knie hier nur im Schmutz, damit du einsteigen kannst, Gnädigste.«

Sägefein nickte zufrieden, als die Kutsche fortrollte. Es freute ihn, daß es noch Freundlichkeit und gute Manieren gab.

Unter erheblichen Schwierigkeiten und mit jeder Menge Geschrei wurde die Gestalt unter der hohen Decke aus dem Gewirr von Seilen befreit und wieder auf den Boden gebracht.

Farbe und Terpentin klebten an dem Mann. Das aus Angestellten und Probenschwänzern bestehende Publikum drängte näher.

Agnes kniete nieder, löste den Kragen des armen Burschen und versuchte, die Stricke um Arm und Hals zu lockern.

»Kennt ihn jemand?« fragte sie.

»Das ist Thomas Kripps«, sagte ein Musiker. »Er malt Kulissen.«

Thomas stöhnte und schlug die Augen auf.

»Ich habe ihn gesehen!« stieß er hervor. »Es war schrecklich!«

»Wen hast du gesehen?« fragte Agnes. Sie hatte plötzlich das Gefühl, sich in ein privates Gespräch eingemischt zu haben. Stimmen erklangen um sie herum.

»Giselle hat ihn in der letzten Woche gesehen!«

»Er ist hier!«

»Es passiert schon wieder?«

»Sind wir alle *verloren*?!« quiekte Christine.

Thomas Kripps griff nach Agnes' Arm.

»Er hat ein Gesicht wie der Tod!«

»Wer?«

»Der Geist!«

»Welcher Gei...«

»Es ist völlig weiß! Und ohne Nase! Sein Gesicht, meine ich.«

Zwei Ballettänzerinnen fielen in Ohnmacht, aber sehr vorsichtig, um sich nicht schmutzig zu machen.

»Wie kann er dann ...«, begann Agnes.

»*Ich habe ihn ebenfalls gesehen*!«

Alle drehten sich um.

Ein älterer Mann schritt über die Bühne. Ein Klappzylinder ruhte auf seinem Kopf, und er trug einen Sack über der Schulter. Seine freie Hand blieb ständig in Bewegung und wies das Publikum mit unnötig ausladenden Gesten darauf hin, daß er Unheilvolles wußte und sich anschickte, alle Zuhörer vor Schreck erstarren zu lassen.

»Ich habe ihn gesehen! Oooooooh ja. Mit seinem schwarzen Umhang und dem weißen Gesicht, das keine Augen hat, nur zwei Löcher dort, wo sich Augen befinden sollten! Ooohhhh! Und ...«

»Trägt er eine Maske?« fragte Agnes.

Der Alte zögerte und warf ihr einen finsteren Blick zu, den er für jene Leute reserviert hatte, die trotz interessanter Irrationalität auf Vernunft bestanden.

»Und er hatte keine Nase!« fuhr er fort, ohne Agnes Beachtung zu schenken.

»Darauf habe ich eben hingewiesen«, sagte Thomas Kripps verärgert. »Ja, ich habe diesen Aspekt des Geistes betont. Die Leute haben es eben erfahren, und zwar von *mir*.«

»Wenn er keine Nase hat, wie kann er dann rie...«, begann Agnes erneut, doch niemand hörte ihr zu.

»Hast du auch seine Augen erwähnt?« fragte der Alte.

»Darauf wollte ich gerade kommen«, sagte Thomas scharf. »Ja, er hatte Augen wie ...«

»Sprechen wir hier von einer Maske oder nicht?« warf Agnes ein.

Diesmal erntete sie gleich mehrere vorwurfsvolle Blicke. Auf die gleiche Weise wird man von Ufologen angesehen, wenn man die Augen mit der Hand beschattet und sagt: »He, wenn man genau hinsieht, erkennt man, daß es nur ein Schwarm Gänse ist.«

Der Mann mit dem Sack hüstelte und faßte sich dann wieder. »Wie große Löcher sahen sie aus ...« Er versuchte, seinen Worten Dramatik zu verleihen, aber die Stimmung war ruiniert. »Das habe ich gesehen. Und keine Nase, wenn ich noch einmal darauf hinweisen darf, herzlichen Dank.«

»Es ist der Geist!« hauchte ein Kulissenschieber.

»Er sprang hinter der Orgel hervor«, erzählte Thomas Kripps. »Im nächsten Augenblick hatte ich einen Strick um den Hals und hing mit dem Kopf nach unten!«

Die Leute blickten zu dem Mann mit dem Sack und hofften, daß er noch schrecklichere Dinge auf Lager hatte.

»Was geht hier vor?«

Eine beeindruckende Gestalt kam hinter den Kulissen hervor. Sie hatte wallendes, sorgfältig gekämmtes Haar. Es sollte aussehen, als läge ein längerer Aufenthalt im Freien hinter ihm. Doch seinem Gesicht fehlte das Lässige – es war eindeutig die Miene eines Organisators.

Der Neuankömmling nickte dem Alten mit dem Sack zu.

»Was starrst du so, Herr Pfundler?« fragte er.

Der alte Mann senkte den Blick. »Ich weiß, was ich gesehen habe, Herr Salzella«, erwiderte er. »Ich sehe *viele* Dinge.«

»So viele, wie du durch den Boden einer Flasche erkennen kannst, du alter Taugenichts. Was ist mit Thomas passiert?«

»Es war der Geist!« stieß Thomas hervor, erleichtert darüber, wieder im Mittelpunkt der Aufmerksamkeit zu stehen. »Er hat sich auf mich gestürzt, Herr Salzella! Ich glaube, mein Bein ist gebrochen«, ergänzte er im Tonfall eines Mannes, der plötzlich eine gute Gelegenheit zum Krankfeiern sieht.

Agnes erwartete von Salzella Bemerkungen wie: »Geister? Es gibt keine Geister.« Er hatte genau das richtige Gesicht für solche Worte.

Statt dessen sagte er: »Wieder aktiv geworden, der Bursche, wie? Wohin ist er verschwunden?«

»Hab's nicht gesehen, Herr Salzella. Er ist einfach fortgesaust!«

»Ich schlage vor, einige von euch helfen Thomas zur Kantine«, sagte Salzella. »Und jemand holt einen Arzt ...«

»Sein Bein ist nicht gebrochen«, meinte Agnes. »Allerdings hat das Seil starke Hautabschürfungen verursacht, außerdem ist ihm Farbe ins Ohr gelaufen.«

»Was weißt du schon davon?« erwiderte Thomas. Ein mit Farbe gefülltes Ohr bot nicht die gleichen Möglichkeiten wie ein gebrochenes Bein.

»Ich ... äh ... kenne mich ein wenig mit solchen Dingen aus«, erklärte Agnes und fügte rasch hinzu: »Die Hautabschürfung ist schlimm, außerdem könnte er noch einen Schock bekommen.«

»Brandy ist ein gutes Heilmittel, nicht wahr?« ließ sich Thomas vernehmen. »Vielleicht könntest du mir etwas einflößen.«

»Große dunkle Löcher«, sagte Pfundler. »Große.«

»Ja, danke, Herr Pfundler. Hilf Ron bei Herrn Kripps, in Ordnung? Komm her, Perdita. Und du ebenfalls, Christine.«

Die beiden jungen Frauen blieben vor dem Musikdirektor stehen.

»Habt ihr irgend etwas *beobachtet*?« fragte Salzella.

»Ich habe ein großes Geschöpf mit breiten Flügeln und großen Löchern dort, wo sich die Augen befinden sollten, gesehen!!« antwortete Christine.

»Ich habe nur etwas Weißes unter der Decke gesehen«, sagte Agnes. »Tut mir leid.«

Sie errötete, als sie begriff, wie uninteressant das klang. Perdita hätte vermutlich eine geheimnisvolle maskierte Gestalt erblickt ...

Salzella lächelte. »Soll das heißen, du siehst nur Dinge, die tatsächlich existieren? Offenbar bist du noch nicht lange bei der Oper, Teuerste. Aber es freut mich, daß es hier auch eine vernünftige Person gibt ...«

»O *nein*!« rief jemand.

»Der Geist!!« heulte Christine sofort.

»Äh ... es ist der junge Mann hinter der Orgel«, sagte Agnes. »Entschuldigung.«

»Nicht nur vernünftig, sondern auch aufmerksam«, stellte Salzella fest. »Was dich betrifft, Christine: Dir fällt es bestimmt nicht schwer, dich bei uns einzugewöhnen. Was ist los, André?«

Ein blonder Mann spähte hinter den Orgelpfeifen hervor.

»Jemand hat die Federn und Ventile zerstört«, klagte der junge Mann. »Alles ist ruiniert. Ich kann der Orgel bestimmt keinen Ton mehr entlocken. Und sie ist von *unschätzbarem* Wert.«

Salzella seufzte. »Na schön. Ich gebe *Herrn* Eimer Bescheid. Herzlichen Dank.«

»So was sollte man mit anderen Leuten eigentlich nicht machen«, sagte Nanny Ogg leise und wie zu sich selbst, als die Kutsche schneller wurde.

Sie blickte sich mit einem offenen Lächeln um und musterte die zerzaust wirkenden übrigen Reisenden.

»Guten Morgen«, sagte sie und kramte in ihrem großen Beutel. »Ich bin Gytha Ogg, ich habe fünfzehn Kinder, das ist meine Freundin Esme Wetterwachs, wir fahren nach Ankh-Morpork, möchte vielleicht jemand ein Eibrötchen? Hab genug mitgebracht. Der Kater hat auf den Dingern geschlafen, aber es ist alles in Ordnung damit, seht nur, sie lassen sich wieder in die ursprüngliche Form biegen. Nein? Wie ihr wollt. Was haben wir denn sonst noch ...? Ah, hat jemand einen Öffner für eine Flasche Bier?«

Ein in der Ecke sitzender Mann gab zu erkennen, daß er vielleicht über ein entsprechendes Werkzeug verfügte.

»Gut«, sagte Nanny Ogg. »Hat jemand etwas, aus dem man eine Flasche Bier trinken kann?«

Ein anderer Mann nickte hoffnungsvoll.

»Ausgezeichnet«, kommentierte Nanny Ogg. »Und hat jemand eine Flasche Bier?«

Oma Wetterwachs stand diesmal nicht im Zentrum der Aufmerksamkeit; alle entsetzten Blicke blieben auf Nanny gerichtet. Sie nutzte die gute Gelegenheit, um ihre Mitreisenden zu mustern.

Die Expreßkutsche fuhr nicht nur durch die Spitzhornberge, sondern auch durch die vielen kleinen Länder jenseits davon. Wenn die Fahrkarte von Lancre nach Ankh-Morpork vierzig Dollar kostete, dann hatten diese Leute sicher noch viel mehr bezahlt. Wer gab den durchschnittlichen Lohn von zwei Monaten aus, nur um schnell und bequem zu reisen?

Der dürre Mann, der die ganze Zeit über seine Reisetasche umklammert hielt, war vermutlich ein Spion. Der Dicke, der das Glas angeboten hatte, schien Dinge zu verkaufen. Er hatte die ungesunde Gesichtsfarbe eines Mannes, der zu viele Flaschen geleert und zu viele Mahlzeiten versäumt hatte.

Dick und Dünn drängten sich zusammen, denn der Rest des Platzes wurde von einem Mann beansprucht, dessen Ausmaße fast an die eines Zauberers heranreichten. Er schien nicht aufgewacht zu sein, als die Kutsche anhielt. Nach wie vor ruhte ein Taschentuch auf seinem Gesicht, und er schnarchte mit der Regelmäßigkeit eines Geysirs. Seine einzige Sorge war anscheinend die Tendenz kleiner Objekte, in seinen Schwerkraftbereich zu geraten und gewissermaßen als Meteoriten auf ihn herabzustürzen. Vielleicht kamen auch noch Gezeiten hinzu.

Nanny Ogg wühlte weiter in ihrem Beutel und war so sehr damit beschäftigt, daß zwischen Augen und Mund eine direkte Verbindung ohne Umweg über das Gehirn bestand.

Für gewöhnlich reiste sie mit dem Besen. Fernreisen auf dem Boden waren ein absolutes Novum für sie, und deshalb hatte sie sorgfältige Vorbereitungen getroffen.

»… mal sehen … Rätselbuch für lange Reisen … Kissen … Fußpuder … Mückenfalle … Sprachführer … Tüte-falls-einem-übel-wird … ach du meine Güte …!«

Dem Publikum war es während dieser Litanei entgegen aller Wahrscheinlichkeit gelungen, noch etwas weiter von Nanny fortzurücken. Es beobachtete das Geschehen mit entsetztem Interesse.

»Was ist?« fragte Oma.

»Wie oft hält die Kutsche?«

»Wieso fragst du?«

»Ich hätte es erledigen sollen, bevor wir losfuhren. Entschuldigung. Es kommt sicher von dem dauernden Rütteln. Weiß jemand, ob es in diesem Ding einen Abort gibt?« fragte sie munter.

»Äh«, sagte der mutmaßliche Spion, »normalerweise warten wir bis zum nächsten Halt, oder ...« Er unterbrach sich. Er hatte darauf hinweisen wollen, daß es auch das Fenster gab, doch diese Option stand vor allem Männern zur Verfügung. Der dürre Mann befürchtete plötzlich, daß diese gräßliche alte Frau eine derartige Möglichkeit tatsächlich in Betracht ziehen könnte.

»Es dauert nicht mehr lange, bis wir Ohulan erreichen«, sagte Oma, die versuchte, ein Nickerchen zu machen. »Hab ein wenig Geduld.«

»Die Kutsche hält nicht in Ohulan«, sagte der Spion.

Oma Wetterwachs hob den Kopf.

»Sie hat dort nie gehalten – bisher«, fügte der dürre Mann hinzu.

Herr Eimer saß in seinem Büro und versuchte, die Buchführung des Opernhauses zu verstehen.

Die Bücher ergaben *überhaupt* keinen Sinn. Er hielt sich für durchaus imstande, eine Bilanz als solche zu erkennen und auch zu deuten, aber diese Unterlagen waren für ordentliche Buchführung das, was Sand für ein Uhrwerk darstellte.

Emil Eimer hatte immer großen Gefallen an der Oper gefunden. Er verstand sie nicht, aber das Meer verstand er genausowenig und fand es trotzdem wunderbar. In dem Kauf des Opernhauses sah er so etwas wie eine ... dynamische Altersversorgung. Das Angebot war zu gut gewesen, um es abzulehnen. Im Käse-und-Milchprodukte-Geschäft gab es häufig Probleme, deshalb hatte sich Herr Eimer nach dem ruhigeren Klima der Kunstwelt gesehnt.

Die früheren Eigentümer hatten einige gute Opern inszeniert. Schade nur, daß sie offenbar nicht bereit gewesen waren, bei der Buchführung ein ähnliches Maß an Sorgfalt walten zu lassen. Der Kasse schien immer dann Geld entnommen worden zu sein, wenn es gebraucht wurde. Die Aufzeichnungen der entsprechenden finanziellen Transaktionen bestanden aus Zetteln mit Hinweisen wie: »Habe 30 Dollar genommen, um Q zu bezahlen. Bis Montag. R.« Wer war R? Und wer war Q? Für welchen Zweck war das Geld verwendet worden? Eins stand fest: In der Käsewelt kam man mit so etwas nicht durch.

Er hob den Kopf, als sich die Tür öffnete.

»Ah, Salzella«, sagte er. »Schön, daß du gekommen bist. Du weißt nicht zufällig, wer Q ist, oder?«

»Nein, Herr Eimer.«

»Oder R?«

»Ich fürchte, da muß ich passen.« Salzella zog sich einen Stuhl heran.

»Ich habe den ganzen Morgen gebraucht, um festzustellen, daß wir im Jahr tausendfünfhundert Dollar für Ballettschuhe ausgeben«, sagte Eimer und winkte mit einem Zettel.

Salzella nickte. »Ja, sie wetzen an den Zehen schnell durch.«

»Ich meine, das ist doch lächerlich! Ich habe noch ein Paar Stiefel, das meinem Vater gehörte!«

»Ballettschuhe sind eher wie Handschuhe für Füße, Herr Eimer«, erklärte Salzella.

»Was du nicht sagst! Sie kosten sieben Dollar das Paar und sind schon nach kurzer Zeit hin! Halten nur einige wenige Vorstellungen! Es muß doch möglich sein, irgendwo zu sparen ...?«

Salzella bedachte seinen neuen Chef mit einem kühlen, abschätzenden Blick. »Vielleicht sollten wir die Tänzerinnen bitten, mehr Zeit in der Luft zu verbringen«, sagte er. »Wie wär's mit einigen besonders weiten und hohen Sprüngen?«

Emil Eimer runzelte die Stirn. »Würde das klappen?« fragte er.

»Nun, in einem solchen Fall verbrächten die Füße weniger Zeit auf dem Boden«, erwiderte Salzella im Tonfall eines Mannes, der weiß, daß er die intelligenteste Person im Zimmer ist.

»Guter Hinweis. Ja, guter Hinweis. Bitte sprich mit den zuständigen Leuten.«

»In Ordnung. Zweifellos wird dein Vorschlag überall auf Zustimmung stoßen. Vielleicht hast du die Kosten für Ballettschuhe gerade um die Hälfte gesenkt.«

Herr Eimer strahlte.

»Zudem erfolgt diese drastische Reduzierung der Kosten genau zum richtigen Zeitpunkt«, sagte Salzella. »Es gibt da nämlich eine Angelegenheit, die ich mit dir erörtern muß ...«

»Ja?«

»Sie betrifft unsere einstige Orgel.«

»Unsere *einstige* Orgel? Was soll das heißen?« Eimer zögerte kurz, bevor er hinzufügte: »Du willst mir was Teures sagen, stimmt's? Was haben wir jetzt?«

»Jede Menge Pfeifen und Tasten«, erwiderte Salzella. »Der Rest wurde zerschmettert.«

»Zerschmettert? Von wem?«

Salzella lehnte sich zurück. Normalerweise fiel es ihm nicht leicht, sich zu amüsieren, aber er glaubte zu spüren, daß er an dieser Sache immer mehr Gefallen fand.

»Als dir die Herren Pnigeus und Cavaille dieses Opernhaus verkauften ... erwähnten sie dabei irgend etwas ... Übernatürliches?«

Eimer kratzte sich am Kopf. »Äh ... ja. Nachdem ich unterschrieben und bezahlt hatte. Es war eine Art Scherz. Sie sagten: Oh, und übrigens, die Leute sagen, daß sich in der Oper ein Maskierter herumtreibt und spukt, haha, lächerlich, nicht wahr, diese Theaterleute, sind wie Kinder, haha, nun, sie freuen sich bestimmt, wenn du dafür sorgst, daß Loge acht bei jeder ersten Vorstellung leer bleibt, haha. Ich erinnere mich gut daran. Wenn dreißigtausend Dollar den Besitzer wechseln, wird das Gedächtnis stimuliert. Und dann machten sie sich auf den Weg. Sie hatten es sehr eilig, wenn ich jetzt so darüber nachdenke.«

»Ah.« Salzella erlaubte sich den Schatten eines Lächelns. »Nun, jetzt ist die Tinte des Vertrags trocken. Vielleicht sollte ich dir gewisse Einzelheiten schildern ...«

Vögel zwitscherten. Der Wind zupfte an den Sporenkapseln von Moorblumen.

Oma Wetterwachs nahm ihren Besen und stocherte im Graben, um festzustellen, ob in dieser Gegend interessante Kräuter wuchsen.

Hoch über den Hügeln krächzte ein Bussard, der in einem weiten Kreis flog.

Die Kutsche stand am Wegesrand, obwohl sie eigentlich dreißig Kilometer entfernt ziemlich schnell über die Straße rollen sollte.

Schließlich langweilte sich Oma und trat zu einigen Stechginstersträuchern.

»Wie steht's, Gytha?«

»Oh, gut, gut«, antwortete eine gedämpfte Stimme.

»Ich glaube, der Kutscher wird allmählich ungeduldig.«

»Man kann die Natur nicht drängen«, sagte Nanny Ogg.

»Nun, *mich* trifft keine Schuld. *Du* hast behauptet, auf dem Besen sei es zu zugig.«

»Wie wär's, wenn du dich ein wenig nützlich machst, Esme Wetterwachs? Indem du in der Nähe nach Ampfer oder Kletten suchst, herzlichen Dank.«

»Kräuter? Was hast du damit vor?«

»Ich habe vor, ›na so was, große Blätter, genau das, was ich brauche‹ zu sagen.«

Ein Stück abseits von den Sträuchern, hinter denen Nanny Ogg mit der Natur kommunizierte, erstreckte sich ein See. Fast unbewegtes Wasser spiegelte den herbstlichen Himmel wider.

Im Schilf starb ein Schwan. Besser gesagt, er sollte sterben.

Die Sache hatte jedoch einen unvorhergesehenen Haken.

Tod nahm am Ufer Platz.

JETZT HÖR MAL, sagte er. ICH WEISS, WIE SO ETWAS ABLÄUFT. SCHWÄNE SINGEN AUF WUNDERVOLLE WEISE, BEVOR SIE STERBEN. AUF DIESES PHÄNOMEN GEHT DAS WORT »SCHWANENGESANG« ZURÜCK. ES IST EINE SEHR RÜHRENDE ANGELEGENHEIT. NUN VERSUCHEN WIR'S NOCH EINMAL ...

Er holte eine Stimmgabel hervor und schlug sie auf die Sense.

DAS IST DEIN TON ...

»Nein«, erwiderte der Schwan und schüttelte den Kopf.

WARUM MACHST DU ES UNS SO SCHWER?

»Mir gefällt es hier«, sagte der Schwan.

DAS HAT NICHTS DAMIT ZU TUN.

»Wußtest du, daß ich mit nur einem Flügelschlag einem Mann den Arm brechen kann?«

WAS HÄLTST DU DAVON, WENN ICH MIT EINEM LIED BEGINNE UND DU DANN MIT EINSTIMMST? KENNST DU »WIE DER MONDSCHEIN GLÜHT«?

»Solche Liedchen werden höchstens beim Friseur gesungen! Ich bin zufälligerweise ein Schwan!«

UND »KLEINER BRAUNER KRUG«? Tod räusperte sich. HA HA HA, HEE HEE HEE, KLEINER ...

»Das soll ein Lied sein?« Der Schwan zischte verärgert und trat nervös von einem Fuß auf den anderen. »Ich weiß, woher *du* kommst, aber wir *Schwäne* haben einen besseren Musikgeschmack.«

TATSÄCHLICH? ZEIG MIR EIN BEISPIEL DAFÜR.

»Nein.«

MIST.

»Du dachtest wohl, du könntest mich in die Falle locken, wie?« fragte der Schwan. »Fühltest dich bereits deines Sieges sicher, nicht wahr? Hast geglaubt, daß ich gedankenlos einige Takte des Hausiererliedes aus *Lohenshaak* singe, hm?«

DAS KENNE ICH GAR NICHT.

Der Schwan holte tief Luft.

»Es klingt so: *Schneide meinen eigenen Hals ...«*

VIELEN DANK, sagte Tod. Die Sense bewegte sich.

»Verdammt!«

Eine Sekunde später trat der Schwan aus seinem Leib und plusterte neue, leicht transparente Federn auf.

»Und jetzt?«

DAS HÄNGT VON DIR AB. DARAUF LÄUFT ES JEDESMAL HINAUS.

Herr Eimer lehnte sich im knarrenden Ledersessel zurück und hielt die Augen geschlossen, bis der Musikdirektor den Bericht beendet hatte.

»Nun ...«, sagte er dann. »Mal sehen, ob ich alles richtig verstanden habe. Es gibt hier einen Geist. Immer dann, wenn jemand einen Hammer verloren hat, wurde er vom Geist gestohlen. Wenn sich jemand versingt, so liegt es am Geist. Aber auch, wenn jemand ein verlorenes Objekt wiederfindet, verdankt er es dem Geist. Und wenn jemand eine besonders gute Szene hat, so ist dafür vor allem der Geist verantwortlich.

Er gehört gewissermaßen zu dem Gebäude wie die Ratten. Gelegentlich sieht ihn jemand, aber stets nur kurz, denn er kommt und geht wie … wie ein Geist. Bei jeder ersten Aufführung überlassen wir ihm *kostenlos* die Loge acht. Und du behauptest, die Leute *mögen* ihn?«

»Nun, ›mögen‹ ist nicht ganz das richtige Wort«, erwiderte Salzella. »Um ganz genau zu sein … Es ist natürlich reiner Aberglaube, aber die Leute halten ihn für einen Glücksbringer. Oder *hielten* ihn dafür.«

Und davon verstehst du überhaupt nichts, du blöder kleiner Käseverkäufer, dachte Salzella. Käse ist Käse. Milch verdirbt von ganz allein. Um Käse herzustellen, bedarf es nicht einiger hundert Personen, deren Nerven bis zum Zerreißen angespannt sind …

»Glücksbringer«, wiederholte Emil Eimer fassungslos.

»Das mit dem Glück ist sehr wichtig«, sagte Salzella. Erzwungene Geduld schwamm wie Eiswürfel in seiner Stimme. »Temperament ist vermutlich kein wichtiger Faktor im Käsegeschäft, oder?«

»Wir verlassen uns auf Lab«, sagte Eimer.

Salzella seufzte. »Nun, das Ensemble vertrat bisher den Standpunkt, daß der Geist Glück bringt. Er schickte den Leuten aufmunternde Mitteilungen. Nach einer sehr guten Vorstellung fanden Sopranisten zum Beispiel eine Schachtel Pralinen in der Garderobe. Und natürlich welke Blumen.«

»*Welke* Blumen?«

»Beziehungsweise überhaupt keine Blumen. Nur ein Strauß mit Rosenstengeln ohne Blüten. Ist eine Art Visitenkarte des Geistes. Natürlich hat so etwas den Ruf, Glück zu bringen.«

»Welke Blumen sollen Glück bringen?«

»So heißt es, ja. Gewöhnliche Blumen – noch nicht abgestorbene Exemplare – bringen Pech auf der Bühne. Einige Sänger lassen sie in ihren Umkleideräumen nicht zu. Welke Blumen sind … sicher. Seltsam, aber sicher. Die Leute waren von diesen Dingen nicht beunruhigt, da sie den Geist auf ihrer Seite glaubten. Bis vor sechs Monaten.«

Herr Eimer schloß erneut die Augen. »Ich bin ganz Ohr«, sagte er.

»Es kam zu … Zwischenfällen.«

»Was für Zwischenfälle?«

»Die Art von Zwischenfällen, die man lieber ... Zwischenfälle nennt.«

Emil Eimers Augen blieben geschlossen. »Wie ... an jenem Abend, als Reginald Viel und Fred Meißler spätabends bei den Fässern arbeiteten, in denen die Milch gerinnt, und es stellte sich heraus, daß Reginald ein Verhältnis mit Freds Frau hatte, und ...« Eimer schluckte. »... irgendwie muß er ausgerutscht sein, meinte Fred später, und ist in eins der Fässer gefallen ...«

»Ich kenne die beiden Herren nicht, aber ... *solche* Zwischenfälle, ja.«

Herr Eimer seufzte. »Es war einer der besten Ankh-Morpork-Emmentaler, den wir je hergestellt haben.«

»Möchtest du, daß ich dir von *unseren* Zwischenfällen erzähle?«

»Du kannst sicher sein, daß ich dir mit großem Interesse zuhöre.«

»Eine Näherin nähte sich selbst an die Wand. Ein stellvertretender Regisseur wurde mit einem Requisitenschwert erstochen. Oh, und du willst sicher nicht *in allen Einzelheiten* erfahren, was mit dem Mann geschah, der die Falltür bediente. Außerdem verschwand alles Blei vom Dach, obwohl ich glaube, daß der Geist nichts damit zu tun hat.«

»Und du sprichst in diesem Zusammenhang von ... Zwischenfällen?«

»Nun, du wolltest den Käse verkaufen, nicht wahr? Was würde wohl passieren, wenn bekannt wird, daß bei uns immer wieder irgendwelche Leichen herumliegen?«

Salzella zog einen Umschlag aus der Jackentasche und legte ihn auf den Tisch. »Der Geist läßt gern Nachrichten zurück«, sagte er. »Diese lag bei der Orgel. Ein Kulissenmaler bemerkte das Phantom und ... fiel fast einem Zwischenfall zum Opfer.«

Eimer schnupperte an dem Umschlag. Er roch nach Terpentin.

Und er enthielt ein Blatt Notenpapier aus den Beständen der Oper. Jemand hatte in bester Sonntagsschrift folgende Worte darauf geschrieben:

Ahahahahaha! Ahahahaha! Ahahaha!
SEID AUF DER HUF!!!!!
Hochachtungsvoll
Der Operngeist

»Welche Person setzt sich hin und *schreibt* ein verrücktes Lachen?« fragte Salzella geduldig. »Und hast du die Ausrufezeichen bemerkt? Es sind fünf. Ein sicheres Zeichen dafür, daß jemand die Unterhose auf dem Kopf trägt. Tja, so wirkt sich die Oper auf manche Leute aus. Nun, ich schlage eine Durchsuchung des Gebäudes vor. Die Keller sind fast unendlich. Ich brauche ein Boot ...«

»Ein *Boot*? Für den *Keller*?«

»Oh. Hat man dir nichts vom Kellergeschoß erzählt?«

Eimer lächelte das breite, irre Lachen eines Mannes, der auf dem besten Weg zu einem doppelten Ausrufezeichen ist.

»Nein«, sagte er. »Nein, man hat mir nichts vom Kellergeschoß erzählt. Man war viel zu sehr damit beschäftigt, die Sache mit dem mordenden Geist zu verschweigen. Ich erinnere mich nicht daran, daß jemand gesagt hätte: Oh, übrigens passiert es häufig, daß im Opernhaus jemand umgebracht wird, und außerdem sind die Keller feucht ...«

»Sie sind nicht feucht, sondern überflutet.«

»Oh, gut!« erwiderte Eimer. »Womit denn? Vielleicht mit Blut?«

»Hast du sie dir nicht angesehen?«

»Es hieß, mit den Kellern sei alles in bester Ordnung!«

»Und das hast du einfach geglaubt?«

»Nun, wir haben ziemlich viel Sekt getrunken ...«

Salzella seufzte.

Emil Eimer betrachtete den Seufzer als persönlichen Affront. »Zufälligerweise bin ich sehr stolz auf meine Fähigkeit, den Charakter von anderen Leuten beurteilen zu können. Ich sehe jemandem tief in die Augen und schüttle ihm die Hand – dann weiß ich über den Betreffenden Bescheid.«

»Ja, natürlich«, sagte Salzella.

»Meine Güte, da fällt mir ein ... Señor Enrico Basilica trifft übermorgen hier ein. Glaubst du, ihm könnte etwas zustoßen?«

»Oh, nicht viel. Vielleicht eine durchgeschnittene Kehle, mehr nicht.«

»Was? Im Ernst?«

»Woher soll ich das wissen?«

»Welche Maßnahmen hältst du für angebracht?« fragte Herr Eimer. »Wäre es besser, die Oper zu schließen? Geld verdienen wir ohnehin nicht, soweit ich das feststellen kann. Warum hat niemand die Wache verständigt?«

»Das würde alles noch *schlimmer* machen«, erwiderte Salzella. »Stell dir vor: große Trolle in rostigen Kettenhemden, die überall umherstapfen, allen Leuten im Weg sind und dumme Fragen stellen. Uns bliebe nichts anderes übrig, als zu schließen.«

Eimer schluckte. »Oh, das dürfen wir nicht zulassen. Wir müssen vermeiden, daß die Leute ... nervös werden.«

Salzella lehnte sich zurück und schien sich ein wenig zu entspannen. »Nervös? Dies ist die *Oper*, Herr Eimer. Hier sind *alle* nervös, und zwar *die ganze Zeit über.* Hast du jemals etwas von einer Katastrophenkurve gehört?«

Emil Eimer gab sich alle Mühe. »Nun, ich kenne da eine schreckliche Kurve in der Straße nach ...«

»Die Oper ist ständig auf beziehungsweise in einer Katastrophenkurve unterwegs, Herr Eimer. Sie funktioniert, weil erstaunlich viele Dinge *nicht* schiefgehen. Sie funktioniert auf der Basis von Liebe, Haß und Nervosität. Das hat nichts mit Käse zu tun. Dies ist die Oper. Wenn du einen ruhigen Lebensabend verbringen möchtest, Herr Eimer ... dann hättest du nicht das Opernhaus von Ankh-Morpork kaufen, sondern statt dessen beschließen sollen, als Zahnarzt Krokodile zu behandeln.«

Nanny Ogg langweilte sich schnell. Doch es fiel ihr auch leicht, sich zu vergnügen.

»Eine interessante Art des Reisens«, sagte sie. »Man sieht viele Orte.«

»Ja, alle acht bis zehn Kilometer einen neuen«, erwiderte Oma Wetterwachs.

»Weiß gar nicht, was in mich gefahren ist.«

»Eins steht fest: Auf diese Weise werden die Pferde geschont.«

Sie waren nun allein, abgesehen von dem schnarchenden Riesen. Die beiden anderen Männer hatten sich zu den übrigen Reisenden auf dem Dach der Kutsche gesellt.

Der Hauptgrund dafür hieß Greebo. Mit dem untrüglichen Instinkt für Leute, die keine Katzen mochten, sprang er ihnen auf den Schoß und gab ihnen die Weißt-du-eigentlich-wer-hier-der-Herr-ist-Behandlung. Er knetete so lange mit den Füßen, bis die Betreffenden den letzten Widerstand aufgaben. Anschließend schlief er ein, übte mit den Krallen gerade genug Druck aus, daß kein Blut floß und wies so darauf hin, daß sich die Person besser nicht bewegen und möglichst flach atmen sollte. Und wenn er sicher sein konnte, daß jemand resignierte und sich mit der Situation abfand ... dann begann er zu riechen.

Niemand wußte, woher der Geruch kam. Er stand mit keiner bekannten Körperöffnung in Zusammenhang. Greebo brauchte nur fünf Minuten zu dösen, um der Luft über ihm das Aroma von fermentierten Teppichen zu geben. Jetzt versuchte er diesen Trick bei dem Schnarchenden. Es klappte nicht. Der Bauch war zu groß für ihn, und durch das ständige Auf und Ab wurde ihm übel.

Das Schnarchen hallte laut durch die Kutsche.

»Möchte nicht zwischen *ihn* und seinen Pudding geraten«, sagte Nanny Ogg.

Oma sah aus dem Fenster. Zumindest zeigte ihr Gesicht in die entsprechende Richtung. Ihr Blick hingegen reichte in weite Ferne.

»Gytha?«

»Ja, Esme?«

»Darf ich dich was fragen?«

»Normalerweise bittest du vorher nicht um Erlaubnis«, sagte Nanny.

»Verzweifelst du manchmal, weil die Leute nicht richtig denken?«

Meine Güte, dachte Nanny. Ich hab ihr gerade noch rechtzeitig geholfen. Den Göttern sei Dank für die Literatur.

»Wie meinst du das?« erwiderte sie.

»Sie lassen sich dauernd ablenken.«

»Darüber habe ich nie nachgedacht, Esme.«

»Zum Beispiel ... Angenommen, ich teile dir mit, daß deine Hütte brennt, Gytha Ogg. Was würdest du als erstes herausholen wollen?«

Nanny biß sich auf die Lippe. »Das ist eine von diesen Persönlichkeitsfragen, nicht wahr?«

»Stimmt.«

»Meine Antwort soll dir Aufschluß darüber geben, wie ich bin …«

»Gytha Ogg, ich kenne dich seit vielen Jahren und *weiß*, wie du bist. Beantworte die Frage trotzdem.«

»Nun, ich nehme an, ich würde Greebo retten.«

Oma nickte.

»Das weist auf mein aufmerksames, rücksichtsvolles Wesen hin«, fügte Nanny hinzu.

»Nein«, widersprach Oma Wetterwachs. »Deine Antwort weist darauf hin, daß du zu den Personen gehörst, die bei solchen Fragen nach der vermeintlich richtigen Antwort suchen. Und *das* weist darauf hin, daß du nicht vertrauenswürdig bist. Du hast auf die Art einer Hexe geantwortet. Ein sicheres Zeichen für deine Verschlagenheit.«

Nanny wirkte stolz.

Aus dem Schnarchen wurde ächzendes Schnaufen, und das Taschentuch zitterte.

»… süßer Pudding mit viel Vanillesoße …«

»He, er hat gerade was gesagt«, meinte Nanny.

»Er spricht im Schlaf«, entgegnete Oma Wetterwachs. »Das hat er schon mehrmals getan.«

»Bisher habe ich nichts davon gehört.«

»Weil du die Kutsche so oft verlassen hast.«

»Oh.«

»Beim letzten Halt hat er von Pfannkuchen mit Zitrone gemurmelt«, sagte Oma. »Und von Kartoffelbrei mit Butter.«

»Ich bekomme schon vom Zuhören Appetit«, erwiderte Nanny. »In dem Beutel muß auch irgendwo eine Schweinefleischpastete sein …«

Das Schnarchen hörte abrupt auf. Eine Hand kam nach oben und zog das Taschentuch beiseite. Das Gesicht darunter war freundlich, bärtig und relativ klein. Es bedachte die Hexen mit einem scheuen Lächeln, dann glitt sein Blick zu der Pastete.

»Möchtest du ein Stück?« fragte Nanny. »Ich hab auch Senf.«

»Ooh, würdest du mir wirklich ein Stück geben, liebe Frau?« fragte der Mann mit quiekender Stimme. »Ich erinnere mich gar nicht, wann ich zum letztenmal Schweinefleisch gegessen habe. Oh, meine Güte ...«

Er schnitt eine Grimasse, als hätte er etwas Falsches gesagt. Dann entspannte er sich wieder.

»Ich kann dir auch eine Flasche Bier anbieten«, fügte Nanny hinzu. Anderen Leuten beim Essen zuzusehen ... Daran fand sie fast ebenso großen Gefallen wie daran, selbst zu essen.

»Bier?« wiederholte der Mann. »Bier? Man läßt mich einfach kein Bier trinken. Angeblich läßt es sich nicht mit der richtigen Atmosphäre vereinbaren. Ich würde *alles* für ein Glas Bier geben ...«

»Ein Dankeschön genügt«, sagte Nanny und erfüllte ihm seinen Wunsch.

»Wen meintest du eben mit ›man‹?« erkundigte sich Oma Wetterwachs.

»Eigentlich ist es meine Schuld«, antwortete der Mann, während er mit offensichtlichem Genuß die Schweinefleischpastete verspeiste. »Hab mir von der eigenen Rolle Fesseln anlegen lassen ...«

Die Geräusche draußen veränderten sich. Die Lichter eines Ortes strichen an der langsamer werdenden Kutsche vorbei.

Der große Mann stopfte sich den Rest Pastete in den Mund und spülte alles mit Bier hinunter.

»Ooh, wundervoll«, sagte er. Dann lehnte er sich zurück und verbarg sein Gesicht wieder unter dem Taschentuch.

Er hob eine Ecke an. »Bitte erzählt niemandem, daß ich mit euch gesprochen habe. Nur soviel: Henry Faul ist von nun an euer Freund.«

»Was machst du denn so, Henry Faul?« fragte Oma Wetterwachs neugierig.

»Ich ... trete auf.«

»Derzeit sitzt du«, stellte Nanny Ogg fest.

»Nein, ich meine ...«

Die Kutsche hielt an. Kies knirschte, als Reisende herunterkletterten und zu Boden sprangen. Jemand zog die Tür auf.

Oma sah eine aufgeregte Menge, die erwartungsvoll ins Innere der Kutsche starrte, und aus einem Reflex heraus rückte sie ihren Hut zurecht. Mehrere Hände streckten sich Henry Faul entgegen, der nervös lächelte, sich aufsetzte und nach draußen helfen ließ. Mehrere Personen riefen einen Namen, jedoch nicht Henry Faul.

»Wer ist Enrico Basilica?« fragte Nanny Ogg.

»Keine Ahnung«, erwiderte Oma. »Vielleicht ist es die Person, vor der Herr Faul Angst hat.«

Die Kutsche stand an einem Gasthaus, das eigentlich kaum mehr darstellte als eine schäbige Baracke mit nur zwei Zimmern für Reisende. Als hilflose alte Damen, die allein unterwegs waren, bekamen die Hexen eins davon – andernfalls wäre die Hölle los gewesen.

Herr Eimer verzog wie schmerzerfüllt das Gesicht.

»Für dich bin ich vielleicht nur ein dummer Käser«, sagte er. »Vielleicht hältst du mich für einen sturen Geschäftsmann, der Kultur nicht einmal dann erkennt, wenn sie in seiner Teetasse schwimmt. Aber schon seit Jahren bin ich ein Förderer der schönen Künste; nicht nur hier, auch an anderen Orten. Ich kann alle wichtigen Opernmelodien summen und ...«

»Bestimmt hast du viele Opern *gesehen*«, erwiderte Salzella. »Aber was weißt du von der Inszenierung?«

»Ich bin in vielen Theatern hinter den Kulissen gewesen ...«

»Oh, *Theater*.« Salzella winkte ab. »Das ist kein Vergleich. Die Oper ist keineswegs Theater mit Tanz und Gesang. Die Oper ist *Oper*. Du glaubst vielleicht, daß die Inszenierung von *Lohenshaak* voller Leidenschaft steckt, aber *abseits* der Bühne geht es erst richtig rund. Die Sänger hassen sich gegenseitig. Der Chor haßt die Sänger. Beide hassen das Orchester, und alle fürchten den Dirigenten. Die Leute auf der einen Seite des Souffleurkastens reden nicht mit denen auf der anderen. Die Tänzerinnen sind verrückt vor Hunger. Und das ist alles nur der Anfang, denn ...«

Es klopfte mehrmals an der Tür. Das Pochen klang unregelmäßig, als fiele es der klopfenden Person schwer, sich richtig zu konzentrieren.

»Herein, Walter«, sagte Salzella.

Walter Plinge schlurfte herein. Ein Eimer baumelte am Ende jedes seiner Arme. »Ich bin gekommen, um die Kohlenkiste zu füllen.«

Der neue Eigentümer des Opernhauses winkte und wandte sich wieder dem Musikdirektor zu. »Was wolltest du gerade sagen?«

Salzella beobachtete, wie Walter Kohlen in die Kiste legte, einen Brocken nach dem anderen.

»Salzella?«

»Was? Oh. Entschuldigung ... Was habe ich gerade gesagt?«

»Und das ist alles nur der Anfang. Denn ...«

»Was? Oh. Ja. Ja ... Weißt du, für die Darsteller ist alles in bester Ordnung. Es gibt viele Rollen für alte Männer. Mit der Schauspielerei kann man sich ein Leben lang befassen, und man wird sogar *besser*. Doch mit dem Singen und Tanzen sieht es ganz anders aus. Die Zeit verrinnt, und zwar ...« Salzella suchte nach einem geeigneten Ausdruck. »Und zwar die ganze Zeit über«, beendete er den Satz schließlich. »Zeit ist Gift. Wenn man abends hinter der Bühne steht ... dann kann man beobachten, wie Tänzerinnen immer wieder vor den Spiegel treten und nach den ersten Anzeichen von Unvollkommenheit suchen. Und die Sänger? Sie sind nervös, weil jeder von ihnen weiß: Dies könnte sein letzter großer Abend sein. Der nächste Tag bringt vielleicht schon den Anfang vom Ende. Deshalb hat das Glück hier einen so hohen Stellenwert, verstehst du? Die Sache mit den frischen Blumen, die Unglück bringen, erinnerst du dich? Das gilt auch für die Farbe Grün. Und für echten Schmuck bei der Vorstellung. Und für echte Spiegel auf der Bühne. Und fürs Pfeifen auf der Bühne. Unglück trifft auch denjenigen, der durch den Vorhang ins Publikum späht, der am ersten Abend neue Schminke benutzt, der auf der Bühne strickt, selbst bei Proben. Eine gelbe Klarinette im Orchester bringt jede Menge Unglück, aus welchem Grund auch immer. Und die Unterbrechung einer Vorstellung vor ihrem Ende ist das Schlimmste von allem. Genausogut könnte man sich unter eine Leiter setzen und Spiegel zerbrechen.«

Hinter Salzella setzte Walter den letzten Kohlebrocken in die Kiste und staubte ihn sorgfältig ab.

»Potzblitz«, sagte Emil Eimer. »Und ich dachte, im Käsegeschäft ginge es hart zu.«

Er deutete auf einige Papierstapel, die angeblich die Buchführung des Opernhauses darstellten. »Ich habe dreißigtausend Ankh-Morpork-Dollar für dieses Gebäude bezahlt. Es steht mitten in der Stadt. Einen besseren Platz könnte man sich gar nicht wünschen. Ich dachte, ich hätte einen hervorragenden Verhandlungserfolg erzielt.«

»Wahrscheinlich hätten sich die Verkäufer auch mit fünfundzwanzigtausend Dollar zufriedengegeben.«

»Und dann das mit Loge acht. Ihr stellt sie dem Geist zur Verfügung?«

»Der Geist erhebt bei jeder Erstaufführung Anspruch darauf.«

»Wie erreicht er sie?«

»Das weiß niemand. Wir haben überall nach geheimen Zugängen gesucht ...«

»Und er bezahlt nichts?«

»Nein.«

»Ein Logenplatz kostet fünfzig Dollar pro Abend!«

»Du mußt mit erheblichen Problemen rechnen, wenn du am Abend einer Erstaufführung Karten für die Loge acht verkaufst«, sagte der Musikdirektor.

»Meine Güte, Salzella, du bist ein gebildeter Mann! Wie kannst du ruhig dasitzen und dich mit einem solchen Unsinn abfinden? Ein Maskierter treibt sich hier herum, okkupiert eine Loge, mordet ... und du kündigst mir Probleme an!«

»Die Show muß weitergehen.«

»*Warum* denn? Wir sagen nie: Mit dem Käse muß es weitergehen. Was ist so Besonderes an der Show?«

Salzella lächelte. »Die Macht hinter der Show, ihre Seele, die in sie investierte Kraft, wie auch immer man es nennen will ... Dieses Etwas schwappt gewissermaßen über und fließt überall heraus. Deshalb spricht man davon, daß die Show weitergehen muß. Sie *muß* weitergehen. Die meisten Mitglieder des Ensembles würden nicht einmal verstehen, wieso du danach fragst.«

Eimer sah auf den Haufen, der die finanziellen Aufzeichnungen der Oper repräsentierte. »Da wir gerade bei den Dingen sind, die sie nicht verstehen … Ordentliche Buchführung gehört zweifellos dazu. Wer führt hier die Bücher?«

»Wir alle«, antwortete Salzella.

»Ihr *alle*?«

»Geld kommt in die Kasse, Geld wird ihr entnommen«, sagte Salzella und zuckte mit den Achseln. »Ist das wichtig?«

Herrn Eimers Kinnlade klappte nach unten. »Ob das *wichtig* ist?«

»Die Oper bringt nichts ein«, fügte Salzella glatt hinzu. »Die Oper hat noch nie etwas eingebracht.«

»Mein Güte! Ob das *wichtig* ist? Ich würde gern wissen, wo ich heute stünde, wenn es überhaupt nicht ums Geld ginge.«

Salzella lächelte humorlos. »Derzeit befinden sich einige Personen auf der Bühne, die dir folgende Antwort geben würden: wenn es dir nicht ums Geld gegangen wäre, hättest du vielleicht bessere Käse hergestellt.« Er seufzte und beugte sich über den Schreibtisch. »Käse sind dazu *da*, daß man mit ihnen Geld verdient. Aber mit der Oper sieht es anders aus. Man gibt Geld für die Oper *aus*.«

»Und … was bekommt man dafür?«

»Kunst«, sagte Salzella müde. »Man steckt Geld hinein, und das Ergebnis ist eine Oper.«

»Gibt es denn gar keinen *Profit*?«

»Profit … Profit …« Der Musikdirektor kratzte sich an der Stirn. »Nein, ich glaube, dieses Wort habe ich hier noch nie gehört.«

»Wie sollen wir dann zurechtkommen?«

»Bisher haben wir uns immer irgendwie durchgeschlagen.«

Eimer schlug die Hände vors Gesicht. »Ich wußte, daß hier kein großer Gewinn erzielt wird«, murmelte er wie zu sich selbst. »Aber ich dachte, es läge an schlechter Geschäftsführung. Immerhin haben wir ein großes Publikum. Und es bezahlt eine Menge Geld für die Eintrittskarten. Doch jetzt muß ich erfahren, daß hier Geister spuken und Leute umbringen! Und daß wir überhaupt nichts verdienen!«

Salzella strahlte. »Ah, die *Oper*«, sagte er.

Greebo schlich über die Dächer.

Die meisten Katzen werden unsicher, wenn man sie aus ihrem Territorium versetzt. Deshalb geben Katzenbücher den Rat, ihnen Butter an die Pfoten zu schmieren – der Umstand, daß sie dann ständig gegen Wände stieß, sollte eine Katze vermutlich davon ablenken, *wo* die Wände standen.

Doch Greebo war mit dem für ihn typischen Selbstbewußtsein unterwegs, weil er die ganze Welt für seine persönliche Sandkiste hielt.

Leichtfüßig sprang er auf einen Anbau hinab und näherte sich einem kleinen, offenen Fenster.

Der Frage des Eigentums begegnete er mit der für alle Katzen charakteristischen Einstellung. Er vertrat die Ansicht, daß nichts Eßbares berechtigt war, jemand anderem zu gehören.

Das Fenster lockte mit verschiedenen Düften, darunter die Aromen von Schweinefleischpasteten und Sahne. Greebo zwängte sich durch die schmale Öffnung und landete auf einem Regal.

Manchmal erwischte man ihn. Besser gesagt, manchmal wurde er *entdeckt* …

Er fand die Sahne und schleckte.

Die Schüssel war halb leer, als sich die Tür öffnete.

Greebo legte die Ohren an. Der Blick seines einen Auges huschte hin und her, suchte nach einem Fluchtweg. Das Fenster befand sich zu weit über ihm, und die Frau, die nun in der Tür stand, trug ein langes Kleid, was die Anwendung des alten Durch-die-Beine-verschwinden-Tricks verhinderte, und … und … und … *es gab keinen Ausweg* …

Seine Krallen kratzten über den Boden.

Oh, *nein! Es ging wieder los* …

Im morphogenetischen Feld des Katers veränderte sich etwas. Hier gab es ein Problem, mit dem die Katzengestalt nicht fertig werden konnte. Also mußte eine andere Gestalt her …

Geschirr krachte um ihn herum. Regale zerbrachen, als er wuchs. Eine Tüte Mehl platzte auseinander, als die breiter werdende Schulter zu starken Druck ausübte.

Die Köchin starrte zu ihm hoch. Und senkte den Kopf. Und sah wieder nach oben. Noch einmal glitt ihr Blick nach unten, wie von einem besonderen Magneten angezogen.

Sie schrie.

Greebo schrie.

Verzweifelt griff er nach einer Schale, um etwas zu verbergen, das er als Kater gar nicht zu verbergen brauchte.

Er schrie erneut, weil er sich gerade lauwarmes Bratenfett über eine empfindliche Körperstelle gegossen hatte.

Seine umhertastenden Finger fanden eine große Backform aus Kupfer. Er preßte sie sich gegen die Leistengegend, lief los, verließ die Speisekammer, raste durch Küche und Schankraum nach draußen.

Der Spion speiste gerade mit dem Handelsvertreter und ließ das Messer sinken.

»So was sieht man nicht oft«, sagte er.

»Was denn?« fragte der Vertreter, der mit dem Rücken zu der allgemeinen Aufregung saß.

»Eine der alten Backformen aus Kupfer. Sind heute recht wertvoll. Meine Tante hatte eine gute.«

Die hysterische Köchin bekam etwas Hochprozentiges zu trinken, und einige Bedienstete wagten sich in die dunkle Nacht, um Nachforschungen anzustellen.

Sie fanden nur eine kupferne Backform, die einsam auf dem Hof lag.

Daheim schlief Oma Wetterwachs mit offenen Fenstern und unverschlossener Tür. Sie konnte völlig sicher sein, daß sie keinen unerwarteten Besuch bekam – die Geschöpfe des Waldes würden eher ihre eigenen Ohren fressen, als sich in die Hütte der Hexe wagen.

In gefährlichen zivilisierten Ländern hielt es Oma jedoch für angemessen, einige Maßnahmen zu ergreifen.

»Ich halte es nicht für nötig, das Bett vor die Tür zu schieben, Esme«, sagte Nanny Ogg und hob ihr Ende an.

»Man kann nicht vorsichtig genug sein«, erwiderte Oma. »Angenommen, mitten in der Nacht rüttelt ein Mann an der Klinke.«

»Darauf dürfen wir in unserem Alter nicht mehr hoffen«, seufzte Nanny.

»Gytha Ogg, du bist …«

Oma unterbrach sich, als sie ein wäßriges Geräusch vernahm. Es hatte seinen Ursprung hinter der Wand und dauerte eine Zeit an.

Schließlich hörte es auf. Um gleich darauf erneut zu beginnen: ein beständiges Platschen, das allmählich in ein Tröpfeln überging.

Ein Lächeln formte sich auf Nannys Lippen.

»Füllt da jemand eine Badewanne?« fragte Oma.

»Nun, das wäre möglich«, räumte Nanny Ogg ein.

Die Geräusche wiederholten sich, als jemand einen dritten Krug entleerte. Leichte Schritte verschwanden in der Ferne, kurz darauf ertönten viel schwerere. Dann platschte es wieder, untermalt von gelegentlichem Brummen.

»Ja, ein Mann nimmt ein Bad«, sagte Oma. »Was machst du da, Gytha?«

»Ich suche nach einem kleinen Astloch«, antwortete Nanny. »Ah, hier ist eins …«

»Komm sofort her!«

»Entschuldige bitte, Esme.«

Und dann begann der Gesang. Es war ein sehr angenehmer Tenor, der durch die Badewanne zusätzliches Timbre erhielt.

»Zeig mir den Weg nach Hause. Ich bin müde und möchte zu Bett gehen …«

»Jemand vergnügt sich«, sagte Nanny.

»… wo auch immer ich wandere …«

Es klopfte an der fernen Badezimmertür, woraufhin der Sänger übergangslos zu einer anderen Sprache wechselte.

»*… per via di terra, mare o schiuma …*«

Die Hexen wechselten einen Blick.

»Ich habe dir deine Wärmflasche gebracht«, sagte eine gedämpfte Stimme.

»Oh, viela Danka«, erwiderte der Badende mit schwerem Akzent.

Erneut entfernten sich Schritte.

»*Indicami la strada* ... nach Hause zurückzukehren.« Platsch, platsch. »Guten Aaaaabend, Freeeuuunde ...«

»Na so was«, sagte Oma mehr zu sich selbst. »Ich habe den Eindruck, unser Herr Faul ist ein heimlicher Polyglott.«

»Denk mal an!« entfuhr es Nanny. »Und du hast nicht mal durchs Astloch gesehen!«

»Gytha, gibt es irgend etwas auf der Welt, das nicht schmutzig klingt, wenn du darüber redest?«

»Hab's noch nicht gefunden, Esme«, erwiderte Nanny Ogg fröhlich.

»Ich meine, wenn Herr Faul im Schlaf spricht und in der Badewanne singt, dann klingt er ganz normal. Aber wenn er glaubt, daß andere Leute zuhören, tönt er plötzlich durch und durch fremdländisch.«

»Wahrscheinlich will er damit die Basilica-Person auf eine falsche Fährte locken«, spekulierte Nanny.

»Oh, ich schätze, Herr Basilica ist unserem Henry Faul sehr nahe«, sagte Oma. »Ich glaube sogar, daß sie ein und dieselbe Per...«

Es klopfte leise an der Tür.

Oma Wetterwachs drehte den Kopf. »Wer ist da?«

»Ich bin's, gnä' Frau, Herr Kerbe. Dies ist meine Taverne.«

Die Hexen schoben das Bett beiseite, und Oma öffnete die Tür einen Spalt.

»Ja?« fragte sie mißtrauisch.

»Äh ... der Kutscher meinte, daß ihr ... Hexen seid!«

»Ja?«

»Vielleicht könntet ihr uns ... helfen?«

»Wobei?«

»Es geht um meinen Sohn ...«

Oma öffnete die Tür etwas weiter und sah eine Frau hinter Herrn Kerbe stehen. Ihr Gesichtsausdruck vermittelte eine deutliche Botschaft. Ein Bündel ruhte in ihren Armen.

Oma Wetterwachs wich zurück. »Bring ihn herein, damit ich ihn mir ansehen kann.«

Sie nahm das Baby entgegen, sank auf den einzigen Stuhl des Zimmers und zog die Decke beiseite. Nanny Ogg sah ihr über die Schulter.

»Ich bin sicher, daß ein Fluch auf dem Haus liegt«, sagte Herr Kerbe. »Auch meine beste Kuh ist schwerkrank.«

»Ach, du hast einen Kuhstall?« erwiderte Oma. »Genau der richtige Ort für Kranke. Wegen der Wärme. Zeig mir den Weg.«

»Du möchtest mit dem Jungen in den Stall?«

»Ja.«

Der Mann sah seine Frau an und zuckte mit den Schultern. »Nun, du weißt es sicher am besten«, sagte er. »Hier entlang.«

Er ging die Hintertreppe hinunter, gefolgt von den beiden Hexen, überquerte einen Hof und erreichte kurz darauf die stinkende Wärme des Stalls. Eine Kuh lag dort im Stroh. Als sie eintraten, rollte das Tier wie irre mit den Augen und versuchte zu muhen.

Oma sah sich nachdenklich um.

»In Ordnung«, sagte sie schließlich.

»Was brauchst du?« fragte Herr Kerbe.

»Nur Ruhe und Frieden.«

Der Mann kratzte sich am Kopf. »Ich dachte, Hexen singen oder brauen was zusammen oder so.«

»Manchmal.«

»Ich meine, ich könnte dir eine Kröte besorgen ...«

»Ich brauche nur eine Kerze«, sagte Oma. »Eine neue, wenn möglich.«

»Das ist alles?«

»Ja.«

Herr Kerbe wirkte ein wenig enttäuscht. Sorge nahm den größten Platz in seiner Miene ein, doch der Rest wies darauf hin, daß Oma Wetterwachs keine besonders gute Hexe sein konnte, wenn sie nichts mit Kröten anzufangen wußte.

»Und Streichhölzer«, sagte Oma, als sie die Skepsis des Mannes bemerkte. »Auch ein Kartenspiel könnte sich als nützlich erweisen.«

»Ich brauche drei kalte Lammkoteletts und genau zwei Krüge Bier«, fügte Nanny Ogg hinzu.

Herr Kerbe nickte. Das klang zwar nicht nach Kröten, aber es war immer noch besser als gar nichts.

»Warum hast du danach gefragt?« zischte Oma, als der Mann forteilte. »Lammkoteletts und Bier nützen uns überhaupt nichts! Außerdem hast du bereits gegessen.«

»Ich habe nie etwas gegen eine zusätzliche Mahlzeit einzuwenden«, erwiderte Nanny. »Du möchtest bestimmt nicht, daß ich hierbleibe, weil ich mich bald langweilen würde.«

»Wie kommst du darauf, daß ich auf deine Gesellschaft verzichten möchte?«

»Nun … selbst ich sehe, daß der Junge im Koma liegt. Und für die Kuh gibt es keine Hoffnung mehr, wenn ich ihren Zustand richtig beurteile. Wirklich schade. Ich vermute also, daß du eine … direkte Aktion planst.«

Oma hob und senkte die Schultern.

»Bei solchen Gelegenheiten muß eine Hexe allein sein«, fuhr Nanny fort. »Gib gut acht, Esme Wetterwachs.«

Das Kind wurde gebracht, eingehüllt in eine Decke. Herr Kerbe folgte seiner Frau mit einem Tablett.

»Frau Ogg trägt das Tablett in ihr Zimmer, um dort alles Notwendige durchzuführen«, verkündete Oma. »Ich verbringe die Nacht hier. Niemand darf den Stall betreten, verstanden? Was auch immer geschieht.«

Die Mutter knickste besorgt. »Ich wollte eigentlich gegen Mitternacht nach dem Rechten se…«

»Nein. Niemand. Geht jetzt.«

Herr und Frau Kerbe verließen den Stall. Nanny zögerte kurz und sah noch einmal zur Tür herein. »Was hast du *vor*, Esme?«

»Du hast oft genug bei Sterbenden gesessen, Gytha.«

»Oh, ja, ich …« Nanny erschrak. »Esme … du willst doch nicht etwa …«

»Guten Appetit, Gytha.«

Oma Wetterwachs schloß die Tür.

Sie rückte Kissen und Fässer zurecht, bis sie einen improvisierten Tisch hatte und etwas, auf dem sie sitzen konnte. Die Luft war warm und roch nach Rinderblähungen. Ab und zu überprüfte sie den Zustand beider Patienten, obwohl es eigentlich nichts zu überprüfen gab.

In der Ferne verstummten allmählich die Geräusche der Taverne. Schließlich deutete ein Klirren und Klacken darauf hin, daß der Wirt die Tür abschloß. Oma hörte, wie er über den Hof ging, sich dem Stall näherte und vor der Tür stehenblieb. Einige Sekunden später wandte er sich ab und ging die Treppe hoch.

Sie wartete noch ein wenig länger und zündete die Kerze an. Ein beruhigender Glanz ging von der fröhlichen kleinen Flamme aus.

Oma legte die Karten auf den Tisch und versuchte, sich die Zeit mit Patiencen zu vertreiben – mit diesem Spiel war sie noch nie besonders gut zurechtgekommen.

Die Kerze brannte herunter. Oma schob die Karten beiseite und beobachtete die Flamme.

Irgendwann flackerte sie. Es wäre sicher niemandem aufgefallen, der nicht genau darauf gewartet hatte.

Sie atmete tief durch und ...

»Guten Morgen«, sagte Oma Wetterwachs.

GUTEN MORGEN.

Nanny Ogg hatte den Teller und die beiden Bierkrüge schon vor einer ganzen Weile geleert und lag nun angezogen und mit hinter dem Kopf gefalteten Händen auf dem Bett. Stumm starrte sie an die Decke.

Nach einer Weile kratzte es an den Fensterläden. Nanny stand auf und öffnete sie.

Eine große Gestalt sprang ins Zimmer. Ein oder zwei Sekunden spiegelte sich der Mondschein an einem muskulösen Oberkörper wider und glitt über eine schwarze Mähne. Dann kroch das Wesen unters Bett.

»Du liebe Zeit«, sagte Nanny.

Sie wartete eine Zeitlang und nahm dann einen Knochen vom Tablett. Es klebte noch etwas Fleisch daran, und sie hielt ihn dicht über dem Boden vor das Bett.

Eine Hand schoß darunter hervor und griff danach.

Nanny lehnte sich zurück.

»Armer kleiner Kerl«, murmelte sie.

Wenn es um Greebo ging, trübte sich Nanny Oggs ansonsten sehr guter Blick für die Realität. Sie sah in ihm nur die etwas größere Version jenes flauschigen Kätzchens, das er einmal gewesen war. Alle anderen hielten ihn für ein zernarbtes Bündel aus einfallsreicher Bosheit.

Jetzt hatte er ein Problem, mit dem nur wenige Katzen fertig werden mußten. Vor einem Jahr hatten ihn die Hexen in einen Menschen verwandelt, aus Gründen, die zu jenem Zeitpunkt zwingend gewesen waren. Es hatte große Anstrengung erfordert, und zur allgemeinen Erleichterung war sein morphogenetisches Feld nach einigen Stunden zur ursprünglichen Struktur zurückgekehrt.

Aber die Magie ist nicht so einfach, wie die Leute oft glauben. Sie unterliegt gewissen universalen Gesetzen, und eins davon lautet: Ganz gleich, wie schwierig etwas sein mag – wenn es einmal vollbracht wurde, ist anschließend alles viel einfacher, weshalb sich die bis dahin schwierige Angelegenheit häufig wiederholt. Wie bei einem gewaltigen Berg: Über viele Jahrhunderte versuchen starke, tapfere Männer, ihn zu erklettern. Als es schließlich gelingt, dauert es nur wenige Jahrzehnte, bis Großmütter zum Gipfel schlendern, um dort Tee zu trinken. Und später kehren sie dorthin zurück, um nachzusehen, wo sie die Tassen vergessen haben.

Auf der Grundlage dieses Gesetzes hatte Greebos Seele festgestellt, daß es in kritischen Situationen eine weitere Möglichkeit für ihn gab (abgesehen von den drei üblichen Katzenoptionen: Flucht, Kampf und den Darm entleeren). Er konnte menschliche Gestalt annehmen.

Glücklicherweise war die Veränderung nicht permanenter Natur. Sie dauerte nur einige Stunden – den größten Teil dieser Zeit verbrachte Greebo damit, eine Hose zu suchen.

Unter dem Bett erklang leises Schnarchen. Nanny atmete erleichtert auf, als es sich nach und nach in Schnurren verwandelte.

Dann zuckte sie plötzlich zusammen. Sie war ein ganzes Stück vom Kuhstall entfernt, aber …

»*Er* ist hier«, sagte sie.

Oma Wetterwachs ließ den angehaltenen Atem langsam entweichen.

»Komm näher und nimm dort Platz, wo ich dich sehen kann. Die guten Manieren verlangen es. Und eins will ich gleich klarstellen: Ich habe keine Angst vor dir.«

Die große, in einen schwarzen Kapuzenmantel gekleidete Gestalt trat durch den Stall, lehnte die Sense an die Wand und setzte sich auf ein Faß.

Oma verschränkte die Arme, sah den Besucher ruhig an und begegnete seinem augenlosen Blick.

ICH BIN BEEINDRUCKT.

»Ich habe Vertrauen.«

UND WEM GILT DEIN VERTRAUEN? EINEM GOTT VIELLEICHT?

»Natürlich nicht.«

WEM DANN?

»Es ist einfach Vertrauen im allgemeinen.«

Tod beugte sich vor. Das Licht der Kerze malte seltsame Schattenmuster auf seinen bleichen Schädel.

IM KERZENSCHEIN IST ES LEICHT, MUTIG ZU SEIN. ICH VERMUTE, DU VERTRAUST DER FLAMME.

Tod lächelte.

Oma Wetterwachs blies die Kerze aus, verschränkte erneut die Arme und starrte grimmig in die Dunkelheit.

NA SCHÖN, sagte Tod nach einer Weile. DU FÜRCHTEST DICH ALSO TATSÄCHLICH NICHT.

Oma entzündete ein Streichholz. Das plötzliche Licht fiel auf einen Schädel, der sich nicht bewegt hatte.

»Wir wollen hier doch nicht die ganze Nacht sitzen, oder?« fragte sie und hielt das brennende Streichholz an den Kerzendocht. »Wie viele Seelen willst du holen?«

EINE.

»Die der Kuh?«

Tod schüttelte den Kopf.

»Du *könntest* dich für die Kuh entscheiden.«

NEIN, DADURCH WÜRDE ICH DIE GESCHICHTE VERÄNDERN.

»Die Geschichte *besteht* aus Veränderungen.«

NEIN.

Oma lehnte sich zurück.

»Dann fordere ich dich zu einem Spiel heraus. Die Tradition erlaubt das.«

Tod schwieg einige Sekunden.

DAS STIMMT.

»Gut.«

ES IST TATSÄCHLICH ERLAUBT, MICH MIT EINEM SPIEL HERAUSZUFORDERN.

»Ja.«

ALLERDINGS ... IST DIR KLAR, DASS DU ALLES RISKIEREN MUSST, UM ZU GEWINNEN?

»Alles oder nichts. Ja, ich weiß.«

KEIN SCHACH.

»Kann Schach nicht ausstehen.«

AUCH NICHT LEG-HERRN-ZWIEBEL-REIN. HAB DIE REGELN DIESES SPIELS NIE VERSTANDEN.

»Nun gut. Wie wär's mit Poker? Jeder bekommt fünf Karten. Es werden keine neuen gezogen. Allein das Glück entscheidet.«

Tod überlegte.

KENNST DU DIESE FAMILIE?

»Nein.«

WARUM DANN?

»Wollen wir reden oder spielen?«

WIE DU MEINST.

Oma Wetterwachs griff nach den Karten und mischte, ohne auf ihre Hände zu sehen. Die ganze Zeit starrte sie Tod an und lächelte. Sie gab ihrem Gegenüber und sich selbst fünf Karten, streckte die Hand aus ...

Knochenfinger schlossen sich um ihren Unterarm.

ZUERST WECHSELN WIR DIE KARTEN, FRAU WETTERWACHS.

Er griff nach den beiden kleinen Stapeln und vertauschte sie. Dann nickte er Oma zu.

NUN?

Oma Wetterwachs sah sich ihre Karten an und legte sie auf den Tisch.

VIER DAMEN, HM. EIN ZIEMLICH GUTES BLATT.

Tod betrachtete seine eigenen Karten und sah dann in die durchdringenden Augen der Hexe.

Eine Zeitlang rührte sich niemand.

Schließlich ließ Tod seine Karten sinken.

ICH HABE NUR VIER EINSEN UND DAMIT VERLOREN, sagte er.

Erneut sah er Oma an. In den Tiefen seiner Augenhöhlen glühte es blau, und für den Bruchteil einer Sekunde erlosch eins dieser beiden Lichter. Selbst einem aufmerksamen Beobachter fiel es schwer, dieses kurze Flackern zu bemerken.

Oma nickte und beugte sich wieder vor.

Sie war stolz auf ihre Fähigkeit, Leute nach ihrem Händedruck und mit einem Blick in die Augen beurteilen zu können. In diesem Fall fühlte sich die Hand ziemlich hart und kalt an.

»Nimm die Kuh«, sagte sie.

SIE IST EIN KOSTBARES GESCHÖPF.

»Wer weiß, was einmal aus dem Jungen wird.«

Tod stand auf und griff nach der Sense.

AUTSCH, ächzte er.

»Ja, das ist mir bereits aufgefallen«, sagte Oma Wetterwachs, als sich die Anspannung verflüchtigte. »Du versuchst stets, den Arm zu entlasten.«

ACH, DU WEISST JA, WIE DAS IST. STÄNDIG DIE GLEICHEN BEWEGUNGEN ...

»Es könnte schlimmer werden, wenn du nichts dagegen unternimmst.«

WIEVIEL SCHLIMMER?

»Soll ich's mir mal ansehen?«

WÄRST DU SO NETT? IN KALTEN NÄCHTEN TUT ES GANZ SCHÖN WEH.

Oma erhob sich und wollte den Knochen betasten, aber ihre Hand glitt einfach hindurch.

»Hör mal, du mußt dir schon etwas mehr Substanz geben, wenn ich dir helfen soll ...«

VIELLEICHT MIT INKWER UND HAGABUTT?

»Oder mit Lakritze? Du weißt sicher, daß so etwas nur dazu dient, die Leute abzulenken. Komm jetzt, roll den Ärmel hoch. Stell dich nicht so an. Du hast doch keine Angst vor mir, oder?«

Omas Hände betasteten glatte Knochen. Sie hatte schon üblere Dinge berührt. Diese waren mit Sicherheit nie von Fleisch bedeckt gewesen.

Sie fühlte hier und dort, griff fest zu, drehte …

Es klickte.

AUTSCH.

»Versuch jetzt mal, die Schulter zu bewegen.«

HMM. JA. GEHT ALLES VIEL LEICHTER. JA, TATSÄCHLICH. MEINE GÜTE. JA, HERZLICHEN DANK.

»Wenn du erneut Schwierigkeiten damit hast … Du weißt ja, wo ich wohne.«

DANKE. VIELEN DANK.

»Bitte melde dich vorher an. Nichts für ungut.«

DANKE.

Tod ging fort. Kurze Zeit später schnaufte die Kuh leise. Dieses Geräusch und ein erschlaffender Leib markierten den Übergang vom lebenden Tier zu abkühlendem Fleisch.

Oma hob das Baby an, und ihre Fingerkuppen strichen über seine Stirn.

»Kein Fieber mehr«, sagte sie.

FRAU WETTERWACHS? fragte Tod von der Tür her.

»Ja?«

ERLAUBE MIR EINE FRAGE. WAS WÄRE GESCHEHEN, WENN ICH … NICHT VERLOREN HÄTTE?

»Beim Kartenspiel, meinst du?«

JA. WIE HÄTTEST DU DICH VERHALTEN?

Oma legte das Baby vorsichtig ins Stroh zurück und lächelte.

»Nun«, sagte sie, »zunächst einmal hätte ich dir den verdammten Arm gebrochen.«

Agnes blieb lange auf, weil alles so neu war. Die meisten Leute in Lancre gingen, wie es so schön heißt, mit den Hühnern zu Bett und standen mit den Kühen auf.* Doch an diesem Abend sah sich Agnes die Spätvorstellung an und beobachtete anschließend, wie die Kulissen fortgeschoben wurden. Sie sah den Darstellern nach, die das Gebäude verließen oder – wie die jüngeren Chorsänger – ihre Unterkünfte in abgelegenen Bereichen des Opernhauses aufsuchten. Und dann waren nur noch Walter Plinge und seine Mutter da und begannen zu fegen.

Agnes ging zur Treppe. Hier gab es keine Kerzen, aber im Zuschauersaal brannten noch einige. Ihr Licht reichte gerade aus, in der Dunkelheit Schatten entstehen zu lassen.

Die Treppe ragte an der Wand hinter der Bühne empor, und nur ein wackliges Geländer trennte sie von der Tiefe. Außer zu den weiter oben gelegenen Lagerräumen und dem Dachboden führte sie auch zu den Soffitten und geheimen Plattformen. Von dort aus bewirkten Männer in grauen Overalls die spezielle Magie des Theaters, für gewöhnlich mit Hilfe von Flaschenzügen …

Eine Gestalt hockte auf einem Stützelement über der Bühne. Agnes bemerkte sie nur, weil sich der Unbekannte bewegte. Er kniete und hielt in der Finsternis nach etwas Ausschau.

Agnes wich zurück. Eine Treppenstufe knarrte.

Die Gestalt drehte sich um. Ein kleines Quadrat aus gelbem Licht flammte in der Schwärze auf, und sein Glanz nagelte Agnes an die Backsteinwand.

»Wer ist da?« fragte sie und hob die Hand, um sich die Augen abzuschirmen.

»Wer ist *da*?« erwiderte eine Stimme. »Oh, du bist's. Perdita, nicht wahr?«

Das gelbe Quadrat schwang hin und her, als die Gestalt über das Gerüst kletterte.

»André?« brachte Agnes erstaunt hervor. Sie wollte zurückweichen, doch die Ziegelsteine hinter ihr blieben massiv.

* Damit ist folgendes gemeint: Die Leute gingen zur gleichen Zeit schlafen wie die Hühner, und sie erwachten zur gleichen Zeit wie die Kühe. Ungenaue Ausdrucksweisen können erhebliche Verwirrung stiften.

Und plötzlich stand er auf der Treppe, kein Schemen, sondern eine ganz normale Person. In der einen Hand hielt er eine große Laterne.

»Was machst du hier?« fragte der Organist.

»Ich ... wollte gerade zu Bett gehen.«

»Oh, ja.« Der junge Mann entspannte sich ein wenig. »Einige Mädchen wohnen hier im Haus. Die Verwaltung möchte vermeiden, daß ihr spätabends allein nach Hause gehen müßt.«

»Und du? Was machst *du* hier?« Agnes wurde sich plötzlich bewußt, daß überhaupt keine anderen Personen in der Nähe weilten. Sie waren allein.

»Ich ... habe mir den Ort angesehen, wo der Geist versuchte, Herrn Kripps zu erdrosseln«, sagte André.

»Warum?«

»Ich wollte mich vergewissern, daß jetzt alles in Ordnung ist.«

»Darum sollten sich doch die Bühnenarbeiter kümmern, oder?«

»Oh, du kennst sie ja. Ich wollte nur auf Nummer Sicher gehen.«

Agnes blickte auf die Laterne.

»Die sehe ich jetzt zum erstenmal. Wie ist es dir gelungen, sie so schnell zu entzünden?«

»Oh, sie brannte die ganze Zeit über. Hier ist eine Klappe ...« André klopfte darauf. »Man kann sie öffnen oder schließen. Dadurch wird's hell oder dunkel.«

»Welchen Sinn hat eine dunkle Laterne? Sucht man damit nach *dunklen* Dingen?«

»Spar dir deinen Sarkasmus. Ich wollte nur sichergehen, daß es keine Probleme mehr gibt. Auch *du* würdest ständig über deine Schulter blicken, wenn ...«

»Gute *Nacht*, André.«

»Gute Nacht.«

Agnes eilte den Rest der Treppe hoch und in ihr Zimmer. Niemand folgte ihr.

Als sie sich beruhigt hatte – was eine Weile dauerte –, entkleidete sie sich im großen Zelt ihres roten Flanellnachthemds, ging ins Bett und widerstand der Versuchung, sich die Decke über den Kopf zu ziehen.

Sie starrte in die Finsternis.

Das ist doch dumm, dachte sie. Heute morgen war er auf der Bühne. Niemand kann so schnell sein ...

Später wußte sie nicht, ob sie eingeschlafen war oder nur döste, als jemand leise an die Tür klopfte.

»Perdita?!«

Es gab nur eine Person, die mit einem Ausrufezeichen flüstern konnte.

Agnes stand auf und öffnete die Tür nur zwei oder drei Zentimeter weit, um nichts zu riskieren. Christine fiel halb ins Zimmer.

»Was ist los?«

»Ich habe Angst!!«

»Wovor?«

»Der Spiegel!! Er *spricht* zu mir!! Kann ich in deinem Zimmer schlafen?!«

Agnes sah sich um. Zwei stehende Personen genügten, um den kleinen Raum fast auszufüllen.

»Der Spiegel *spricht?*«

»Ja!!«

»Bist du sicher?«

Christine sauste in Agnes' Bett und verschwand unter der Decke. »Ja!!« lautete ihre unsichere Antwort.

Agnes stand allein in der Dunkelheit.

Die Leute nahmen immer an, daß sie mit allem fertig wurde, als ginge Fähigkeit mit Masse einher. Es nützte sicher nichts, »Unsinn, Spiegel sprechen nicht!« zu sagen, zumal die eine Hälfte des Dialogs unter der Bettdecke lag.

Sie ertastete sich den Weg ins Nebenzimmer und stieß dort mit dem Fuß an das Bett.

Irgendwo mußte eine Kerze stehen. Agnes' Hand glitt über das Nachtschränkchen, in der Hoffnung, eine Streichholzschachtel zu entdecken.

Das matte Glimmen der mitternächtlichen Stadt drang durchs Fenster. Der Spiegel schien zu glühen.

Agnes setzte sich aufs Bett, das unheilverkündend unter ihr knirschte.

Nun ... ein Bett war so gut wie jedes andere, oder?

Sie wollte sich gerade hinlegen, als in der Dunkelheit ein Geräusch ertönte. Es klang wie ... *Ting.*

Eine Stimmgabel.

Und eine Stimme sagte: »Christine ... bitte hör gut zu.«

Agnes setzte sich auf und starrte in die Finsternis.

Eine Erkenntnis reifte in ihr heran. Eine der Vorschriften lautete: keine Männer. Darin war man sehr streng, als wäre die Oper eine Art Religion. Für Agnes ergaben sich in dieser Hinsicht keine Probleme, aber für jemanden wie Christine ... Es hieß, die Liebe fände immer einen Weg, und das galt vermutlich auch für einige damit verbundene Aktivitäten.

Lieber Himmel! Sie spürte, wie sie errötete. In der Dunkelheit! Gab es eine dümmere Reaktion?

Agnes sah auf ihr bisheriges Leben zurück. Viele Höhepunkte schien es darin nicht zu geben, aber es enthielt zahllose Beispiele für Vernunft und einen guten Charakter. Zweifellos enthielt es mehr Schokolade als Sex. Zwar sah sich Agnes zu einem direkten Vergleich außerstande, aber es schien ihr trotzdem kein fairer Ausgleich zu sein – auch wenn man sich eine Tafel Schokolade so einteilen konnte, daß man den ganzen Tag etwas davon hatte.

Das gleiche Empfinden wie zu Hause stellte sich ein. Manchmal erreichte das Leben den verzweifelten Punkt, an dem es richtig war, etwas Falsches zu tun.

Es spielte keine Rolle, welche Richtung man einschlug. Wichtig war nur, daß man sich in Bewegung setzte.

Agnes griff nach der Bettdecke und dachte an die Art, wie ihre Freundin sprach. Aufregung gehörte ebenso dazu wie die Atemlosigkeit von Leuten, die häufig in einer Traumwelt weilten. Sie probierte die Mischung erst in Gedanken aus und gab sie dann an die Stimmbänder weiter.

»Ja?! Wer ist da?!«

»Ein Freund.«

Agnes zog die Bettdecke noch etwas höher. »Und du kommst mitten in der *Nacht*?!«

»Die Nacht bedeutet mir nichts. Ich bin ein Teil von ihr. Und ich kann dir helfen.« Es war eine angenehme Stimme, und sie schien vom Spiegel zu kommen.

»Helfen?! Wobei?!«

»Möchtest du die beste Sängerin der Oper werden?«

»Oh, Perdita singt *viel* besser als ich!!«

Einige Sekunden lang war es still, dann antwortete die Stimme: »Ich kann ihr nicht beibringen, so wie du auszusehen und sich mit deiner Eleganz zu bewegen. Aber ich kann dich lehren, wie sie zu singen.«

Agnes starrte in die Schwärze. Scham und Demütigung stiegen wie Dampf von ihr auf.

»Morgen wirst du als Jod singen. Und mit meiner Hilfe singst du *perfekt* ...«

Am nächsten Morgen hatten die beiden Hexen das Innere der Kutsche fast für sich allein. Nachrichten wie Greebo sprachen sich schnell herum. Nur Henry Faul saß auf seinem üblichen Platz neben einem kleinen, dünnen Mann.

»So sieht man sich wieder«, sagte Nanny Ogg.

Henry lächelte nervös.

»Gestern abend hast du gut gesungen«, fuhr Nanny fort.

Henry schnitt eine gutmütige Grimasse. In seinen Augen winkte das Entsetzen mit der weißen Fahne.

»Ich fürchte, Señor Basilica spricht kein Morporkianisch, gnä' Frau«, sagte der Dünne. »Ich übersetze für dich, wenn du möchtest.«

»Was?« erwiderte Nanny. »Aber wieso ... *Au*!«

»Entschuldige«, sagte Oma Wetterwachs. »Mir ist der Ellenbogen ausgerutscht.«

Nanny Ogg rieb sich die Seite. »Nun, ich wollte gerade fragen, wieso ... *Au*!«

»Meine Güte, es ist schon wieder passiert«, sagte Oma. »Dieser Herr wies uns gerade darauf hin, daß sein Begleiter *unsere Sprache nicht versteht*, Gytha.«

»Hä? Was? Ach. Aber … Wie bitte? Tatsächlich? Oh. Nun …« Nanny atmete tief durch. »Aber er verspeist unsere Schweinefleischpasteten, wenn … *Au*!«

»Ich muß mich für meine Freundin entschuldigen«, sagte Oma Wetterwachs. »Es ist ihr Alter. Manchmal klappt's hier oben nicht mehr ganz richtig.« Sie klopfte sich an die Stirn. »Der Gesang hat uns gefallen. Wir haben ihn durch die Wand unseres Zimmers gehört.«

»Ihr habt Glück«, erwiderte der kleine Mann. »Manchmal müssen die Leute jahrelang warten, um Señor Basilica zu hören …«

»… wahrscheinlich dauert's so lange, weil er mit dem Abendessen beschäftigt ist …«, kommentierte eine leise Stimme.

»… im vergangenen Monat hat sein Gesang in der La Scalda von Gennua zehntausend Personen zu Tränen gerührt …«

»Ha! Kein Problem, ich bin ebenfalls imstande, die Leute zum Weinen zu bringen …«

Oma behielt die ganze Zeit Henry »Enrico Basilica« Fauls Gesicht im Auge. Er wirkte wie jemand, der gerade von tiefer Erleichterung durchströmt wird – und gleichzeitig befürchtet, daß sie nicht von langer Dauer sein wird.

»Señor Basilicas Ruhm ist stetig gewachsen«, sagte der Manager stolz.

»… ebenso wie sein Bauch«, fügte Nanny leise hinzu. »Und zwar durch die Pasteten anderer Leute. O ja, und jetzt ist er viel zu vornehm für uns, weil man außer ihm keinen anderen Mann im Atlas finden kann … *Au*!«

»Na so was.« Oma zeigte ein Lächeln, das nur Nanny Ogg durchschaute. »Es ist hübsch und warm in Gennua. Ich schätze, Señor Basilica vermißt seine Heimat. Und wer bist du, junger Herr?«

»Ich bin sein Manager und Dolmetscher. Äh … jetzt weißt du mehr über mich als ich über dich.«

Oma nickte. »Da hast du vollkommen recht.«

»Auch in unserer Heimat gibt es einige gute Sänger«, behauptete Nanny Ogg rebellisch.

»Tatsächlich?« erwiderte der Manager. »Und woher kommen die Damen?«

»Aus Lancre.«

Der Mann bemühte sich, Lancre seiner geistigen Karte wichtiger musikalischer Zentren hinzuzufügen. »Habt ihr dort ein Konservatorium?«

»Und ob«, bestätigte Nanny mit fester Stimme. »Bei mir wachsen die größten Tomaten weit und breit«, sagte sie, um jeden Zweifel auszuräumen.

Oma rollte mit den Augen. »Ich glaube, mit Konservatorium ist kein Gemüsegarten gemeint.«

»Ja, die Leute staunen immer wieder darüber, wie groß meine Tomaten werden. Und sie ... *Au!*«

»Ich nehme an, Señor Basilica reist nach Ankh-Morpork, nicht wahr?« fragte Oma Wetterwachs.

»Wir haben es der dortigen Oper gestattet, uns für den Rest der Saison zu engagieren«, erwiderte der Manager stolz.

Falten bildeten sich auf seiner Stirn, und er blickte zum Gepäckfach empor. »Was ist *das*?«

Oma hob den Kopf. »Ach, das ist Greebo.«

»Er kommt *nicht* als Mahlzeit für Herrn Basilica in Frage«, betonte Nanny.

»Was *ist* Greebo?«

»Ein Kater.«

»Er sieht mich an und *grinst*.« Der Manager rutschte unruhig hin und her. »Außerdem rieche ich etwas.«

»Komisch«, sagte Nanny. »Ich rieche *überhaupt nichts*.«

Das Geräusch der klappernden Hufe veränderte sich, und die Kutsche schwankte, als sie langsamer wurde.

»Ah«, brachte der Manager hervor. »Ich ... äh ... ich glaube, wir halten an, um die Pferde zu wechseln. Es ist ... äh ... ein wundervoller Tag. Vielleicht ... äh ... ist draußen noch ein Platz frei.«

Er verließ die Kutsche, als sie anhielt. Wenige Minuten später rollte sie wieder los, und der Manager blieb draußen.

»Nun, jetzt sind wir allein, Gytha«, sagte Oma Wetterwachs. »Abgesehen von Señor Basilica, der unsere Sprache nicht versteht. Habe ich recht, Henry Faul?«

Herr Faul holte ein Taschentuch hervor und wischte sich die Stirn ab. »Ich bitte euch, ihr Damen! Habt Erbarmen!«

»Hast du irgend etwas Schlimmes angestellt, Herr Faul?« fragte Nanny. »Hast du vielleicht eine Frau mißbraucht, die nicht mißbraucht werden wollte? Hast du gestohlen? (Blei auf Dächern zählt dabei ebensowenig wie andere Dinge, die niemand vermißt.) Oder hast du jemanden umgebracht, der den Tod nicht verdiente?«

»Nein!«

»Sagt er die Wahrheit, Esme?«

Henry erzitterte, als ihn Omas Blick durchbohrte.

»Oh, na schön«, sagte Nanny. »Ich *verstehe*. Weißt du, ich selbst zahle keine Steuern, aber ich habe gehört, es soll eine sehr unangenehme Sache sein.«

»Oh, darum geht es nicht, das versichere ich dir«, erwiderte Henry. »Es gibt da einige Leute, die bezahlen die Steuern für mich ...«

»Ein guter Trick«, meinte Nanny.

»Herr Faul wendet einen anderen Trick an«, warf Oma ein. »Ich glaube, ich kenne ihn. Er ähnelt der Sache mit Inkwer und Hagabutt.«

Der Dicke gestikulierte vage. »Es ist nur ... wenn die Leute Bescheid wissen ...«

»Alles ist besser, wenn es von weit her kommt«, sagte Oma. »Darin liegt das Geheimnis.«

»Es ... ja, das gehört dazu«, räumte Henry ein. »Ich meine, niemand möchte einen Faul singen hören.«

»Woher stammst du, Henry?« fragte Nanny.

»Woher kommst du *wirklich*?« erkundigte sich Oma.

»Ich bin in der Krähenhorstgasse in den Schatten von Ankh-Morpork aufgewachsen«, antwortete Henry. »Dort ging's schrecklich zu. Es gab nur drei Möglichkeiten, diesen Ort zu verlassen. Entweder sang man sich den Weg frei, oder man kämpfte.«

»Und die dritte Möglichkeit?« ließ sich Nanny vernehmen.

»Oh, man konnte durch eine schmale Passage die Betrug-und-Schwindel-Straße erreichen, und von dort aus ist es nicht mehr weit bis zur Sirupminenstraße«, sagte Henry. »Aber wer diesen Weg nahm, brachte es nie zu etwas.«

Er seufzte. »Ich verdiente etwas Geld, indem ich in Tavernen und so sang«, fuhr er fort. »Aber als ich es mit anspruchsvolleren Dingen versuchte, fragten mich die Leute nach meinem Namen. Und wenn ich dann Henry Faul sagte, lachten sie über mich. Ich dachte daran, meinen Namen zu ändern, aber in Ankh-Morpork kannte mich praktisch jeder. Und dort will niemand jemandem zuhören, der Henry Faul heißt.«

Nanny nickte. »Wie bei Zauberkünstlern. Sie heißen nie Fred Dingsbums, sondern immer Der Große Verblüffer, direkt vom Hofe des Königs von Klatsch, und seine Assistentin Bezaubernd.«

»Ja«, sagte Oma Wetterwachs. »Und bei solchen Gelegenheiten fragen sich die Leute in Gedanken: Wenn er vor dem König von Klatsch aufgetreten ist – was macht er dann in einem Sieben-Seelen-Dorf wie Schnitte?«

»Wohin man auch geht, man muß immer den Eindruck erwecken, von woanders zu kommen«, erklärte Henry. »Ja, und dann *war* ich berühmt, aber …«

»Aber du stecktest in der Rolle des Enrico fest«, sagte Oma.

Er nickte. »Ich wollte nur etwas Geld verdienen, um dann zurückzukehren und meine kleine Angeline zu heiraten …«

»Wer war sie?« fragte Oma.

»Oh, ein Mädchen aus meiner Jugend«, erwiderte Henry Faul.

»Hat es die Gosse im Armenviertel von Ankh-Morpork mit dir geteilt?« fragte Nanny Ogg in verständnisvollem Tonfall.

»Gosse?« wiederholte Henry. »Damals mußte man sich registrieren lassen und fünf Jahre lang auf einen Platz in der Gosse warten. Wir hielten die Leute in der Gosse für feine Pinkel. Nein, *wir* hausten im Abfluß. Zusammen mit zwei anderen Familien. Hinzu kam ein Mann, der mit Aalen jonglierte.«

Er seufzte. »Aber ich zog weiter, und immer gab es einen anderen

Ort, wo man auf mich wartete, und in Brindisi hatte ich großen Erfolg, und ...«

Er putzte sich die Nase, faltete das Taschentuch sorgfältig zusammen und zog ein anderes aus der Tasche.

»Ich habe nichts gegen Nudeln und Tintenfisch«, sagte er. »Jedenfalls nicht viel ... Aber man bekommt einfach kein ordentliches Bier, nicht für Geld und gute Worte. Und man gießt Olivenöl auf *alles*, und von Tomatensoße bekomme ich Ausschlag, und im ganzen Land gibt es keinen anständigen harten Käse.«

Er betupfte sich das Gesicht mit dem Taschentuch.

»Und die Leute sind immer so nett«, meinte er. »Ich dachte, ich könnte mir vielleicht das eine oder andere Beefsteak genehmigen, aber wohin ich auch komme, werden Nudeln serviert, extra für mich. Mit Tomatensoße! Manchmal werden die Dinger sogar gebraten! Und was sie mit den Tintenfischen anstellen ...« Er schauderte. »Und dann lächeln die Leute und sehen mir beim Essen zu. Sie glauben, daß sie mir eine Freude machen. Ach, was gäbe ich für eine gebratene Hammelkeule mit gefüllten Mehlklößen ...«

»Warum weist du nicht mal darauf hin?« fragte Nanny.

Henry Faul zuckte mit den Achseln. »Enrico Basilica ißt Nudeln, und damit hat sich's.«

Er lehnte sich zurück. »Interessierst du dich für Musik, Frau Ogg?«

Nanny strahlte und nickte. »Ich kann praktisch jedem Gegenstand einen Ton entlocken, wenn man mir fünf Minuten Zeit gibt, das Objekt zu untersuchen«, sagte sie. »Unser Jason spielt die Violine, und unser Kev bläst die Posaune, und alle meine Kinder singen, und unser Shawn kann praktisch jede beliebige Melodie furzen.«

»Eine sehr talentierte Familie«, bemerkte Enrico. Er griff in eine Westentasche und holte zwei dünne, rechteckige Pappstücke hervor. »Nun, meine Damen ... bitte nehmt dies als Zeichen der Dankbarkeit eines Mannes, der die Pasteten anderer Leute ißt. Es bleibt unser kleines Geheimnis, ja?« Er sah Nanny an und zwinkerte verzweifelt. »Das sind Freikarten für die Oper.«

»So ein Zufall!« entfuhr es Nanny Ogg. »Wir wollen nämlich ... *Au*!«

»Vielen lieben Dank«, sagte Oma Wetterwachs und nahm die Freikarten entgegen. »Das ist sehr nett von dir. Wir werden der Oper einen Besuch abstatten.«

»Wenn ihr mich jetzt bitte entschuldigen würdet …« Enrico schnaufte leise. »Ich muß Schlaf nachholen.«

»Kein Wunder«, sagte Nanny. »Immerhin mußt du für zwei Personen schlafen: für Henry Faul und für Enrico Basilica.«

Der Sänger neigte den Kopf nach hinten und legte sich das Taschentuch aufs Gesicht. Nach einigen Minuten schnarchte er das zufriedene Schnarchen eines Mannes, der seine Pflicht erfüllt hat und hoffen darf, den beiden recht beunruhigenden alten Damen nie wieder zu begegnen.

»Er ist weggetreten«, stellte Nanny nach einer Weile fest und sah auf die Karten in Omas Hand. »Möchtest du wirklich die Oper besuchen?«

Oma Wetterwachs starrte ins Leere.

»Ich habe gefragt, ob du die Oper besuchen möchtest.«

Oma blickte auf die Freikarten hinab. »Ich schätze, es spielt überhaupt keine Rolle, was ich möchte, oder?«

Nanny Ogg nickte.

Oma Wetterwachs hielt nichts von Fiktion. Sie war der Ansicht, daß das Leben auch ohne frei umherfliegende Lügen schwer genug war. Das Theater stellte gewissermaßen Fiktion in Fleisch und Blut dar, und Oma haßte es. Das war genau die richtige Bezeichnung: Oma *haßte* das Theater. Aber Haß ist eine Anziehungskraft. Haß läßt sich als umgekehrte Liebe definieren.

Sie *verabscheute* das Theater nicht, denn in diesem Fall hätte sie einen weiten Bogen darum gemacht. Doch Oma Wetterwachs nutzte im Gegenteil jede Gelegenheit, um ein Reisetheater zu besuchen. Während der Vorstellungen saß sie steif in der ersten Reihe und blickte streng zur Bühne. Selbst beim Kasperltheater ließ sie es sich nicht nehmen, bei den Kindern zu hocken und Kommentare abzugeben wie »In Wirklichkeit geht's ganz anders zu« und »Sind das etwa gute Manieren?«. Mit dem Ergebnis, daß sich alle Schauspielgruppen der Sto-Ebene vor Auftritten in Lancre fürchteten.

Aber was Oma Wetterwachs *wollte*, spielte eigentlich keine Rolle. Ob es ihnen gefiel oder nicht: Hexen wurden an den Rand der Dinge gezogen, dorthin, wo Verschiedenes aneinanderstieß. Sie wurden von Türen angelockt, von Umfängen, Grenzen, Toren, Spiegeln, Masken …

… und Bühnen.

Das Frühstück fand in der Mensa des Opernhauses statt, und zwar um halb zehn. Schauspieler galten nicht als Frühaufsteher.

Agnes sank nach vorn und schüttelte die Benommenheit gerade rechtzeitig genug ab, um ihr Gesicht vor einer Kollision mit Eiern und Schinken zu bewahren.

»*Guten* Morgen!!«

Christine nahm Platz mit einem Tablett, dessen Teller eine Stange Sellerie, eine Rosine und etwa einen Teelöffel Milch präsentierte. Sie beugte sich zu Agnes vor, und Besorgnis huschte über ihr Gesicht. »Fühlst du dich nicht gut?! Du bist so blaß!!«

Agnes hätte fast geschnarcht.

»Mit mir ist alles in Ordnung«, sagte sie. »Bin nur ein wenig müde …«

»Oh, gut!!« Der jüngste Wortwechsel hatte Christines geistiges Potential so sehr beansprucht, daß sie wieder auf Automatik umschaltete. »Gefällt dir mein neues Kleid?!« fragte sie aufgeregt. »Ist es nicht *reizvoll*?!«

Agnes betrachtete es. »Ja«, antwortete sie. »Reizvoll, ja. Sehr … weiß. Mit viel Spitze. Betont die Figur.«

»Und weißt du was?!«

»Nein. Was denn?«

»Ich habe bereits einen geheimen Verehrer!! Ist das nicht *wundervoll*?! Alle großen Sängerinnen haben einen geheimen Verehrer!!«

»Einen geheimen Verehrer …«

»Ja!! Dieses Kleid wurde am Bühneneingang für mich abgegeben! Ist das nicht aufregend?!«

»Erstaunlich«, sagte Agnes. »Und du hast noch nicht einmal gesungen. Äh … von wem kommt es?«

»Er hat natürlich nicht seinen Namen genannt!! Schließlich muß es ein *geheimer* Verehrer sein!! Wahrscheinlich will er mir Blumen schicken und Sekt aus meinem Schuh trinken!!«

»Im Ernst?« Agnes verzog das Gesicht. »*Das* tun geheime Verehrer?«

»So will es die Tradition!!«

Christine quoll geradezu über vor Fröhlichkeit und versuchte, sie mit Agnes zu teilen. »Du siehst so *müde* aus!!« Sie hob eine Hand zum Mund. »Oh!! Wir haben das Zimmer getauscht, nicht wahr?! Ich bin ja so *dumm* gewesen!!« Zu echter Tücke war Christine nicht fähig, höchstens zu halb leerer Schläue. Damit fügte sie nun hinzu: »Ich könnte *schwören*, daß ich in der Nacht jemanden singen gehört habe. Jemanden, der Tonleitern übte.«

Aufgrund ihrer Erziehung neigte Agnes dazu, immer die Wahrheit zu sagen. Sie wußte, daß ihre Antwort lauten sollte: »Es tut mir leid, offenbar habe ich durch ein Versehen dein Leben bekommen. Es scheint ein wenig Verwirrung zu herrschen ...«

Sie war auch dazu erzogen worden, gehorsam zu sein, alles Egoistische abzulehnen, ältere Leute zu respektieren und kein schlimmeres Schimpfwort als »verflixt« zu benutzen.

Sie sah nun die Chance, sich eine interessantere Zukunft zu leihen. Nur für eine Nacht oder auch zwei. Sie konnte jederzeit zu ihrem eigenen Leben zurückkehren.

»Na, das ist komisch«, sagte sie. »Ich habe direkt nebenan geschlafen, und mir ist überhaupt nichts aufgefallen.«

»Ach?! Dann ist ja alles in Ordnung!!«

Agnes starrte auf Christines Tablett. »Mehr ißt du nicht zum Frühstück?«

»O nein!! Ich darf mich nicht aufblähen wie ein Ballon!! *Du* hast es gut und kannst *alles* essen!! Und vergiß nicht, die Proben beginnen in einer halben Stunde!!«

Christine eilte fort.

Ihr Kopf steckt voller Luft, dachte Agnes. Bestimmt wollte sie mich nicht beleidigen.

Doch tief in ihr flüsterte Perdita X Traum ein schlimmes Wort.

Frau Plinge nahm ihren Besen aus dem Schrank und drehte sich um.

»Walter!«

Ihre Stimme hallte über die leere Bühne.

»*Walter?*«

Sie trommelte mit den Fingern verärgert auf den Besenstiel. Walter hatte eine Routine. Jahre waren nötig gewesen, sie ihm beizubringen. Es sah ihm einfach nicht ähnlich, *nicht* zur richtigen Zeit am richtigen Ort zu sein.

Frau Plinge schüttelte den Kopf und begann mit der Arbeit. Sie wußte schon jetzt, daß sich diesmal der Einsatz des Mops nicht vermeiden ließ. Bestimmt dauerte es eine halbe Ewigkeit, den Terpentingeruch zu vertreiben.

Jemand wanderte über die Bühne und *pfiff* dabei leise vor sich hin.

Frau Plinge war schockiert.

»Herr Pfundler!«

Der offizielle Rattenfänger des Opernhauses blieb stehen und ließ einen Beutel sinken, der in ständiger Bewegung war. Herr Pfundler trug einen alten Klappzylinder, um zu zeigen, daß er eine Stufe über gewöhnlichen Rattenfängern stand. Auf der breiten Krempe klebten dicke Wachsreste und die Stummel der Kerzen, mit denen er sich in finsteren Kellergewölben den Weg erleuchtete.

Er arbeitete schon so lange mit Ratten, daß er selbst rattenartig wirkte. Sein Gesicht sah aus wie eine nach hinten reichende Erweiterung der Nase, unter der ein borstiger Schnurrbart wuchs. Seine vorderen Zähne standen vor. Wer ihn beobachtete, hielt unwillkürlich nach einem Schwanz Ausschau.

»Was ist denn, Frau Plinge?«

»Wie kannst du auf der Bühne pfeifen? Das bringt schreckliches Unglück!«

»Oh, ich pfeife wegen des *Glücks*, Frau Plinge. O ja! Wenn du wüßtest, was ich weiß, wärst du ein glücklicher Mann. Nun, eine glückliche Frau, weil du ja eine Frau ist. Ah! Erstaunliche Dinge habe ich gesehen, Frau Plinge …«

»Hast du etwa Gold im Keller gefunden, Herr Pfundler?«

Frau Plinge bückte sich und kratzte an einem Farbfleck.

Herr Pfundler griff nach seinem Beutel und setzte den Weg fort.

»Es könnte Gold sein, Frau Plinge. O ja, es könnte *tatsächlich* Gold sein …«

Frau Plinge brauchte einige Sekunden, um ihre arthritischen Knie dazu zu überreden, aufzustehen.

»Wie bitte, Herr Pfundler?« erwiderte sie.

Irgendwo in der Ferne erklang ein dumpfes Pochen, als ein Sandsack auf dem Boden landete.

Die Bühne war groß und leer, abgesehen von einem Sack, in dem etwas mit großer Entschlossenheit versuchte, in die Freiheit zurückzukehren.

Frau Plinge drehte den Kopf langsam von einer Seite zur anderen.

»Herr Pfundler? Bist du noch hier?«

Sie hatte plötzlich das Gefühl, daß die Bühne noch größer und leerer wurde.

»Herr Pfundler? Haaaallooooooo?«

Sie sah sich um.

»Herr Pfundler?«

Etwas schwebte herab und landete neben Frau Plinge.

Es war ein zerbeulter schwarzer Hut mit Kerzenstummeln auf der Krempe.

Sie blickte nach oben.

»Herr Pfundler?«

Herr Pfundler war an die Dunkelheit gewöhnt und fürchtete sich nicht vor ihr. Außerdem wies er immer wieder voller Stolz darauf hin, wie gut er selbst in der Finsternis sehen konnte. Wenn es auch nur ein wenig Licht gab, ein mattes Glühen vielleicht, das vage Glimmen von phosphoreszierenden Schimmelpilzen, konnte er sich in der Schwärze orientieren. Der Hut mit den Kerzen diente eigentlich nur dazu, die Leute zu beeindrucken.

Der Hut … Er glaubte zunächst, ihn verloren zu haben, doch jetzt ruhte er wieder auf seinem Kopf. Ja, tatsächlich. Nachdenklich rieb sich

Herr Pfundler den Hals. Es gab da eine wichtige Sache, an die er sich besser erinnern sollte …

Diese Dunkelheit war *sehr* dunkel.

QUIEK?

Er sah auf.

Mitten in der Luft schwebte in Augenhöhe eine Gestalt, die etwa fünfzehn Zentimeter groß war und einen weiten schwarzen Umhang trug. Eine knöcherne Schnauze mit grauen Schnurrhaaren ragte unter der Kapuze hervor. Dünne Knochenfinger hielten den Griff einer Miniatursense.

Herr Pfundler nickte nachdenklich. Man wurde nicht Mitglied des Inneren Kreises der Rattenfängergilde, ohne das eine oder andere Gerücht zu hören. Ratten hatten einen eigenen Tod, hieß es, so wie sie auch eigene Könige, Parlamente und Nationen hatten, verborgen für die Menschen.

Bis jetzt.

Herr Pfundler fühlte sich geehrt. Während der vergangenen fünf Jahre hatte er in jedem Jahr den Goldenen Knüppel für die meisten gefangenen Ratten gewonnen. Doch er respektierte die Nager, so wie Soldaten einen besonders schlauen und tapferen Feind respektierten.

»Äh … ich bin tot, nicht wahr?«

QUIEK?

Herr Pfundler glaubte sich von vielen Augen beobachtet. Von vielen kleinen, glänzenden Augen.

»Und … was geschieht nun?«

QUIEK?

Herr Pfundler sah auf seine Hände hinab, die länger und haariger wurden. Er fühlte, wie seine Ohren wuchsen. Eine weitere Verlängerung, die recht peinlicher Natur war, betraf den unteren Teil seines Rückens. Er hatte sein ganzes Leben mit beharrlichem Suchen an dunklen Orten verbracht, aber …

»Aber ich *glaube* gar nicht an die Reinkarnation!« protestierte er.

QUIEK?

Herr Pfundler wußte genau, was dieses Wort in der Rattensprache bedeutete: Die Reinkarnation glaubt an *dich.*

Herr Eimer ging vorsichtig seine Post durch und atmete auf, als der Stapel keinen Brief mit dem Wappen des Opernhauses enthielt.

Er lehnte sich zurück und zog die Schublade des Schreibtischs auf, um ihr einen Stift zu entnehmen.

Ein Umschlag lag darin.

Er starrte darauf hinab und streckte langsam die Hand nach dem Brieföffner aus.

Aufschneiden. *Sssssst.*

Raschel. Raschel.

Ich wäre sehr dankbar, wenn Christine heute abend die Rolle der Jod in »La Triviata« singt.

Das Wetter ist immer noch schön. Ich hoffe, es geht dir gut.

Hochachtungsvoll

Der Operngeist

»Herr Salzella! *Herr Salzella*!«

Emil Eimer schob den Stuhl zurück, eilte zur Tür, öffnete sie – und stand einer Ballerina gegenüber, die sofort schrie.

Aufgrund seiner recht angespannten Nerven schrie Eimer ebenfalls und erreichte dadurch etwas, das sich normalerweise nur mit einem nassen Lappen oder einer gut gezielten Ohrfeige bewerkstelligen ließ. Die junge Frau verstummte und bedachte ihn mit einem beleidigten Blick.

»Er hat erneut zugeschlagen, nicht wahr?« stöhnte Eimer.

»Er ist hier! Es ist der Geist!« sagte die Ballerina und sprach damit den vorbereiteten Text, obwohl die Umstände es nicht erforderten.

»Ja, ja, ich glaube, ich weiß Bescheid«, erwiderte Eimer. »Ich hoffe nur, es ist nichts Teures.«

Auf halbem Weg durch den Flur blieb er stehen und drehte sich um. Die junge Frau wich vor seinem Zeigefinger zurück.

»Steh wenigstens auf den Zehenspitzen!« rief er. »Wahrscheinlich hast du mich einen Dollar gekostet, nur weil du hierhergelaufen bist!«

Dutzende von Personen standen dicht zusammengedrängt auf der Bühne. In der Mitte des Kreises stand das neue Mädchen, die Dicke. Sie versuchte, eine ältere Frau zu beruhigen, die zum Personal des Opernhauses gehörte und ebenso integraler Bestandteil des Gebäudes zu sein schien wie die Ratten im Keller und die Wasserspeier auf dem Dach.

Sie hielt etwas in ihren zitternden Händen. »Es fiel aus den Soffitten«, brachte sie hervor. »Der Hut des armen Mannes!«

Eimer sah nach oben. Als sich seine Augen an die Dunkelheit gewöhnten, bemerkte er zwischen den Latten eine Gestalt, die sich langsam drehte …

»Meine Güte«, sagte er. »Und ich dachte, er hätte einen *netten* Brief geschrieben …«

»Tatsächlich?« Salzella näherte sich. »Lies den hier.«

»Muß ich?«

»Er ist an dich adressiert.«

Eimer entfaltete das Blatt Papier.

Hahahaha! Ahahahaha!
Hochachtungsvoll
Der Operngeist
PS: Ahahahaha!!!!!

Er warf Salzella einen schmerzerfüllten Blick zu. »Wer ist der arme Bursche da oben?«

»Herr Pfundler, der Rattenfänger. Ein Seil hat sich um seinen Hals geschlungen, und das andere Ende war mit einigen Sandsäcken verbunden. Die Säcke sanken auf die Bühne, und Herr Pfundler … stieg auf.«

»Ich verstehe das nicht! Ist hier ein *Verrückter* am Werk?«

Salzella legte Eimer den Arm um die Schultern und führte ihn fort von den anderen. »Nun …«, begann er so freundlich wie möglich.

»Denke an jemanden, der die ganze Zeit einen Abendanzug trägt, in den Schatten lauert und gelegentlich Leute umbringt. Er schickt kurze Mitteilungen und *schreibt* irres Lachen. Mir ist aufgefallen, daß er auch in diesem Fall fünf Ausrufezeichen gebraucht hat. Wir müssen uns fragen: Verhält sich so eine geistig gesunde Person?«

»Aber *warum* tut er so etwas?« jammerte Eimer.

»Eine solche Frage hätte nur dann einen Sinn, wenn der Unbekannte noch alle Tassen im Schrank hat«, erwiderte Salzella ruhig. »Vielleicht mordet der Operngeist, weil es ihm kleine gelbe Kobolde einflüstern.«

»Ein Wahnsinniger ...«, murmelte Eimer. »Du hattest recht. Die Atmosphäre in diesem Haus läßt *jeden* überschnappen. Vielleicht bin ich hier der einzige, der mit beiden Beinen fest auf dem Boden steht!« Er drehte sich um und kniff die Augen zusammen, als er einige nervös miteinander flüsternde Chorsängerinnen sah.

»Ihr Mädchen!« rief er. »Steht nicht einfach so herum! Springt umher! Auf einem Bein!«

Er wandte sich wieder an Salzella. »Wo war ich stehengeblieben?«

»Du hast gerade gesagt, daß du hier vielleicht der einzige bist, der mit beiden Beinen fest auf dem Boden steht«, entgegnete Salzella. »Im Gegensatz zu den Ballettänzerinnen dort ... und zur Leiche von Herrn Pfundler.«

»Ich halte diesen Hinweis für ziemlich geschmacklos«, kommentierte Eimer kühl.

»Meiner Ansicht nach sollten wir das Opernhaus schließen«, sagte der Musikdirektor. »Anschließend trommeln wir alle einsatzfähigen Männer zusammen, rüsten sie mit Fackeln aus und durchsuchen das Gebäude vom Dach bis zum Keller. Wir stöbern den Kerl auf, jagen ihn durch die Stadt, schnappen ihn, hauen ihn zu Brei und werfen seine Reste in den Fluß. Nur so läßt sich sicherstellen, daß sich ... Zwischenfälle dieser Art nicht wiederholen.«

»Wir können es uns nicht leisten, die Oper zu schließen«, gab Eimer zu bedenken. »In jeder Woche nehmen wir einige tausend Dollar ein, aber wir geben auch einige tausend Dollar aus. Ich habe keine Ahnung, wohin das Geld verschwindet. Ich dachte, es würde genügen, auf den einen oder anderen Hintern zu klopfen, um hier alles auf Vordermann zu bringen. Statt dessen muß ich beobachten, wie der eine oder andere Hintern hoch über der Bühne schwebt. Was mag als nächstes passieren, frage ich mich ...«

Die beiden Männer sahen sich einige Sekunden lang an. Dann schien irgendeine geheimnisvolle Kraft ihren Blick einzufangen und durch den Zuschauersaal zu ziehen, in Richtung des großen Kronleuchters.

»O nein ...«, ächzte Eimer. »Das würde er nicht wagen, oder? Dann müßten wir tatsächlich schließen.«

Salzella seufzte. »Das Ding wiegt mehr als eine Tonne. Und es hängt an einem Seil, das dicker ist als dein Arm. Ein Vorhängeschloß sichert die Winde, wenn sie nicht benutzt wird. Es besteht *keine Gefahr.*«

Sie sahen sich erneut an.

»Ich sorge dafür, daß während der Vorstellung jemand aufpaßt«, fügte Salzella hinzu. »Ich kümmere mich selbst darum, wenn du möchtest.«

»Und der Geist will, daß Christine heute abend die Rolle der Jod singt! Sie hat eine *gräßliche* Stimme!«

Salzella hob die Brauen. »Das ist doch kein Problem, oder?«

»Kein Problem? Das ist eine sehr wichtige Rolle!«

Einmal mehr legte Salzella dem Eigentümer des Opernhauses den Arm um die Schultern. »Vielleicht wird es Zeit, daß du einige nur wenig bekannte Winkel jener wundervollen Welt erforschst, die man Oper nennt.«

Die Kutsche hielt auf dem Hiergibt'salles-Platz in Ankh-Morpork. Dort wartete Herr Flinkroll, der örtliche Leiter des Fuhrunternehmens.

»Du kommst fünfzehn Stunden zu spät, Herr Scherer!« rief er vorwurfsvoll.

Der Kutscher nickte ernst. Er ließ die Zügel los, sprang vom Bock und inspizierte die Pferde. Seine Bewegungen wirkten steif.

Reisende griffen nach ihrem Gepäck und eilten davon.

»Nun?« fragte Herr Flinkroll.

»Wir haben ein Picknick gemacht«, sagte der Kutscher. Sein Gesicht war aschfahl.

»Du hast für ein *Picknick* angehalten?«

»Und für ein bißchen Gesang«, fügte der Kutscher hinzu. Er zog die Futtersäcke der Pferde unter dem Kutschbock hervor.

»Willst du allen Ernstes behaupten, daß du die Postkutsche für ein Picknick und etwas Gesang angehalten hast?«

»Oh, und der Kater saß in einem Baum fest.« Herr Scherer hob die Hand zum Mund, und Herr Flinkroll stellte fest, daß sie mit einem Taschentuch verbunden war.

Erinnerungen trübten den Blick des Kutschers. »Und dann gab es noch Geschichten.«

»Was für Geschichten?«

»Die kleine Dicke meinte, alle sollten eine Geschichte erzählen, zum Zeitvertreib.«

»Ja und? Das kann dich wohl kaum aufgehalten haben.«

»Du hättest *ihre* Geschichte hören sollen. Die über den sehr großen Mann und das Klavier. Ich geriet so sehr in Verlegenheit, daß ich von der Kutsche fiel. *Mir* käme es nie in den Sinn, solche Wörter zu benutzen, nicht einmal meiner eigenen Großmutter gegenüber!«

Herr Flinkroll war stolz auf sein Gespür für Ironie. »Das Wort *Fahrplan* ist dir nicht eingefallen, wie?«

Der Kutscher drehte den Kopf, wodurch Herr Flinkroll zum erstenmal Gelegenheit bekam, ihm in die Augen zu sehen. Aus einem Reflex heraus wich er einen Schritt zurück. Vor ihm stand ganz offensichtlich ein Mann, der am Abgrund der Hölle gestanden hatte.

»Sprich *du* mit ihnen«, sagte der Kutscher und ging fort.

Herr Flinkroll sah ihm verwirrt nach und trat dann zur Tür der Kutsche.

Ein kleiner, gehetzt wirkender Mann stieg aus, zog einen Fleischberg hinter sich her und schnatterte in einer Sprache, die Herr Flinkroll nicht verstand.

Und dann war Herr Flinkroll allein mit der Kutsche und den Pferden und einem rasch größer werdenden Kreis aus fliehenden Reisenden.

Er öffnete die Tür und sah in die Kabine.

»Guten Morgen«, sagte Nanny Ogg.

Er sah verwundert von ihr zu Oma Wetterwachs.

»Ist alles in Ordnung, werte Damen?«

»Wir haben eine angenehme Reise hinter uns«, sagte Nanny Ogg und griff nach dem Arm des Mannes. »Wenn sich noch einmal die Gelegenheit bietet, fahren wir wieder mit dieser Kutsche.«

»Der Kutscher meinte, daß es ein Problem gibt ...«

»Ein Problem?« wiederholte Oma. »Mir sind keine Probleme aufgefallen. Dir, Gytha?«

»Er hätte sich etwas mehr beeilen können, als er die Leiter holte«, sagte Nanny und stieg aus. »Und er brummelte etwas, als wir anhielten, um die Aussicht zu genießen. Aber ich bin bereit, großzügig darüber hinwegzusehen.«

»Ihr habt angehalten, um die *Aussicht* zu genießen?« wiederholte Herr Flinkroll. »Wann?«

»Oh, mehrmals«, antwortete Nanny. »Es hat doch keinen Sinn, dauernd zu hetzen. Eile mit Weile ettzehtra. Könntest du uns bitte den Weg zur Ulmenstraße zeigen? Wir wohnen nämlich bei Frau Palm. Unser Nev hat das Haus sehr gelobt. Er meinte, niemand hätte dort nach ihm gesucht ...«

Herr Flinkroll trat zurück, die typische Reaktion der Leute, die mit Nannys Monologen konfrontiert waren.

»Ulmenstraße?« brachte er hervor. »Frau Palm? Aber ... *respektable* Damen halten sich von diesem Ort fern ...«

Nanny klopfte ihm auf die Schulter. »Gut«, sagte sie. »Dann begegnen wir dort niemandem, den wir kennen.«

Als Oma Wetterwachs an den Pferden vorbeiging, versuchten diese, sich hinter der Kutsche zu verstecken.

Emil Eimer lächelte fröhlich. Schweißperlen glänzten auf seinen Schläfen.

»Ah, Perdita«, sagte er. »Setz dich, Mädel. Äh ... hat es dir bisher bei uns gefallen?«

»Ja, danke, Herr Eimer«, erwiderte Agnes pflichtbewußt.

»Gut. Das ist gut. Ist das nicht gut, Herr Salzella? Es ist wirklich gut, habe ich recht, Dr. Unterschaft?«

Agnes sah in drei besorgte Gesichter.

»Wir freuen uns alle sehr, daß es dir bei uns gefällt«, sagte Herr Eimer. »Und wir haben einen *wundervollen* Vorschlag, der dazu führen könnte, daß es dir bei uns noch *mehr* gefällt.«

Agnes musterte die drei Männer nacheinander. »Ja?« fragte sie wachsam.

»Ich weiß natürlich, daß du erst seit kurzer Zeit zu uns gehörst, aber wir haben trotzdem entschieden ...« Eimer schluckte, richtete einen flehenden Blick auf seine beiden Begleiter und erhoffte sich moralische Unterstützung, »... dich heute abend, bei der Aufführung der *La Triviata*, die Rolle der Jod singen zu lassen.«

»Ja?«

»Ähm. Es ist nicht die wichtigste Rolle, aber sie umfaßt die berühmte Abschiedsarie ...«

»Oh. Ja?«

»Äh ... allerdings ... Ich meine ... Um ganz genau zu sein ...« Eimer gab auf und wandte sich verzweifelt an den Musikdirektor. »Herr Salzella?«

Salzella beugte sich vor. »Nun, Perdita, wir möchten, daß du die Rolle *singst*, aber nicht direkt ... *spielst*.«

Agnes hörte aufmerksam zu, als man ihr die Sache erklärte. Sie sollte im Chor direkt hinter Christine stehen, die ganz leise singen würde. Dieser Trick war schon häufig benutzt worden, erläuterte Salzella. Viel häufiger, als das Publikum ahnte. Wenn Sänger an Halsschmerzen litten oder so betrunken zur Vorstellung erschienen, daß sie sich kaum auf den Beinen halten konnten. Oder wenn sie, wie in einem besonders spektakulären Fall, während der Pause gestorben waren und trotzdem ihre Arie sangen, indem man sie mit einem an den Rücken gebundenen Besenstiel aufrecht hielt und den Mund mit einer Schnur bewegte.

Nein, unmoralisch sei so etwas nicht, betonte Salzella. Die Show mußte schließlich weitergehen.

Drei gezwungen lächelnde Gesichter beobachteten Agnes.

Ich könnte einfach weggehen, dachte sie. Weg von diesen Gesichtern und dem geheimnisvollen Geist. Niemand wäre imstande, mich aufzuhalten.

Aber *wohin* sollte sie gehen? Nur zurück nach Hause ...

»Ja ... äh ... ja«, sagte sie. »Ich bin sehr ... äh ... Aber warum soll die Vorstellung auf diese Weise stattfinden? Warum *übernehme* ich nicht einfach die Rolle, um sie zu spielen *und* zu singen?«

Die Männer sahen sich kurz an und sprachen dann alle zugleich.

»Nun, weißt du, Christine hat ... äh ... mehr Bühnenerfahrung ...«

»... weiß genau, worauf es beim Spielen ankommt ...«

»... gutes dramaturgisches Erscheinungsbild ...«

»... offensichtliche lyrische Begabung ...«

»... paßt ins Kostüm ...«

Agnes blickte auf ihre großen Hände hinab. Sie fühlte das Erröten wie den Ansturm einer gewaltigen barbarischen Horde, die alles verbrannte, was sich ihr in den Weg stellte.

»Wir möchten, daß du gewissermaßen als *Geist* auftrittst«, sagte Eimer.

»Als Geist?« fragte Agnes.

»Wir bitten dich darum, Christine deine Stimme zu leihen«, erklärte Salzella.

»Oh, ja, ich verstehe. Ja, natürlich. Ich werde mir alle Mühe geben.«

»Hervorragend«, sagte Eimer. »Das vergessen wir dir nicht. Bestimmt haben wir bald eine geeignete Rolle für dich. Geh heute nachmittag zu Dr. Unterschaft; er macht dich mit der Arie vertraut.«

»Äh ... ich kenne sie bereits«, sagte Agnes.

»Tatsächlich? Woher denn?«

»Ich hatte ... privaten Unterricht.«

»Das ist gut, Mädel«, sagte Eimer. »Beweist Eifer. Wir sind sehr beeindruckt. Melde dich trotzdem bei Dr. Unterschaft ...«

Agnes stand auf und hielt den Blick gesenkt, als sie den Raum verließ.

Unterschaft seufzte und schüttelte den Kopf.

»Armes Kind«, sagte er. »Zu spät geboren. Früher ging es bei der

Oper nur um die Stimme. Ich erinnere mich an die Zeit der großen Soprane. Dame Violetta Gigli, Dame Clarissa Extendo ... Manchmal frage ich mich, was aus ihnen geworden ist.«

»Da geht eine Person, mit der sich *Der Ring der Nibelungingung* wiederaufführen ließe«, fuhr Unterschaft fort. »*Das* war eine Oper.«

»Drei Tage lang schreien sich Götter an, und nur zwanzig Minuten ordentliche Melodien«, erwiderte Salzella. »Nein, danke.«

»Kannst du nicht hören, wie Perdita Hildabrun singt, das Oberhaupt der Walküren?«

»Ja. O ja. Unglücklicherweise höre ich auch, wie sie Nobbo den Zwerg singt, und Io, den Boß der Götter.«

»Das waren noch Zeiten ...«, sagte Unterschaft traurig und schüttelte erneut den Kopf. »Damals gab es *richtige* Opern. Ich weiß noch, wie Dame Veritasi einen Musiker in seine Tuba stopfte, weil er gähnte ...«

»Ja, aber dies ist das Jahrhundert des Flughunds«, sagte Salzella, stand auf und sah zur Tür.

»Erstaunlich«, fügte er hinzu. »Ob sie weiß, wie dick sie ist?«

Oma klopfte an, und kurz darauf öffnete sich die Tür von Frau Palms diskretem Etablissement.

Die Person jenseits der Schwelle konnte nur eine junge Frau sein. Kein Zweifel. Keine Sprache erlaubte es, sie mit einem jungen Mann zu verwechseln.

Nanny blickte an einer gepuderten Schulter vorbei, sah roten Plüsch und jede Menge Vergoldetes. Ihr Blick glitt zur ausdruckslosen Miene von Oma Wetterwachs empor und kehrte schließlich zu der jungen Frau zurück.

»Wenn wir wieder daheim sind, ziehe ich unserem Nev das Fell über die Ohren«, murmelte sie. »Komm, Esme. Dieses Haus möchtest du nicht betreten. Es würde zu lange dauern, dir alles zu erklären ...«

»Oh, Oma Wetterwachs!« entfuhr es der jungen Frau erfreut. »Und wer ist das?«

Nanny musterte Oma, deren Miene sich nicht verändert hatte.

»Ich bin Nanny Ogg«, sagte Nanny. »Ja, ich bin Nanny Ogg, Nevs

Mutter«, fügte sie grimmig hinzu. »Ja, genau. Weil ich nämlich …« Die Worte »respektable Witwe« versuchten, einen Platz auf ihren Stimmbändern zu finden, doch diese lehnten eine so enorme Lüge ab. »… seine Mutter bin«, beendete Nanny den begonnenen Satz. »Ja, seine Mutter.«

»Hallo, Colette«, sagte Oma. »Du trägst sehr hübsche Ohrringe. Ist Frau Palm zu Hause?«

»Für *wichtige* Besucher ist sie immer zu Hause«, erwiderte Colette. »Bitte kommt herein. Bestimmt freuen sich alle, dich wiederzusehen, Oma.«

Mehrere Stimmen hießen Oma Wetterwachs willkommen, als sie in die scharlachrote Düsternis trat.

»Was?« brachte Nanny hervor. »Du bist schon einmal hier gewesen?« Sie beäugte rosarote Haut und weiße Spitze – daraus schien der größte Teil der Szenerie zu bestehen.

»O ja. Frau Palm ist eine alte Freundin. Sie könnte praktisch eine Hexe sein.«

»Aber, ich meine … Weißt du eigentlich, was es mit diesem Ort *auf sich hat*, Esme?« fragte Nanny Ogg. Eine seltsame Art von Ärger brodelte in ihr. Was die Welten von Pschikologie und Magie betraf, zögerte sie nicht, Oma Wetterwachs' Kompetenz anzuerkennen. Gleichzeitig vertrat sie die Ansicht, daß bestimmte Bereiche der menschlichen Natur zum Ogg-Territorium gehörten. Oma hatte kein Recht, über sie Bescheid zu wissen.

»Oh, ja«, entgegnete Oma Wetterwachs gelassen.

Nannys Geduld ging zu Ende. »Dies ist ein Haus von zweifelhaftem Ruf, jawohl!«

»Ganz im Gegenteil«, widersprach Oma. »Gewisse Leute loben es sehr.«

»Du *wußtest* davon? Und hast es mir *nie* gesagt?«

Oma wölbte ironisch eine Braue. »Ich sollte mit *dir* darüber reden? Mit der Frau, die den Erdbeerwackler erfunden hat?«

»Nun, ja, aber …«

»Wir alle leben unser Leben so, wie es uns gefällt, Gytha. Und es gibt viele Leute, die *Hexen* für schlecht und böse halten.«

»Ja, aber ...«

»Bevor man jemanden kritisiert, sollte man eine Meile in seinen Schuhen laufen, Gytha«, sagte Oma und deutete dabei ein Lächeln an.

»In *Colettes* Schuhen würde ich schon nach wenigen Schritten umknicken«, sagte Nanny und knirschte kurz mit den Zähnen. »Ich käme nur mit einer Leiter hinein.« Es konnte einen zur Raserei bringen: Irgendwie verleitete Oma Wetterwachs einen dazu, in ihrem Teil des Dialogs besondere Bedeutungen zu erkennen. Und sie verstand es, erstaunliche Erkenntnisse zu vermitteln, die sich manchmal sogar direkt auf das Wesen des Zuhörers bezogen.

»Es ist ein einladender Ort, und die Betten sind weich«, sagte Oma.

»Außerdem auch warm, nehme ich an«, erwiderte Nanny Ogg und gab nach. »Und im Fenster brennt immer ein freundliches Licht.«

»Meine Güte, Gytha Ogg. Ich habe dich für unerschütterlich gehalten.«

»Oh, ich bin nicht leicht zu erschüttern«, sagte Nanny. »Nur leicht zu überraschen.«

Der Chorleiter Dr. Unterschaft musterte Agnes über halbmondförmige Brillengläser hinweg.

»Die ... äh ... Abschiedsarie, wie wir sie nennen, ist ein kleines Meisterwerk«, sagte er. »Sie stellt keinen absoluten Höhepunkt in der Opernwelt dar, aber ich halte sie trotzdem für denkwürdig.«

Seine Augen trübten sich ein wenig. »*Questa maledetta* singt Jod, als sie Peccadillo mitteilt, wie schwer es ihr fällt, ihn zu verlassen ... *Questa maledetta porta si bloccccca, si blocca comunque diavolo io facccccio ...!*«

Er verstummte und putzte sich sorgfältig die Brille.

»Als Gigli sang, blieb kein Auge im Zuschauersaal trocken«, murmelte er. »Ich hab's erlebt. Damals traf ich die Entscheidung ... Oh, das waren Zeiten.« Dr. Unterschaft setzte die Brille auf und putzte sich die Nase.

»Ich singe es dir einmal vor«, sagte er. »Damit du eine Vorstellung von dem erhältst, worauf es ankommt. Also los, André.«

Der junge Mann war rekrutiert worden, das Klavier im Probenzimmer zu spielen. Er zwinkerte Agnes heimlich zu.

Sie gab vor, ihn gar nicht zu sehen, und verlieh ihrem Gesicht einen Ausdruck von großem Lerneifer, als sie Dr. Unterschaft zuhörte.

»Hören wir nun, wie es bei dir klingt«, sagte er schließlich.

Er reichte ihr die Notenblätter und nickte dem Klavierspieler zu.

Agnes sang die Arie, zumindest einige Takte davon. Schon nach kurzer Zeit hörte André auf zu spielen, lehnte den Kopf gegen das Klavier und versuchte, nicht schallend zu lachen.

»Ähem«, sagte Unterschaft.

»Habe ich was falsch gemacht?«

»Du hast Tenor gesungen«, meinte der Chorleiter und bedachte André mit einem strengen Blick.

»Sie hat mit *deiner Stimme* gesungen«, fügte der junge Mann hinzu.

»Was hältst du davon, die Arie so zu singen, wie Christine sie singen würde?«

Sie begannen erneut …

»Kwesta!? Maledetta!! …«

Unterschaft hob beide Hände. Andrés Schultern bebten, als er sich verzweifelt bemühte, keinen Lachkrampf zu bekommen.

»Ja, ja. Gut beobachtet und … äh … zugehört. Du hast sicher recht. Nun, ich schlage vor, du singst die Arie so, wie du *glaubst*, daß sie gesungen werden sollte.«

Agnes nickte.

Sie begannen noch einmal …

… und beendeten die Probe.

Unterschaft hatte Platz genommen und den Kopf zur Seite gedreht. Er brachte es einfach nicht fertig, die Sängerin anzusehen.

Agnes richtete einen unsicheren Blick auf ihn. »Äh … war diesmal alles in Ordnung?« fragte sie.

André stand auf und griff nach ihrer Hand. »Ich glaube, wir sollten ihn jetzt besser allein lassen«, sagte er leise und zog Agnes zur Tür.

»Habe ich so schlecht gesungen?«

»Nicht … unbedingt.«

Unterschaft sah auf, wandte sich jedoch nicht um. »Ich empfehle dir, beim R noch etwas mehr zu üben«, brachte er heiser hervor. »Und du solltest in der Strophe noch sicherer werden.«

»Ja, natürlich.«

André führte Agnes in den Flur und schloß die Tür.

»Das war *bemerkenswert*«, sagte er. »Hast du jemals den Gesang der großen Gigli gehört?«

»Ich weiß nicht einmal, wer die große Gigli *ist*. Was *habe* ich überhaupt gesungen?«

»Das weißt du ebenfalls nicht?«

»Ich weiß nicht, was die Worte bedeuten.«

André blickte auf die Notenblätter hinab. »Nun, ich kenne mich mit dieser Sprache nicht besonders gut aus, aber ich schätze, man könnte den Anfang so übersetzen:

> Diese verdammte Tür klemmt.
> Diese verdammte Tür klemmt.
> Ganz gleich, was zum Teufel ich auch mache.
> Es steht Ziehen drauf, und ich ziehe tatsächlich.
> Vielleicht sollte sie besser mit ›Drücken‹ beschriftet sein?«

Agnes blinzelte. »So lautet der Text?«

»Ja.«

»Aber ich dachte, es sei etwas sehr Rührendes und Romantisches!«

»Das *ist* es auch«, erwiderte André. »Besser gesagt, das *war* es. Es geht nicht um das richtige Leben, sondern um die *Oper*. Es spielt keine Rolle, was die Worte bedeuten. Es kommt vor allem aufs Gefühl an. Hat dir das niemand erklärt? Nun, ich bin für den Rest des Nachmittags mit Proben beschäftigt, aber vielleicht könnten wir uns morgen treffen? Nach dem Frühstück?«

O nein, dachte Agnes. Es geht wieder los. Hitze stieg in ihr auf. Sie fragte sich, ob die Verlegenheitsröte eines Tages ihren Kopf erreichen und noch weiter aufsteigen würde, um schließlich eine rosarote Wolke über ihr zu formen.

»Äh … ja«, sagte sie. »Ja. Das wäre … nett.«

»Ich muß jetzt gehen.« André lächelte schief und klopfte Agnes auf die Hand. »Ich … Es tut mir leid, daß es auf diese Weise geschieht. Weil … es war wirklich bemerkenswert.«

Er wandte sich ab – und zögerte. »Äh … bitte entschuldige, daß ich dich gestern abend erschreckt habe.«

»Was?«

»Auf der Treppe.«

»Oh. Ich bin nicht erschrocken. Wenigstens nicht in dem Sinn.«

»Du … äh … hast doch mit niemandem darüber gesprochen, oder? Ich möchte nicht, daß die Leute glauben, ich sei grundlos besorgt.«

»Ich habe überhaupt nicht weiter darüber nachgedacht, um ehrlich zu sein. Ich weiß, daß du nicht der Geist sein kannst, falls du dir *deshalb* Sorgen machst.«

»Ich? Der Geist? Haha!«

»Haha«, sagte Agnes.

»Wir … äh … sehen uns also morgen früh …«

»Ja.«

Agnes kehrte zu ihrer Unterkunft zurück, tief in Gedanken versunken.

Christine stand vor dem Spiegel und beobachtete sich kritisch. Sie drehte sich um, als Agnes hereinkam. Selbst ihren *Bewegungen* haftete ein Ausrufezeichen an.

»Oh, Perdita!! Hast du gehört?! Ich soll heute abend die Rolle der Jod singen!! Ist das nicht *wundervoll*?!« Sie sauste durchs Zimmer und versuchte, Agnes hochzuheben und zu umarmen. Schließlich begnügte sie sich damit, sie nur zu umarmen.

»Ich habe gehört, daß du bereits Chormitglied geworden bist?!«

»Ja.«

»Ist das nicht schön?! Ich habe den ganzen Morgen mit Herrn Salzella geübt!! Kesta!? Mallydetta!! Portah sieh blocka!!« Christine drehte sich glücklich um die eigene Achse. Unsichtbare Pailletten glitzerten.

»Wenn ich sehr berühmt bin, wirst du es nicht bereuen, mich zur

Freundin zu haben!!« fuhr sie fort. »Dann tue ich alles, um dir zu helfen!! Bestimmt bringst du mir Glück!!«

»Ja«, erwiderte Agnes hilflos.

»Mein lieber Vater hat mir einmal gesagt, eines Tages würde eine gute Fee kommen, um mir meinen größten Wunsch zu erfüllen, und weißt du was, ich glaube, die gute Fee bist *du*!!«

Agnes lächelte betrübt. Wenn man Christine etwas länger kannte, mußte man gegen die Versuchung ankämpfen, ihr in ein Ohr zu sehen – um festzustellen, ob man auf der anderen Seite das Tageslicht erkennen konnte.

»Äh ... haben wir nicht die Zimmer getauscht?«

»Oh, *das*!!« erwiderte Christine und lächelte. »Wie *dumm* von mir!! Als Primadonna *brauche* ich den Spiegel, nicht wahr?! Es macht dir doch nichts aus, oder?!«

»Was? Oh. Nein, natürlich nicht. Äh ... wenn du sicher bist ...«

Agnes sah zum Spiegel, zum Bett und richtete den Blick dann auf Christine.

»Nein«, sagte sie, schockiert von der ungeheuerlichen Idee, die von Perdita tief in ihrer Seele stammte. »Bestimmt ist alles in Ordnung.«

Dr. Unterschaft putzte sich die Nase und versuchte, eine Entscheidung zu treffen.

Nun, er mußte sich nicht damit abfinden. Das Mädchen mochte ein wenig Übergewicht haben, aber was bedeutete das schon? Gigli hatte einmal einen Tenor zerquetscht, ohne daß ihr Ruf darunter litt.

Der Chorleiter beschloß, bei Herrn Eimer zu protestieren.

Dr. Unterschaft sah die Sache völlig klar. Er glaubte an Stimmen. Für ihn spielte es überhaupt keine Rolle, wie jemand aussah. Er sah sich die Oper nie mit geöffneten Augen an. Nur die Musik zählte, nicht das, was auf der Bühne geschah. Und schon gar nicht die Gestalt der Sänger.

Warum sollten solche Dinge wichtig sein? Dame Tessitura hatte einen Bart, an dem man ein Streichholz entzünden konnte, und ihre flache Nase nahm einen großen Teil des Gesichts ein. Trotzdem war sie einer der besten Bässe, die jemals Bierflaschen mit dem Daumen geöffnet hatten.

Salzella war folgender Ansicht: Die Leute akzeptierten es, wenn dicke Frauen über fünfzig dünne siebzehnjährige Mädchen spielten, aber dasselbe nahm man *dicken* siebzehnjährigen Mädchen nicht ab. Die Leute schluckten bereitwillig eine große Lüge – und erstickten fast an einer kleinen Flunkerei. Ja, diese Ansicht vertrat Salzella.

Heutzutage lief etwas verkehrt. Das ganze Haus schien ... krank zu sein, wenn das auf ein Gebäude zutreffen konnte. Zu den Vorstellungen fand sich noch immer ein großes Publikum ein, aber es schien kaum mehr Geld zu geben, während alles teurer wurde ... Und jetzt gehörte die Oper auch noch einem *Käser*, um Himmels willen, einem dummen Ladenschwengel, der vermutlich irgendwelche verrückten Ideen hatte. Sie brauchten einen Geschäftsmann, jemanden, der richtig rechnen konnte und sich nicht einmischte. Das war das Problem mit Opernhausbesitzern: Sie begannen als Geschäftsleute und kamen irgendwann auf den Gedanken, künstlerische Beiträge leisten zu wollen.

Nun, Käser mußten ihre Käse zählen. Solange Eimer in seinem Büro blieb und dort die Bücher führte, anstatt sich zu verhalten, als gehörte ihm die Oper, nur weil ihm die Oper zufälligerweise gehörte ...

Unterschaft blinzelte. Er hatte sich wieder verlaufen. Ganz gleich, wieviel Zeit man hier verbrachte – das Innere des großen Gebäudes blieb ein riesiges Labyrinth. Der Chorleiter befand sich nun hinter der Bühne, im Orchesterraum. Musikinstrumente und Stühle bildeten hohe Stapel.

Unterschaft stieß mit dem Fuß an eine Flasche Bier.

Das *Pling* einer Saite veranlaßte ihn, sich umzudrehen. Sein Blick fiel auf die traurigen Reste mehrerer zerschmetterter Violinen und einiger Oboen. Tiefe Dellen verunzierten eine Posaune.

Unterschaft hob den Kopf und sah in ein Gesicht.

»Aber ... was machst *du* denn ...«

Die Brille mit den halbmondförmigen Gläsern drehte sich in der Luft und fiel auf den Boden.

Der Angreifer ließ die Maske sinken – eine Maske so glatt und weiß wie der Schädel eines Engels – und trat entschlossen vor ...

Dr. Unterschaft blinzelte.

Dunkelheit umgab ihn. Eine große, in einen schwarzen Kapuzenmantel gehüllte Gestalt hob den Kopf und sah den Chorleiter aus leeren, knochenweißen Augenhöhlen an.

Was die jüngsten Erinnerungen anging, herrschte in Unterschafts Gedächtnis ein ziemliches Durcheinander. Eins aber war klar.

»Aha«, sagte er. »Ich hab dich! Du bist der Geist!«

DA IRRST DU DICH AUF RECHT AMÜSANTE WEISE.

Dr. Unterschaft beobachtete, wie ein Maskierter die Leiche von ... Dr. Unterschaft in die Schatten zog.

»Oh, ich *verstehe*. Ich bin tot.«

Tod nickte.

DAS SCHEINT TATSÄCHLICH DER FALL ZU SEIN.

»Das war Mord! Ist die Sache bekannt?«

DEM MÖRDER. UND DIR NATÜRLICH.

»Aber wieso *er*?« entfuhr es Unterschaft. »Ich meine ...«

WIR MÜSSEN JETZT GEHEN, sagte Tod.

»Aber ich bin gerade getötet worden! Er hat mich mit bloßen Händen erwürgt!«

JA. NIMM ES ALS ERFAHRUNG HIN.

»Soll das heißen, ich kann überhaupt nichts dagegen unternehmen?«

ÜBERLASS DAS DEN LEBENDEN. NORMALERWEISE GEFÄLLT ES IHNEN NICHT, WENN VERSTORBENE EINE KONSTRUKTIVE ROLLE BEI DEN ERMITTLUNGEN IN EINEM MORDFALL SPIELEN. DANN FÄLLT ES IHNEN SCHWER, SICH ZU KONZENTRIEREN.

»Weißt du eigentlich, daß du eine gute Baßstimme hast?«

DANKE.

»Erwarten mich im Jenseits vielleicht ... Chöre und so?«

ENTSPRICHT DAS DEINEM WUNSCH?

Agnes schlüpfte durch den Bühneneingang nach draußen. Vor ihr erstreckten sich die Straßen von Ankh-Morpork.

Sie blinzelte im Licht. Die Luft schien ein wenig zu prickeln, fühlte sich frisch und nicht zu kalt an.

Was sie jetzt plante ... war falsch. Ihr ganzes Leben lang hatte sie nur *richtige* Dinge getan.

Na los, sagte Perdita.

Wahrscheinlich kam es gar nicht dazu. Mit ziemlicher Sicherheit entschied sie sich dagegen, wenn der entscheidende Augenblick kam. Andererseits konnte es nicht schaden, nach einem Kräuterladen zu *fragen*, und deshalb fragte sie.

Es konnte auch nicht schaden, ihn zu betreten, und deshalb betrat sie ihn.

Es verstieß auch nicht gegen das Gesetz, gewisse Ingredienzen zu kaufen, und deshalb beschloß Agnes, sie zu kaufen. Vielleicht bekam sie irgendwann einmal Kopfschmerzen oder litt an Schlaflosigkeit.

Es bedeutete überhaupt nichts, den ganzen Kram in ihr Zimmer zu bringen und dort unter der Matratze zu verstauen.

Stimmt, bestätigte Perdita.

Wenn man den Durchschnittswert der moralischen Problematik dieser kleinen Aktivitäten auch für den letztendlichen *Zweck* annahm, so war die Sache eigentlich gar nicht so schlimm ...

Mit solchen Gedanken tröstete sich Agnes auf dem Heimweg. Sie trat um eine Ecke und wäre fast mit Nanny Ogg und Oma Wetterwachs zusammengestoßen.

Sie preßte sich an die nächste Mauer und wagte nicht zu atmen.

Die beiden Hexen sahen sie nicht, aber der gräßliche Kater grinste sie über Nannys Schulter hinweg an.

Sie würden mich wieder nach Lancre bringen! fuhr es Agnes durch den Sinn. Sie zweifelte nicht eine Sekunde lang daran.

Der Umstand, daß sie ihre eigene Herrin war und jederzeit beschließen konnte, in Ankh-Morpork zu leben, hatte damit überhaupt nichts zu tun. Die Hexen würden sich *einmischen.* Sie versuchten immer, Einfluß zu nehmen.

Agnes eilte durch die Gasse zurück und lief, so schnell sie konnte, zum Hintereingang des Opernhauses.

Der Pförtner schenkte ihr überhaupt keine Beachtung.

Oma Wetterwachs und Nanny Ogg schlenderten durch die Stadt und näherten sich einem Bereich, den man »Götterinsel« nannte. Er gehörte nicht direkt zu Ankh und nicht direkt zu Morpork und lag an einer Stelle, wo der Flußverlauf so viele Kurven beschrieb, daß fast eine Insel entstand. Dort waren all jene Dinge untergebracht, die die Stadt zwar gelegentlich brauchte, die jedoch Unbehagen erzeugten, zum Beispiel das Wachhaus, die Theater, das Gefängnis und die Verlage. Es war ein Ort für Dinge, die unerwartet *Bumm* machen konnten.

Greebo folgte den beiden Hexen. Die Luft steckte voller neuer Gerüche; vielleicht konnte man einige der Urheber davon essen, beißen oder vergewaltigen.

Nanny Oggs Besorgnis wuchs. »So etwas sieht uns gar nicht ähnlich, Esme«, sagte sie.

»Wem dann?«

»Ich meine, das mit dem Buch war einfach nur Spaß. Es hat doch keinen Sinn, daß wir uns deshalb unbeliebt machen.«

»Wir dürfen nicht zulassen, daß man eine Hexe übers Ohr haut, Gytha.«

»Ich *fühle* mich gar nicht übers Ohr gehauen. Es ging mir *prächtig*, bis du darauf hingewiesen hast, daß man mich übers Ohr gehauen hat.« Damit erwähnte Nanny einen wichtigen soziologischen Punkt.

»Man hat dich ausgenutzt«, sagte Oma fest.

»Nein.«

»Doch. Man hat dich mit Füßen getreten.«

»Hab nie welche gespürt.«

»Du würdest um die Ersparnisse deines Lebens betrogen«, betonte Oma.

»Zwei Dollar?«

»Du bist nie dazu gekommen, mehr zu sparen«, sagte Oma.

»Weil ich immer alles ausgegeben habe«, erwiderte Nanny. Andere Leute legten Geld fürs Alter auf die hohe Kante; Nanny Ogg zog es vor, Erinnerungen zu sammeln.

»Na bitte.«

»Mit den zwei Dollar wollte ich neue Rohre für meine Brennerei auf dem Kupferkopfberg kaufen«, erklärte Nanny.* »Du weißt ja, wie sehr mein Knieweich das Metall angreift ...«

»Du hast ein wenig Geld beiseite gelegt, um dir im Alter keine Sorgen machen zu müssen«, stellte Oma fest.

»Wer meinen Knieweich trinkt, hat keine Sorgen mehr«, entgegnete Nanny. »Das Zeug wird aus den besten Äpfeln hergestellt«, fügte sie hinzu. »Nun, größtenteils aus Äpfeln.«

Oma blieb vor einer verzierten Tür stehen und betrachtete das daran befestigte Messingschild.

»Hier sind wir richtig.«

Beide Hexen sahen zum Eingang.

»Von Vordertüren habe ich noch nie viel gehalten«, sagte Nanny und trat von einem Bein aufs andere.

Oma Wetterwachs nickte. Mit Vordertüren konnten Hexen tatsächlich nicht viel anfangen. Nach einer kurzen Suche fanden sie eine Gasse, die zum rückwärtigen Teil des Gebäudes führte, und dort entdeckten sie eine wesentlich größere, weit offenstehende Tür. Mehrere Zwerge beluden einen Karren mit Bücherbündeln. Irgendwo im Innern des Hauses ertönte ein rhythmisches Stampfen.

Oma und Nanny traten ein, ohne Aufmerksamkeit zu erregen.

Drucktypen waren in Ankh-Morpork zwar bekannt, aber die Zauberer ließen sie sofort verschwinden, wenn sie davon hörten. Normalerweise mischten sich die Fakultätsmitglieder der Unsichtbaren Universität nicht in die Angelegenheiten der Stadt ein, aber bei Drucktypen griffen sie energisch durch. Den Grund dafür hatten sie nie genannt, und niemand kam auf den Gedanken, eine Erklärung zu verlangen. Wer von Zauberern eine Erklärung verlangte, mußte befürchten, am nächsten Morgen in ungewohnter Gestalt zu erwachen. Man umging das Problem und gravierte. Das nahm natürlich weitaus mehr

* Alkohol zu brennen war in Lancre verboten. Andererseits hatte König Verence schon vor einer ganzen Weile den Versuch aufgegeben, eine Hexe an den Dingen zu hindern, mit denen sie sich beschäftigen wollte. Deshalb bat er Nanny Ogg nur darum, ihre Brennerei an einem Ort unterzubringen, wo sie nicht so sehr auffiel. Nanny befürwortete das königliche Verbot, denn so bekam sie das Monopol für ihr eigenes Produkt. Man nannte es überall dort »Michhautsum«, wo Männer rückwärts in einen Graben fielen.

Zeit in Anspruch und führte dazu, daß Ankh-Morpork nicht in den Genuß von Zeitungen kam. Den Bürgern blieb also nichts anderes übrig, als sich selbst zu belügen.

Am einen Ende des Lagerhauses klapperte und stampfte eine Druckerpresse. Daneben, an langen Tischen, waren Zwerge und Menschen damit beschäftigt, Seiten zusammenzunähen und Buchdeckel zu kleben.

Nanny nahm ein Buch vom nächsten Stapel. Der Titel lautete: *Froide für den Gaumen und niche nur dafür.*

»Kann ich euch helfen, werte Damen?« fragte ein Mann. Sein Tonfall wies darauf hin, daß er Oma und Nanny höchstens dabei helfen wollte, möglichst schnell nach draußen zu verschwinden.

»Wir sind wegen dieses Buchs gekommen«, sagte Oma Wetterwachs.

»Ich bin Frau Ogg«, stellte sich Nanny vor.

Der Mann musterte sie von Kopf bis Fuß.

»Ach? Kannst du dich identifizieren?«

»Natürlich. Ich weiß immer, wer ich bin.«

»Ha! Zufälligerweise weiß ich, wie Nanny Ogg aussieht, Gnädigste, und zwar nicht wie *du*.«

Nanny Ogg setzte zu einer Antwort an – und verhielt sich dann wie jemand, der fröhlich auf die Straße trat, ohne an die heranrasende Kutsche zu denken.

»Oh ...«, sagte sie.

»Und woher willst du wissen, wie Frau Ogg aussieht?« fragte Oma.

»Oh, ist es schon so spät? Wir sollten besser gehen ...«, meinte Nanny.

»Weil sie mir ein Bild geschickt hat, jawohl«, sagte Ziegenberger und holte seine Brieftasche hervor.

»Daran sind wir *überhaupt* nicht interessiert«, behauptete Nanny und zog an Omas Arm.

»Ich interessiere mich sogar *sehr* dafür«, sagte Oma, nahm Ziegenberger ein zusammengefaltetes Stück Papier aus der Hand und betrachtete es.

»Ha! Ja ... das ist Gytha Ogg«, räumte sie ein. »Zweifellos. Ich erinnere mich, wie der Künstler in jenem Sommer nach Lancre kam.«

»Damals habe ich das Haar länger getragen«, murmelte Nanny.

»Es hat dir besser gestanden«, brummte Oma. »Ich wußte gar nicht, daß du *Kopien* von dem Bild hattest.«

»Oh, du weißt ja, wie das ist in der Jugend«, sagte Nanny verträumt. »Hab den ganzen Sommer gekritzelt.« Sie erwachte aus ihren nostalgischen Erinnerungen. »Und ich wiege heute nicht mehr als damals«, fügte sie hinzu.

»Allerdings hat sich das Gewicht verschoben«, kommentierte Oma giftig.

Sie gab Ziegenberger das Bild zurück. »Das ist tatsächlich Nanny Ogg. Aber damals war sie etwa sechzig Jahre jünger und trug erheblich weniger Kleidung als heute. Hier siehst du die aktuelle Gytha Ogg.«

»Soll das heißen, *diese* Frau hat die Bananensuppenüberraschung erfunden?«

»Hast du sie probiert?« fragte Nanny.

»Ich nicht, aber Herr Reinfall, unser Chefdrucker.«

»War er überrascht?«

»Nicht annähernd so sehr wie Frau Reinfall.«

»Bei manchen Leuten ist die Wirkung ziemlich stark«, sagte Nanny. »Vielleicht hab ich's mit dem Muskat übertrieben.«

Ziegenberger starrte sie groß an. Zweifel regte sich in ihm. Wenn man sah, wie Nanny Ogg lächelte, dann glaubte man, daß sie etwas wie *Froide für den Gaumen und niche nur dafür* schreiben *konnte.*

»Hast du das wirklich geschrieben?« fragte er.

»Aus dem Gedächtnis«, erwiderte Nanny stolz.

»Und jetzt möchte sie etwas Geld«, fügte Oma Wetterwachs hinzu.

Herr Ziegenberger verzog das Gesicht, als hätte er gerade eine Zitrone gekaut und mit Essig hinuntergespült.

»Wir haben ihr das Geld *zurückgeschickt*«, sagte er.

»Siehst du?« Enttäuschung kroch über Nannys Gesicht. »Ich wußte es, Esme ...«

»Sie möchte etwas mehr Geld«, sagte Oma.

»Nein, möchte ich nicht ...«

»Nein, das möchte sie nicht!« pflichtete Ziegenberger ihr bei.

»Sie möchte es *doch*«, beharrte Oma. »Sie möchte etwas Geld für jedes verkaufte Buch.«

»Ich will keineswegs wie eine Prinzessin behandelt werden«, meinte Nanny.*

»Sei still«, sagte Oma scharf. »Ich weiß genau, was du willst. Wir wollen Geld, Herr Ziegenberger.«

»Und was passiert, wenn ich euch keins gebe?«

Oma durchbohrte ihn mit einem strengen Blick.

»Dann gehen wir und überlegen, was zu tun ist«, antwortete sie.

»Das ist keine leere Drohung«, sagte Nanny. »Viele Leute hatten allen Grund zu bedauern, daß Esme überlegte, was zu tun war.«

»Na schön, kommt zurück, wenn ihr darüber nachgedacht habt!« erwiderte Ziegenberger und eilte fort. »Meine Güte! Autoren, die bezahlt werden wollen! Ist das zu fassen ...«

Er verschwand zwischen den Bücherstapeln.

»Äh«, sagte Nanny. »Das hätte etwas besser laufen können, oder?«

Oma sah zu einem nahen Tisch, auf dem lange, breite Papierstreifen lagen. Sie wandte sich an einen Zwerg, der die Auseinandersetzung mit großem Interesse beobachtet hatte.

»Was ist das?« fragte sie.

»Das sind Korrekturfahnen des Almanachs.« Der Zwerg bemerkte die Verwunderung in Omas Miene und fuhr fort: »Es ist gewissermaßen ein Probedruck des Buches. Damit wir sicher sein können, daß der Text alle vorgesehenen Rechtschreibfehler enthält.«

Oma griff danach. »Komm, Gytha.«

»Ich möchte keine Schwierigkeiten, Esme«, sagte Nanny Ogg, als sie Oma folgte. »Immerhin geht es nur um Geld.«

»Das Geld spielt jetzt kaum mehr eine Rolle«, erwiderte Oma Wetterwachs. »Wir rechnen ab.«

Herr Eimer griff nach einer Violine. Sie bestand aus zwei Teilen, die von den Seiten zusammengehalten wurden. Eine Saite riß.

* Eigentlich bedeutete das, daß man von Fotografen verfolgt und dabei fotografiert wurde, wie einem jemand den großen Zeh küßte.

»Wer stellt so etwas an?« fragte er. »Im Ernst, Salzella ... wo *liegt* der Unterschied zwischen Oper und Wahnsinn?«

»Ist das eine Fangfrage?«

»Nein!«

»Dann lautet meine Antwort: Der Unterschied liegt in den Kulissen. Die Oper hat bessere Bühnendekorationen; dachte ich bisher ...«

Salzella kramte zwischen den Trümmern und richtete sich mit einem Brief in der Hand auf.

»Soll ich ihn öffnen? Er ist an dich adressiert.«

Eimer schloß die Augen.

»Na los«, murmelte er. »Halt dich nicht mit den Details auf. Sag mir nur ... wie viele Ausrufezeichen sind es?«

»Fünf.«

»Oh.«

Salzella reichte Eimer den Brief.

Der Text lautete:

Lieber Eimer,

na so was!

Ahahahahahahahaha!!!!!

Hochachtungsvoll

Der Operngeist

»Was sollen wir nur machen?« fragte Emil Eimer. »Im einen Augenblick schreibt der Kerl höfliche Mitteilungen, im nächsten schnappt er über.«

»Herr Trubelmacher hat alle verfügbaren Leute losgeschickt, um nach Musikinstrumenten zu suchen«, stellte Salzella fest.

»Sind Violinen teurer als Ballettschuhe?«

»Es gibt nur wenig Dinge auf der Welt, die teurer sind als Ballettschuhe«, erwiderte Salzella. »Violinen gehören dazu.«

»Noch mehr Kosten!«

»So scheint es, ja.«

»Aber ich dachte, der Geist *mag* Musik! Und Herr Trubelmacher meinte, daß die Orgel nicht mehr repariert werden kann!!!«

Eimer lauschte dem Klang seiner letzten Worte und ahnte zwei Ausrufezeichen mehr, als Vernunft und Rationalität erforderten.

»Nun, ich schätze, die Show muß weitergehen, nicht wahr?« fragte Eimer müde.

»Stimmt«, bestätigte Salzella.

Eimer schüttelte den Kopf. »Wie steht's mit den Vorbereitungen für heute abend?«

»Ich glaube, es klappt alles – wenn du *das* meinst. Perdita versteht die Rolle gut.«

»Und Christine?«

»Sie versteht es vorzüglich, ein Kleid zu tragen. Beide zusammen sind eine hervorragende Primadonna.«

Der stolze Eigentümer des Opernhauses stand langsam auf. »Zu Anfang erschien mir alles so einfach«, stöhnte er. »Ich dachte, das mit der Oper kann doch nicht schwer sein. Lieder. Hübsche Tänzerinnen. Bunte Kulissen. Viele Leute, die viel Geld bezahlen. Muß besser sein als die umbarmherzige Welt von Käse und Joghurt. Und wie sieht die Sache aus? Überall werden Dinge zerstört. Dauernd finden wir Lei...«

Etwas knirschte unter Eimers Schuh. Er bückte sich und griff nach den Überbleibseln einer Brille mit halbmondförmigen Gläsern.

»Das ist Dr. Unterschafts Brille, nicht wahr?« fragte er. »Wie kommt sie hierher?«

Er begegnete Salzellas bedeutungsvollem Blick.

»O *nein*«, ächzte er.

Salzella drehte sich langsam um und sah zu dem großen Kontrabaßkasten, der nicht weit entfernt an der Wand lehnte. Er wölbte die Brauen.

»O *nein*«, wiederholte Eimer. »Na los. Öffne das Ding. Meine Hände sind plötzlich ganz feucht ...«

Salzella trat an den Kasten heran und griff nach dem Deckel. »Bist du soweit?«

Eimer nickte und hielt unwillkürlich den Atem an.

Der Musikdirektor öffnete den Kasten.

»O nein!«

Salzella drehte sich um.

»Ah, ja«, sagte er. »Hals gebrochen, Korpus eingetreten. Es sind mindestens ein oder zwei Dollar nötig, um das in Ordnung zu bringen, kein Zweifel.«

»Und die Saiten sind kaputt! Kostet die Reparatur eines Kontrabasses mehr als die einer Violine?«

»Ich fürchte, die Reparatur *aller* Musikinstrumente ist teuer, wobei die Triangel möglicherweise eine Ausnahme bildet«, entgegnete Salzella. »Wie dem auch sei: Es hätte schlimmer kommen können.«

»Schlimmer?«

»Wenn Dr. Unterschaft da drin gelegen hätte.«

Eimer starrte den Musikdirektor groß an. Nach einigen Sekunden schloß er den Mund. »Oh. Natürlich. Ja. Das wäre schlimmer gewesen. Ja. Wir können von Glück sagen. Glaube ich.«

»Das ist also ein Opernhaus, wie?« fragte Oma. »Sieht aus, als hätte jemand einen großen grauen Kasten gebaut und anschließend Architektur drangeklebt.«

Sie hüstelte und schien auf etwas zu warten.

»Sollen wir uns mal umsehen?« fragte Nanny, die genau wußte, daß Omas Neugier nur von dem Bemühen übertroffen wurde, sie nicht zu zeigen.

»Nun, ich schätze, es kann nicht schaden«, erwiderte Oma Wetterwachs, als erwiese sie ihrer Begleiterin einen großen Gefallen. »Immerhin haben wir derzeit nichts Besseres zu tun.«

Das Opernhaus bot ein hervorragendes Beispiel für multifunktionelle Gebäudestrukturen. Die Grundform entsprach tatsächlich der eines Würfels. Während einer fortgeschrittenen Bauphase hatte sich der Architekt plötzlich an die Notwendigkeit einer gewissen Dekoration erinnert und sie hastig hinzugefügt. Das Ergebnis war ein Durcheinander von Friesen, Säulen und zahlreichen verschnörkelten Teilen. Wasserspeier waren in den höher gelegenen Regionen angebracht. Als direkte Folge davon wirkte die Vorderfront wie eine gewaltige Wand aus gequältem Stein.

Hinten zeigte sich die übliche, schmucklose Masse aus Fenstern,

Rohrleitungen und anderen Installationen. Die wichtigste Regel von öffentlicher Architektur lautet: Normalerweise gibt es sie nur vorn.

Oma Wetterwachs blieb unter einem Fenster stehen. »Jemand singt«, sagte sie. »Hör nur.«

»La-la-la-la-LAH«, trillerte eine Stimme. »Do-Re-Mi-Fah-So-La-Ti-Do ...«

»Das ist Oper, ganz klar«, stellte Oma fest. »Klingt fremdländisch.«

Nanny besaß ein erstaunliches Sprachtalent: Innerhalb einer Stunde konnte sie in einer neuen Sprache auf verständliche Weise inkompetent sein. Was sie dann sagte, grenzte an Kauderwelsch, aber es war echtes *fremdländisches* Kauderwelsch. Was Oma Wetterwachs betraf ... Abgesehen von ihren anderen Eigenschaften hatte sie nicht nur ein gutes musikalisches, sondern auch ein ausgezeichnetes linguistisches Gehör.

»Äh ... ja ... könnte sein«, sagte Nanny. »Hier ist immer was los. Unser Nev meint, daß es am Abend manchmal mehrere Vorstellungen gibt.«

»Woher will er das wissen?« erkundigte sich Oma Wetterwachs.

»Nun, es gab eine Menge Blei auf dem Dach. Dauerte eine Weile, den ganzen Kram zu entfernen. Besonderen Gefallen fand unser Nev an den lauten Sängern. Da konnte er leise mitsingen, und niemand hörte das Klopfen.«

Die Hexen schlenderten weiter.

»Hast du bemerkt, daß die junge Agnes vorhin fast mit uns zusammengestoßen wäre?« fragte Oma.

»Ja«, bestätigte Nanny. »Es fiel mir sehr schwer, mich nicht umzudrehen.«

»Sie hat sich kaum darüber gefreut, uns zu sehen, oder? Schien sich sogar zu fürchten.«

»Das ist sehr verdächtig, wenn du mich fragst«, sagte Nanny. »Ich meine, wenn man zwei freundliche Gesichter aus der Heimat sieht ... Eigentlich hätte sie sofort zu uns kommen sollen.«

»Schließlich sind wir alte Freunde. Ich meine, alte Freunde ihrer Großmutter und Mutter, und das ist praktisch das gleiche.«

»Erinnerst du dich an die Augen in der Teetasse?« fragte Nanny. »Vielleicht steht sie unter dem Einfluß einer seltsamen okkulten Kraft.

Wir müssen vorsichtig sein. Die Leute können sehr schwierig werden, wenn sich bei ihnen eine seltsame okkulte Kraft auswirkt. Denk nur an Herrn Skrupel aus Schnitte.«

»Da war keine seltsame okkulte Kraft im Spiel, nur ein verdorbener Magen.«

»Nun, für eine Weile schienen seltsame okkulte Kräfte am Werk zu sein. Besonders bei geschlossenem Fenster.«

Ihr Weg führte sie zum Bühneneingang.

Oma betrachtete einige Plakate.

»*La Tirviata*«, las sie laut. »*Der Ring der Nibelungingung* ...?«

»Nun, es gibt zwei grundlegende Arten von Opern«, sagte Nanny. Als Hexe kannte sie sich mit allen Dingen aus, vor allem mit jenen, mit denen sie sich nicht auskannte. »Da wäre die sogenannte schwere Oper, in der die Leute meistens fremdländisch singen, was übersetzt soviel bedeutet wie ›Oh, oh, oh, ich sterbe, oh, ich sterbe, oh, oh, oh, ja mit mir geht's zu Ende‹. Dann gibt's noch die leichte Oper, in der die Leute ebenfalls fremdländisch singen, doch der Text lautet: ›Bier! Bier! Bier! Bier! Ich möchte gern viel Bier trinken!‹ Aber manchmal trinken sie auch Sekt. Tja, darum geht's im großen und ganzen bei der Oper.«

»Ach? Entweder wird gestorben oder Bier getrunken?«

»Im Grunde ja«, sagte Nanny und behauptete tatsächlich, damit sei das ganze Spektrum der menschlichen Erfahrungen beschrieben.

»Daraus besteht die Oper?«

»Nun ... vielleicht gibt es noch einige andere Aspekte. Aber letztendlich läuft alles auf Trinken oder Stechen hinaus.«

Oma spürte eine Präsenz.

Sie drehte sich um.

Jemand trat durch den Bühneneingang. Er trug ein Plakat und einen Eimer mit Kleister und Bürste.

Es war eine seltsame Gestalt. Sie erinnerte an eine adrette Vogelscheuche, deren Kleidung ein wenig zu klein war. Allerdings durfte es für sie kaum passende Kleidungsstücke geben. Die Handgelenke und die Knöchelgegend der Beine schienen dehnbar und völlig unabhängig voneinander zu sein.

Der Mann begegnete den beiden Hexen an der Mauer und blieb höflich stehen. Sie konnten regelrecht sehen, wie sich hinter seinen trüben Augen Worte zu Sätzen aneinanderreihten.

»Entschuldigt bitte, werte Damen! Aber die Show muß weitergehen!«

Die Worte waren gut gewählt und ergaben sogar einen Sinn, doch jeder Satz wurde der Welt als Einheit entgegengeschleudert.

Oma zog Nanny zur Seite.

»Danke!«

Stumm beobachteten sie, wie der Mann mit großer Sorgfalt Kleister an die Wand strich und ein Plakat anklebte, wobei er darauf achtete, daß sich keine Falten bildeten.

»Wie heißt du, junger Mann?« fragte Oma.

»Walter!«

»Du hast da ein hübsches Barett.«

»Meine Mutter hat es mir gekauft!«

Walter drückte die letzten Luftblasen zum Rand des Papiers und trat zurück. Er war so sehr auf seine Arbeit konzentriert, daß er die Hexen vergaß, nach dem Eimer griff und ins Gebäude zurückkehrte.

Die Hexen betrachteten das neue Plakat.

»Ich hätte nichts dagegen, mir ein solches Operndings anzusehen«, sagte Nanny nach einer Weile. »Señor Basilica hat uns Freikarten gegeben.«

»Oh, du kennst mich ja«, erwiderte Oma. »Davon halte ich überhaupt nichts.«

Nanny sah kurz zur Seite und lächelte innerlich. Sie war mit diesem speziellen Wetterwachs-Code vertraut. Entschlüsselt bedeutete er: Ich möchte schon, aber erst mußt du mich überzeugen.

»Nun, du hast natürlich recht«, sagte Nanny. »Die Oper ist nur was für feine Leute in prächtigen Kutschen und so. Ich schätze, wir sind nicht vornehm genug.«

Oma zögerte.

»Wir wären da drin völlig fehl am Platz«, fuhr Nanny fort. »Wenn wir hineingehen, heißt es vermutlich sofort: Hinfort, ihr gräßlichen alten Weiber ...«

»Ach, so hieße es?«

»Ich schätze, man sähe es nicht gern, wenn sich einfache Leute wie wir den feinen Pinkeln hinzugesellen«, sagte Nanny.

»Ach, tatsächlich? Man sähe es nicht gern? Komm mit!«

Oma stolzierte zum vorderen Eingang, wo bereits Männer und Frauen aus Kutschen stiegen. Entschlossen trat sie die Treppe hoch und bahnte sich mit den Schultern einen Weg zur Kasse.

Sie beugte sich vor. Der Mann hinter dem Fenstergitter lehnte sich zurück.

»Gräßliche alte Weiber, wie?« sagte Oma scharf.

»Ich bitte um Verzeihung …«

»Das will ich auch stark hoffen! Wir haben hier Karten für …« Sie blickte auf die beiden Freikarten hinab und zog Nanny näher. »Hier steht *Parkett*! Das ist doch die Höhe! Sollen wir etwa auf dem Fußboden sitzen?« Sie wandte sich wieder an den Mann hinter dem Fenster. »Hör mal, das Parkett ist für uns nicht gut genug, wir wollen Plätze in …« Sie warf einen Blick auf die Tafel neben der Kasse. »… im Olymp. Ja, das klingt angemessen.«

»Wie bitte? Ihr habt Karten fürs Parkett und wollt sie gegen Plätze in der Galerie tauschen?«

»Ja. Und erwarte bloß nicht von uns, daß wir draufzahlen!«

»Es lag mir fern, Geld zu verlangen für …«

»Gut!« sagte Oma, lächelte triumphierend und nahm die neuen Karten mit einem zufriedenen Lächeln entgegen. »Komm, Gytha.«

»Äh, entschuldige bitte«, sagte der Mann, als sich Nanny Ogg umdrehte. »Was ist das da auf deiner Schulter?«

»Ein … Pelzkragen«, antwortete Nanny.

»*Entschuldige*, aber ich habe gesehen, wie sich der Schwanz bewegt hat.«

»Ja. Zufälligerweise glaube ich an Schönheit ohne Tierquälerei.«

Agnes merkte, daß sich hinter der Bühne etwas tat. Männer bildeten kleine Gruppen und gingen wieder auseinander, um geheimnisvolle Aufgaben wahrzunehmen.

Vorn begann das Orchester, die Instrumente zu stimmen. Der Chor trat auf, um einen »geschäftigen Marktplatz« zu formen. Mehrere Jongleure, Zigeuner, Schwertschlucker und farbenfroh gekleidete Bauerntölpel schienen ganz und gar nicht überrascht zu sein, als ein offenbar betrunkener Bariton einem zufällig vorbeikommenden Tenor einen Großteil der Handlung vorsang.

Agnes sah Herrn Eimer und Herrn Salzella ein ernstes Gespräch mit dem Inspizienten führen.

»Wie wollen wir das ganze Gebäude durchsuchen? Es ist ein riesiges Labyrinth!«

»Vielleicht ist er einfach fortgegangen ...?«

»Ohne seine Brille sieht er weniger als eine Fledermaus.«

»Aber wir können nicht *sicher* sein, daß ihm etwas zugestoßen ist.«

»Ach? Darauf hast du nicht hingewiesen, als wir den Kontrabaßkasten geöffnet haben. Du warst sicher, daß er darin steckte. Gib's zu.«

»Ich ... äh ... dachte, daß wir nicht nur einen demolierten Kontrabaß finden, ja. Aber zu dem Zeitpunkt war ich ein wenig durcheinander.«

Ein Schwertschlucker stieß Agnes an.

»Was ist?«

»In einer Minute geht der Vorhang hoch, Teuerste«, sagte er und strich Senf auf die Klinge.

»Ist etwas mit Dr. Unterschaft geschehen?«

»Keine Ahnung, Teuerste. Du hast nicht zufällig etwas Salz?«

»'tschuldigung. 'tschuldigung. Oh, tut mir leid. 'tschuldigung. War das dein Fuß? 'tschuldigung ...«

Die Hexen stapften zu ihren Plätzen und hinterließen dabei einen Schweif aus verärgerten und schmerzerfüllten Opernbesuchern.

Oma Wetterwachs setzte sich und verschaffte sich mit einigen entschlossenen Ellenbogenstößen genug Platz.

»Was passiert jetzt?« fragte sie nach einigen Sekunden. Sie litt ebenso schnell an Langeweile wie ein vierjähriges Kind.

Die spärlichen Opernkenntnisse Nanny Oggs reichten nicht aus, diese Frage zu beantworten. Deshalb wandte sie sich an die neben ihr sitzende Frau.

»Entschuldigung, könnte ich mir dein Programmheft ausleihen? Danke. 'tschuldigung, würdest du mir deine Brille borgen? Sehr nett von dir.«

Nanny las eine Zeitlang.

»Dies ist die Ouvertüre«, sagte sie dann. »Das ist eine Art kostenlose Kostprobe für das, was danach auf der Bühne geschieht. Dazu gehört auch eine Zusammenfassung der Geschichte. *La Triviata.*«

Ihre Lippen bewegten sich, als sie las. Gelegentlich bildeten sich Falten auf ihrer Stirn.

»Nun, eigentlich ist alles ganz einfach«, behauptete sie. »Viele Leute haben sich ineinander verliebt, und viele Leute verkleiden sich, was zu allgemeiner Verwirrung führt, und es tritt ein frecher Diener auf, und niemand weiß, wer die anderen sind, und zwei alte Herzöge schnappen über, und außerdem gibt es viel Chorgesang und Zigeuner. Die übliche Oper eben. Vermutlich stellt sich irgendwann heraus, daß jemand der seit langer Zeit verlorene Sohn oder die seit langer Zeit verlorene Tochter bzw. Frau von jemand ist.«

»Pscht!« ertönte es hinter ihnen.

»Schade, daß wir nichts zu essen mitgebracht haben«, brummte Oma.

»Ich glaube, ich habe einige Pefferminzbonbons im Schlüpferbein.«

»Pscht!«

»Ich möchte bitte meine Brille zurück.«

»Hier hast du sie. Das Ding ist nicht besonders gut.«

Jemand klopfte Nanny Ogg auf die Schulter. »Deine Pelzstola frißt meine Pralinen, Gnädigste!«

Und jemand klopfte Oma Wetterwachs auf die Schulter. »Bitte nimm den Hut ab!«

Nanny Ogg erstickte fast an ihrem Pfefferminzbonbon.

Oma Wetterwachs wandte sich langsam dem hinter ihr sitzenden Mann zu und sah in ein rundes, gerötetes Gesicht. »Weißt du, was für Frauen einen spitzen Hut tragen?«

»Ich weiß nur, daß mir eine solche Frau den Blick auf die Bühne versperrt.«

Oma musterte den Mann. Und dann, zu Nannys großer Überraschung, nahm sie den Hut ab.

»Ich bitte vielmals um Entschuldigung«, sagte sie. »Mir ist nun klar, daß meine Manieren alles andere als gut waren. Es soll nicht wieder vorkommen.«

Sie wandte sich der Bühne zu.

Nanny Ogg schnappte nach Luft. »Fühlst du dich wohl, Esme?«

»Hab mich nie besser gefühlt.«

Oma Wetterwachs ließ ihren Blick durch den Zuschauersaal gleiten und achtete nicht auf die Geräusche um sie herum.

»Ich versichere dir, Gnädigste: Dein Pelz frißt meine Pralinen. Er hat gerade mit der zweiten Lage begonnen.«

»Na so was. Zeig ihm am besten das Bild auf dem Deckel. Er hat's nur auf die Nougatleckereien abgesehen. Nachher wischst du vom Rest einfach den Speichel und die Haare ab.«

»Könntest du vielleicht still sein?«

»Ich könnte schon. Aber dieser Mann mit den Pralinen sorgt dauernd für Unruhe ...«

Ein großer Raum, stellte Oma Wetterwachs fest. Ein großer Raum ohne Fenster ...

In ihren Daumen prickelte es.

Sie sah zum Kronleuchter, dessen Seil in einem Deckenalkoven verschwand.

Ihr Blick glitt über die Logen. In allen saßen Zuschauer, doch in einer waren die Vorhänge fast ganz zugezogen, als wollte darin jemand beobachten, ohne selbst gesehen zu werden.

Omas Aufmerksamkeit galt auch dem Parkett, wo zum größten Teil Menschen saßen. Hier und dort sah sie die große Gestalt eines Trolls – obgleich Troll-Opern normalerweise Jahre dauerten. Einige Zwergenhelme glänzten in der Menge, obwohl sich Zwerge für nichts interessierten, bei dem keine Zwerge auftraten. Jede Menge Federn wogten, und Schmuck schimmerte. Die Jahreszeit erlaubte es, die Schultern unbedeckt zu lassen. Offenbar hatten alle große Mühe auf ihr Erscheinungsbild verwendet. Die meisten Leute waren nicht gekommen, um zu sehen, sondern um gesehen zu werden.

Oma schloß die Augen.

So begann man, eine Hexe zu sein. Es ging dabei nicht darum, Pschikologie gegen dumme alte Männer anzuwenden, oder um irgendwelche Mixturen. Es spielte auch nur eine untergeordnete Rolle, sich mit Kräutern auszukennen.

Oma Wetterwachs öffnete ihr Selbst für die Welt und prüfte alles, was sie empfing.

Sie ignorierte ihre Ohren, bis sich die vom Publikum verursachten Geräusche auf ein dumpfes Summen reduzierten.

Ein dumpfes Summen, in dem Nanny Oggs Stimme erklang.

»Dame Timpani singt als Quizella, und hier heißt es, sie sei ein großer Star«, meinte Nanny. »Nun, ich weiß nicht, was ein großer Star ist, aber eins ist mir klar: Der graue kann ganz schön ärgerlich sein.«

Oma Wetterwachs nickte, ohne die Augen zu öffnen.

Sie hielt sie geschlossen, als die Oper begann. Nanny begriff zwar, daß sie Oma besser ihren eigenen Angelegenheiten überlassen sollte, aber gleichzeitig fühlte sie sich verpflichtet, das allgemeine Geschehen zu kommentieren.

»Da ist Agnes!« entfuhr es ihr plötzlich. »He, das ist Agnes!«

»Hör auf zu winken und setz dich«, brummte Oma, während sie versuchte, ihren Wachtraum festzuhalten.

Nanny beugte sich über den Balkon.

»Sie trägt die Kleidung einer Zigeunerin«, sagte sie. »Und jetzt tritt eine junge Frau vor, um zu singen ...« Sie blickte auf das gestohlene Programmheft. »Hier ist die Rede von der berühmten Abschiedsarie. He, das nenne ich eine gute Stimme ...«

»Agnes singt«, murmelte Oma.

»Nein, die junge Frau namens Christine.«

»Schließ die Augen, du dumme Alte«, zischte Oma Wetterwachs. »Und dann behaupte noch einmal, Agnes hätte mit dem Gesang nichts zu tun.«

Nanny Ogg schloß gehorsam die Augen und lauschte einige Sekunden. Dann hob sie die Lider. »Da singt Agnes!«

»Ja.«

»Aber direkt vor ihr steht die junge Dame mit dem strahlenden Lächeln, und sie bewegt die Lippen und so!«

»Ja.«

Nanny kratzte sich am Kopf. »Da stimmt was nicht, Esme. Können wir zulassen, daß man Agnes die Stimme stiehlt?«

Omas Augen blieben weiter geschlossen. »Sag mir, ob sich die Vorhänge der Loge dort drüben bewegt haben.«

»Ja, ganz kurz, Esme.«

»Aha.«

Oma Wetterwachs entspannte sich wieder. Sie lehnte sich zurück, während die Melodien der Arie erklangen, öffnete einmal mehr ihr Bewußtsein ...

Kanten, Wände, Türen ...

Sobald man einen Bereich abgrenzte, wurde er zu einem eigenen Universum. Einige Dinge blieben darin gefangen.

Die Musik drang durch eine Seite des Kopfes und verließ ihn auf der anderen. Mit ihr kamen andere Dinge und Fragmente, Erinnerungen an Schreie ...

Oma ließ ihr Ich tiefer sinken, unter die Schichten des Bewußten, in die Finsternis jenseits des Feuerscheins.

Furcht wartete dort; sie schlich wie ein großes dunkles Tier umher. Sie lauerte in jeder Ecke, steckte in den Steinen. Alter Schrecken hockte in den Schatten. Er gehörte zu den ältesten Schrecken überhaupt. Der Mensch hatte gerade erst gelernt, aufrecht zu gehen, als ihn jenes Entsetzen zwang, auf die Knie zu sinken. Es war die Angst vor der Unbeständigkeit, die Erkenntnis, daß alles von vergänglicher Natur war. Eine herrliche Stimme oder eine wundervolle Gestalt ... Die Ankunft solcher Attribute konnte man nicht kontrollieren, und es ließ sich auch nicht bestimmen, wann sie einen verließen. Oma hatte nicht genau danach gesucht, aber vielleicht stellte es das Meer dar, in dem *es* schwamm.

Noch tiefer ...

Und da war es. Es raste durch die Nacht der Seele dieses Ortes wie ein reißender, kalter Strom.

Als sich Oma näherte, stellte sie folgendes fest: Es handelte sich um ein *doppeltes* Ding, um zwei Teile, die einander umschlangen. Sie dehnte ihre Wahrnehmung aus ...

Verschlagenheit. Lügen. Betrug. Mord.

»Nein!«

Oma Wetterwachs blinzelte.

Zahllose Personen starrten sie an.

Nanny zerrte an ihrem Kleid. »Setz dich, Esme!«

Oma sah zum Kronleuchter, der friedlich über dem vollen Zuschauersaal hing.

»Sie haben ihn erschlagen!«

»Wie bitte?«

»Und ihn in den Fluß geworfen!«

»Esme!«

»*Pscht*!«

»*Würdest du dich bitte* endlich *setzen, gnä' Frau*?«

»*... und jetzt nimmt sich der Pelz auch noch die Marzipanpralinen vor*!«

Oma griff nach ihrem Hut, eilte seitwärts durch die Reihe und zermalmte erlesene Ankh-Morpork-Schuhe unter ihren dicken Lancre-Sohlen.

Nanny zögerte. Der Gesang hatte ihr gefallen, und sie wollte applaudieren. Doch ein zusätzliches Paar Hände war gar nicht vonnöten. Als die letzten Klänge verhallten, klatschten die Zuschauer begeistert.

Nanny Ogg sah zur Bühne, bemerkte etwas und lächelte. »So ist das also, wie?«

»Gytha!«

Sie seufzte. »Bin unterwegs, Esme. 'tschuldigung, 'tschuldigung. Tut mir leid. 'tschuldigung ...«

Oma Wetterwachs stoppte im roten Plüschflur und lehnte dort die Stirn gegen die Wand.

»Es ist schlimm, Gytha«, sagte sie. »Alles erscheint ... verzerrt. Ich weiß nicht, ob ich es in Ordnung bringen kann. Die arme Seele ...«

Sie straffte sich. »Sieh mich an, Gytha!«

Nanny Ogg öffnete die Augen ganz weit und zuckte unwillkürlich zusammen, als einige Splitter von Omas Selbst hinter ihre Pupille krochen.

Oma setzte den Hut auf und rückte die eine oder andere graue Strähne zurecht. Anschließend griff sie nach den insgesamt acht Haarnadeln und steckte sie mit jener Bedächtigkeit fest, mit der ein Söldner seine Waffen prüft.

»Na schön«, sagte sie.

Nanny Ogg entspannte sich. »Ich will mich ja nicht beklagen, Esme«, sagte sie, »aber es wäre mir lieber, wenn du einen Spiegel benutzt.«

»Ist Geldverschwendung«, entgegnete Oma.

Voll ausgerüstet marschierte sie durch den Flur.

Nanny mußte fast rennen, um mit ihr Schritt zu halten. »Der Mann, der dich aufgefordert hat, den Hut abzunehmen ... Es freut mich, daß du ihm gegenüber nicht die Beherrschung verloren hast.«

»Hatte überhaupt keinen Sinn. Morgen ist er tot.«

»Meine Güte! Wieso denn?«

»Wird von einem Karren überfahren, glaube ich.«

»Warum hast du ihn nicht gewarnt?«

»Ich könnte mich irren.«

Oma erreichte die Treppe und stürmte hinunter.

»Wohin gehen wir?«

»Ich möchte herausfinden, wer hinter den Logenvorhängen steckt.«

Der Applaus dauerte an. Er füllte auch das Treppenhaus.

»Den Leuten gefällt Agnes' Stimme«, sagte Nanny.

»Ja. Hoffentlich kommen wir nicht zu spät.«

»Oh, Mist!«

»Was ist?«

»Ich habe Greebo im Zuschauersaal vergessen!«

»Er macht gern neue Bekanntschaften. Meine Güte, dieses Gebäude ist wie ein *Labyrinth*.«

Oma trat in einen gewölbten Korridor, der mit noch mehr Plüsch ausgestattet war. In regelmäßigen Abständen waren Türen in den Wänden.

»Ah, ich glaube, hier sind wir richtig.«

Sie schritt an der Wand entlang, zählte und streckte die Hand nach einer Klinke aus.

»Kann ich den Damen helfen?«

Die beiden Hexen drehten sich um. Eine kleine, ältere Frau hatte sich ihnen lautlos genähert. Sie trug ein Tablett mit Getränken.

Oma lächelte. Nanny betrachtete das Tablett und grinste.

»Wir haben uns gefragt, welche Person in diesen Logen gern hinter fast völlig zugezogenen Vorhängen sitzt«, sagte Oma.

Das Tablett begann zu zittern.

»Soll ich es für dich halten?« bot Nanny sich an. »Du verschüttest was, wenn du nicht aufpaßt.«

»Was wißt ihr von Loge acht?« fragte die Frau.

»Äh … Loge acht«, wiederholte Oma. »Das dürfte sie sein, ja. Es ist diese hier, nicht wahr?«

»Nein, bitte …«

Oma trat vor und drehte den Knauf.

Die Tür war verschlossen.

Das Tablett wurde in Nannys Hände gedrückt, die es gern entgegennahm. »Oh, danke, ich kümmere mich darum, kein Problem …«

Die Frau zog an Omas Arm. »Nein! Das bringt schreckliches Unglück!«

»Gib mir den Schlüssel«, erwiderte Oma. Hinter ihr inspizierte Nanny ein Glas Sekt.

»Verärgere ihn nicht!« Die Frau wirkte entsetzt. »Es ist schon jetzt schlimm genug!«

»Eisen«, brummte Oma und versuchte erneut, den Knauf zu drehen. »Bei Eisen wirkt meine Magie nicht …«

Nanny trat ein wenig unsicher vor. »Gib mir eine deiner Haarnadeln. Unser Nev hat mir gewisse Tricks beigebracht …«

Oma hob die Hand zum Hut – und ließ sie wieder sinken, als sie in Frau Plinges faltiges Gesicht sah.

»Nein«, sagte sie. »Nein, ich glaube, wir lassen es vorerst dabei bewenden ...«

»Ich weiß überhaupt nicht, was derzeit geschieht ...«, schluchzte Frau Plinge. »So ist es nie zuvor gewesen ...«

»Hier, putz dir die Nase.« Nanny reichte der Frau ein fleckiges Taschentuch und klopfte ihr auf den Rücken.

»Es wurden keine Leute umgebracht ... Er wollte nur einen Ort für sich allein, um der Oper zuzusehen ... Dadurch fühlte er sich besser.«

»Über wen sprechen wir?« fragte Oma.

Nanny Ogg bedachte sie mit einem warnenden Blick über Frau Plinges Kopf hinweg. Einige Dinge überließ man besser Nanny.

»Jeden Freitag schloß er für eine Stunde oder so auf, damit ich saubermachen konnte, und immer hinterließ er mir eine Nachricht, in der er sich entschuldigte, oder er legte Schokolade unter den Sessel ... Ich meine, so etwas schadet doch niemandem, oder ...?«

»Putz dir noch mal die Nase«, schlug Nanny vor.

»Und jetzt sterben die Leute plötzlich wie die Fliegen, und man gibt ihm die Schuld, aber ich weiß, daß er keiner Fliege was zuleide tun kann ...«

»Natürlich nicht«, sagte Nanny in tröstendem Tonfall.

»Die Leute haben oft zur Loge emporgesehen. Ja, sie fühlten sich immer besser, wenn sie wußten, daß er dort saß ... Und dann wurde der arme Herr Pfundler erwürgt. Ich drehte mich um und sah seinen Hut, einfach so ...«

»Es ist furchtbar, wenn so etwas passiert«, meinte Nanny Ogg. »Wie heißt du?«

»Frau Plinge«, sagte Frau Plinge. »Der Hut schwebte direkt vor mir zu Boden. Ich hätte ihn überall wiedererkannt.«

»Ich glaube, wir sollten dich besser nach Hause bringen, Frau Plinge«, ließ sich Oma vernehmen.

»Oh, das geht nicht! Ich muß all die Damen und Herren bedienen! Und außerdem ist es viel zu gefährlich, so spätabends allein nach Hause zu gehen ... Normalerweise begleitet mich Walter heim, aber heute bleibt er länger hier ... Oh, oh ...«

»Vielleicht solltest du dich noch einmal schneuzen«, sagte Nanny. »Such dir eine Stelle, die noch halbwegs trocken ist.«

Etwas ratterte. Oma Wetterwachs hatte die Hände gefaltet und die Arme gestreckt und ließ die Fingerknöchel knacken.

»Zu gefährlich, wie?« brummte sie. »Nun, du mußt dich ganz offensichtlich ausruhen. Ich bringe dich nach Hause, und Frau Ogg erledigt hier alles.«

»Aber man erwartet mich in den Logen ... Ich muß Getränke servieren ... Könnte schwören, daß ich sie eben noch hatte ...«

»Mit Getränken kennt sich Frau Ogg bestens aus«, sagte Oma und warf ihrer Freundin einen strengen Blick zu.

»Getränke haben für mich überhaupt keine Geheimnisse«, pflichtete Nanny ihr bei und leerte schamlos das letzte Glas. »Das gilt insbesondere für diese hier.«

»Und was ist mit unserem Walter? Er wird vor Sorge ganz außer sich sein ...«

»Walter ist dein Sohn?« fragte Oma. »Trägt er ein Barett?«

Die Frau nickte.

»Ich komme immer zurück, um ihn abzuholen, wenn er länger arbeitet«, sagte Frau Plinge.

»Du kommst zurück, um ihn abzuholen«, stellte Oma Wetterwachs fest. »Und er bringt dich nach Hause?«

»Es ... er ... er ...« Frau Plinge versuchte, sich zu fassen. »Er ist ein guter Junge«, sagte sie trotzig.

»Das ist er bestimmt, Frau Plinge«, erwiderte Oma.

Vorsichtig hob sie die kleine weiße Haube von Frau Plinges Kopf und reichte sie Nanny, die das Ding sofort aufsetzte und auch die weiße Schürze entgegennahm. Mit schwarzen Klamotten konnte man praktisch alles sein. Mutter Oberin oder gnädige Frau – es war eine Frage des Stils. Es kam nur auf die Einzelheiten an.

Es klickte – in Loge acht hatte jemand den Riegel vorgeschoben. Leises Kratzen verriet, daß ein Stuhl unter den Türgriff geklemmt wurde.

Oma lächelte und griff nach Frau Plinges Arm. »Ich bin so schnell wie möglich zurück.«

Nanny nickte und sah ihnen nach.

Am Ende des Flurs gab es eine kleine Nische, in der Nanny Ogg folgendes entdeckte: einen Stuhl, Frau Plinges Strickzeug sowie eine kleine, aber sehr gut ausgestattete Bar. Außerdem eine glänzende Mahagonifläche mit mehreren Glocken, die an großen Sprungfedern befestigt waren.

Einige von ihnen tanzten zornig hin und her.

Nanny schenkte sich einen Gin mit etwas Gin und einem Schuß Gin ein und betrachtete interessiert die verschiedenen Flaschen.

Eine weitere Glocke bimmelte.

Ein großes Glas enthielt Oliven. Nanny nahm eine Handvoll und blies den Staub von einer Flasche Portwein.

Eine Glocke löste sich von ihrer Sprungfeder.

Irgendwo im Flur öffnete sich eine Tür, und die Stimme eines verärgerten jungen Mannes erklang: »Wo bleiben die Getränke, Frau!«

Nanny probierte den Portwein.

Sie wußte natürlich, worin die Tätigkeit von Hausmädchen bestand. Als junge Frau hatte sie einmal entsprechende Pflichten im Schloß Lancre wahrgenommen, wo der König nicht zögerte, Sonderwünsche auf recht deutliche Weise zu äußern. Gytha Ogg hatte damals bereits ihre Unschuld verloren*, doch von unwillkommenen Einladungen hielt sie nicht viel. Als ihr der König in der Spülküche entgegensprang, beging sie gewissermaßen Hochverrat, indem sie mit beiden Händen eine große Lammkeule schwang. Das beendete Gythas Existenz als Angehörige des Hauspersonals und schränkte die königlichen Aktivitäten für mehrere Wochen ein.

Diese Erfahrung hatte zu Ansichten und Einstellungen geführt, die zwar nicht so klar und definitiv sein mochten wie politische Meinungen, jedoch typisch »oggisch« waren. Außerdem erweckte Frau Plinge den Eindruck, daß sie nicht viel zu essen und auch wenig Schlaf bekam. Nanny erinnerte sich an ihre dünnen und roten Hände. Für die Plinges auf der Welt hatte sie jede Menge Anteilnahme übrig.

* Ohne es zu bedauern, da sie sowieso nichts damit anzufangen wußte.

Paßte Sherry zu Portwein? Nun, ein Versuch konnte sicher nicht schaden …

Inzwischen bimmelten alle Glocken. Vermutlich wegen der Pause.

Nanny öffnete ein Glas mit Cocktailzwiebeln und probierte einige.

Weitere Türen öffneten sich. Noch mehr Personen sahen in den Flur und verlangten zornig ihre bestellten Getränke. Nanny Ogg trat in aller Seelenruhe zum Regal mit den Sektflaschen und wählte zwei besonders große. Nach ordentlichem Schütteln stopfte sie sich beide unter den Arm, die Daumen am Korken. Dann verließ sie die Nische.

Nannys Lebensphilosophie bestand darin, sich von etwas inspirieren zu lassen, das sie zum gegebenen Zeitpunkt für eine gute Idee hielt. Anders ausgedrückt: Man mußte tun, was man für richtig hielt – und zwar voller Entschlossenheit.

Die Vorhänge glitten zu. Die Zuschauer standen noch immer und applaudierten weiter.

»Was passiert jetzt?« wandte sich Agnes an einen als Zigeuner verkleideten Kollegen.

Er nahm das Halstuch ab. »Nun, normalerweise gehen wir fort und … O nein, die Hauptdarsteller werden auf die Bühne zurückgerufen.«

Der Vorhang ging wieder auf. Licht glänzte auf Christine herab, die knickste und glitzerte.

Der Zigeuner beugte sich zu Agnes vor. »Sieh dir nur Dame Timpani an«, sagte er leise. »Sie ist ziemlich sauer.«

Agnes sah zur Primadonna.

»Sie lächelt«, stellte sie fest.

»Auch ein Tiger lächelt.«

Der Vorhang schloß sich wieder mit einer Endgültigkeit, die folgende Botschaft des Inspizienten vermittelte: Er würde jeden anschreien und verfluchen, der es wagte, noch einmal die Seile anzurühren …

Agnes eilte mit den anderen fort. Im nächsten Akt gab es nicht viel zu tun. Sie war zuvor bemüht gewesen, sich den Plot einzuprägen – obwohl ihr andere Chorsänger davon abgeraten und darauf hingewiesen hatten, daß man entweder singen oder versuchen konnte, die Handlung zu verstehen. Beides schien nicht möglich zu sein.

Doch Agnes hielt an ihrer Gewissenhaftigkeit fest.

»Peccadillo (Tenor), Sohn des Herzogs Tagliatella (Baß), hat sich insgeheim als Schweinehirt verkleidet, um Quizella zu umwerben, wobei er nicht weiß, daß Doktor Bufola (Bariton) das Elixier dem Diener Ludi verkauft hat, ohne zu ahnen, daß dieser in Wirklichkeit die Magd Jod (Sopran) ist, die sich als Junge verkleidet hat, weil Graf Artaud (Bariton) behauptet, daß ...«

Einer der stellvertretenden Inspizienten zog Agnes aus dem Weg und winkte jemandem hinter den Kulissen zu.

»Weg mit der Landschaftsszene, Ron.«

Irgendwo pfiff jemand, und weiter oben ertönte ein Antwortsignal.

Der Hintergrund stieg auf. Von oben sanken die Sandsäcke des Gegengewichts herunter.

»... und dann weist Artaud darauf hin, daß ... äh ... Zibeline Fideli heiraten muß, ich meine Fiabe, ohne zu wissen, daß das Familienvermögen ...«

Die Sandsäcke kamen herunter. Zumindest auf einer Seite der Bühne. Auf der anderen erklangen Schreie und unterbrachen Agnes in ihrem zunehmend verwirrender klingenden Vortrag. Sie drehte sich um und sah den mit dem Kopf nach unten hängenden Leichnam Dr. Unterschafts.

Nanny huschte durch eine Tür, schloß sie und lehnte sich dagegen. Kurze Zeit später hasteten Schritte vorbei.

Nun, das hatte Spaß gemacht.

Sie nahm Häubchen und Schürze ab und steckte sie ein mit der Absicht, sie Frau Plinge zurückzugeben – in ihrem Wesen gab es eine elementare Ehrlichkeit. Anschließend holte sie ein flaches, rundes Objekt hervor und schlug es mehrmals gegen ihren Arm. Eine lange Spitze klappte heraus. Nanny knetete hier und zupfte dort, bis der offizielle Hexenhut fast so gut wie neu war.

Sie sah sich um. Die Abwesenheit von Licht und Teppichen sowie die deutliche Präsenz von Staub gaben Anlaß zu der Vermutung, daß sich keine Zuschauer in diesen Teil des Gebäudes verirrten.

Mist. Sie sollte besser eine andere Tür suchen. Es bedeutete, daß sie Greebo zurücklassen mußte, wo auch immer er sich jetzt befand, aber bestimmt kehrte er irgendwie zurück. Spätestens dann, wenn er etwas zu fressen wollte.

Eine Treppe führte nach unten. Nanny Ogg nahm die Stufen und erreichte einen Flur, der etwas besser beleuchtet war und ziemlich lang zu sein schien.

Dann brauchte sie sich nur noch von den Schreien leiten zu lassen.

Sie gelangte in den Bereich hinter den Kulissen.

Leute eilten umher und riefen etwas. Andere rührten sich nicht von der Stelle und schrien. Eine dicke Frau lag auf zwei Stühlen, während ein geistesabwesender Bühnenarbeiter ihr mit einem Manuskript Luft zufächelte.

Nanny Ogg wußte nicht, ob etwas Wichtiges geschehen war oder ob die Oper mit anderen Mitteln fortgesetzt wurde.

»An deiner Stelle würde ich ihr das Korsett öffnen«, sagte sie im Vorbeigehen.

»Meine Güte, die Panik ist auch so schon groß genug!«

Nanny näherte sich einer interessanten Gruppe aus Zigeunern, Adligen und Bühnenarbeitern.

Hexen sind per definitionem neugierig und von Natur aus wißbegierig. Nanny gesellte sich der Gruppe hinzu.

»Laßt mich durch, ich möchte sehen, was hier passiert ist«, sagte sie und setzte beide Ellenbogen ein, was wie üblich funktionierte.

Ein Toter lag auf dem Boden. Nanny hatte den Tod in vielfacher Form gesehen und erkannte Würgemale auf den ersten Blick. Es war sicher nicht sehr angenehm, erdrosselt zu werden, aber man konnte sich damit trösten, auf recht farbige Weise aus dem Leben zu scheiden.

»Meine Güte«, sagte Nanny. »Armer Mann. Was ist mit ihm geschehen?«

»Herr Eimer meint, er hätte sich in den Seilen verheddert«, antwortete jemand.

»Er hat sich in nichts verheddert!« widersprach jemand anders. »Der Geist steckt dahinter! Vielleicht lauert er noch immer dort oben!«

Alle sahen zur Decke.

»Herr Salzella hat einige Bühnenarbeiter beauftragt, ihn aufzustöbern.«

»Sind die Leute mit lodernden Fackeln ausgerüstet?« fragte Nanny.

Einige Zigeuner musterten sie, als sähen sie Nanny jetzt zum erstenmal.

»Was?«

»Man braucht lodernde Fackeln, um böse Geister aufzuscheuchen«, sagte Nanny Ogg. »Das ist allgemein bekannt.«

Es folgten einige stille Sekunden, in denen die Zuhörer darüber nachdachten.

»Das stimmt.«

»He, sie hat recht!«

»Es ist tatsächlich allgemein bekannt.«

»Sind die Leute mit lodernden Fackeln aufgebrochen?«

»Nein, ich glaube nicht. Nur mit gewöhnlichen Laternen.«

»Oh, die nützen nichts«, meinte Nanny. »Gewöhnliche Laternen benutzt man bei Schmugglern. Böse Geister erfordern …«

»Wenn ich um eure Aufmerksamkeit bitten darf …«

Der Inspizient stand auf einer Kiste. Er wirkte ein wenig blaß.

»Nun«, sagte er, »bestimmt seid ihr alle mit dem Ausdruck ›Die Show muß weitergehen‹ vertraut …«

Die Chorsänger stöhnten einstimmig.

»Es ist sehr schwer, ein fröhliches Lied über Igel zu singen, wenn man jederzeit damit rechnen muß, daß ein … *Zwischenfall* passiert!« rief ein Zigeunerkönig.

»Äh … da wir gerade von Igeln sprechen, ich kenne da ein Lied …« Nanny unterbrach sich, als sie merkte, daß ihr niemand zuhörte.

»Wir wissen doch gar nicht, was tatsächlich passiert ist …«

»Ach?« erwiderte ein Zigeuner. »Sollen wir raten?«

»… derzeit werden die Soffitten durchsucht …«

»Um weiteren Zwischenfällen vorzubeugen?«

»... und Herr Eimer hat mich befugt, euch für heute abend einen Bonus von zwei Dollar zu versprechen, für euer tapferes Verständnis dafür, daß *die Show weitergehen muß* ...«

»Geld? Nach einem solchen Schock? Geld? Glaubt er etwa, daß wir für zwei Dollar auf die Bühne des Unheils zurückkehren?«

»Er sollte sich was schämen!«

»Wie herzlos von ihm!«

»Unfaßbar!«

»Es müßten mindestens vier sein!«

»Finde ich auch!«

»Welch eine Schande, Freunde! Über ein paar Dollar zu streiten, während hier ein Toter liegt ... Habt ihr denn überhaupt keinen Respekt vor seinem Andenken?«

»Genau! Einige Dollar *sind* respektlos! Fünf Dollar oder gar nichts!«

Nanny Ogg nickte sich selbst zu, ging fort und suchte nach einem Tuch, das groß genug war, um Dr. Unterschaft zu bedecken.

Die Welt des Theaters gefiel Nanny. Sie zeichnete sich durch eine besondere Art von Magie aus. Das mochte auch der Grund sein, warum Esme sie ablehnte. Es war die Magie der Illusionen, Täuschung und Irreführung. Nanny erhob keine Einwände dagegen, denn man konnte nicht dreimal heiraten, ohne die Wirklichkeit ein wenig zurechtzubiegen. Aber sie ähnelte zu sehr Omas eigener Magie und weckte deshalb Unbehagen in ihr. Oma Wetterwachs fühlte sich gezwungen, irgendwie auf sie zu reagieren. Es war wie ein Juckreiz, der den Kratzreflex auslöst.

Man achtete nicht auf kleine alte Frauen, die zur allgemeinen Szenerie zu gehören schienen. Und Nanny Ogg gehörte so schnell zur allgemeinen Szenerie wie ein totes Huhn in einer Madenfabrik.

Abgesehen davon hatte sie noch ein anderes Talent: einen Verstand, der wie eine Kreissäge hinter einem Gesicht arbeitete, das wie ein verschrumpelter Apfel aussah.

Jemand schluchzte.

Eine seltsame Gestalt kniete neben dem verstorbenen Chorleiter. Sie wirkte wie eine Marionette mit durchtrennten Schnüren.

»Hilfst du mir mit dem Tuch?« fragte Nanny leise.

Das Gesicht wandte sich ihr zu. Tränen strömten aus zwei wäßrigen Augen, die kurz blinzelten. »Er wacht nicht auf!«

Nanny schaltete innerlich um. »Das stimmt, Junge«, sagte sie. »Du bist Walter, nicht wahr?«

»Er war immer gut zu mir und meiner Mama! Er hat mich nie getreten!«

Nanny begriff, daß sie hier nicht helfen konnte. Sie ging in die Hocke und widmete sich so gut es ging dem Verblichenen.

»Gnä' Frau es heißt der Geist sei es gewesen Gnä' Frau! Aber den Geist trifft keine Schuld Gnä' Frau! So etwas würde er nie tun! Er war immer gut zu mir und meiner Mama!«

Nanny schaltete erneut um. Für Walter mußte man ein wenig langsamer werden.

»Meine Mama wüßte jetzt worauf es ankommt!«

»Ja ... nun, sie ist früh nach Hause gegangen, Walter.«

Das wächserne Gesicht des jungen Mannes mutierte zu einer Fratze des Entsetzens.

»Sie darf nicht nach Hause gehen ohne daß Walter sie beschützt!« rief er.

»Das hat sie bestimmt oft betont«, entgegnete Nanny. »Sicher läßt sie sich immer von Walter begleiten, wenn sie heimkehrt. Aber derzeit wäre sie froh, wenn er die Arbeit fortsetzt, damit sie stolz auf ihn sein kann. Die Show muß weitergehen.«

»Es ist gefährlich für meine Mama!«

Nanny tätschelte ihm den Kopf und wischte sich die Hand am Kleid ab.

»Sei ein guter Junge«, sagte sie. »Ich muß jetzt fort und ...«

»Der Geist tut niemandem etwas zuleide!«

»Ja, Walter, ich muß jetzt gehen, aber ich schicke jemanden, der dir hilft, und du sollst den armen Dr. Unterschaft an einem sicheren Ort unterbringen, bis die Show zu Ende ist. Verstanden? Und ich bin Frau Ogg.«

Walter starrte sie groß an und nickte kurz.

»Braver Junge.«

Nanny erhob sich und ging; zurück blieb ein Walter Plinge, der noch immer auf die Leiche des Chorleiters starrte. Sie stieß tiefer in die Welt hinter der Bühne vor.

Ein junger Mann wollte an ihr vorbeieilen und stellte fest, daß plötzlich eine Klette namens Ogg an ihm hing.

»Entschuldigung«, sagte Nanny und hielt ihn am Arm fest. »Kennst du vielleicht eine junge Frau namens Agnes? Agnes Nitt?«

»Höre den Namen zum erstenmal. Arbeitet sie hier im Opernhaus?« Der junge Mann versuchte möglichst höflich, den Weg fortzusetzen, aber Nannys Finger blieben um seinen Arm geschlossen.

»Sie singt. Ist ziemlich dick. Hat eine sehr eindrucksvolle Stimme. Bevorzugt schwarze Kleidung.«

»Meinst du vielleicht Perdita?«

»Perdita? Oh, ja. Das dürfte sie sein.«

»Ich glaube, sie kümmert sich um Christine. Sie sind in Herrn Salzellas Büro.«

»Christine? Ist das die junge Dame in Weiß?«

»Ja.«

»Und jetzt zeigst du mir sicher, wo sich Herr Salzellas Büro befindet, nicht wahr?«

»Äh ... ich ... äh ... ja. An der Bühne vorbei und dann die erste Tür auf der rechten Seite.«

»Wirklich nett von dir, einer alten Frau so bereitwillig zu Diensten zu sein.« Nanny lockerte den Griff ein wenig. »Und wäre es nicht eine wundervolle Idee, dem jungen Walter dort drüben auf respektvolle Weise bei dem Toten zu helfen?«

»Drüben wo?«

Nanny drehte sich um. Dr. Unterschaft lag noch immer an Ort und Stelle, doch von Walter war nichts mehr zu sehen.

»Kein Wunder, der arme Kerl ist völlig durcheinander«, murmelte Nanny. »Hätte damit rechnen sollen.« Und lauter: »Nun, was hältst du davon, wenn du dir von einem anderen kräftigen jungen Mann helfen läßt?«

»Äh ... ja.«

»Braver Junge«, sagte Nanny Ogg.

Es war noch recht früh am Abend. Oma Wetterwachs und Frau Plinge wanderten durch die Straßen von Ankh-Morpork und näherten sich den Schatten, einem Viertel, das wie eine Jauchegrube duftete und in dem Ruf stand, ebenso sauber zu sein.

»So ...«, sagte Oma, als sie das Wirrwarr aus stinkenden Gassen erreichten. »Für gewöhnlich begleitet dich dein Sohn Walter nach Hause, stimmt's?«

»Er ist ein guter Junge, Frau Wetterwachs«, erwiderte Frau Plinge, die sich sofort in die Defensive gedrängt fühlte.

»Bestimmt bist du sehr dankbar, daß du auf die Hilfe eines starken Jungen zurückgreifen kannst«, meinte Oma.

Frau Plinge hob den Kopf. Oma Wetterwachs' Augen wirkten wie ein Spiegel: Man sah darin sich selbst – und man konnte den Bildern nicht entkommen.

»Sie quälen ihn so«, murmelte Frau Plinge. »Sie stoßen ihn hin und her, verstecken seinen Besen. Die anderen Leute sind nicht böse, nein, nicht in dem Sinne, aber sie quälen meinen Walter.«

»Er nimmt den Besen mit nach Hause, nicht wahr?«

»Er kümmert sich um seine Sachen«, sagte Frau Plinge. »Ich habe ihn dazu erzogen, sich um seine Sachen zu kümmern und niemandem zur Last zu fallen. Aber sie quälen und beschimpfen ihn ...«

Die Gasse führte zu einem Hof, der zwischen den hohen Gebäuden wie der Grund eines tiefen Schachtes wirkte. Wäscheleinen bildeten ein komplexes Zickzackmuster vor dem dunklen Sternenhimmel.

»Hier wohne ich«, sagte Frau Plinge. »Vielen Dank, daß du mich begleitet hast.«

»Wie kehrt Walter ohne dich heim?« fragte Oma.

»Oh, es gibt Möglichkeiten, im Opernhaus zu schlafen. Er weiß, daß er dort übernachten soll, wenn ich ihn nicht abhole. Walter ist sehr gehorsam, Frau Wetterwachs. Er fällt niemandem zur Last.«

»Das habe ich auch nicht behauptet.«

Frau Plinge kramte in ihrer Handtasche. Sie suchte nach dem Hausschlüssel – und nutzte die Gelegenheit, Omas Blick zu meiden.

»Sicher weiß Walter über die Vorgänge in der Oper gut Bescheid«, sagte Oma und schloß die Hand um Frau Plinges Unterarm. »Ich frage mich, was er wohl ... gesehen hat.«

Der Puls von Walters Mutter machte einen jähen Satz – das galt auch für die Diebe. Schatten entfalteten sich. Metall kratzte.

»Ihr seid zwei«, erklang eine leise Stimme. »Und wir sind sechs. Schreien hat keinen Sinn.«

»Ach du liebe Zeit«, sagte Oma Wetterwachs.

Frau Plinge sank auf die Knie. »Oh, bitte, tut uns nichts, ihr Herren, wir sind zwei hilflose alte Frauen! Habt ihr keine Mütter?«

Oma rollte mit den Augen. Verdammt und zugenäht! Sie war eine gute Hexe. Das war ihre Rolle im Leben. Diese Bürde mußte sie tragen. Gut und Böse verloren an Bedeutung, wenn man mit einem ausgeprägten Sinn für Richtig und Falsch aufwuchs. Was die Diebe betraf ... Oma hoffte inständig, daß sie trotz ihrer Jugend eingefleischte Verbrecher waren.

»Ich hatte mal 'ne Mutter«, sagte einer der Diebe. »Muß sie irgendwann verspeist haben ...«

Ausgezeichnet. Diesen Burschen lag das Kriminelle im Blut. Oma hob beide Hände zum Hut, um zwei lange Haarnadeln herauszuziehen ...

Ein Dachziegel fiel und zerschellte auf dem Boden.

Sie sahen nach oben.

Im Mondschein zeichnete sich kurz eine Gestalt in einem Umhang ab. Sie zog ein Schwert, sprang herab und landete vor den verblüfften Dieben.

Die Klinge zuckte.

Der erste Dieb holte aus und stieß mit seinem Messer nach dem Schemen vor ihm, der sich als ein anderer Dieb erwies, dessen Arm nach oben schwang, wodurch sein Dolch über den Brustkasten des nächsten Diebs schnitt ...

Der Maskierte tanzte in der Gruppe, sein Schwert hinterließ einen glühenden Schweif in der Luft. Später gelangte Oma Wetterwachs zu dem Schluß, daß es keine Körper berührt hatte, was auch nicht nötig war. Wenn sechs Amateure im Dunkeln gegen einen einzelnen Gegner antreten und wenn sie nicht an ein Ziel gewöhnt sind, das schwerer zu treffen ist als eine Wespe, und wenn sie den Messerkampf von anderen Amateuren gelernt haben ... dann besteht eine hohe Wahrscheinlichkeit, daß sie die eigenen Freunde erstechen. Hinzu kommt eine Chance von zwölf zu eins, daß sie sich selbst ein Ohrläppchen abschneiden.

Die beiden nach zehn Sekunden noch unverletzten Diebe wechselten einen kurzen Blick, drehten sich um und liefen davon.

Und dann war alles vorbei.

Die einzige noch vertikale Gestalt verneigte sich vor Oma Wetterwachs. »Ah. *Bella* Donna!«

Schwarzer Umhang und rote Seide wirbelten, um dann ebenfalls zu verschwinden. Einige Sekunden hörte man noch das leise Pochen rascher Schritte auf dem Kopfsteinpflaster.

Omas Hände waren noch immer halb zum Hut erhoben.

»Nein, so was!«

Sie senkte den Blick. Mehrere Körper stöhnten und gaben blubbernde Geräusche von sich.

»Ich schätze, wir brauchen heißes Wasser, Verbände und eine gute Nadel, um die Wunden zu nähen, Frau Plinge«, sagte Oma. »Wir können diese armen Männer doch nicht verbluten lassen, auch wenn sie versucht haben, zwei hilflose alte Frauen auszurauben ...«

In Frau Plinges Augen flackerte Entsetzen.

»Wir müssen gütig sein«, beharrte Oma Wetterwachs.

»Ich schüre das Feuer und zerreiße ein Laken«, sagte Frau Plinge. »Aber ob ich eine Nadel auftreiben kann ...«

»Oh, kein Problem.« Oma zog eine aus der Krempe ihres Huts.

Sie kniete sich neben einen Dieb. »Dieses Ding ist rostig und ziemlich stumpf, aber wir müssen uns damit begnügen.«

Die Nadel glänzte im Licht des Mondes. Der Dieb richtete einen furchterfüllten Blick darauf und sah dann in Omas Gesicht. Er wimmerte und versuchte, sich mit den Schulterblättern in den Boden zu graben.

Vielleicht war es gut so, daß im Dunkeln niemand sonst Omas Gesicht sehen konnte.

»Laß uns etwas Gutes tun«, sagte sie.

Salzella hob die Arme und gestikulierte. »Und wenn die Leiche mitten im Akt heruntergekommen wäre?«

»Na schön, na *schön*«, erwiderte Eimer. Er saß hinter seinem Schreibtisch und schien darin eine Art Bunker zu sehen, der im Notfall Schutz gewährte. »Einverstanden. Nach der Vorstellung rufen wir die Wache. Meinetwegen. Aber wir bitten sie, diskret zu sein.«

»Diskret?« wiederholte Salzella. »Bist du schon mal jemandem von der Wache begegnet?«

»Ich bin sicher, daß die Burschen überhaupt nichts finden. Der Mörder ist sicher längst geflohen, übers Dach oder was weiß ich; wer auch immer er sein mag. Armer Dr. Unterschaft. Beim Chor hielt er die Fäden immer fest in der Hand.«

»Diesmal hat sie ihm jemand um den Hals gewickelt«, kommentierte Salzella.

»Das war geschmacklos!«

Der Musikdirektor beugte sich vor. »Ob geschmacklos oder nicht: Theaterleute sind abergläubisch. Eine kleine Sache wie ein Mord auf der Bühne – und schon verlieren sie die Nerven.«

»Dr. Unterschaft wurde nicht auf der Bühne ermordet, sondern abseits davon. Außerdem können wir nicht *sicher* sein, daß es wirklich ein Mord war. Er soll in letzter Zeit sehr … deprimiert gewesen sein.«

Agnes hatte einen Schock erlitten, der jedoch nicht direkt Dr. Unterschafts Tod betraf, sondern ihre eigenen Reaktionen. Es war alles andere als angenehm gewesen, die Leiche zu sehen, aber als noch schlimmer empfand sie das *Interesse*, das plötzlich in ihr erwacht war; ein Interesse an den Ereignissen, dem Verhalten der Leute, ihrer Körpersprache und ihren Worten. Sie beobachtete und schien dabei außerhalb des Geschehens zu stehen.

Christine klappte im Gegensatz zu ihr einfach zusammen. Ebenso Dame Timpani. Doch es kümmerten sich mehr Leute um Christine als um die Primadonna – obwohl Dame Timpani nach ihrem ersten Erwachen noch weitere Male demonstrativ in Ohnmacht fiel, bis ihr schließlich nur noch ein hysterischer Anfall blieb.

Natürlich gingen alle davon aus, daß Agnes die Ruhe bewahrte.

Man hatte Christine in Salzellas Büro getragen und sie dort auf die Couch gelegt. Agnes holte eine Schüssel Wasser und ein Tuch, um ihr die Stirn abzuwischen. Manche Menschen sind dazu bestimmt, zu einer bequemen Couch getragen zu werden, während andere sich damit begnügen müssen, kaltes Wasser zu holen.

»In zwei Minuten geht der Vorhang wieder auf«, sagte Salzella. »Ich sollte besser das Orchester zusammentrommeln. Bestimmt sitzen alle im *Dolch-in-den-Rücken* auf der anderen Straßenseite. Die Brüder haben schon einen halben Krug Bier getrunken, bevor der Applaus ganz verhallt ist.«

»Sind sie imstande, richtig zu spielen?«

»Dazu sind sie nie imstande gewesen, und ich sehe nicht ein, warum sich das jetzt ändern sollte«, erwiderte Salzella. »Es sind *Musiker*, Eimer. Eine Leiche würde sie nur dann beunruhigen, wenn sie ihnen ins Bier fiele. Und selbst dann würden sie spielen, wenn man ihnen verspricht, nachher eine Runde für sie auszugeben.«

Eimer trat an die immer noch liegende Christine heran. »Wie geht es ihr?«

»Sie hat hin und wieder gemurmelt …«, begann Agnes.

»Eine Tasse Tee? Möchte jemand eine Tasse Tee? Nichts ist schöner als eine Tasse Tee, nein, das stimmt nicht ganz, aber die Couch ist derzeit besetzt, nur ein kleiner Scherz, nichts für ungut, möchte jemand eine Tasse Tee?«

Agnes sah sich entsetzt um.

»Nun, *ich* könnte eine vertragen«, sagte Eimer mit falscher Fröhlichkeit.

»Wie steht's mit dir, Teuerste?« Nanny zwinkerte Agnes zu.

»Äh … nein danke«, sagte Agnes. »Du *arbeitest* hier?«

»Ich helfe Frau Plinge, der Armen, für sie ist dies alles ein wenig zuviel gewesen«, entgegnete Nanny und zwinkerte erneut. »Ich bin Frau Ogg. Laß dich von mir nicht stören.«

Eimer nickte zufrieden. Zufällig eintreffende Teeverteilerinnen schienen derzeit keine große Gefahr darzustellen.

»Heute sieht's dort draußen nicht so sehr nach Oper aus, eher nach *Grand Guignol*«, behauptete Nanny. Sie stieß Eimer an. »Das kommt aus dem Fremdländischen und bedeutet soviel wie Blut überall auf der Bühne«, fügte sie hinzu.

»Tatsächlich?«

»Ja. Man könnte es auch mit … ›Große Gignol‹ übersetzen.«

In der Ferne begann Musik.

»Das war die Ouvertüre des zweiten Akts«, sagte Eimer. »Nun, wenn sich Christine noch immer nicht erholt hat …« Er richtete einen verzweifelten Blick auf Agnes. Unter den gegebenen Umständen hatte das Publikum sicher Verständnis.

Stolz ließ Agnes' Brust noch weiter anschwellen. »Ja, Herr Eimer?«

»Vielleicht finden wir ein weißes Kleid für …«

Christines Augen blieben geschlossen, als sie die Hand zur Stirn hob und stöhnte.

»Oh, was ist denn geschehen?«

Eimer kniete sofort neben ihr. »Ist alles in Ordnung mit dir? Du hast einen üblen Schock erlitten! Glaubst du, daß du trotzdem auftreten kannst, um der Kunst willen? Und um zu vermeiden, daß die Leute ihr Geld zurückverlangen?«

Christine lächelte tapfer. Obgleich das überhaupt nicht nötig war, fand Agnes.

»Ich darf das Publikum nicht enttäuschen!« sagte sie.

»*Aus*gezeichnet!« freute sich Eimer. »Dann schnell zur Bühne. Perdita wird dir helfen. Nicht wahr, Perdita?«

»Ja, natürlich.«

»Und du singst im Chor mit«, fügte Eimer hinzu. »Ganz in der *Nähe*.«

Agnes seufzte. »Ja, ich weiß. Komm, Christine.«

»Liebe Perdita ...«, seufzte Christine.

Nanny sah ihnen nach. »Ich nehme die Tasse mit, wenn du damit fertig bist.«

»Oh«, sagte Eimer. »Ja, herzlichen Dank dafür.«

»Äh ...«, fuhr Nanny fort. »Oben bei den Logen gab es einen Zwischenfall.«

Eimer schnitt eine Grimasse. »Wie viele Personen sind gestorben?«

»Oh, niemand, nicht eine einzige. Sie sind ein wenig naß geworden, weil ich etwas Sekt verschüttet habe.«

Emil Eimer atmete erleichtert auf. »Oh, darüber würde ich mir an deiner Stelle keine Sorgen machen.«

»Nun, mit verschüttet meine ich ... äh ... ich meine, das Verschütten dauerte eine ganze Weile ...«

Der Eigentümer des Opernhauses winkte ab. »Sekt hinterläßt keine Flecken im Teppich.«

»Und an der Decke?«

»Frau ...?«

»Ogg.«

»Bitte geh jetzt.«

Nanny nickte, sammelte die Teetassen ein und verließ das Büro. Wenn eine alte Frau, die Tee servierte, keinen Verdacht erregte, dann galt das sicher auch für eine, die den Abwasch erledigte. Abwaschen kam praktisch einem Abzeichen für die Mitgliedschaft in irgendeiner Gilde gleich.

Doch soweit es Nanny Ogg betraf, stellte das Abwaschen etwas dar, das anderen Leuten zustieß. Aber in der aktuellen Situation hielt sie es für angebracht, ihrer Rolle gerecht zu werden. Deshalb suchte sie eine Nische mit einem Waschbecken, krempelte dort die Ärmel hoch und machte sich ans Werk.

Jemand klopfte ihr auf die Schulter.

»Das solltest du besser lassen«, sagte eine Stimme. »Es bringt großes Unglück.«

Nanny sah sich zu einem Bühnenarbeiter um.

»Was? Wer abwäscht, bringt sieben Jahre Pech?«

»Ich meine das Pfeifen.«

»Ich pfeife immer, wenn ich nicht denke.«

»Auf der Bühne solltest du das besser lassen.«

»Weil es Unglück bringt?«

»Ja. Wir benutzen Pfeifcodes, wenn wir die Kulissen hin und her schieben. Wenn einem ein Sandsack auf den Kopf fällt, *könnte* man das als Unglück bezeichnen, schätze ich.«

Nanny sah nach oben, und der Bühnenarbeiter folgte ihrem Blick. In der Nische war die Decke nur etwa sechzig Zentimeter entfernt.

»Es ist einfach sicherer, nicht zu pfeifen«, sagte der junge Mann.

»Ich verspreche dir, es nicht zu vergessen«, erwiderte Nanny. »Kein Pfeifen auf der Bühne. Interessant. Man lernt nie aus.«

Der Vorhang ging auf, und der zweite Akt begann. Nanny sah von den Kulissen aus zu.

Schon nach kurzer Zeit fiel ihr auf, daß die Darsteller mindestens eine Hand über die Höhe des eigenen Halses hinaus hoben, um bei *Zwischenfällen* gewappnet zu sein. Diesmal gab es weitaus mehr Grüße und dramatische Gesten, als es die Oper eigentlich erforderte.

Nanny beobachtete das Duett zwischen Jod und Bufola. Beide fielen dadurch auf, daß sie immer wieder den Kopf hoben und in Richtung der Soffitten sahen.

Nanny mochte Musik. Wenn Musik die Nahrung der Liebe war, so war sie jederzeit für eine Sonate mit Kartoffelchips zu haben.

Doch an diesem Abend hatten Melodien und Gesang den *Glanz* verloren.

Nanny Ogg schüttelte den Kopf.

Eine Gestalt trat durch die Schatten hinter ihr und streckte die Hand aus. Sie drehte sich um und sah ein vertrautes Gesicht.

»Oh, hallo, Esme. Wie bist du hereingekommen?«

»Du hast noch immer die Karten, also mußte ich mit dem Mann an der Tür reden. In ein oder zwei Minuten ist wieder alles in Ordnung mit ihm. Was ist hier geschehen?«

»Nun ... der Herzog hat ein langes Lied gesungen, in dem er darauf hinwies, daß er jetzt gehen muß, und dann sang der Graf ein Lied darüber, wie schön es im Frühling ist, und dann sank eine Leiche von der Decke herab.«

»So was passiert oft in einer Oper, nicht wahr?«

»Das glaube ich nicht.«

»Ah. Ich habe bemerkt, daß man beim Theater nur lange genug hinsehen muß, um zu beobachten, wie sich ein Toter bewegt.«

»In diesem Fall müßtest du ziemlich lange warten. Der Tote ist wirklich tot. Wurde erdrosselt. Jemand ermordet Opernleute. Ich habe mit den Ballettmädchen gesprochen.«

»Tatsächlich?«

»Sie glauben, der Geist steckt dahinter.«

»Hmm. Trägt einen schwarzen Anzug und eine weiße Maske?«

»Woher weißt du das?«

Oma lächelte selbstgefällig.

»Ich kann mir gar nicht vorstellen, wem daran gelegen sein könnte, Opernleute umzubringen …« Nanny dachte an Dame Timpanis Gesichtsausdruck. »Abgesehen vielleicht von anderen Opernleuten. Und von den Musikern. Und von einigen Zuschauern.«

»Ich glaube nicht an Geister«, verkündete Oma mit fester Stimme.

»Ach, Esme! Du *weißt* doch, daß es bei mir zu Hause ein ganzes Dutzend von ihnen gibt!«

»Oh, ich glaube an *Geister*«, erwiderte Oma Wetterwachs. »An traurige Geschöpfe, die an einen Ort gebunden sind und immerzu jammern … Aber ich glaube nicht daran, daß sie Schwerter benutzen und jemanden umbringen.« Sie trat ein wenig zur Seite. »Hier gibt es bereits zu viele Geister.«

Nanny verzichtete auf eine Antwort. Man schwieg besser, wenn Oma lauschte, ohne dabei die Ohren zu gebrauchen.

»Gytha?«

»Ja, Esme?«

»Was bedeutet ›Bella Donna‹?«

»Das ist ein besserer Name für ›Tollkirsche‹, Esme.«

»Dachte ich mir. Ha! Unerhört!«

»Aber bei der *Oper* bedeutet es *schöne Frau*.«

»Im Ernst? Oh.« Oma hob die Hand zu ihrem eisenharten Haarknoten. »Welche Torheit!«

Wie Musik hatte er sich bewegt, wie jemand, der zu einem Rhythmus im Innern seines Kopfes tanzte. Und für einen Augenblick hatte sein Gesicht im Mondschein wie der Schädel eines Engels gewirkt …

Das Duett bekam erneut einen Beifallssturm.

Agnes wich in den Chor zurück. Für den Rest des Akts gab es für sie kaum noch etwas zu tun. Sie brauchte nur ein wenig zu tanzen – in ihrem Fall genügte es, sich einigermaßen rhythmisch zu bewegen –, zusammen mit den anderen Choristen während des Zigeunerfests, bei dem der Herzog ein Lied darüber sang, wie herrlich die Landschaft im Sommer war. Während der ganzen Zeit hielt er mindestens einen Arm über den Kopf gestreckt.

Immer wieder sah Agnes zu den Kulissen.

Wenn Nanny Ogg zugegen war, dann konnte Oma Wetterwachs nicht weit sein. Sie bedauerte nun, daß sie Briefe nach Hause geschrieben hatte. Nun … sie würde sich nicht zurückbringen lassen, auf keinen Fall …

Die Oper ging zu Ende, ohne daß noch jemand sterben mußte, abgesehen von einigen Darstellern, die jedoch nach kurzer Zeit wieder zum Leben erwachten. Nur einmal entstand Unruhe, als ein Chorsänger fast von einem Sandsack erschlagen wurde. Einer der Bühnenarbeiter, die oben in den Soffitten hockten und unliebsame Zwischenfälle verhindern sollten, hatte das Ding versehentlich heruntergestoßen.

Zum Schluß gab es noch mehr Applaus. Der größte Teil davon galt Christine.

Und dann schloß sich der Vorhang.

Und ging noch mehrmals auf und wieder zu, als Christine auf die Bühne zurückkehrte und sich verbeugte.

Agnes glaubte, daß sie sich einmal mehr verneigte, als es der Beifall erforderte. Perdita, die durch ihre Augen sah, bestätigte das.

Und dann glitt der Vorhang endgültig zu.

Das Publikum kehrte heim.

In den Kulissen und Soffitten verständigten sich die Bühnenarbeiter mit ihrem besonderen Pfeifcode. Teile einer fiktiven Welt verschwanden in der Dunkelheit unter der Decke. Jemand wanderte umher und löschte die meisten Lichter. Der große Kronleuchter wurde nach oben in die hohe Nische gezogen, damit dort die Kerzen ausgepustet werden konnten. Anschließend erklang das Geräusch von Schritten, die sich entfernten ...

Zwanzig Minuten nach dem letzten Klatschen war der Zuschauersaal leer. Nur noch hier und dort glühte ein wenig Licht.

Ein Eimer klapperte.

Walter Plinge ging über die Bühne, wenn man in seinem Fall von »gehen« sprechen konnte. Er bewegte sich wie eine Marionette an Gummibändern, und seine Füße schienen nur durch Zufall den Boden zu berühren.

Ganz langsam und sehr gewissenhaft begann er damit, die Bühne zu wischen.

Nach einigen Minuten löste sich ein Schatten vom Vorhang und näherte sich. Walter blickte nach unten.

»Oh hallo Herr Kater«, sagte er.

Greebo rieb sich an seinem Bein. Katzen erkennen instinktiv Leute, die dumm genug sind, sie zu füttern, und Walter gehörte zweifellos zu dieser Kategorie.

»Ich gehe und hole dir etwas Milch in Ordnung Herr Kater?«

Greebo schnurrte. Es klang wie ein fernes Gewitter.

Walter schritt in seiner sehr individuellen Gangart über die Bühne und kam dabei recht langsam voran, weil er immer wieder Umwege nach rechts und links machte. Schließlich verschwand er zwischen den Kulissen.

Zwei dunkle Gestalten saßen auf dem Balkon.

»Traurig«, meinte Nanny.

»Er hat Arbeit und ein Dach über dem Kopf«, sagte Oma. »Außerdem kümmert sich seine Mutter um ihn. Vielen Leuten geht es schlechter.«

»Aber eine große Zukunft hat er nicht«, erwiderte Nanny. »Ich meine, wenn man genau darüber nachdenkt.«

»Ihr Abendessen bestand aus zwei kalten Kartoffeln und einem halben Hering«, erinnerte sich Oma. »Und von Möbeln konnte kaum die Rede sein.«

»Eine Schande.«

»Nun, jetzt ist Frau Plinge etwas reicher«, räumte Oma ein. »Besonders wenn sie all die Messer und Stiefel verkauft«, fügte sie hinzu.

»Die Welt ist grausam zu armen alten Frauen«, sagte Nanny, Matriarchin einer großen Familie und unumschränkte Tyrannin eines weiten Bereichs der Spitzhornberge.

»Erst recht dann, wenn man soviel Angst hat wie Frau Plinge«, sagte Oma.

»Ich hätte ebenfalls Angst, wenn ich mich im Alter um jemanden wie Walter kümmern müßte.«

»Du meinst Sorgen. Ich spreche von richtiger Angst. Damit kenne ich mich aus.«

»Stimmt«, bestätigte Nanny. »Die meisten Leute, denen du begegnest, bekommen es mit der Angst zu tun.«

»Frau Plinge lebt in Furcht«, sagte Oma. Sie schien die letzten Worte gar nicht gehört zu haben. »Ihr Selbst ist voll davon. Sie hat so viel Angst, daß sie kaum mehr einen klaren Gedanken fassen kann. Das Entsetzen umgibt sie wie eine Dunstwolke.«

»Ist es auf den Geist gerichtet?«

»Das weiß ich noch nicht. Einige Dinge sind mir nach wie vor unbekannt. Aber ich werde Klarheit gewinnen.«

Nanny kramte in den geheimnisvollen Tiefen ihrer Kleidung.

»Möchtest du was zu trinken?« fragte sie. Irgendwo zwischen ihren Unterröcken klirrte es. »Ich habe Sekt, Brandy und Portwein. Außerdem Oliven und Kekse.«

»Gytha Ogg, ich glaube, du bist unter die Diebe gegangen!« sagte Oma streng.

»Nein!« entgegnete Nanny entrüstet. Mit der für Hexen typischen fortschrittlichen Moral fügte sie hinzu: »Dann und wann nehme ich mir etwas, das zufälligerweise anderen Leuten gehört, aber deshalb bin ich noch lange keine Diebin. Ich *denke* nicht wie ein Dieb.«

»Laß uns zu Frau Palm zurückkehren.«

»In Ordnung. Aber wie wär's, wenn wir vorher was essen? Bei Frau Palm verhungert man keineswegs, aber ihre Fressalien sind wie ein Frühstück, das mittags und abends fortgesetzt wird, wenn du verstehst, was ich meine.«

Von der Bühne her ertönten Geräusche, als die beiden Hexen aufstanden. Walter kehrte zurück, gefolgt von einem etwas dickeren Greebo. Er bemerkte die beiden Beobachterinnen nicht und fuhr mit dem Wischen fort.

»Morgen früh statten wir dem Almanach-Mann Ziegenberger einen weiteren Besuch ab«, sagte Oma. »Ich habe inzwischen überlegt, was es zu unternehmen gilt. Und im Anschluß daran bringen wir diese Sache in Ordnung.«

Sie sah zu dem unschuldigen jungen Mann, der die Bühne wischte. »Was weißt du, Walter Plinge?« murmelte sie. »Was hast du gesehen?«

»War es nicht *toll*?!« Christine saß im Bett. Agnes stellte fest, daß ihr Nachthemd weiß war. Und voller Spitzen.

»Ja«, erwiderte sie.

»*Fünf*mal mußte ich auf die Bühne zurückkehren! Herr Eimer meint, seit Dame Gigli hätte niemand mehr so viel Applaus bekommen!! Wahrscheinlich kann ich vor lauter Aufregung gar nicht *schlafen*!!«

»Hier, trink die warme Milch«, sagte Agnes. »Es hat eine Ewigkeit gedauert, den Topf die vielen Treppen hochzutragen.«

Sie stellte den Becher auf das Nachtschränkchen, doch Christine schenkte ihm keine Beachtung.

»Und die Blumen!! Unmittelbar nach der Vorstellung trafen die ersten ein, meinte Herr Eimer!! Außerdem meinte er ...«

Jemand klopfte leise an die Tür.

Christine rückte ihr Nachthemd zurecht. »Herein!!«

Die Tür öffnete sich, und Walter Plinge wankte ins Zimmer. Er trug einen ganzen Berg aus Blumensträußen.

Nach einigen Schritten stolperte er über die eigenen Füße, taumelte und ließ die Sträuße fallen. Er warf den beiden jungen Frauen einen verlegenen Blick zu, drehte sich abrupt um und stieß gegen die Tür.

Christine kicherte.

»Entschuldige Ma … Fräulein«, sagte Walter.

»Danke, Walter«, entgegnete Agnes.

Die Tür schloß sich.

»Ist er nicht seltsam?! Hast du bemerkt, wie er mich anstarrt?! Könntest du Wasser für die Blumen holen, Perdita?!«

»Natürlich, Christine. Es sind ja nur sieben Etagen.«

»Dafür trinke ich die warme Milch, die du mir besorgt hast!! Enthält sie besondere Gewürze?!«

»Oh, ja«, sagte Agnes. »Gewürze.«

»Es ist doch kein Hexentrank, oder?!«

»Äh … nein«, erwiderte Agnes. Immerhin gebrauchte man in Lancre *frische* Kräuter. »Äh … ich bezweifle, daß es genug Vasen für all diese Blumen gibt. Nicht einmal die Mulde würde genügen.«

»Die was?!«

»Die … äh … Mulde. Ich meine das Bett. Bei mir kann die Matratze noch so hart sein – es wird immer eine Mulde daraus.«

»Oh, du bist ja so *komisch*!!«

»Wie dem auch sei: Es gibt nicht genug Vasen.« Agnes errötete. Hinter ihren Augen war Perdita bereit, einen Mord zu begehen.

»Dann sorg dafür, daß zunächst die von den Grafen und Rittern Wasser bekommen!« sagte Christine. »Um den Rest kümmere ich mich morgen!« Sie griff nach dem Becher.

Agnes nahm den Kessel und ging zur Tür.

»Perdita?!« fragte Christine, den Becher auf halbem Weg zu ihren Lippen.

Agnes drehte sich um.

»Ich glaube, du hast heute abend ein *bißchen* laut gesungen, Teuerste! Es muß den Leuten recht schwergefallen sein, mich zu hören!«

»Tut mir leid, Christine«, sagte Agnes.

Sie ging im Dunkeln die lange Treppe hinunter. Diesmal brannte bei jedem zweiten Absatz eine Kerze. Ohne die kleinen Flammen wäre es im Treppenhaus nur finster gewesen. *Mit* ihnen lauerten Schatten an jeder Ecke.

Sie erreichte die Pumpe in dem kleinen Alkoven beim Büro des Inspizienten.

Auf der Bühne begann jemand zu singen.

Es war Peccadillos Rolle des Duetts, das vor drei Stunden gesungen worden war. Diesmal ertönte keine Musik. Die Tenorstimme war so rein und wundervoll, daß Agnes den Kessel fallen ließ. Kaltes Wasser floß ihr über die Füße.

Sie lauschte eine Zeitlang. Nach einer Weile stellte sie überrascht fest, daß sie leise den Sopranteil des Duetts sang.

Das Lied endete. Leises, dumpfes Pochen deutete darauf hin, daß sich Schritte entfernten.

Agnes eilte zur Bühnentür, zögerte dort, öffnete sie und betrat weite, finstere Leere. Es brannten noch einige Kerzen, aber sie wirkten wie Sterne in einer dunklen Nacht. Weit und breit war niemand zu sehen.

Mitten auf der Bühne blieb Agnes stehen und hielt unwillkürlich den Atem an.

Sie *fühlte* den Zuschauersaal. Der große, leere Raum verursachte ein Geräusch wie von schnarchendem Samt.

Es war nicht still. Auf einer Bühne ist es nie völlig still. Die Echos von Millionen Tönen flüsterten: Erinnerungen an donnernden Applaus, Ouvertüren und Arien, Fragmente von Melodien, verlorene Akkorde, Bruchstücke von Liedern.

Agnes wich zurück – und trat jemandem auf den Fuß.

Sie drehte sich um. »André, du …«

Eine Gestalt kauerte sich zusammen. »Entschuldige Fräulein!«

Agnes ließ den angehaltenen Atem entweichen. »Walter?«

»Entschuldige Fräulein!«

»Schon gut! Ich bin nur erschrocken.«

»Ich habe dich nicht gesehen Fräulein!«

Walter hielt etwas, das Agnes in der Dunkelheit zunächst nicht erkennen konnte. Dann stellte sie erstaunt fest, daß eine Katze, einem zusammengerollten alten Läufer gleich, in den Armen des jungen Mannes ruhte und zufrieden schnurrte. Der Anblick war seltsam. Als würde man beobachten, wie jemand seine Hand in einen Fleischwolf schob, um herauszufinden, was ihn verstopfte.

»Das ist *Greebo*, nicht wahr?«

»Er ist ein glücklicher Kater weil er viel Milch getrunken hat!«

»Walter ... wieso stehst du im Dunkeln mitten auf der Bühne, obwohl alle anderen nach Hause gegangen sind?«

»Was machst *du* hier Fräulein?«

Agnes hatte noch nie zuvor gehört, daß Walter etwas fragte. Er ist hier eine Art Hausmeister, dachte sie. Er kann überallhin gehen.

»Ich ... habe mich verirrt«, erwiderte sie und schämte sich wegen der Lüge. »Ich ... ich ziehe mich jetzt in mein Zimmer zurück. Äh ... hast du jemanden singen gehört?«

»Die ganze Zeit über Fräulein!«

»Ich meine, jetzt gerade.«

»Jetzt gerade sprechen wir miteinander Fräulein!«

»Oh ...«

»Gute Nacht Fräulein!«

Agnes ging durch die warme Düsternis in Richtung Tür und mußte bei jedem Schritt der Versuchung widerstehen, sich umzusehen. Sie nahm den Kessel, füllte ihn erneut mit Wasser und eilte die Treppe hoch.

Auf der Bühne ließ Walter Greebo vorsichtig zu Boden, zog sich das Barett vom Kopf und holte etwas Weißes daraus hervor.

»Was sollen wir jetzt machen, Herr Kater? Oh, ich weiß. Wir hören uns die Ouvertüre von *Die Flederlaus* von J. Q. Bubbla an, dirigiert von Wotscha Doinow.«

Greebo bedachte ihn mit dem nachsichtigen Blick einer Katze, die bereit ist, (fast) alles zu ertragen, wenn sie dafür etwas Leckeres bekommt.

Walter ließ sich neben ihm nieder und hörte der aus den Wänden sickernden Musik zu.

Als Agnes das Zimmer betrat, schlief Christine bereits und schnarchte wie jemand im Kräuterhimmel. Der Becher lag neben dem Bett.

Ich habe nichts Schlimmes getan, dachte Agnes einmal mehr. Christine mußte einmal richtig ausschlafen. Sie hatte ihr praktisch einen guten Dienst erwiesen.

Ihre Aufmerksamkeit glitt zu den Blumen, unter denen sich ziemlich viele Rosen und Orchideen befanden. Karten hingen an den meisten Sträußen. Offenbar gab es eine ganze Reihe von aristokratischen Männern, die guten Gesang zu schätzen wußten. Besser gesagt, guten Gesang von jemandem wie Christine.

Agnes ordnete die Blumen in der Lancre-Art: Sie hielt die Vase in der einen Hand, den Strauß in der anderen und versuchte dann, beides miteinander zu verbinden.

Der letzte Strauß war der kleinste und in rotes Papier gehüllt. Eine Karte fehlte. Eigentlich fehlten auch die Blumen.

Jemand hatte sechs dunkel angelaufene und spindeldürre Rosenstengel zusammengebunden und sie mit Parfüm besprüht. Der Duft war moschusartig und keineswegs unangenehm, aber die Sache blieb trotzdem ein schlechter Scherz. Agnes warf den Strauß in den Papierkorb, blies die Kerze aus und wartete.

Ohne zu wissen, auf wen. Oder auf was.

Nach ein oder zwei Minuten bemerkte sie einen vagen Glanz, der aus dem Korb drang: ein schwaches Fluoreszieren wie von einem kranken Glühwürmchen.

Sie schob sich vorsichtig näher.

An den Stengeln klebten Rosenknospen, transparent wie Glas und sichtbar nur aufgrund des Glimmens an der Kante jedes Blütenblatts. Es flackerte wie Irrlichter.

Ganz vorsichtig zog Agnes den »Strauß« aus dem Papierkorb und tastete in der Dunkelheit nach dem Becher. Als Vase taugte er nicht viel, doch er mußte genügen. Anschließend setzte sie sich und beobachtete die geisterhaften Blumen, bis …

… jemand hüstelte. Ruckartig hob sie den Kopf und begriff, daß sie eingeschlafen war.

»Verehrteste?«

»Ja?!«

Die Stimme war melodisch. Etwas in ihr ließ vermuten, daß sie jederzeit mit einem Lied beginnen konnte.

»Hör gut zu. Morgen singst du die Rolle der Laura in *Il Truccatore*. Wir haben viel zu tun. Eine Nacht genügt kaum. Die Arie im ersten Akt wird den größten Teil unserer Aufmerksamkeit beanspruchen.«

Einige Sekunden ertönten Violinen.

»Dein Auftritt heute abend war ... gut. Aber in bestimmten Bereichen sind noch Verbesserungen möglich. Paß auf.«

»Hast *du* die Rosen geschickt?!«

»Gefallen sie dir? Sie blühen nur in der Dunkelheit.«

»Wer *bist* du?! Habe ich dich vorhin singen gehört?!«

Es war kurz still.

»Ja.«

Dann:

»Befassen wir uns nun mit dem Part der Laura in *Il Truccatore*, dem ›Meister der Verkleidung‹, auch bekannt als ›der Mann mit den tausend Gesichtern‹ ...«

Als die Hexen am nächsten Morgen Ziegenbergers Büro erreichten, saß dort ein ziemlich großer Troll auf der Treppe. Eine Keule ruhte auf seinen Knien, und er hob warnend eine schaufelgroße Hand.

»Niemand eintreten darf«, grollte er. »Herr Ziegenberger an einer Besprechung teilnimmt.«

»Wie lange dauert sie?« fragte Oma.

»Herr Ziegenberger ein sehr langer Besprecher ist.«

Oma Wetterwachs maß den Troll mit einem prüfenden Blick. »Bist du schon lange in der Verlagsbranche tätig?« fragte sie.

»Seit heute morgen«, lautete die stolze Antwort.

»Herr Ziegenberger hat dich eingestellt?«

»Ja. Kam zum Steinbruchweg und mich auswählte für ...« Der Troll runzelte die Stirn, als er versuchte, sich unvertrauter Worte zu entsinnen. »... für Überholspur auf Schnellstraße der Verlagswelt.«

»Worin besteht deine Aufgabe?«

»Ich essen soll Schmutz.«

»Entschuldigung.« Nanny trat vor. »Ich glaube, dieses Gestein hab ich schon mal gesehen. Du stammst vom Kupferkopfberg in Lancre, nicht wahr?«

»Ja. Und?«

»Wir sind ebenfalls aus Lancre.«

»Ja?«

»Das hier ist Oma Wetterwachs.«

Der Troll lächelte ungläubig, und neue Falten bildeten sich auf seiner Stirn, als er Oma ansah.

Sie nickte.

»Ihr nennt sie *Aaoograha hoa*, nicht wahr?« fügte Nanny hinzu. »Man-geht-ihr-besser-aus-dem-Weg.«

Der Troll sah auf die Keule hinab, als zöge er ernsthaft in Erwägung, sich damit selbst zu erschlagen.

Oma klopfte ihm auf die moosbedeckte Schulter. »Wie heißt du?«

»Karborundum«, murmelte er. Eins seiner Beine begann zu zittern.

»Nun, ich bin sicher, daß du hier in der großen Stadt gut zurechtkommst«, meinte Oma.

»Ja, warum gehst du nicht und fängst gleich damit an?« schlug Nanny vor.

Der Troll warf ihr einen dankbaren Blick zu und floh, wobei er sich nicht die Mühe machte, die Tür zu öffnen.

»Nennt man mich wirklich so?« fragte Oma.

»Äh ... ja.« Nanny gab sich in Gedanken einen Tritt. »Es ist ein Zeichen von Respekt.«

»Oh.«

»Äh ...«

»Ich war immer bemüht, in Frieden mit ihnen zu leben.«

»O ja.«

»Und die Zwerge?« fragte Oma wie jemand, der ein neues Furunkel entdeckt hatte und es unbedingt eingehender untersuchen wollte. »Haben sie ebenfalls einen Namen für mich?«

»Ich schlage vor, wir gehen jetzt zu Herrn Ziegenberger«, sagte Nanny munter.

»Gytha!«

»Äh ... nun ... ich glaube, der Zwergenname für dich lautet *Kirk'ez'rek d'b'duz*.«

»Was bedeutet das?«

»Äh ... ›Nimm den Weg auf der anderen Seite des Berges‹«, übersetzte Nanny.

»Oh.«

Oma Wetterwachs wahrte ein für sie untypisches Schweigen, als sie die Treppe hochgingen.

Nanny verlor keine Zeit mit Anklopfen und öffnete einfach die Tür. »Hallooooh, Herr Ziegenberger! Wir sind's. Wir haben versprochen wiederzukommen. Oh, an deiner Stelle würde ich nicht versuchen, aus dem Fenster zu steigen. Wir sind hier im dritten Stock, und der Geldbeutel könnte dir beim Klettern gefährlich werden.«

Der Verleger schlich so durchs Zimmer, daß der Schreibtisch zwischen ihm und den Hexen blieb.

»Saß unten kein Troll?« fragte er.

»Er beschloß, dem Verlagswesen den Rücken zu kehren«, erwiderte Nanny. Sie setzte sich und lächelte fröhlich. »Ich nehme an, du hast Geld für uns.«

Herr Ziegenberger begriff, daß er in der Falle saß. Er verzog mehrmals auf unterschiedliche Weise das Gesicht, während er mehrere Antworten erwog. Schließlich grinste er so breit wie Nanny und nahm ihr gegenüber Platz.

»Natürlich ist die Lage derzeit recht schwierig«, sagte er. »Um ganz ehrlich zu sein: Ich kann mich nicht daran erinnern, daß sie jemals schlimmer war«, fügte er mit einem beträchtlichen Maß an Aufrichtigkeit hinzu.

Er musterte Oma. Sein Grinsen verharrte an Ort und Stelle, doch der Rest des Gesichts wich zurück.

»Die Leute kaufen einfach keine Bücher mehr«, sagte er. »Und dann die Gravuren ... Sie werden immer teurer.«

»Alle mir bekannten Leute kaufen den Almanach«, betonte Oma Wetterwachs. »Ich schätze, in Lancre gibt es niemanden, der ihn *nicht* kauft. Alle Bewohner der Spitzhornberge kaufen den Almanach, sogar die Zwerge. Für jeweils einen halben Dollar. Und Gythas Buch scheint reißenden Absatz zu finden.«

»Nun, ich freue mich natürlich darüber, daß es so beliebt ist, aber die Distributionskosten, der Anteil für die Zwischenhändler, Abnutzung und Abschreibung …«

»Dein Almanach reicht einen ganzen Winter, wenn man sparsam damit umgeht«, sagte Oma. »Vorausgesetzt natürlich, daß niemand krank und das Papier dünn ist.«

»Mein Sohn Jason kauft immer gleich *zwei*«, warf Nanny ein. »Nun, er hat eine große Familie. Die Tür des Aborts ist praktisch immer in Bewegung …«

»Ja, aber, wißt ihr, das Problem ist … Eigentlich muß ich dir gar nichts bezahlen.« Herr Ziegenberger suchte verzweifelt nach einem Ausweg. Sein Grinsen hatte das Gesicht inzwischen ganz für sich allein. »Du hast *mich* bezahlt, um das Buch zu drucken, und ich habe dir das Geld zurückgegeben. Ich glaube, unserer Buchhaltung ist sogar ein kleiner Fehler zu deinen Gunsten unterlaufen, aber ich beabsichtige nicht …«

Seine Stimme verklang.

Oma Wetterwachs entfaltete ein Blatt Papier. »Diese Vorhersagen fürs nächste Jahr …«

»Woher hast du das?«

»Ich hab's mir ausgeliehen. Du kannst es zurückhaben, wenn du möchtest …«

»Nun, was ist mit den Vorhersagen?«

»Sie sind falsch.«

»Falsch? Was soll das heißen? Meine Güte, es handelt sich um *Vorhersagen*!«

»Nächstes Jahr im Mai bleibt Curryregen in Klatsch aus. So früh im Jahr bekommt man keinen Curry.«

»Du willst dich mit Vorhersagen auskennen?« fragte Ziegenberger. »*Du*? Ich drucke sie seit vielen Jahren.«

»Nun, ich befasse mich nicht mit so schlauen Dingen fürs nächste

Jahr wie du«, räumte Oma ein. »Aber ich kann ziemlich genau vorhersagen, was in einunddreißig Sekunden geschieht.«

»Ach? Und was geschieht in dreißig Sekunden?« fragte Ziegenberger.

Oma Wetterwachs erzählte es ihm.

Der Verleger lachte schallend. »O ja, nicht übel, du solltest die Vorhersagen für uns schreiben. Meine Güte! An Ehrgeiz mangelt es dir gewiß nicht. Das ist noch besser als die Selbstentzündung des Bischofs von Quirm, und die trat nicht einmal ein! In dreißig Sekunden, wie?«

»Nein.«

»Nein?«

»In einundzwanzig Sekunden«, sagte Oma.

Emil Eimer traf früh im Opernhaus ein, um festzustellen, ob jemand umgebracht worden war.

Er schaffte es bis zu seinem Büro, ohne daß eine einzige Leiche aus den Schatten kippte.

Er hatte sich alles ganz anders vorgestellt. Die Oper gefiel ihm; alles erschien so *künstlerisch*. Er hatte Hunderte von Opern gesehen, und nie war jemand gestorben. Mit einer Ausnahme: Während einer Ballettszene in *La Triviata* wurde eine Ballerina ein wenig zu enthusiastisch auf den Schoß eines älteren Herrn in der ersten Reihe geworfen. Die Tänzerin kam unverletzt davon, doch der Mann starb während einiger unglaublich glücklicher Sekunden.

Jemand klopfte an die Tür.

Herr Eimer öffnete sie einen Spalt. »Wer ist tot?« fragte er.

»N-niemand Herr Eimer! Ich bringe die Post!«

»Oh, du bist's, Walter. Danke.«

Eimer nahm das Bündel entgegen und schloß die Tür.

Ein großer Teil der Post bestand aus Rechnungen. Das Operngeschäft läuft von ganz allein, hatte man ihm gesagt. Nun ja, das stimmte in gewisser Weise. Aber damit es von ganz allein lief, brauchte es *Geld*.

Er sah sich die anderen Umschläge an, und einer …

Einer von ihnen trug das Wappen des Opernhauses.

Eimer starrte darauf hinab wie auf einen Hund, der gerade die Zähne fletschte.

Das Ding biß nicht zu. Der Umschlag lag einfach nur da und schien zu *grinsen.*

Eimer stach mit dem Brieföffner zu und ließ den Brief wieder fallen, als er erneut das Äquivalent von gefletschten Zähnen zu sehen glaubte. Als eine Zeitlang nichts geschah, fand er schließlich den Mut, dem Umschlag ein Blatt zu entnehmen und es zu entfalten.

Lieber Eimer,
ich wäre sehr dankbar, wenn Christine heute abend die Rolle der Laura singen würde. Ich versichere Dir, daß sie dazu fähig ist.
Die zweite Violine ist meiner Ansicht nach nicht besonders gut, und um ganz ehrlich zu sein: Gestern abend wirkte der zweite Akt ein wenig hölzern. Ihr solltet Euch wirklich mehr Mühe geben.
Ich möchte diese Gelegenheit nutzen, um Señor Basilica willkommen zu heißen. Ich gratuliere Dir zu seiner Ankunft.
Mit den besten Wünschen
Der Operngeist.

»Herr Salzella!«

Man benachrichtigte den Musikdirektor, der den Brief las. »Du willst doch nicht darauf eingehen, oder?«

»Sie singt wirklich gut«, meinte Eimer.

»Du meinst, die junge Nitt, oder?«

»Ja, natürlich. Äh … du kennst die Situation.«

»Aber das ist praktisch Erpressung!«

»Tatsächlich? Ich kann nirgends eine Drohung erkennen.«

»Du hast sie gestern abend singen lassen … Ich meine, sie *beide*. Und was hat es dem armen Dr. Unterschaft genützt?«

»Was schlägst du vor?«

Jemand klopfte an die Tür, und zwar ohne erkennbaren Rhythmus. Walter Plinge wankte ins Zimmer und brachte Kohlennachschub.

»Ich habe mit dem Kommandeur der Wache gesprochen, einem gewissen Mumm«, berichtete Salzella. »Er versprach mir, heute abend einige seiner besten Leute zu schicken. In Zivil. Damit sie nicht erkannt werden.«

»Ich dachte, du hieltest die Angehörigen der Wache für inkompetent.«

Salzella zuckte mit den Schultern. »Wir müssen alle Mittel einsetzen, um Klarheit zu gewinnen. Wußtest du, daß Dr. Unterschaft erdrosselt wurde, bevor man ihn aufgehängt hat?«

»Bevor man ihn erhängt hat«, sagte Eimer. »Man hängt Bilder und andere Dinge *auf*. Menschen hingegen werden erhängt.«

»Ach, tatsächlich?« erwiderte Salzella. »Herzlichen Dank für diese Information. Nun, der arme alte Dr. Unterschaft wurde erdrosselt. Und dann hängte ihn jemand auf.«

»Salzella, ich glaube, du hast nicht den richtigen Sinn für ...«

»Ich bin jetzt fertig Herr Eimer!«

»Ja, danke, Walter. Du kannst gehen.«

»Ja, Herr Eimer!«

Walter zog sehr gewissenhaft die Tür hinter sich zu. »Wenn dieses Problem nicht möglichst schnell gelöst wird ...«, begann Salzella. »Ist alles in Ordnung?«

»Was?« Herr Eimer hatte zur geschlossenen Tür gestarrt und schüttelte nun den Kopf. »Oh. Ja. Äh ... Walter ...«

»Ja?«

»Ist ... äh ... alles in Ordnung mit ihm?«

»Oh, er kann manchmal ... recht seltsam sein. Aber er ist harmlos – wenn du *das* meinst. Einige Bühnenarbeiter und Musiker sind nicht besonders nett zu ihm. Sie beauftragen ihn zum Beispiel damit, eine Dose mit unsichtbarer Farbe oder einen Beutel mit Nägellöchern zu holen. Er glaubt, was man ihm sagt. Wieso fragst du?«

»Oh ... nur so. Es ist ... dumm.«

»Nun, man kann ihn sicher nicht als sehr intelligent bezeichnen.«

»Nein, ich meine ... Ach, schon gut.«

Oma Wetterwachs und Nanny Ogg verließen Ziegenbergers Büro. Ruhig und gelassen wanderten sie über die Straße. Das galt zumindest für

Oma. Nanny humpelte ein wenig und mußte erst wieder das Gleichgewicht finden.

Alle dreißig Sekunden fragte sie: »Wieviel habe ich bekommen?«

»Dreitausendzweihundertsiebzig Dollar und siebenundachtzig Cent«, erwiderte Oma. Sie wirkte nachdenklich.

»Es war wirklich nett von ihm, selbst in den Aschenbechern nach Münzen zu suchen«, sagte Nanny. »Zumindest in den Aschenbechern, die er erreichen konnte. Wieviel habe ich bekommen?«

»Dreitausendzweihundertsiebzig Dollar und siebenundachtzig Cent.«

»Nie zuvor habe ich siebzig Dollar besessen«, meinte Nanny.

»Es sind mehr als siebzig Dollar. Es sind ...«

»Ja, ich weiß. Ich arbeite mich allmählich zu der ganzen Summe vor. Nun, eins steht fest: Mit viel Geld riskiert man, sich die Haut wundzuscheuern.«

»Ich weiß überhaupt nicht, warum du dein Portemonnaie im Schlüpferbein aufbewahrst«, sagte Oma.

»Weil dort niemand danach suchen würde.« Nanny seufzte. »Wieviel habe ich bekommen?«

»Dreitausendzweihundertsiebzig Dollar und siebenundachtzig Cent.«

»Ich brauche eine größere Büchse.«

»Du brauchst einen größeren Kamin.«

»Ich könnte ganz sicher ein größeres Schlüpferbein gebrauchen.« Nanny stieß Oma an. »Ich bin reich«, stellte sie fest. »Von jetzt an mußt du nett zu mir sein.«

»Ja«, sagte Oma, »daran habe ich auch schon gedacht.«

Sie blieb stehen. Nanny stieß gegen sie; in ihrer Unterwäsche klimperte es. Vor ihnen ragte die Fassade des Opernhauses auf.

»Wir müssen in das Gebäude zurückkehren«, sagte Oma, »und uns Loge acht vornehmen.«

»Eine Brechstange«, entgegnete Nanny. »Und Greifklaue Nummer drei. Damit müßte es sich bewerkstelligen lassen.«

»Wir sind nicht dein Nev«, stellte Oma fest. »Außerdem gefällt es mir nicht, einzubrechen. Wir sollten ein Recht darauf haben, uns in der Oper aufzuhalten.«

»Putzfrauen«, sagte Nanny. »Wir könnten uns als Putzfrauen ausgeben und … Nein, so etwas kommt angesichts meiner neuen Stellung nicht mehr in Frage.«

»Nein, es wäre unter deiner Würde, für eine Putzfrau gehalten zu werden.«

Oma sah auf Nanny hinab, als eine Kutsche vor dem Opernhaus hielt. »Natürlich könnten wir uns die Loge acht einfach kaufen«, sagte sie betont geziert.

»Das klappt nicht«, sagte Nanny. Einige Bedienstete staksten die Treppe hinunter, um die Insassen der Kutschen zu begrüßen. Sie zeigten die typische steife Würde von Leuten, die daran gewöhnt waren, Adel zu empfangen. »Loge acht ist tabu. Es werden nicht mal Karten dafür angeboten.«

»Wieso eigentlich nicht?« fragte Oma. »Morde geschehen, und trotzdem finden weitere Vorstellungen statt. Das bedeutet: Jemand ist bereit, für genug Geld seine eigene Großmutter zu verkaufen.«

»Es würde ein Vermögen kosten«, sagte Nanny.

Sie sah Omas triumphierenden Gesichtsausdruck und stöhnte. »Ach, Esme! Ich wollte das Geld fürs Alter beiseite legen.« Sie überlegte kurz. »Und es würde *trotzdem* nicht klappen. Ich meine, sieh uns nur an. Wir sehen einfach nicht aus wie die richtigen Leute …«

Enrico Basilica kletterte aus einer der Kutschen.

»Aber wir *kennen* die richtigen Leute«, sagte Oma.

»Ach, Esme!«

Die Ladenglocke läutete auf vornehme Art. Sie schien so vulgäre Dinge wie einfaches *Bimmeln* abzulehnen. Vermutlich wäre ihr ein dezentes Hüsteln am liebsten gewesen.

Dies war das nobelste Bekleidungsgeschäft in Ankh-Morpork. Einen deutlichen Anhaltspunkt für diesen hohen Status bot die offensichtliche Abwesenheit von Ware. Nur einige teure Einzelstücke wiesen auf die zur Verfügung stehenden Möglichkeiten hin.

Man kam nicht hierher, um etwas zu kaufen, sondern um eine Tasse Kaffee zu trinken und ein wenig zu plaudern. Während des leise geführten Gesprächs mochten fünf Quadratmeter erlesenen Stoffes den Eigentümer wechseln, aber es fand keineswegs etwas so Unfeines wie *Handel* statt.

»Bedienung!« rief Nanny.

Eine Dame trat durch einen Vorhang und musterte die beiden Besucherinnen. Möglicherweise gebrauchte sie dafür nicht die Augen, sondern die Nase.

»Seid ihr sicher, daß ihr den richtigen Eingang gewählt habt?« fragte sie. Madame Dämmerung war dazu erzogen worden, Diener und Geschäftsleute freundlich zu behandeln, selbst wenn sie so verwahrlost waren wie diese beiden Vogelscheuchen.

»Meine Freundin möchte ein neues Kleid«, sagte die kleine Pummelige. »So ein piekfeines Ding mit Schleppe und gepolstertem Hintern.«

»Und schwarz«, sagte die Dürre.

»Und mit allem Drum und Dran«, fügte die Pummelige hinzu. »Kleine Handtasche mit Schnur, eine Brille am Stiel, was so dazugehört.«

»Ich fürchte, das würde *ätwas* mehr kosten, als ihr glaubt«, erwiderte Frau Dämmerung.

»Wie viel ist *ätwas* mehr?« fragte die Pummelige.

»Ich meine, dies ist ein sehr *exklusives* Bekleidungsgeschäft.«

»Deshalb sind wir ja hier. Wir wollen keine Lumpen. Ich bin Nanny Ogg, und das ist ... Lady Esmeralda Wetterwachs.«

Madame Dämmerung bedachte Lady Esmeralda mit einem skeptischen Blick. Kein Zweifel, die Frau zeichnete sich durch Haltung aus. Und sie starrte wie eine Herzogin.

»Von Lancre«, fuhr Nanny fort. »Und sie könnte ein Konservatorium haben, wenn das ihrem Wunsch entspräche. Was jedoch nicht der Fall ist.«

»Äh ...« Frau Dämmerung beschloß zunächst, auf die beiden Besucherinnen einzugehen. »An welchen Stil habt ihr gedacht?«

»An was Feines«, antwortete Nanny Ogg.

»*Ätwas* genauere Angaben wären mir eine große Hilfe ...«

»Vielleicht könntest du uns das eine oder andere Stück zeigen«, sagte Lady Esmeralda und setzte sich. »Das Kleid ist für die Oper bestimmt.«

»Oh, du besuchst die Oper?«

»Lady Esmeralda besucht eine ganze Menge, unter anderem auch die Oper«, meinte Nanny Ogg. »Sie ist eine allseits bekannte Besucherin.«

Madame Dämmerung war das typische Produkt ihrer gesellschaftlichen Schicht und neigte dazu, die Welt aus einer bestimmten Perspektive zu sehen. Wenn sich die Welt auf überraschende Weise verhielt, so reagierte sie zunächst mit Verwirrung – um dann die Dinge zu ignorieren, die nicht in ihr Bild paßten. Wenn eine Katastrophe die Zivilisation beendete und alle Überlebenden zwang, Kakerlaken zu essen, würde Madame Dämmerung weiterhin eine Serviette gebrauchen und auf Leute herabsehen, die Küchenschaben falsch herum verzehrten.

»Ich ... äh ... zeige euch einige Muster«, sagte sie. »Ich bin *gleich* wieder da.«

Sie eilte ins lange Arbeitszimmer hinter dem Laden – dort gab es weitaus weniger vergoldete Dinge –, lehnte sich an die Wand und rief die Chefnäherin.

»Mildred, ich habe eben mit zwei *sehr* seltsamen Frauen gespro...«

Sie unterbrach sich. Die beiden ... Kundinnen waren ihr *gefolgt*!

Sie schlenderten nun durch den Mittelgang zwischen den Schneidern, nickten den Leuten zu und betrachteten die Kleidungsstücke an einigen Puppen.

Madame Dämmerung trat ihnen rasch entgegen. »Es wäre euch *sicher* lieber, wenn ...«

»Wieviel kostet das hier?« fragte Lady Esmeralda und betastete eine für die Herzoginwitwe von Quirm bestimmte Kreation.

»Ich *fürchte*, dieses Gewand ist nicht verkäuflich ...«

»Wieviel würde es kosten, wenn es verkäuflich wäre?«

»Dreihundert Dollar, glaube ich«, sagte Madame Dämmerung.

»Fünfhundert Dollar halte ich für einen angemessenen Preis«, erwiderte Lady Esmeralda.

»Tatsächlich?« meinte Nanny. »Oh, ja, das hältst du für angemessen, wie?«

Das Kleid war schwarz. Zumindest theoretisch. Es hatte die gleiche Schwärze wie der Flügel eines Stars. Es handelte sich um schwarze Seide mit schwarzen Perlen und schwarzen Pailletten. Es war gewissermaßen Schwärze auf Urlaub.

»Scheint meine Größe zu sein. Wir nehmen es. Bezahl die Frau, Gytha.«

Madame Dämmerungs Perspektive für den Rest der Welt erzitterte kurz. »Ihr nehmt es? Jetzt sofort? Für fünfhundert Dollar? Die ihr sogleich bezahlen wollt? In *bar*?«

»Kümmere dich darum, Gytha.«

»Na *schön*.«

Nanny Ogg drehte sich züchtig um und hob den Rock. Stoff raschelte und knisterte. Die Elastizität diverser Gummibänder wurde auf eine harte Probe gestellt. Einige Sekunden später hielt Nanny eine Geldbörse in der Hand.

Sie zählte fünfzig recht warme Zehn-Dollar-Münzen ab und legte sie nacheinander in Madame Dämmerungs ganz und gar nicht protestierende Hand.

»Und jetzt kehren wir in den Laden zurück, um uns noch einige andere Dinge anzusehen«, verkündete Lady Esmeralda. »Ich möchte Straußenfedern. Und einen der großen Umhänge, wie sie echte Damen tragen. Und einen mit Spitzen eingefaßten Fächer.«

»Warum besorgen wir uns nicht noch einige große Diamanten, wenn wir schon dabei sind?« warf Nanny scharf ein.

»Gute Idee.«

Madame Dämmerung hörte den Zank der beiden Alten, als sie durch den Mittelgang schritten.

Einmal mehr sah sie auf die Münzen in ihrer Hand hinab.

Sie wußte über altes Geld Bescheid: In gewisser Weise war es geheiligt dadurch, daß Leute es viele Jahre lang festgehalten hatten. Sie wußte auch über neues Geld Bescheid: Es steckte in den Taschen der Emporkömmlinge, von denen es in letzter Zeit ziemlich viele gab. Unter ihrem gepuderten Busen war Madame Dämmerung eine Ladeninhaberin von Ankh-Morpork, deshalb zweifelte sie nicht daran, was das beste Geld war: Es befand sich in ihrer Hand, nicht in der einer anderen Person. Das beste Geld gehörte ihr.

Außerdem war sie versnobt genug, Unverschämtheit mit guter Herkunft zu verwechseln. Wirklich reiche Leute können nicht verrückt sein, höchstens exzentrisch, genauso ist ihnen Unhöflichkeit unmöglich. Sie sind höchstens direkt und unverblümt.

Madame Dämmerung folgte Lady Esmeralda und ihrer sonderbaren Freundin. Das Salz der Erde, sagte sie sich.

Sie näherte sich ihnen rechtzeitig genug, um einen eigenartigen Dialog mitzubekommen.

»Ich werde bestraft, nicht wahr, Esme?«

»Weiß überhaupt nicht, wovon du redest, Gytha.«

»Weil ich für ein paar Sekunden Oberwasser hatte, stimmt's?«

»Ich verstehe wirklich nicht, worauf du hinauswillst. Außerdem hast du selbst bemerkt, daß du überhaupt keine Ahnung hast, was du mit dem Geld anstellen sollst.«

»Ja, aber ich hätte gern keine Ahnung davon gehabt, während ich irgendwo auf einem bequemen Sofa liege, umgeben von einigen starken Männern, die Pralinen für mich besorgen und mir ihre Gunst aufdrängen.«

»Man kann das Glück nicht kaufen, Gytha.«

»Ich wollte es nur mieten, für einige Wochen.«

Agnes stand spät auf, und die Musik hallte noch immer in ihren Ohren wider. Wie im Traum kleidete sie sich an. Allerdings hängte sie zuvor ein Laken über den Spiegel, nur für den Fall.

In der Kantine saßen mehrere Chorsängerinnen, knabberten an etwas Sellerie und kicherten.

Auch André war zugegen. Geistesabwesend aß er etwas und blickte dabei auf ein Notenblatt. Gelegentlich hob er den Löffel und bewegte ihn wie einen Taktstock, während sein Blick in die Ferne glitt. Dann ließ er ihn wieder sinken und kritzelte einige Notizen.

Er bemerkte Agnes und unterbrach seine Vorstellung. »Hallo. Du siehst müde aus.«

»Äh ... ja.«

»Hast die ganze Aufregung verpaßt.«

»Ach?«

»Leute von der Stadtwache waren hier, haben mit allen geredet, viele Fragen gestellt und die Antworten ganz langsam aufgeschrieben.«

»Was haben sie gefragt?«

»Nun, du kennst ja die Wächter. Zum Beispiel: Hast du es getan? Ich bezweifle, daß derartige Ermittlungen Erfolg haben.«

»Meine Güte. Ist die Vorstellung bereits abgesagt worden?«

André lachte. Sein Lachen klang recht angenehm. »Ich bin ziemlich sicher, daß Herr Eimer keine solchen Maßnahmen ergreift. Nicht einmal dann, wenn weitere Leute umgebracht werden.«

»Was veranlaßt dich zu dieser Annahme?«

»Die Leute stehen Schlange vor der Kasse!«

»Warum?«

André erklärte es.

»Das ist doch abscheulich!« entfuhr es Agnes. »Du meinst, das Publikum ist deshalb so groß, *weil* es hier gefährlich werden könnte?«

»So ist eben die menschliche Natur. Nun, manche Leute kommen, weil sie Enrico Basilica hören möchten. Und ... nun, Christine scheint recht beliebt zu sein.«

So etwas wie Kummer zeigte sich in Andrés Gesicht.

»Das macht mir nichts«, log Agnes. »Äh ... seit wann arbeitest du schon hier?«

»Erst seit einigen Monaten. Ich ... habe den Kindern des Serifen von Klatsch Musikunterricht erteilt.«

»Was hältst du von dem ... äh ... Geist?«

André hob und senkte die Schultern. »Ich halte ihn für einen Irren.«

»Ähm ... weißt du, ob er singt? Ich meine, kann er *gut* singen?«

»Ich habe gehört, daß er dem Inspizienten die eine oder andere Kritik schickt. Einige Mädchen behaupten, sie hätten nachts jemanden singen gehört. Aber sie reden dauernd dummes Zeug.«

»Ähm ... gibt es hier Geheimgänge?«

André neigte den Kopf zur Seite und musterte Agnes. »Mit wem hast du gesprochen?«

»Wie bitte?«

»Die Mädchen behaupten, es gäbe welche. Sie behaupten auch, den Geist immer wieder mal zu sehen, manchmal sogar an mehreren Orten gleichzeitig.«

»Warum sollten sie ihn öfter sehen als andere Leute?«

»Vielleicht deshalb, weil es ihm gefällt, junge Frauen anzuschauen. Sie proben an den unmöglichsten Orten. Und die meiste Zeit über sind sie halb verrückt vor Hunger.«

»Bist du denn gar nicht an dem Geist *interessiert*? Es sind *Morde* geschehen!«

»Nun, man munkelt, daß vielleicht Dr. Unterschaft dahintersteckte.«

»Er ist ebenfalls ermordet worden!«

»Vielleicht hat er sich selbst erhängt. In letzter Zeit war er häufig deprimiert. Er ist immer seltsam gewesen. Sehr nervös und so. Nun, ohne ihn dürfte es recht schwierig werden. Hier, ich habe dir alte Programmhefte mitgebracht. Vielleicht sind dir die Anmerkungen darin eine Hilfe; immerhin bist du noch nicht lange bei der Oper.«

Agnes starrte auf die Hefte, ohne sie zu sehen.

Leute starben, und man sah in ihrem Tod nur den Beginn von Problemen.

Die Show mußte weitergehen. Das sagten alle, ständig. Oft wurden die Worte von einem Lächeln begleitet, aber sie waren trotzdem ernst gemeint. Niemand erklärte, *warum* die Show unbedingt weitergehen mußte. Als die Chorsänger am vergangenen Tag über das Geld gestritten hatten ... Alle wußten, daß sie sich letztendlich nicht weigern würden, erneut aufzutreten und zu singen. Alles schien ein Spiel zu sein.

Die Show ging weiter. Agnes hatte die Geschichten gehört. Shows gingen weiter, während ein Feuer in der Stadt wütete, während ein Drache auf dem Dach hockte, während es draußen in den Straßen Tumulte gab. Das Bühnenbild brach zusammen? Die Show ging weiter. Der erste Tenor starb? Man wendete sich an das Publikum, in der Hoffnung, daß sich ein Musikstudent unter den Zuschauern befand, jemand, der die Rolle kannte. Man gab ihm eine große Chance, während die Leiche seines Vorgängers hinter den Kulissen kalt wurde. Warum? Um Himmels willen, es war doch nur eine Aufführung, nichts Wichtiges! Aber … die Show ging weiter. Alle Beteiligten hielten das für vollkommen selbstverständlich, deshalb dachten sie überhaupt nicht mehr darüber nach. In dieser Beziehung schienen die Köpfe der meisten Leute nur grauen Dunst zu enthalten.

Andererseits kam jemand in der Nacht, um Agnes – beziehungsweise Christine – richtigen Gesang zu lehren. Und wenn alle gegangen waren, trat eine geheimnisvolle Gestalt auf die Bühne, um dort zu singen. Agnes versuchte sich vorzustellen, daß diese Stimme jemandem gehörte, der Menschen umbrachte. Es wollte ihr nicht gelingen. Vielleicht hatte sich der Dunst inzwischen auf sie ausgebreitet; vielleicht sträubte sich etwas in ihr gegen solche Vorstellungen. Wer konnte Musik lieben und gleichzeitig ein Mörder sein?

Agnes hatte in einem Programmheft geblättert, und nun fiel ihr ein Name auf.

Sie nahm sich die anderen Hefte vor und fand den Namen auch darin. Er wurde nicht bei jeder Aufführung genannt, und die betreffende Person spielte auch keine Hauptrollen. Für gewöhnlich stellte sie einen Wirt oder Diener dar.

»Walter Plinge?« las sie. »*Walter*? Aber … er singt doch nicht, oder?«

Agnes hob ein Heft.

»Was? Oh, nein.« André lachte. »Meine Güte … es ist ein … geeigneter Name, denke ich. Manchmal muß jemand eine unwichtige Rolle singen und möchte vermeiden, später damit in Verbindung gebracht zu werden. Deshalb wird Walter Plinge als Darsteller genannt. In vielen Theatern verwendet man derartige Namen, zum Beispiel A. N. Andere. So was ist für alle praktisch.«

»Aber … *Walter Plinge*?«

»Nun, ich vermute, es begann als eine Art Scherz. Ich meine, kannst du dir Walter Plinge auf der Bühne vorstellen?« André lächelte. »Mit seinem Barett?«

»Was hält er davon?«

»Ich glaube, es ist ihm gleich. Es läßt sich nur schwer feststellen, was er von irgend etwas hält.«

In der Küche klirrte es laut, und aus dem Klirren wurde jenes Krachen, das vor dem inneren Auge jedes Zuhörers bestimmte Bilder entstehen läßt. Sie zeigten Agnes, wie ein hoher Geschirrstapel kippte und wie jemand versuchte, ihn festzuhalten, um dann entsetzt festzustellen, daß er nur zwei Hände besaß. Das allgemeine Poltern erreichte einen scheppernden Höhepunkt und endete dann in einem spöttischen Geräusch, verursacht von einem Teller, der wie durch ein Wunder heil geblieben war und sich auf dem Boden drehte.

Die Stimme einer zornigen Frau ertönte.

»Walter Plinge!«

»Es tut mir leid Frau Kluppe!«

»Das verdammte Ding hält sich am Rand der Pfanne fest! Laß endlich los, du Mistvieh ...«

Geschirrsplitter wurden zusammengefegt, und dann vernahm Agnes ein gummiartiges Geräusch, das sich anhörte wie *Spoing*.

»Wo ist das Biest *jetzt*?«

»Weiß es nicht Frau Kluppe!«

»Und was macht die Katze hier?«

André wandte sich Agnes zu und lächelte traurig. »Ich finde es ein bißchen gemein, ihn so zu behandeln«, sagte er. »Ich meine, der arme Kerl ist nicht ganz richtig im Oberstübchen.«

»Ich glaube, das gilt für viele Leute, denen ich hier begegnet bin«, erwiderte Agnes.

André lächelte wieder. »Ja, ich weiß.«

»Alle verhalten sich so, als käme es nur auf die Musik an. Die Handlung scheint überhaupt keine Rolle zu spielen. In den meisten Geschichten geht es um Leute, die ihre Diener oder Gattinnen nicht erkennen, weil sie eine winzige Maske tragen. Dicke Frauen geben sich als dürre Mädchen aus. Die schauspielerischen Fähigkeiten aller Beteiligten lassen sehr zu wünschen übrig. Eigentlich ist es kein Wunder, daß niemand staunt, wenn ich für Christine singe ... Im Vergleich zu den anderen Aspekten der Oper ist das völlig *normal.* Es gehört praktisch dazu. Vor der Tür des Opernhauses sollte man ein Schild anbringen, auf dem steht: Vor Betreten des Gebäudes die Vernunft abgeben. Ohne die Musik wäre alles vollkommen absurd und lächerlich!«

Agnes begriff plötzlich, daß André sie mit einem Operngesicht ansah.

»Du verstehst nicht, was ich meine, oder? Auch für dich kommt es in erster Linie auf die Show an, stimmt's? *Alles* ist Show.«

»Die Oper erhebt keinen Anspruch darauf, der Wirklichkeit zu ähneln«, entgegnete André. »Sie ist nicht wie das Theater. Niemand sagt: Nehmt an, daß sich hier ein großes Schlachtfeld erstreckt und daß der Bursche mit der Pappkrone ein König ist. Bei uns dient die Handlung eigentlich nur dazu, die Pause bis zum nächsten Lied zu überbrücken.«

Er beugte sich vor und griff nach Agnes' Hand. »Für dich ist das alles sehr verwirrend, nicht wahr?«

Kein männliches Wesen hatte Agnes jemals berührt, es sei denn, um sie fortzustoßen und ihr ein Bonbon zu stehlen.

Sie zog die Hand zurück.

»Ich ... äh ... gehe jetzt besser und übe«, sagte sie und fühlte wieder Schamesröte in sich emporwallen.

»Du hattest ein gutes Gespür für die Rolle der Jod«, sagte André.

»Ein ... äh ... privater Lehrer hat mich in alles eingeweiht.«

»Offenbar weiß er gut über die Oper Bescheid.«

»Ja ... ja, ich glaube schon.«

»Esme?«

»Ja, Gytha?«

»Ich möchte nicht klagen ...«

»Ja?«

»... aber warum trete *ich* nicht als vornehme Opernbesucherin auf?«

»Weil du so gewöhnlich wie Dreck bist, Gytha.«

»Oh. Gut.« Nanny dachte über Omas Bemerkung nach und fand keine Unrichtigkeiten, die das Urteil der Geschworenen beeinflussen konnten. »Ich schätze, da hast du recht.«

»Glaub nur nicht, daß mir das alles *gefällt*.«

»Soll ich mich um deine Füße kümmern?« fragte die Hand- und Fußpflegerin. Sie blickte auf Omas Stiefel hinab und fragte sich, ob vielleicht der Einsatz eines Hammers erforderlich war.

»Ich muß zugeben, die Frisur ist nicht schlecht«, sagte Nanny.

»Gnä' Frau hat *wundervolles* Haar«, meinte der Friseur. »Was ist dein Geheimnis?«

»Man muß darauf dachten, daß keine Molche im Wasser sind«, erwiderte Oma Wetterwachs. Sie betrachtete ihr Abbild im Spiegel über dem Waschbecken, drehte den Kopf ... und sah aus den Augenwinkeln noch einmal hin. »Hm«, murmelte sie und schürzte die Lippen.

Unterdessen war es der Hand- und Fußpflegerin gelungen, Oma die Stiefel auszuziehen und die Strümpfe abzustreifen. Zu ihrem großen Erstaunen kamen nicht etwa mit zahllosen Hühneraugen ausgestattete, schwielige Monstrositäten zum Vorschein, sondern zwei perfekte Füße. Sie wußte nicht, wo sie beginnen sollte, da eine Behandlung eigentlich gar nicht notwendig war. Andererseits kostete die Pediküre zwanzig Dollar, und unter solchen Umständen fand man immer irgend etwas, mit dem man sich befassen konnte.

Nanny saß neben dem kleinen Berg aus Schachteln, hielt einen Zettel in der Hand und versuchte, alles auszurechnen. Unglücklicherweise mangelte es ihr an Omas Talent für Zahlen. Sie neigten dazu, sich unter ihrem Blick hin und her zu winden. Außerdem bestanden sie immer wieder darauf, beim Addieren falsche Summen zu bilden.

»Esme? Ich schätze, wir haben bisher ... wahrscheinlich mehr als tausend Dollar ausgegeben, wobei der Mietpreis für die Kutsche und das Geld für Frau Palm noch nicht berücksichtigt sind.«

»Du hast gesagt, nichts bereitet zuviel Mühe, um einem Lancre-Mädchen zu helfen«, entgegnete Oma.

Aber ich habe keineswegs beabsichtigt, mein ganzes Geld auszugeben, dachte Nanny – und schämte sich sofort. Doch im Bereich der Unterwäsche fühlte sie sich eindeutig leichter.

Die Spezialisten der Schönheit schienen der Ansicht zu sein, daß sie ihr Werk vollendet hatten. Oma drehte ihren Stuhl.

»Nun, was hältst du davon?« fragte sie.

Nanny Ogg riß die Augen auf. Sie hatte viele seltsame Dinge im Leben gesehen, manche sogar zweimal, zum Beispiel Elfen, wandernde Steine und wie ein Einhorn beschlagen wurde. Einmal war ihr ein Bauernhaus auf den Kopf gefallen. Doch eine Oma Wetterwachs mit Rouge erlebte sie zum erstenmal.

Nanny vergaß alle Kraftausdrücke, die sie normalerweise gebrauchte, wenn sie überrascht oder schockiert war. Sie griff auf einen alten Fluch von ihrer Großmutter zurück.

»Da bin ich *mogadohrt*!« brachte sie hervor.

»Die gnä' Frau hat außerordentlich gute Haut«, sagte die Kosmetikerin.

»Ich weiß«, erwiderte Oma. »Kann nichts dagegen machen.«

»Da bin ich *mogadohrt*!« wiederholte Nanny.

»Puder und Schminke«, fuhr Oma fort. »Ha! Das ist nur eine andere Art von Maske. Nun gut.« Sie bedachte den Friseur mit einem schrecklichen Lächeln. »Was schulden wir dir?«

»Äh ... dreißig Dollar?« fragte der Friseur. »Das ist ...«

»Gib der Fr... dem Mann dreißig Dollar«, sagte Oma und betastete vorsichtig ihr Haar. »Und gib ihm zwanzig mehr für seine Mühe.«

»Fünfzig Dollar? Damit könnte man einen ganzen Frisiersalon kaufen ...«

»Gytha!«

»Schon gut, schon gut. 'tschuldigung, ich gehe nur schnell zur Bank.« Sie wandte sich ab, hob den Rock ...

... Raschel-raschel, Knister-knister, Twingtwang ...

... und streckte eine Hand voller Münzen aus.

»Hier, nimm, gute Fr... guter Mann«, sagte sie mißmutig.

Draußen wartete eine Kutsche – die beste, die Oma Wetterwachs mit Nannys Geld hatte mieten können. Ein Lakai hielt die Tür auf, als Nanny ihrer Freundin an Bord half.

»Zuerst fahren wir zu Frau Palm, damit ich mich umziehen kann«, entschied Oma, als die Kutsche losrollte. »Und dann geht's zum Opernhaus. Uns bleibt nicht mehr viel Zeit.«

»Ist alles in Ordnung mit dir?«

»Habe mich nie besser gefühlt.« Oma klopfte auf ihr Haar. »Gytha Ogg, du wärst keine Hexe, wenn du nicht vorschnelle Schlüsse ziehen könntest, habe ich recht?«

Nanny nickte. »Stimmt.« In ihr regte sich keine Verlegenheit. Manchmal zwangen einen die Umstände zu einem gedanklichen Sprung ins Ungewisse. Manchmal mußte man der Mischung aus Intuition, Erfahrung und gesundem Menschenverstand trauen, sie zur Grundlage des eigenen spontanen Handelns machen. Nanny war imstande, schon ganz zu Anfang Schlußfolgerungen von enormer Tragweite zu ziehen.

»Zweifellos regt sich hinter deiner Stirn der eine oder andere Gedanke in Hinsicht auf den Geist …«

»Nun, da könntest du recht haben …«

»Was ist mit einem Namen?«

Nanny verlagerte das Gewicht von einem Bein aufs andere. Es war nicht nur die immer noch recht schwere Geldbörse; dazu kam jetzt das Gewicht des Unbehagens.

»Ich muß zugeben, daß mir etwas durch den Kopf ging. Es betrifft ein … Gefühl. Ich meine, man kann nie wissen …«

Oma Wetterwachs nickte. »Ja. Alles ziemlich raffiniert, nicht wahr? Und natürlich eine Lüge.«

»Gestern abend hast du behauptet, daß du alles gesehen hast!«

»Es ist trotzdem eine Lüge. So wie die Lüge über die Masken.«

»Welche Lüge über Masken meinst du?«

»Es heißt, Masken verbergen Gesichter.«

»Das stimmt doch«, sagte Nanny Ogg.

»Masken verbergen nur die Gesichter, die man normalerweise sehen kann.«

Niemand achtete auf Agnes. Die Bühne wurde für eine neue Aufführung vorbereitet. Das Orchester probte. Die Tänzerinnen hüpften in der Übungskammer umher. In anderen Zimmern sangen Sänger aneinander vorbei. Niemand schien zu erwarten, daß Agnes an diesem bunten Treiben teilnahm.

Ich bin nur eine wandernde Stimme, dachte sie betrübt.

Sie stieg die Treppe zu ihrer Unterkunft hinauf und setzte sich aufs Bett. Die Vorhänge waren noch immer zugezogen, und in der Dunkelheit glühten die sonderbaren Rosen. Sie hatte sie aus dem Abfallkorb gerettet, weil sie so hübsch waren, doch sie bedauerte ihre Präsenz auch. Wenn sie nicht gewesen wären ... dann hätte sie glauben können, daß sie sich alles nur eingebildet hatte.

Nebenan war es völlig still. Agnes sagte sich, daß es eigentlich *ihr* Zimmer war, daß Christine es sich nur ausgeliehen hatte. Dadurch fand sie den Mut, den anderen Raum zu betreten.

Dort herrschte ein einziges Durcheinander. Christine war aufgestanden und hatte sich angezogen, um anschließend davonzueilen. Das war die einzige vernünftige Erklärung – wenn man nicht die Möglichkeit in Betracht ziehen wollte, daß ein übereifriger Einbrecher alle Schubladen aufgezogen und geleert hatte. Die Blumensträuße, die Agnes am vergangenen Abend in diversen – manchmal auch improvisierten – Vasen untergebracht hatte, standen noch immer an Ort und Stelle. Niemand hatte sie angerührt, ebensowenig die übrigen, deren Blumen bereits verwelkten.

Agnes ertappte sich dabei, daß sie darüber nachdachte, ob sie irgendwelche Krüge oder Gläser für sie auftreiben konnte. Sie verabscheute sich dafür. Es war fast ebenso schlimm, wie »verflixt« zu fluchen. Genausogut konnte man sich WILLKOMMEN auf den Rücken schreiben und sich dann vor die Tür des Universums legen. Nein, es machte überhaupt keinen Spaß, einen guten Charakter zu haben.

Sie ging, um trotzdem nach Krügen und Gläsern zu suchen.

Der Spiegel dominierte das Zimmer. Er schien immer größer zu werden, je öfter Agnes den Blick auf ihn richtete.

Na schön. Sie mußte Bescheid wissen.

Mit klopfendem Herzen tastete sie am Rahmen entlang und entdeckte eine kleine Wölbung, die zunächst wie ein Teil des Rahmens schien. Doch als ihre Finger darüber hinwegkrochen, klickte es, und der Spiegel klappte einige Millimeter nach hinten. Agnes drückte ihn weiter auf. Ein Gang lag dahinter.

Sie holte tief Luft und schob sich durch die Öffnung.

»Es ist gräßlich!« entfuhr es Salzella. »Damit appellieren wir an die niedrigsten Instinkte!«

Herr Eimer zuckte mit den Achseln. »Wir schreiben nicht auf die Plakate: Vielleicht wird jemand während der Vorstellung erdrosselt. Aber die Neuigkeiten sprechen sich herum. Die Leute mögen ... das Dramatische.«

»Soll das heißen, die Stadtwache verlangt nicht von uns, das Opernhaus zu schließen?«

»Nein. Die Wächter meinten, wir sollten wieder Bühnenarbeiter in die Soffitten schicken wie gestern abend. Und sie versprachen, die notwendigen Schritte einzuleiten.«

»Ich kann mir denken, welche Schritte damit gemeint sind. Sie führen zum nächsten sicheren Ort.«

»Mir gefällt die Sache ebensowenig wie dir, aber jetzt gibt es kein Zurück mehr. Wir brauchen die Wache. Und abgesehen davon käme es zu einem regelrechten Aufstand, wenn wir das Opernhaus schließen. In Ankh-Morpork findet man großen Gefallen an ... Aufregung. Wir sind vollkommen ausverkauft. Die Show muß weitergehen.«

»O ja«, sagte Salzella spitz. »Möchtest du vielleicht, daß ich beim zweiten Akt einige Kehlen durchschneide? Damit das Publikum nicht enttäuscht ist?«

»Natürlich nicht«, erwiderte Eimer. »Wir möchten vermeiden, daß noch jemand stirbt, aber ...«

Das Aber hing in der Luft wie der kürzlich verstorbene Dr. Unterschaft.

Salzella hob die Arme und ließ sie wieder sinken.

»Ich glaube, jetzt haben wir das Schlimmste hinter uns«, meinte Eimer.

»Hoffentlich«, brummte Salzella.

»Wo ist Señor Basilica?«

»Frau Plinge zeigt ihm gerade seine Garderobe.«

»Frau Plinge ist noch nicht ermordet worden?«

»Nein«, antwortete Salzella. »Heute haben wir noch keinen Toten gefunden.«

»Das sind gute Nachrichten.«

»Ja, und es ist bereits zehn nach zwölf«, ergänzte Salzella mit einer Ironie, die Eimers Aufmerksamkeit entging. »Ich hole Señor Basilica zum Mittagessen, einverstanden? Sein letzter kleiner Imbiß liegt sicher schon eine halbe Stunde zurück.«

Eimer nickte. Nachdem der Musikdirektor gegangen war, überprüfte er noch einmal die Schublade des Schreibtischs. Kein Brief. Vielleicht hatten sie es tatsächlich überstanden ... Vielleicht stimmte, was man sich über Dr. Unterschaft erzählte.

Jemand klopfte viermal an die Tür. Es gab nur eine Person, die viermal ohne jeglichen Rhythmus klopfen konnte.

»Komm herein, Walter.«

Walter Plinge stolperte ins Zimmer. »Da ist eine Dame!« sagte er. »Sie möchte Herrn Eimer sprechen!«

Nanny Ogg blickte ins Büro. »Hallo-oh. Ich bin's nur.«

»Äh ... Frau Ogg, nicht wahr?« fragte Eimer.

Ihr haftete etwas Beunruhigendes an. Der Name Ogg stand nicht auf der Angestelltenliste, doch sie schien zu den Mitarbeitern zu gehören, war nicht tot und verstand es, guten Tee zu kochen. Sollte es ihn kümmern, wenn sie keinen Lohn erhielt?

»Nun, du solltest mich besser nicht mit der *Dame* verwechseln«, sagte Nanny Ogg. »Ich bin so gewöhnlich wie Dreck; das wurde offiziell festgestellt. Nein, *sie* wartet unten im Foyer. Ich hielt es nur für besser, dich zu warnen.«

»Mich zu warnen? Vor wem? Ich habe heute morgen keine Termine. Welche Dame meinst du?«

»Hast du jemals von Lady Esmeralda Wetterwachs gehört?«

»Nein. Sollte ich?«

»Sie ist eine berühmte Opernbesucherin«, sagte Nanny. »Hat überall Konservatorien. Und jede Menge Geld.«

»Tatsächlich? Aber ich wollte eigentlich ...«

»Sie wartet nicht gern«, betonte Nanny mit absoluter Ehrlichkeit. Und weil Oma ihr den ganzen Morgen über auf die Nerven gegangen war und weil sie sich noch immer über ihre eigene anfängliche Verlegenheit bei Frau Palm ärgerte und weil es in Nanny eine anderthalb Kilometer breite Spur von schelmischer Boshaftigkeit gab, fügte sie hinzu: »Früher soll sie einmal eine berühmte Kurtisane gewesen sein. Es heißt, auch damals wartete sie nicht gern. Lebt jetzt im Ruhestand. Angeblich.«

»Nun, ich kenne die wichtigsten Opernhäuser weit und breit«, sagte Eimer. »Aber ihren Namen habe ich noch nie gehört.«

»Oh, es heißt, daß sie gern spendet«, meinte Nanny. »Auf eine sehr diskrete Weise.«

Die innere Kompaßnadel von Herrn Eimer drehte sich und zeigte haargenau auf *Geld*.

»Führ sie herein«, sagte er. »Vielleicht kann ich einige Minuten für sie erübrigen.«

»Niemand widmet Lady Esmeralda weniger als eine halbe Stunde«, erwiderte Nanny und zwinkerte Eimer zu. »Ich hole sie.«

Sie eilte fort, gefolgt von Walter.

Herr Eimer starrte ihr nach. Nach einigen Sekunden stand er auf, trat zum Spiegel über dem Kamin und überprüfte seinen Schnurrbart.

Hinter ihm schwang die Tür auf, und er drehte sich mit einem besonders freundlichen Lächeln um.

Es verblaßte ein wenig, als er Salzella sah, der die beeindruckende Masse Basilicas vor sich herschob. Der Manager und Dolmetscher blieb an der Seite des Sängers wie ein kleiner Schleppkahn.

»Ah, Señor Basilica«, sagte Eimer. »Ich hoffe, du bist mit Garderobe und Unterkunft zufrieden?«

Basilica schenkte ihm ein vages Lächeln, während der Dolmetscher auf brindisianisch zu ihm sprach. Schließlich antwortete er: »Señor Basilica meint, damit sei soweit alles in Ordnung, nur die Speisekammer ist nicht groß genug.«

»Haha«, machte Eimer – und verstummte, als niemand sonst lachte.

»Nun«, fügte er rasch hinzu, »es freut Señor Basilica sicher, zu erfahren, daß man sich in unserer Küche besondere Mühe gibt, um ...«

Es klopfte erneut. Eimer hastete zur Tür und öffnete.

Oma Wetterwachs stand im Flur, aber nicht lange. Sie schob den Eigentümer des Opernhauses beiseite und betrat das Zimmer.

Señor Basilica schnaufte wie ein Erstickender.

»Wer von euch ist Eimer?« fragte Oma.

»Äh … ich …«

Oma streifte einen Handschuh ab und streckte die Hand aus. »*Entschuldige*«, sagte sie. »Hich bin nicht daran gewöhnt, daß so wichtige Leute ihre Türen selbst öffnen. Hich bin Esmeralda Wetterwachs.«

»Wie reizend! Ich habe schon viel von dir gehört«, log Eimer. »Wenn ich vorstellen darf … Ich nehme an, du kennst Señor Basilica?«

»Natürlich«, sagte Oma und sah Henry Faul in die Augen. »Señor Basilica erinnert sich bestimmt an unsere zahlreichen Treffen in Opernhäusern, deren Namen mir derzeit nicht einfallen.«

Henry rang sich ein Lächeln ab und sagte etwas zum Dolmetscher.

»Es ist wirklich bemerkenswert«, verkündete der Dolmetscher. »Señor Basilica erinnert sich gern an eure vielen Treffen in Opernhäusern, deren Namen ihm derzeit nicht einfallen.«

Henry küßte Oma die Hand und sah dann zu ihr auf. In seinen Augen glühte stummes Flehen.

Meine Güte, dachte Eimer. So wie er sie ansieht … Ob die beiden …?

Er versuchte, sich wieder zu fassen. »Äh … und dies ist Herr Salzella, unser Musikdirektor.«

»Es ist mir eine Ehre«, sagte Salzella. Er drückte Oma fest die Hand und sah ihr direkt in die Augen. Sie nickte.

»Was würdest du als erstes aus einem brennenden Haus holen, Herr Salzella?« fragte Oma.

Er lächelte höflich. »Was soll ich für dich holen, gnä' Frau?«

Sie nickte nachdenklich und ließ seine Hand los.

»Möchtest du etwas zu trinken?« fragte Eimer.

»Danke, einen kleinen Sherry«, erwiderte Oma.

Als Salzella ein Glas füllte, beugte er sich zu Eimer vor. »Wer *ist* sie?«

»Offenbar schwimmt sie in Geld«, flüsterte Emil Eimer. »Und sie mag Opern.«

»Hab nie von ihr gehört.«

»Señor Basilica kennt sie, und das genügt mir. Bitte sorg dafür, daß sie sich wohl fühlen. Ich versuche inzwischen, das Problem mit dem Mittagessen zu lösen.«

Er öffnete die Tür und stolperte über Nanny Ogg.

»Entschuldigung!« Nanny stand auf und lächelte fröhlich. »Tja, Türknäufe sind manchmal sehr schwer zu putzen.«

»Äh, Frau …«

»Ogg.«

»Frau Ogg … würdest du bitte zur Küche gehen und Frau Kluppe ausrichten, daß wir noch einen Gast zum Mittagessen haben?«

»Sofort.«

Nanny eilte fort. Eimer nickte anerkennend. Eine sehr tüchtige und zuverlässige Alte, fand er.

Es war nicht in dem Sinne ein *Geheim*gang. Bei der Teilung des Zimmers war ein Hohlraum zwischen den Wänden übriggeblieben. Am anderen Ende verbreiterte er sich zu einem Treppenhaus, wo es eine ganz normale Treppe gab. Es fiel sogar etwas Tageslicht durch ein schmutziges Fenster.

Agnes fühlte sich ein wenig enttäuscht. Sie hatte einen … nun, einen *richtigen* Geheimgang erwartet, vielleicht mit einigen Fackeln, die geheimnisvoll in kostbaren und mysteriösen Haltern brannten. Doch man hatte das Treppenhaus nur irgendwann mit einer Wand vom Rest des Gebäudes abgetrennt. Es war nicht geheim, nur vergessen.

Spinnweben klebten in den Ecken. Die Reste toter Fliegen hingen von der Decke herab. Die Luft roch nach sehr lange toten Vögeln.

Doch da waren Spuren im Staub. Jemand hatte die Treppe mehrmals benutzt.

Agnes zögerte und fragte sich, welche Richtung sie einschlagen sollte. Schließlich entschied sie, den oberen Bereich der Treppe zu erkunden. Ihr stand keine sehr lange Reise bevor: Nach nur einem weiteren Stockwerk endeten die Stufen an einer Falltür, die nicht einmal verriegelt war.

Sie drückte die Klappe auf und blinzelte im unerwartet hellen Licht. Wind fuhr ihr durchs Haar. Eine Taube starrte sie an und flog davon, als Agnes den Kopf in die frische Luft hob.

Die Falltür führte aufs Dach des Opernhauses. Sie gehörte zu einem Wald aus Oberlichtern und Belüftungsschächten.

Agnes kehrte ins Gebäude zurück und folgte dem Verlauf der Treppe nach unten.

Während sie eine Stufe nach der anderen hinter sich brachte, hörte sie Stimmen ...

Die alte Treppe war nicht *völlig* vergessen – jemand hatte ihren Nutzen als Luftschacht erkannt. Stimmen wehten empor. Agnes vernahm gesungene Tonleitern, Musik, Gesprächsfetzen. Auf dem Weg nach unten passierte sie mehrere akustische Schichten wie die einzelnen Lagen einer Geräuschtorte.

Greebo saß auf einem Küchenschrank und beobachtete das Geschehen interessiert.

»Versuch's mit der Schöpfkelle«, schlug ein Kulissenschieber vor.

»Das Ding ist nicht lang genug! Walter!«

»Ja Frau Kluppe?«

»Gib mir den Besen!«

»Ja Frau Kluppe!«

Greebo sah zur hohen Decke empor, an der ein dünner, zehnzackiger Stern klebte.

Aus seiner Mitte starrten zwei entsetzte Augen.

»In kochendes Wasser werfen«, sagte Frau Kluppe. »So steht's im Kochbuch. Allerdings fehlt der Hinweis: Paß auf, das Biest hält sich am Rand des Topfes fest und springt dann zur Decke hoch.«

Sie stocherte mit dem Besen. Der Tintenfisch versuchte, noch weiter zurückzuweichen.

»Und auch mit den Nudeln klappt's nicht«, brummte die Köchin. »Ich brate sie schon seit Stunden, aber die verdammten Dinger werden einfach nicht weich.«

»Hallihallo, ich bin's nur«, sagte Nanny Ogg und sah zur Tür herein. Die allumfassende Natur ihres Wesens beeindruckte derart, daß ihr selbst jene Leute, die sie jetzt zum erstenmal sahen, auf Anhieb glaubten. »Hier gibt's gewisse Schwierigkeiten, wie?«

Sie sah sich um und blickte ebenfalls zur Decke empor. Es roch nach verbrannten Nudeln.

»Ah«, sagte Nanny. »Hier wird das spezielle Essen für Señor Basilica zubereitet, nicht wahr?«

»Es *sollte* hier zubereitet werden«, erwiderte Frau Kluppe. Sie setzte den Besen wie eine Lanze ein, verfehlte jedoch das arme Geschöpf an der Decke. »Das verfluchte Ding will einfach nicht in den Topf!«

Andere Töpfe standen auf dem großen Herd. In ihnen blubberte es. Nanny nickte in ihre Richtung. »Was kommt für die übrigen Leute auf den Tisch?«

»Gebratene Hammelkeule mit gefüllten Mehlklößen«, sagte die Köchin.

»Ah, herzhaftes, gesundes Essen«, sagte Nanny zu einer Wand, an der Nierentalg und Schweineschmalz eine dicke Schicht bildeten.

»Und zum Nachtisch soll's leckeren Pudding geben, und ich habe noch nicht einmal damit angefangen, weil sich das gräßliche Ding da oben an der Decke festhält, anstatt im Topf zu garen.«

Nanny nahm der Köchin behutsam den Besen aus der Hand. »Ich schlage vor, du sorgst dafür, daß fünf Personen genug Hammelfleisch und Klöße bekommen. Solange du damit beschäftigt bist, kümmere ich mich um den Pudding, einverstanden?«

»Oh, das ist sehr nett von dir, Frau ...«

»Ogg.«

»Die Marmelade ist in dem Schrank dort drüben ...«

»Oh, wir brauchen keine Marmelade«, erwiderte Nanny. Sie sah zum Gewürzbord, lächelte, trat diskret hinter einen Tisch ...

Twingtwangtwongtwang ...

»Hast du Schokolade?« fragte sie und hielt ein dünnes Buch in der Hand. »Ich kenne da ein Rezept, das für etwas Spaß sorgen könnte ...«

Sie befeuchtete ihren Daumen und öffnete das Buch auf Seite dreiundfünfzig. *Schokoladenentzücken mit spezieller Spezialsoße.*

Ja, dachte Nanny. Das gibt garantiert Spaß.

Wenn bestimmte Leute glaubten, anderen Leuten Lektionen erteilen zu müssen, so sollten die bestimmten Leute daran denken, daß die anderen Leute das eine oder andere über Leute wußten.

Fragmente von Gesprächen krochen um Agnes aus den Wänden, als sie über die Stufen der vergessenen Treppe trat.

Es war ... aufregend.

Niemand sagte etwas Wichtiges. Niemand gestand geheime Schuld oder dergleichen. Es waren nur die Geräusche von Menschen, die mit der üblichen Tagesroutine befaßt waren. Doch sie kamen aus einer *anderen Welt*.

Natürlich war es falsch, ihnen zu lauschen.

Während ihrer Kindheit und Jugend hatte Agnes von vielen falschen Dingen erfahren. Es war falsch, an Türen zu horchen, Leuten direkt in die Augen zu sehen, unaufgefordert zu sprechen, Widerworte zu geben, *sich in den Vordergrund zu schieben* ...

Doch hinter den Wänden konnte sie zu der Perdita werden, die sie immer hatte sein wollen. Perdita scherte sich um nichts. Perdita wurde mit allem fertig. Perdita trug die Sachen, die ihr gefielen. Perdita X. Nitt, Herrin der Dunkelheit, unerschrocken und nur sich selbst verantwortlich, konnte andere Leute bei ihrem Leben belauschen. Niemand zwang sie, einen guten Charakter zu haben.

Agnes wußte, daß sie eigentlich in ihr Zimmer zurückkehren sollte. Was auch immer sich in den dunkler werdenden schattigen Tiefen verbarg ... Vermutlich war es besser, wenn sie es nicht entdeckte.

Perdita setzte den Weg nach unten fort. Und Agnes begleitete sie.

Mit dem Aperitif klappte alles ganz gut, fand Herr Eimer. Sie betrieben höfliche Konversation, und bisher gab es kein einziges Todesopfer zu beklagen.

Wie rührend waren die Tränen der Dankbarkeit in Señor Basilicas Augen, als er erfuhr, daß man in der Küche extra für ihn eine typisch brindisianische Mahlzeit zubereitete. Er schien sich wirklich sehr darüber zu freuen.

Wie beruhigend, daß er Lady Esmeralda kannte. Irgend etwas an der Frau verwirrte Herrn Eimer. Es fiel ihm schwer, mit ihr zu plaudern. Bemerkungen wie »Hallo, angeblich hast du eine Menge Geld, könnte ich etwas davon abbekommen?« mangelte es an Takt.

»Nun ... äh ... gnä' Frau«, sagte er schließlich, »was führt dich in ... äh ... unsere Stadt?«

»Ich bin gekommen, um hier etwas Geld auszugeben«, erwiderte Oma. »Hab ziemlich viel davon, weißt du. Muß dauernd neue Banken suchen, weil sie so schnell voll werden.« Ein Teil von Eimers gequältem Bewußtsein sprang in die Höhe, rief »Hurra!« und schlug die Hacken aneinander.

»Wenn ich dir behilflich sein kann ...«, murmelte er.

»Vielleicht kannst du das tatsächlich«, sagte Oma. »Ich dachte an ...«

Ein Gong ertönte.

»Ah«, meinte Eimer, »das Mittagessen ist serviert.«

Er bot Oma den Arm an, die verwundert darauf hinabsah – bis sie sich schließlich daran erinnerte, wen sie darstellte. Sie griff danach.

Neben dem Büro lag ein exklusives Speisezimmer. Darin standen ein für fünf Personen gedeckter Tisch und Nanny Ogg, die zu diesem Anlaß das Spitzenhäubchen einer Kellnerin trug.

Sie knickste.

Enrico Basilica schnaufte. Es klang fast wie ein Röcheln.

»Entschuldigung, es gibt da ein Problem«, sagte Nanny.

»Wer ist tot?« fragte Eimer.

»Oh, niemand«, erwiderte Nanny. »Es geht ums Essen. Es lebt noch und klebt an der Decke. Und die Nudeln sind ganz schwarz. Ich habe zu Frau Kluppe gesagt: Es mag ja fremdländisch sein, aber mir erscheint die ganze Sache ein wenig zu knusprig ...«

»Das ist ja schrecklich! So können wir unseren Ehrengast unmöglich behandeln!« Eimer wandte sich an den Dolmetscher. »Bitte versichere Señor Basilica, daß wir sofort neue Nudeln besorgen. Was ist denn für *uns* geplant, Frau Ogg?«

»Gebratene Hammelkeulen mit gefüllten Mehlklößen«, antwortete Nanny.

Hinter dem Gesicht von Señor Basilica knurrte es in Henry Fauls Kehle.

»Außerdem Kartoffelbrei mit Butter«, fügte Nanny hinzu.

Eimer sah sich erstaunt um. »Gibt es hier irgendwo einen Hund?«

»Nun, ich halte nichts davon, Sänger zu sehr zu verwöhnen«, sagte Oma Wetterwachs. »Fremdländische Spezialitäten und so! Von wegen! Soll er Hammelfleisch essen wie wir!«

»Ich bitte dich, Lady Esmeralda«, entgegnete Eimer. »So behandelt man doch keinen ...«

Enricos Ellenbogen gab dem Dolmetscher den verzweifelten Stoß eines Mannes, der leckere Klöße und wundervollen Kartoffelbrei verschwinden sieht. Hastig brummte er einen Satz.

»Señor Basilica meint, er würde sich sehr über die Gelegenheit freuen, das für Ankh-Morpork typische Essen zu probieren«, sagte der Dolmetscher.

»Nein, unmöglich, wir können nicht ...«, begann Eimer.

»Señor Basilica *besteht* sogar darauf, das in Ankh-Morpork gebräuchliche Essen zu kosten.«

»Ja, genauig, sí«, bestätigte Basilica.

»Na bitte«, sagte Oma. »Und gebt ihm auch Bier zu trinken, wenn ihr schon dabei seid.« Sie piekste den Tenor spielerisch in den Bauch – ihr Zeigefinger verschwand bis zum zweiten Gelenk. »Ich schätze, in ein oder zwei Tagen könnte ich aus ihm einen Einheimischen machen!«

Aus der hölzernen Treppe wurde eine steinerne.

Bestimmt gibt es eine große Höhle unter dem Opernhaus, sagte Perdita. Dort werfen Hunderte von Kerzen einen aufregenden und romantischen Glanz auf den, ja, See, und auf einem Tisch glänzen kristallene Gläser und silbernes Besteck. Dort wohnt der Geist. Und natürlich hat er eine große Orgel ...

Agnes hörte die ganze Zeit aufmerksam zu.

... und darauf spielt er mit unübertroffener Virtuosität viele klassische Opernmelodien.

Agnes sagte: Der Keller ist bestimmt feucht. Und sicher wimmelt's dort von Ratten.

»Darf's noch ein Kloß sein, Señor?« fragte Nanny Ogg.

»Mmfmmfmmf!«

»Am besten nimmst du gleich zwei.«

Es war überaus faszinierend, Enrico Basilica beim Essen zuzusehen. Er aß nicht direkt *gierig*, aber ohne Pause, wie jemand, der entschlossen ist, diese Art der Aktivität stundenlang mit großer Entschlossenheit und fest in den Kragen gestopfter Serviette fortzusetzen. Die Gabel erhielt eine neue Ladung, während die letzte Lieferung gründlich gekaut wurde – diese Methode verringerte die Zeit, die der Mund mit ineffizientem Warten verbringen mußte. Auch Nanny verstand es, mit gehörigem Appetit zu mampfen, aber selbst sie war beeindruckt. Enrico Basilica aß wie jemand, der endlich das Immer-mit-Tomaten-Joch abgestreift hatte.

»Ich lasse noch ein paar Liter Minzsoße kommen, in Ordnung?« schlug Nanny vor.

Herr Eimer wandte sich an Oma Wetterwachs. »Du hast Interesse an unserem Opernhaus bekundet«, sagte er.

»Oh, ja«, erwiderte Oma. »Singt Señor Basilica heute abend?«

»Mmmfmmf.«

»Das hoffe ich«, murmelte Salzella. »Entweder singt er – oder er explodiert.«

»Dann würde ich bei der Aufführung gern zugegen sein«, sagte Oma. »Noch etwas mehr Lamm, wenn ich bitten darf.«

»Ja, gnä' Frau«, erwiderte Nanny Ogg und schnitt hinter Oma eine Grimasse.

»Äh … für heute abend sind schon alle Plätze …«, begann Eimer.

»Eine Loge würde mir genügen«, meinte Oma. »Ich bin nicht übermäßig anspruchsvoll.«

»Nun, auch die Logen …«

»Wir wär's mit Loge acht? Ich habe gehört, daß Loge acht immer leer ist.«

Eimers Messer klapperte über den Teller. »Äh … Loge acht, nun, Loge acht ist … Weißt du, wir können nicht …«

»Ich dachte an eine kleine Stiftung«, betonte Oma.

»Aber die Loge acht … äh … Dafür sind zwar keine Karten verkauft worden, aber …«

»In Höhe von zweitausend Dollar«, fuhr Oma fort. »Meine Güte, die Kellnerin hat mehrere Klöße auf den Boden fallen lassen. Heutzutage ist es wirklich schwierig, zuverlässiges und *höfliches* Personal zu finden, nicht wahr?«

Salzella und Eimer blickten sich über den Tisch hinweg an.

»Entschuldigung, Verehrteste«, sagte Eimer. »Ich muß kurz mit dem Musikdirektor sprechen.«

Die beiden Männer eilten zur gegenüberliegenden Seite des Raums und flüsterten dort miteinander.

»Zweitausend Dollar!« zischte Nanny und beobachtete sie.

»Vielleicht ist es nicht genug«, meinte Oma. »Sie sind beide ziemlich rot im Gesicht.«

»Ja, aber *zweitausend Dollar*!«

»Es ist nur Geld.«

»Ja, aber es ist nur mein Geld, nicht nur dein Geld«, erwiderte Nanny.

»Wir Hexen haben immer alles miteinander geteilt«, sagte Oma.

»Ja, das stimmt«, räumte Nanny ein und kam auf den Kern dieser soziologischen Debatte. »Es ist leicht, alles miteinander zu teilen, wenn niemand etwas hat.«

»Du überraschst mich, Gytha Ogg. Ich dachte immer, du verachtest die Reichen.«

»Ja. Und ich hätte gern die Chance, sie aus der Nähe zu verachten.«

»Ich kenne dich, Gytha Ogg. Geld würde dich nur verderben.«

»Ich möchte gern beweisen, daß du dich irrst, mehr will ich ja gar nicht.«

»Pscht, sie kommen zurück ...«

Herr Eimer näherte sich, lächelte schief und nahm Platz. »Äh ... muß es unbedingt Loge acht sein? Vielleicht können wir dafür sorgen, daß eine andere frei wird ...«

»Ausgeschlossen«, sagte Oma. »Ich habe gehört, daß Loge acht immer leer ist.«

»Es ist ... haha ... lächerlich, ich weiß, aber es gibt da einige alte Theatertraditionen in bezug auf die Loge acht, alles absoluter Unsinn, aber ...«

Er zog das »aber« hoffnungsvoll in die Länge, doch es krümmte sich ängstlich zusammen, als es Omas durchdringenden Blick bemerkte.

»In Loge acht … äh … spukt es«, fügte Herr Eimer leise hinzu.

»Herrje«, sagte Nanny Ogg und erinnerte sich vage daran, daß sie ihrer Rolle gerecht werden mußte. »Möchtest du noch einen halben Hammel, Señor Basilica? Und wie wär's mit einem weiteren Faß Bier?«

»Mmfmmf«, erwiderte der Tenor dankbar und unterbrach die Mahlzeit lange genug, um mit der Gabel auf den leeren Krug zu deuten.

Oma starrte weiter.

»Entschuldigung«, sagte Eimer erneut.

Er und Salzella zogen sich wieder zurück. Die beiden Männer führten ein Gespräch, bei dem Bemerkungen fielen wie: »Aber *zweitausend Dollar*! Das sind ziemlich viele Schuhe!«

Eimer wankte wieder zum Tisch. Er war blaß. Omas Blick konnte so etwas anrichten.

»Äh … aufgrund der Gefahren, die … äh … natürlich gar nicht existieren, haha, halten wir … das heißt das Management … es für unsere Pflicht, darauf zu bestehen beziehungsweise dich höflich darum zu bitten, daß du die Loge acht nur in Begleitung eines … Mannes betrittst.«

Er duckte sich ein wenig.

»Eines Mannes?« wiederholte Oma.

»Zu deinem Schutz«, erklärte Eimer mit zittriger Stimme.

»Obgleich niemand von uns weiß, wer *ihn* schützen soll«, sagte Salzella leise.

»Wir dachten, vielleicht einer der Angestellten …«, murmelte Eimer.

»Hich bin durchaus fähig, selbst einen Mann zu finden, falls das notwendig sein sollte«, sagte Oma mit einer Stimme, auf der Schnee lag.

Herr Eimer wollte eine höfliche Antwort geben, doch sie blieb ihm im Hals stecken, als er sah, wie Frau Ogg hinter Lady Esmeralda einem Vollmond gleich grinste.

»Möchte jemand Pudding?« fragte sie.

Sie trug ein Tablett mit einer großen Schüssel. Darüber schien die Luft zu flirren.

»Potzblitz!« brachte Herr Eimer hervor. »Das sieht köstlich aus!«

Enrico Basilica sah auf das Tablett mit dem Gesichtsausdruck eines Mannes, der das erstaunliche Privileg hat, lebend in den Himmel zu kommen.

»Mmmf!«

Der Keller *war* feucht. Und nach dem Ableben von Herrn Pfundler gab es dort auch Ratten.

Die Steine wirkten alt. Natürlich zeichneten sich *alle* Steine durch ein recht hohes Alter aus, aber in diesem Fall schienen sie als Mauerwerk gewachsen zu sein. Ankh-Morpork existierte schon seit Tausenden von Jahren. Andere Städte waren auf Ton, Granit oder Lehm errichtet. Ankh-Morpork hingegen stand auf Ankh-Morpork. Neue Häuser wurden auf den Resten früherer erbaut. Man mauerte einfach ein paar Türen zu und verwandelte das einstige Schlafzimmer in einen Keller.

Die Treppenstufen gingen schließlich in feuchte Steinplatten über. Es herrschte fast völlige Finsternis.

Perdita fand das alles auf romantische Weise unheimlich.

Für Agnes war es vor allem zappenduster.

Wenn sich hier unten jemand aufhielt, so brauchte er Licht. Eine kurze Suche bestätigte diese Annahme. In einer kleinen Wandnische fand sie eine Kerze und Streichhölzer.

Das wirkte nicht nur auf Agnes ernüchternd, sondern auch auf Perdita. Jemand benutzte ein ganz gewöhnliches Streichholzheftchen mit dem Bild eines grinsenden Trolls und eine ganz gewöhnliche Kerze. Eine lodernde Fackel wäre Perdita lieber gewesen. Agnes wußte nicht genau, was ihren Erwartungen entsprochen hätte. Eine mysteriöse Person, die irgendwo im Gemäuer Lieder sang, wie ein Geist umherhuschte und vielleicht Leute umbrachte ... Von einer solchen Person erwartete man mehr Stil als ein Streichholzheftchen mit dem Bild eines grinsenden Trolls. Solche Dinge benutzte ein *Mörder*.

Perdita und Agnes entzündeten die Kerze, um anschließend den Weg durch die Dunkelheit fortzusetzen.

Das *Schokoladenentzücken mit spezieller Spezialsoße* raste mit voller Geschwindigkeit über die schnell heißer werdende Straße des Erfolgs.

»Noch etwas mehr, Herr Salzella?« fragte Eimer. »Der Pudding ist wirklich erstklassig, nicht wahr? Ich muß Frau Kluppe gratulieren.«

»Er zeichnet sich durch eine gewisse Pikantheit aus«, erwiderte der Musikdirektor. »Was ist mit dir, Señor Basilica?«

»Mmmf.«

»Lady Esmeralda?«

»Ja, danke«, sagte Oma und reichte ihren Teller über den Tisch.

»Ich glaube, ich habe da etwas Zimt entdeckt«, sagte der Dolmetscher mit einem braunen Ring um den Mund.

»Ja, und vielleicht auch ein wenig Muskat«, meinte Herr Eimer.

»Und ... Kardamom?« fragte Salzella.

»Cremig und würzig«, stellte Eimer fest. Seine Augen trübten sich ein wenig. »Außerdem wird einem ... warm davon.«

Oma kaute nicht mehr und blickte argwöhnisch auf den Teller hinab. Sie schnüffelte am Löffel.

»Bilde ich mir das nur ein, oder ist es hier drin ziemlich ... warm geworden?« fragte Eimer.

Salzellas Hände schlossen sich um die Armlehnen seines Stuhls. Die Stirn des Musikdirektors glänzte. »Könnten wir vielleicht ein Fenster öffnen? Ich fühle mich irgendwie ... seltsam.«

»Ja, ein Fenster öffnen, gute Idee«, pflichtete ihm Eimer bei.

Salzella stand halb auf, und Besorgnis zeigte sich in seiner Miene. Er nahm wieder Platz.

»Nein, ich glaube, ich bleibe ganz ruhig sitzen«, sagte er.

»Meine Güte«, ächzte der Dolmetscher. Dampf stieg von seinem Kragen auf.

Basilica klopfte ihm auf die Schulter, brummte hoffnungsvoll und deutete auf den Teller mit der nur halb verspeisten Puddingportion.

»Mmmf?« fragte er.

»Meine *Güte*«, sagte der Dolmetscher.

Herr Eimer tastete mit dem Finger über seinen Kragen. Schweißtropfen rannen seine Schläfen hinunter.

Basilica verzichtete auf weitere Fragen, beugte sich vor und zog den Teller mit der Gabel heran.

»Äh ... ja«, sagte Eimer und versuchte, Oma nicht anzusehen.

»Ja ... in der Tat.« Salzellas Stimme schien aus weiter Ferne zu kommen.

»Meine *Güte*«, wiederholte der Dolmetscher mit tränenden Augen. »Ai! Meu Deus! Dio mio! O Gott! D'zuk f't! Aagorahaa!«

Señor Basilica goß den Rest der speziellen Spezialsoße auf seinen Teller und drehte die Schüssel um, damit nicht der kleinste Rest in ihr blieb.

»Das Wetter in der letzten Zeit ...«, brachte Eimer hervor. »Es war immer recht ... kühl. Sogar regelrecht *kalt*.«

Enrico hielt die Soßenschüssel ins Licht und betrachtete sie kritisch, für den Fall, daß sich irgendwo ein Tropfen versteckt hatte.

»Schnee, Eis, Rauhreif ... solche Sachen«, sagte Salzella. »Ja! Kälte in allen Formen, genau!«

»Ja! Ja!« schnaufte Eimer dankbar. »Bei solchen Gelegenheiten halte ich es für sehr wichtig, daß man sich an die Namen von langweiligen, herrlich kühlen Dingen erinnert!«

»Wind, Gletscher, Eiszapfen ...«

»Keine Eiszapfen!«

»Oh«, sagte der Dolmetscher und kippte nach vorn. Sein Kopf sank ruckartig auf den Teller hinab und traf den Löffel, der nach einem kurzen Flug von Enricos Stirn abprallte.

Salzella pfiff leise und klopfte mit einer Hand auf die Armlehne.

Eimer blinzelte. Vor ihm stand ein Krug mit Wasser. Mit *kaltem* Wasser. Er streckte die Hand danach aus ...

»Oh, oh, *oh*, meine Güte, ich hab's über mich geschüttet«, sagte er, während Dampfschwaden ihn umhüllten. »Was bin ich doch für ein Schussel. Ich sollte Frau Ogg bitten, uns frisches Wasser zu holen.«

»Ja«, stimmte ihm Salzella zu. »Und wenn das bitte recht schnell ginge ... Ich glaube, mir könnte es ebenfalls passieren, daß ich *kaltes* Wasser über mir verschütte.«

Basilica kaute munter, hob den Kopf des Dolmetschers vom Teller und beschlagnahmte den Rest Pudding.

»Ich glaube, ich glaube, ich glaube«, sagte Salzella, »ich glaube, ich gehe nach draußen und schnappe dort ein wenig *kühle* Luft ... Wenn ihr mich bitte entschuldigen würdet ...«

Er schob den Stuhl zurück und floh halb zusammengekrümmt aus dem Zimmer.

Stille herrschte, nur unterbrochen vom kratzenden Löffel Basilicas und einem leisen Zischen, das vom Dolmetscher stammte.

Dann rülpste der Tenor baritonal. »Huch, bitte entschuldigt mein Klatschianisch«, sagte er. »Oh ... *Mist.*«

Er schien nun zum erstenmal die leeren Schüsseln zu bemerken, zuckte mit den Schultern und bedachte Oma mit einem hoffnungsvollen Lächeln. »Glaubst du, daß es noch eine Käseplatte gibt?«

Die Tür schwang auf, und Nanny Ogg kam herein, in jeder Hand einen Eimer Wasser.

»Also gut, keine Sorge, ich ...« Sie unterbrach sich.

Oma nahm eine Serviette und betupfte sich damit die Mundwinkel. »Stimmt was nicht, Frau Ogg?« fragte sie.

Nanny sah zu den leeren Tellern vor Basilica.

»Oder vielleicht ein wenig Obst?« erkundigte sich der Tenor. »Oder Nüsse?«

»Wieviel hat er gegessen?« flüsterte Nanny.

»Etwa die Hälfte vom ganzen Pudding«, antwortete Oma. »Aber wahrscheinlich hat er nichts zu befürchten – in seinem Magen befinden sich noch viele andere Dinge.«

Nannys Aufmerksamkeit glitt zu Omas Teller. »Und du?« fragte sie.

»Ich hatte zwei Portionen«, sagte Oma. »Mit *zusätzlicher* Soße, Gytha Ogg, möge man dir verzeihen.«

Nanny musterte sie, und in ihren Augen glomm so etwas wie Bewunderung. »Du schwitzt nicht einmal!«

Oma griff nach ihrem Glas Wasser und hielt es auf Armeslänge.

Nach einigen Sekunden begann das Wasser zu kochen.

»Na schön, ich gebe zu, du hast dich wirklich gut unter Kontrolle«, sagte Nanny. »Ich schätze, ich muß früh aufstehen, um dir eins auszuwischen.«

»Du solltest besser gar nicht erst zu Bett gehen«, erwiderte Oma.

»Tut mir leid, Esme.«

Señor Basilica konnte dem Gespräch nicht recht folgen und stellte sich der unangenehmen Erkenntnis, daß die Mahlzeit vermutlich vorüber war.

»Einfach köstlich«, sagte er. »Der Pudding hat *hervorragend* geschmeckt, Frau Ogg.«

»Ich dachte mir, daß er dir zusagt, Henry Faul«, entgegnete Nanny.

Henry holte ein sauberes Taschentuch hervor, bedeckte sein Gesicht damit und lehnte sich zurück. Schon nach wenigen Sekunden schnarchte er.

»Eigentlich hat man's leicht mit ihm«, bemerkte Nanny. »Er ißt, schläft und singt. Bei ihm weiß man genau, woran man ist. Übrigens, ich habe Greebo gefunden. Er begleitet noch immer den jungen Walter Plinge.« Ein gewisser Trotz zeigte sich in Nannys Miene, als sie hinzufügte: »Du kannst sagen, was du willst – für mich ist Walter in Ordnung, wenn Greebo ihn mag.«

Oma seufzte. »Gytha ... Greebo würde auch mit Norris dem augenfressenden Irren von Quirm Freundschaft schließen, wenn er einen gut gefüllten Freßnapf von ihm bekäme.«

Und jetzt hatte sie sich verirrt. Trotz ihrer Bemühungen, die Orientierung zu behalten. Während Agnes durch die dunklen Räume wanderte, prägte sie sich Details ein und merkte sich, wo sie nach rechts und links abbog. Trotzdem hatte sie sich verirrt.

Hier und dort führten Treppen in tiefere Keller, doch in ihnen stand das Wasser so hoch, daß es manchmal bis zu den obersten Stufen reichte. Und es stank. Die Kerze brannte gelegentlich mit grünblauer Flamme.

Irgendwo mußte es eine große, geheime Höhle geben. Perdita glaubte weiterhin daran. Wenn es keine großen, geheimen Höhlen gab – welchen Sinn hatte dann das Leben? Es *mußte* einen solchen Raum geben. Einen Raum voll von ... riesigen Kerzen, gewaltigen Stalagmiten ...

Aber er ist nicht hier, dachte Agnes.

Sie kam sich vor wie eine Närrin. Sie hatte sich in die Welt hinter dem Spiegel gewagt, um ... Nun, sie wußte nicht so recht, was sie hier zu finden hoffte, aber eins stand fest: Dies war es nicht.

Vielleicht blieb ihr keine andere Wahl, als um Hilfe zu rufen.

Möglicherweise hörte sie jemand. Das war stets die Gefahr, wenn man um Hilfe rief.

Agnes hüstelte.

»Äh ... hallo?«

Das Wasser plätscherte.

»Äh ... Hilfe? Ist hier jemand?«

Eine Ratte lief über ihren Fuß.

Oh, ja, dachte die Perdita in ihr bitter. Wenn Christine hierhergekommen wäre, hätte sie bestimmt eine große glitzernde Höhle mit romantischen Gefahren entdeckt. Für Agnes hielt die Welt nur Ratten und stinkende Keller bereit. Und weshalb? Wegen ihres guten Charakters.

»Ähm ... Bin ich hier ganz allein?«

Weitere Ratten huschten dahin. In den Seitengängen quiekte es leise.

»Hallo?«

Sie stapfte durch finstere Keller. Die Kerze wurde immer kürzer. Die Luft roch unangenehm, die Steinplatten waren glitschig, niemand wußte, wo sie sich befand. Sie konnte hier unten sterben, ohne daß man ihren Leichnam entdeckte. Sie ...

Augen glühten in der Dunkelheit.

Eins glänzte grüngelb, das andere perlweiß.

Ein Licht erschien hinter ihnen.

Etwas näherte sich durch den tunnelartigen Korridor. Schatten tanzten über die Wände.

Die Ratten gerieten in Panik, sprangen übereinander, um zu entkommen ...

Agnes versuchte, sich in die Mauer zu pressen.

»Hallo, Fräulein Perdita X Nitt!«

Dicht hinter Greebo schwankte eine vertraute Gestalt aus der Finsternis.

Sie schien nur aus Ellenbogen und Knien zu bestehen, trug einen

Sack über der Schulter und hielt eine Laterne in der anderen Hand. Etwas floh durch die Finsternis und nahm den Schrecken mit …

»Du möchtest bestimmt nicht allein sein hier unten mit all den Ratten Fräulein Nitt!«

»Walter!«

»Ich muß für Herrn Pfundler einspringen den armen Verstorbenen! Ich bin Mädchen für alles! Das heißt ich bin junger Mann für alles! Es ist nicht leicht! Aber Herr Greebo hier gibt den Ratten nur einen Klaps mit der Pfote und schon sind sie im Rattenhimmel!«

»Walter!« wiederholte Agnes und fühlte sich von tiefer Erleichterung durchströmt.

»Bist gekommen um dich hier umzusehen nicht wahr? Diese alten Tunnel erstrecken sich bis zum Fluß! Man muß sehr aufpassen wenn man sich hier unten nicht verlaufen will! Möchtest du mit mir zurückkehren?«

Es war unmöglich, sich vor Walter Plinge zu fürchten. Walter löste verschiedene Emotionen aus, aber Angst gehörte nicht dazu.

»Äh … ja«, erwiderte Agnes. »Ich habe mich verirrt. Tut mir leid.«

Greebo setzte sich und begann, sich auf eine Weise zu putzen, die Agnes hochnäsig erschien. Sicher hätte er gekichert, wenn er dazu imstande gewesen wäre.

»Jetzt ist mein Sack voll und ich muß ihn zu Herrn Gimlet bringen!« verkündete Walter. Er drehte sich um und trottete los, ohne festzustellen, ob Agnes ihm folgte. »Wir bekommen einen halben Cent pro Exemplar und das ist nicht zu verachten! Die Zwerge halten Rattenfleisch für sehr lecker was nur zeigt wie seltsam die Welt wäre wenn es zwischen uns überhaupt keine Unterschiede gäbe!«

Nach lächerlich kurzer Zeit erreichten sie das untere Ende einer Treppe, die häufig benutzt zu werden schien.

»Hast du jemals den Geist gesehen, Walter?« fragte Agnes, als der junge Mann die erste Stufe betrat.

Er drehte sich nicht um. »Es ist falsch zu lügen!« sagte er.

»Äh … ja, ich glaube schon. Nun … wann hast du den Geist zum letztenmal gesehen?«

»Zum letztenmal habe ich den Geist im großen Zimmer der Ballettschule gesehen!«

»Tatsächlich? Was tat er dort?«

Walter zögerte, dann platzten die Worte aus ihm heraus. »Er lief weg!«

Er stapfte energisch die Treppe hoch und wies damit darauf hin, daß er das Gespräch nicht fortsetzen wollte.

Greebo sah zu Agnes hoch und grinste spöttisch, bevor er seinem neuen Freund folgte.

Nach nur einem Stockwerk endeten die Stufen an einer Tür, die Zugang zum Bereich hinter der Bühne bot. Agnes begriff, daß sie sich nur ein oder zwei Türen von der Realität entfernt verirrt hatte.

Niemand achtete auf sie, als sie aus dem Keller kam. Auch unter anderen Umständen achtete man kaum auf sie. Die Leute gingen einfach davon aus, daß sie zur Stelle war, wenn man sie brauchte.

Walter Plinge drehte sich nicht noch einmal zu ihr um, eilte weiter und verschwand irgendwo zwischen den Kulissen.

Agnes zögerte. Wahrscheinlich würde man sie auch weiter nicht bemerken, bis Christine auf der Bühne den Mund öffnete ...

Walter hatte nicht antworten wollen. Aber er gab Antwort, wenn man ihn etwas fragte, und offenbar konnte er nicht lügen. Er hielt das Lügen für falsch, für etwas Schlimmes.

Agnes hatte noch nie die Ballettschule besucht. Sie lag nicht zu weit hinter der Bühne, bildete jedoch eine eigene Welt. Jeden Tag sprangen dürre und kichernde Tänzerinnen daraus hervor. Kontrolliert wurde die Schar von älteren Frauen, die zum Frühstück in Essig eingelegte Limonen zu essen schienen. Erst nach einigen schüchternen Erkundigungen bei den Bühnenmitarbeitern begriff Agnes, daß sich die Mädchen *freiwillig* für das Ballett entschieden hatten.

Sie kannte den Umkleideraum der Tänzerinnen: In einem Zimmer, das kaum größer war als Herr Eimers Büro, mußten sich dreißig junge Frauen waschen und umziehen. Es stand in der gleichen Beziehung zum Ballett wie Kompost zu Rosen.

Agnes sah sich erneut um. Man schenkte ihr noch immer keine Beachtung.

Sie ging in Richtung Schule, brachte eine kurze Treppe hinter sich und wanderte durch einen Flur, an dessen Wänden Anschlagtafeln hingen und in dem es nach alter Schmiere roch. Zwei Mädchen eilten an Agnes vorbei. Man sah nie eins allein. Sie kamen immer in Gruppen, wie Eintagsfliegen.

Kurze Zeit später öffnete Agnes eine Tür und betrat die Ballettschule.

Reflektierte Reflexionen …

Überall glänzten Spiegel.

Stangen zogen sich an den Wänden entlang, und einige junge Frauen hielten sich daran fest, während sie übten. Sie sahen auf, als Agnes hereinkam.

Spiegel …

Draußen im Flur versuchte sie, sich wieder zu fassen. Sie hatte Spiegel *nie* gemocht und sich immer von ihnen verhöhnt gefühlt. Hieß es nicht von Hexen, daß sie es verabscheuten, zwischen zwei Spiegel zu geraten? Es zerrte an ihrer Seele oder so. Nein, eine Hexe würde auf keinen Fall zwischen zwei Spiegel treten, wenn sie es vermeiden konnte …

Aber Agnes war natürlich keine Hexe, *ganz bestimmt* nicht. Sie holte tief Luft und kehrte in den Raum zurück.

Abbilder von ihr erstreckten sich in alle Richtungen.

Sie kam einige Schritte weit, bevor sie sich umdrehte und, von mehreren erstaunten Mädchen beobachtet, zur Tür zurücktaumelte.

Es lag sicher am Schlafmangel, sagte sie sich. Und an der allgemeinen Aufregung. Außerdem war es gar nicht nötig, dieses Zimmer zu betreten, denn inzwischen kannte sie die Identität des Geistes.

Es war alles so *offensichtlich*. Der Geist braucht keine geheimnisvollen Höhlen, um sich zu verstecken. Es genügte, sich dort zu verbergen, wo ihn alle sehen konnten.

Herr Eimer klopfte an die Tür von Salzellas Büro. »Herein«, erklang eine gedämpfte Stimme.

Niemand hielt sich im Büro auf, aber es gab noch eine zweite Tür in der gegenüberliegenden Wand. Eimer klopfte erneut und zerrte dann am Knauf.

»Einen Augenblick«, sagte Salzella.

»Bist du salonfähig?«

»Ich bin angezogen, wenn du das meinst. Steht ein Kübel mit Eis im Flur?«

»Hast du ihn bestellt?« fragte Eimer schuldbewußt.

»Ja!«

»Ich ... äh ... hab ihn mitgenommen, um meine Füße hineinzustellen ...«

»Deine *Füße*?«

»Ja. Äh ... weißt du, ich bin ein wenig durch die Stadt gelaufen, tja, mir war einfach danach ...«

»Und?«

»Bei der zweiten Runde fingen meine Stiefel Feuer.«

Etwas rauschte, und jemand brummte leise. Dann schwang die Tür auf, und Salzella trat ins Büro. Er trug einen purpurnen Morgenmantel.

»Ist Señor Basilica sicher angebunden?« fragte er. Eine kleine Lache entstand zu seinen Füßen.

»Er hat mit Herrn Trubelmacher geprobt.«

»Und er ... fühlt sich gut?«

»Er hat sich einen kleinen Imbiß aus der Küche kommen lassen.«

Salzella schüttelte den Kopf. »Erstaunlich.«

»Den Dolmetscher hat man in einem Schrank untergebracht. Offenbar läßt sich der Bursche nicht mehr entfalten.«

Eimer setzte sich langsam und vorsichtig. Seine Füße steckten in Pantoffeln.

»Und ...?« fragte Salzella.

»Und was?«

»Wohin ist die *gräßliche* Frau verschwunden?«

»Frau Ogg zeigt ihr hier alles. Was sollte ich machen? Zweitausend Dollar, erinnerst du dich?«

»Ich versuche zu vergessen«, sagte Salzella. »Ich verspreche dir, nie wieder über das Essen zu reden – wenn du ebenfalls darüber schweigst.«

»Welches Essen meinst du?« fragte Eimer unschuldig.

»Das ist die richtige Einstellung.«

»Sie kann sehr beeindruckend sein, nicht wahr…«

»Ich weiß überhaupt nicht, von wem du redest.«

»Ich meine, es dürfte klar sein, auf welche Weise sie ihr Geld verdient hat …«

»Um Himmels willen, Mann, sie hat ein Gesicht wie ein Adler!«

»Königin Ezeriel von Klatsch soll geschielt haben, was sie jedoch nicht daran hinderte, vierzehn Ehen zu schließen, und das ist nur die offizielle Zählung. Außerdem kommt sie allmählich in die Jahre …«

»Ich dachte, sie sei seit zwei Jahrhunderten tot!«

»Ich spreche von Lady Esmeralda.«

»Ich ebenfalls.«

»Versuch wenigstens, bei der Soiree heute höflich zu ihr zu sein.«

»Na schön.«

»Die zweitausend Dollar sind vielleicht nur der Anfang. Hoffe ich. Wenn ich die Schublade des Schreibtischs öffne, finde ich jedesmal neue Rechnungen darin! Wir scheinen allen Leuten Geld zu schulden!«

»Die Oper ist teuer.«

»Alles deutet darauf hin. Und immer, wenn ich beschließe, die Bücher auf den neuesten Stand zu bringen … dann geschieht was Schreckliches. Glaubst du, daß hier nicht einmal ein paar Stunden lang Ruhe herrschen könnte, *ohne* daß etwas Entsetzliches passiert?«

»Was, in einem Opernhaus?«

Der halb demontierte Mechanismus der Orgel dämpfte die Stimme.

»Na schön. Versuchen wir's mit dem eingestrichenen C.«

Ein haariger Finger berührte eine Taste. Es pochte leise, und in den mechanischen Eingeweiden des gewaltigen Musikinstruments ertönte ein *Woing*.

»Mist, das Ding hat sich wieder gelöst … So, probieren wir's noch einmal …«

Ein klarer, reiner Ton erklang.

»Na *schön*«, sagte der im Innern der Orgel verborgene Mann. »Ich drehe jetzt den Wirbel fest …«

Agnes trat näher. Das große Wesen vor der Orgel drehte sich halb um und bedachte sie mit einem Grinsen, das ein ganzes Stück breiter war als der Durchschnitt. Der Eigentümer dieses besonderen Grinsens besaß außerdem ein dichtes rotes Fell. Bei der Verteilung von Beinen schien er ein wenig zu kurz gekommen zu sein, doch als der Schalter für Arme öffnete, hatte er offenbar ganz vorn in der Schlange gestanden. Darüber hinaus war er ganz offensichtlich in den Genuß eines Lippen-Sonderangebots gekommen.

»André?« fragte Agnes.

Der Organist kroch aus dem großen Apparat. Er hielt eine kompliziert anmutende Holzstange mit mehreren Federn. »Oh, hallo.«

»Äh ... wer ist das?« Agnes wich ein wenig vor dem urzeitlichen Geschöpf zurück.

»Oh, der Bibliothekar. Ich glaube, er hat keinen richtigen Namen. Er ist der Bibliothekar der Unsichtbaren Universität, aber er spielt dort auch die Orgel, und wie sich herausgestellt hat, stammt unser Modell von Johnson*, genau wie das in der Universität. Er hat uns einige Ersatzteile gegeben ...«

»*Ugh*.«

»Entschuldigung. Er hat sie uns *geliehen*.«

»Er spielt die Orgel?«

»Ja, und nicht nur mit den Händen.«

Agnes entspannte sich. Das Wesen plante offenbar keinen Angriff.

»Oh«, sagte sie. »Nun, ich schätze, er ist ganz normal. Gelegentlich kamen Leierkastenmänner in unser Dorf, und oft wurden sie von einem Aff...«

Einige disharmonische Töne erklangen. Der Orang-Utan hob die freie Hand und ließ einen höflich warnenden Zeigefinger vor Agnes' Gesicht wackeln.

* Bergholt Stuttley (»Absolut Bekloppter«) Johnson war der berühmteste – beziehungsweise berüchtigtste – Erfinder der Scheibenwelt. Von seiner kompletten mathematischen Unkenntnis, einem Problem auf den Grund zu gehen, hatte er sich nicht von einer steilen Karriere als erster Repräsentant der Gegenrenaissance abhalten lassen. Kurz nach dem Bau des Eingestürzten Turms von Quirm wandte er seine Aufmerksamkeit der Welt der Musik zu, wobei er sich insbesondere der Konstruktion von großen Orgeln und mechanischen Orchestern widmete. Beispiele seiner Werke tauchten gelegentlich bei Verkäufen, Auktionen oder – häufiger – auf Schrottplätzen auf.

»Es gefällt ihm nicht, wenn ihn jemand als Affe oder gar Tier bezeichnet«, erklärte André. »Und er mag dich.«

»Woher willst du das wissen?«

»Weil er sonst nie jemanden warnt.«

Agnes trat noch etwas weiter zurück und griff nach dem Arm des jungen Mannes. »Kann ich dich sprechen?«

»Uns bleiben nur noch einige Stunden, und ich würde diese Orgel gern ...«

»Es ist *wichtig*.«

André folgte ihr in die Kulissen. Hinter ihnen drückte der Bibliothekar einige Tasten der halb reparierten Klaviatur und bückte sich dann darunter.

»Ich weiß, wer der Geist ist«, flüsterte Agnes.

André starrte sie groß an. Nach einigen Sekunden zog er seine Gesprächspartnerin hinter ein Szenenbild. »Der Geist ist nicht *jemand*«, sagte er sanft und leise. »Sei nicht dumm. Er ist einfach nur der Geist.«

»Ich meine, er wird zu jemand anders, wenn er die Maske abnimmt.«

»Zu wem?«

»Soll ich Herrn Eimer und Herrn Salzella Bescheid geben?«

»*Was* willst du ihnen sagen? In *wen* verwandelt sich der Geist, wenn er die Maske abnimmt?«

»In Walter Plinge.«

André starrte erneut.

»Wenn du lachst ... trete ich dich«, drohte Agnes.

»Aber Walter ist nicht einmal ...«

»Ich konnte es ebenfalls kaum glauben, aber er meinte, er hätte den Geist in der Ballettschule gesehen, und dort hängen überall Spiegel an den Wänden, und er ist recht groß, wenn er sich ganz aufrichtet, und er treibt sich im Keller herum ...«

»Oh, ich *bitte* dich ...«

»Gestern abend habe ich gehört, wie er auf der Bühne gesungen hat, als alle anderen gegangen waren.«

»Hast du ihn gesehen?«

»Dafür war's zu dunkel.«

»Oh, na dann ...« André winkte ab.

»Aber ich bin ganz *sicher*, daß ich nachher gehört habe, wie er mit der Katze sprach. Ich meine, wie er ganz normal mit ihr sprach. Und du mußt zugeben, daß er ein wenig ... seltsam ist. Könnte man sich nicht gut vorstellen, daß er eine Maske trägt, um sich dahinter zu verstecken?« Agnes ließ die Schultern hängen. »Ich sehe, daß du gar nicht zuhören möchtest ...«

»Nein! Nein, ich ... nun ...«

»Ich dachte nur, ich würde mich besser fühlen, wenn ich es jemandem erzähle.«

André lächelte im Halbdunkel. »An deiner Stelle würde ich mit niemandem sonst darüber reden.«

Agnes sah zu Boden. »Es klingt ein bißchen weit hergeholt, nicht wahr?«

André legte ihr die Hand auf den Arm. Perdita spürte, wie Agnes zurückwich. »*Fühlst* du dich jetzt besser?«

»Ich ... ich weiß nicht ... Ich meine ... keine Ahnung ... Ich meine, ich kann mir einfach nicht vorstellen, daß er jemandem ein Leid zufügt ... Ich komme mir so dumm vor ...«

»Alle sind nervös und angespannt. Mach dir deshalb keine Gedanken.«

»Ich ... möchte nicht, daß du mich für töricht hältst ...«

»Ich behalte Walter im Auge, wenn du willst.« André lächelte erneut. »Jetzt sollte ich mich wieder um die Orgel kümmern«, fügte er hinzu und lächelte zum drittenmal, schnell und kurz wie der Blitz eines sommerlichen Gewitters.

»Vielen Da...«

Der junge Mann schritt bereits zu dem großen Musikinstrument.

Dieser Laden war ein Herrenausstatter.

»Es ist nicht für mich, sondern für einen Bekannten«, sagte Nanny Ogg. »Gut eins achtzig groß, ziemlich breite Schultern.«

»Innere Beinlänge?«

»Ja.«

Nanny sah sich im Laden um. Da sie schon einmal hier war ... Immerhin ist es mein Geld, dachte sie.

»Und eine schwarze Jacke und eine schwarze Strumpfhose und Schuhe mit glänzenden Schnallen und einen großen Hut und einen weiten Mantel mit rotem Seidenfutter, eine Fliege, einen besonders vornehmen Gehstock mit piekfeinem silbernen Knauf und ... eine schwarze Augenklappe.«

»Eine Augenklappe?«

»Ja. Vielleicht mit Pailletten drauf. Schließlich ist sie für die Oper bestimmt.«

Der Schneider musterte Nanny. »Das ist ein wenig ungewöhnlich. Warum kommt der Herr nicht selbst?«

»Weil er noch gar kein Herr ist. Zumindest nicht ganz.«

»Ich meine ... wir brauchen doch für alles die richtige Größe.«

Nanny Ogg sah sich im Laden um. »Ich schlage vor, du verkaufst mir einfach etwas, das in etwa die richtige Größe hat. Sollte es nicht passen, ändern wir seine Maße, damit die Sachen doch passen. 'tschuldigung ...«

Sie wandte sich taktvoll ab ...

Twingtwangtwong ...

... drehte sich wieder um, glättete ihr Kleid und hielt eine lederne Geldbörse in der Hand.

»Wieviel kostet das alles?« fragte sie.

Der Schneider blinzelte verdutzt. »Ich fürchte, die Sachen können frühestens nächsten Mittwoch fertig sein.«

Nanny Ogg seufzte. Sie wurde allmählich vertraut mit einem der wichtigsten Gesetze der Physik: Zeit ist gleich Geld. Woraus folgte: Geld ist gleich Zeit.

»Ich habe gehofft, daß ich es etwas schneller bekomme«, sagte sie und winkte mit der Geldbörse. Münzen klirrten leise und verlockend.

Der Schneider maß sie mit einem Blick, in dem sich Empörung und Sehnsucht vereinten. »Wir sind Künstler, gnä' Frau. Wie lange sollte es deiner Meinung nach dauern?«

»Wir wär's mit zehn Minuten?«

Zwölf Minuten später verließ sie den Laden mit einem großen Paket unter dem einen Arm, einer Hutschachtel unter dem anderen und einem pechschwarzen Gehstock zwischen den Zähnen.

Oma Wetterwachs wartete draußen. »Hast du alles bekommen?«

»Ja.«

»Ich nehme die Augenklappe, in Ordnung?«

»Wir *müssen* uns eine dritte Hexe besorgen«, sagte Nanny und versuchte, die diversen Schachteln neu anzuordnen. »Agnes ist recht kräftig.«

»Wenn wir versuchten, sie einfach am Kragen zu packen und aus dem Opernhaus zu zerren, gerieten wir ganz schön in die Klemme«, meinte Oma. »Sie kann eine Hexe sein, wenn sie will.«

Sie näherten sich dem Bühneneingang der Oper.

»Guten Tag, Les«, sagte Nanny heiter, als sie eintraten. »Jetzt juckt's nicht mehr, oder?«

»Du hast mir eine wundervolle Salbe gegeben, Frau Ogg«, erwiderte der Pförtner. Sein Schnurrbart geriet in Bewegung, als er lächelte.

»Ist Frau Les gesund? Und wie steht's mit dem Bein ihrer Schwester?«

»Alles ist in bester Ordnung, danke der Nachfrage, Frau Ogg.«

»Dies ist Esme Wetterwachs, die mir bei einigen Sachen hilft«, sagte Nanny.

Der Pförtner nickte – ein Freund von Nanny Ogg war auch sein Freund. »Kein Problem, Frau Ogg.«

Als sie durch das staubige Durcheinander aus Fluren und Korridoren gingen, dachte Oma Wetterwachs nicht zum erstenmal darüber nach, daß Nanny über eine ganz persönliche Art von Magie verfügte.

Sie *betrat* keine neue Szene, sondern *schmeichelte* sich hinein. Ihr natürliches Talent für Sympathie hatte sie zu einer okkulten Wissenschaft weiterentwickelt. Oma Wetterwachs zweifelte kaum daran, daß Nanny bereits die Namen, Familiengeschichten, Geburtstage und Lieblingsthemen der meisten Opernleute kannte. Darüber hinaus wußte sie sicher auch, wo man den besonderen Keil ansetzen mußte, der sie dazu brachte, sich ihr ganz zu öffnen. Vielleicht genügte es, über ihre Kinder zu reden oder ihnen ein Mittel für die Füße anzubieten. Oder es reichte hin, wenn Nanny Ogg eine ihrer schmutzigen Geschichten erzählte. Wie dem auch sei: Vierundzwanzig Stunden später kannte Nanny die wichtigsten Einzelheiten aus dem Leben aller Beteiligten. Und dann erzählten die Leute ihr mehr *aus freiem Willen*. Nanny kam mit anderen Personen bestens zurecht. Sie brachte selbst eine Statue dazu, sich an ihrer Schulter auszuweinen und zu erzählen, was sie von Tauben hielt.

Es war eine natürliche Begabung. Oma hatte nie versucht, solch eine Fähigkeit zu entwickeln, und manchmal fragte sie sich, ob sie das bedauern sollte.

»In anderthalb Stunden geht der Vorhang auf«, sagte Nanny. »Ich habe Giselle versprochen, ihr ein wenig zu helfen ...«

»Wer ist Giselle?«

»Sie kümmert sich um Schminke und so.«

»Du weißt doch gar nicht, wie man Leute schminkt!«

»Ich habe die Wände im Abort gestrichen«, erwiderte Nanny. »Und an jedem Seelenkuchendienstag male ich für die Kinder Gesichter auf Eier.«

»Du mußt dich immer um alles kümmern«, bemerkte Oma sarkastisch. »Den Vorhang öffnen. Für eine unpäßliche Ballettänzerin einspringen.«

»Ich habe auch versprochen, während des Soarehs mit den Getränken zu helfen«, entgegnete Nanny. Die Ironie prallte an ihr ab wie Wasser an einem glühend heißen Ofen. »Viele Bedienstete haben sich wegen des Geistes aus dem Staub gemacht. Die Sache findet im großen Foyer statt, in einer halben Stunde. Ich schätze, als berühmte Opernbesucherin solltest du daran teilnehmen.«

»Was ist ein Soareh?« fragte Oma mißtrauisch.

»Eine Art vornehme Party vor der Oper.«

»Wie verhalte ich mich dabei?«

»Trink einfach nur Sherry und sprich freundlich mit den Leuten«, schlug Nanny vor. »So was nennt man Konversation. Kommt vielleicht von Konservatorium. Ich habe gesehen, welche Fressalien dafür vorbereitet werden. Zum Beispiel kleine Käsewürfel an Spießen, die in Pampelmusen stecken und so. Ich meine, vornehmer kann's kaum werden, oder?«

»Gytha Ogg, du hast doch nicht etwa ... eines deiner *Spezialrezepte* beigesteuert?«

»Nein, Esme«, erwiderte Nanny kleinlaut.

»In dir steckt ein Hauch schelmische Boshaftigkeit.«

»Bin dafür viel zu beschäftigt gewesen«, sagte Nanny.

Oma nickte. »Laß uns jetzt Greebo suchen.«

»Bist du in dieser Angelegenheit ganz sicher?« fragte Nanny.

»Heute abend gibt es für uns viel zu tun«, sagte Oma. »Zwei zusätzliche Hände können da sicher von Nutzen sein.«

»Pfoten.«

»Derzeit noch.«

Walter *war* der Geist. Agnes wußte es. Das hatte nichts mit Logik oder Verstand zu tun. In gewisser Weise *atmete* sie die Überzeugung, spürte sie wie ein Baum den Sonnenschein.

Es paßte alles zusammen. Walter Plinge konnte jeden beliebigen Ort aufsuchen, ohne daß man ihm Beachtung schenkte. Er war auf seine Art unsichtbar – indem man ihn überall antraf. Und würde sich jemand wie Walter Plinge nicht wünschen, so elegant und flott zu sein wie der Geist?

Würde sich jemand wie Agnes Nitt nicht wünschen, so geheimnisvoll und mysteriös zu sein wie Perdita X. Traum?

Der verräterische Gedanke stahl sich in ihre bewußte Welt, bevor sie alle Türen und Fenster des Selbst schließen konnte. Aber ich habe niemanden ermordet, fügte sie hastig hinzu.

Denn auch das müßte ich glauben: Wenn Walter der Geist ist, so hat er Leute umgebracht.

Wie dem auch sei ... er wirkt seltsam und spricht, als wollten die Worte aus seinem Mund fliehen ...

Eine Hand berührte Agnes an der Schulter. Sie drehte sich abrupt um.

»Ich bin's nur!!« sagte Christine.

»Oh ...«

»Ist dies nicht ein *wundervolles* Kleid?!«

»Was?«

»Das Kleid, Dummchen!!«

Agnes musterte Christine von Kopf bis Fuß. »Oh. Ja. Sehr nett«, sagte sie. Gleichgültigkeit lag auf ihrer Stimme wie Regen auf mitternächtlichem Pflaster.

»Das klingt nicht sehr beeindruckt!! Im Ernst, Perdita, es besteht kein Grund, *eifersüchtig* zu sein!!«

»Ich bin nicht eifersüchtig. Habe nachgedacht ...«

Sie hatte den Geist nur ganz kurz gesehen, aber es bestand kein Zweifel, daß er sich anders bewegte als Walter Plinge. Walter ging so, als zöge der Kopf den Rest des Körpers hinter sich her.

Doch inzwischen war die Gewißheit hart wie Granit.

»Nun, ich muß sagen, daß ich eine andere Reaktion von dir erwartet habe!!«

»Ich frage mich, ob Walter Plinge der Geist ist«, sagte Agnes – und bereute diese Worte sofort. Sie verfluchte sich mit einem stummen *Verflixt.* Andrés ungläubiger Blick hatte sie bereits mit genug Verlegenheit erfüllt.

Christine riß die Augen auf. »Er ist ein Clown!!«

»Er redet und geht seltsam«, sagte Agnes. »Aber wenn er sich ganz aufrichten würde ...«

Christine lachte, und Agnes spürte, wie Ärger in ihr erwachte. »Er hat mir praktisch *bestätigt,* daß er der Geist ist!«

»Und du hast ihm geglaubt, wie?!« Christine ließ diesen Worten ein mißbilligendes »Ts, ts« folgen, das Agnes beleidigte. »Wirklich, ihr Mädchen glaubt die komischsten Dinge!!«

»Was soll das heißen, *wir* Mädchen?«

»Oh, du *weißt* schon!! Die Tänzerinnen behaupten immer wieder, daß sie den Geist sehen ...!!«

»Meine Güte! Hältst du mich vielleicht für eine leicht zu beeindruckende Närrin? Nimm dir mal die Zeit, richtig *nachzudenken,* bevor du was sagst!«

»Nun, ich halte dich natürlich nicht für eine Närrin, aber ...!!«

»Ha!«

Agnes stapfte hinter die Kulissen, wobei es ihr mehr auf demonstratives Davonstapfen ankam als auf die Richtung. Die Bühnengeräusche verklangen allmählich, und kurze Zeit später erreichte sie das Kulissenlager. Dort war eine große Doppeltür, hinter der sich die externe Welt erstreckte. Teile von Schlössern, Balkonen und romantischen Kerkerzellen stapelten sich in dem Raum.

Christine folgte Agnes.

»Ich wollte nicht ... Ich meine, ausgerechnet *Walter* ... Er ist doch nur ein besonders seltsamer Mann!«

»Er kümmert sich hier um die verschiedensten Dinge! Nie weiß man, wo er sich aufhält! Alle gehen einfach davon aus, daß er immer in der Nähe ist!«

»Na schön, aber deshalb brauchst du dich nicht gleich so aufzuregen ...«

Hinter ihnen erklang ein leises Geräusch.

Sie drehten sich um.

Der Geist verneigte sich.

»Na, bist du ein braver Kater? Nanny hat hier einen Napf mit Fischeiern für einen braven Kater«, sagte Nanny und spähte unter den großen Schrank in die Küche.

»Fischeier?« fragte Oma kühl.

»Ich habe sie von dem Zeug für das Soareh ausgeliehen«, erklärte Nanny.

»Ausgeliehen?« wiederholte Oma Wetterwachs.

»Ja. Komm, Greebo, sei ein braver Kater.«

»Ausgeliehen. Du meinst ... wenn Greebo damit fertig ist, bringst du sie zurück?«

»Du *weißt,* wie ich es gemeint habe, Esme«, erwiderte Nanny. Es klang fast verletzt. »Mit Stehlen hat das nichts zu tun, weil keine *Absicht* dahintersteckt. Komm, braver Kater, ich habe hier leckere Fischeier für dich ...«

Greebo wich noch weiter in die Schatten zurück.

Christine seufzte und fiel in Ohnmacht. Agnes bemerkte jedoch, daß sie auf sehr vorsichtige Weise zusammenbrach: Sie achtete darauf, sich keine blauen Flecken zu holen, als sie zu Boden sank. Außerdem blieb sie so liegen, daß ihr Kleid besonders gut zur Geltung kam. Es dämmerte Agnes, daß Christine auf ihre eigene Art sehr intelligent war.

Sie sah zur Maske.

»Na schön«, sagte sie und hörte die Heiserkeit in ihrer Stimme. »Ich weiß, warum du es tust. Ja, ich weiß es wirklich.«

Die elfenbeinfarbene Maske blieb natürlich unbewegt, aber in ihren Augen schien es kurz zu flackern.

Agnes schluckte. Die Perdita in ihr hätte jetzt am liebsten nachgegeben, weil es viel aufregender war, doch das ließ sie nicht zu.

»Du möchtest jemand anders sein, doch du sitzt in dir selbst fest«, fuhr Agnes fort. »Damit kenne ich mich aus. *Du* hast Glück. *Du* brauchst bloß eine Maske aufzusetzen. Wenigstens hast du die richtige Gestalt. Aber warum bringst du Leute um? Warum? Herr Pfundler konnte dir doch überhaupt kein Leid zufügen! Aber ... er sah sich an den seltsamsten Orten um, nicht wahr? Und dabei ... hat er etwas entdeckt?«

Der Geist nickte andeutungsweise und hob seinen schwarzen Stock. Er hielt ihn mit beiden Händen und zog sie auseinander, wodurch ein Degen zum Vorschein kam.

»Ich weiß, wer du bist!« platzte es aus Agnes heraus, als er vortrat. »Ich ... Wahrscheinlich könnte ich dir helfen! Vielleicht ist die ganze Sache überhaupt nicht deine Schuld!« Sie wich zurück. »*Ich* habe dir nichts getan! Du brauchst dich nicht vor mir zu fürchten!«

Sie wich noch weiter zurück, als sich die Gestalt näherte. Die Augen in den dunklen Öffnungen der Maske glitzerten wie kleine Juwelen.

»Ich bin dein *Freund*, verstehst du denn nicht? Bitte, Walter! *Walter*!«

In der Ferne ertönte ein Geräusch, das so laut wie ein Donnerschlag erschien und unter den gegebenen Umständen ebenso unmöglich war wie ein Kessel aus Schokolade.

»Was ist denn los, Fräulein Perdita Nitt?!«

Der Geist zögerte.

Das Pochen von unregelmäßigen Schritten näherte sich.

Der Geist ließ den Degen sinken, öffnete die Tür eines Kulissensegments, das eine Schloßmauer darstellte, verneigte sich ironisch und verschwand.

Walter kam um die Ecke.

Er war ein sehr ungewöhnlicher fahrender Ritter. Er trug zum Beispiel einen Abendanzug in der falschen Größe. Auf seinem Kopf ruhte noch immer das Barett. Hinzu kamen eine Schürze, ein Mop und ein Eimer. Doch kein heldenhafter Lanzenschwinger war jemals glücklicher über eine Zugbrücke geritten. Ein goldener Glanz schien ihn zu umgeben.

»Walter ...?«

»Was ist mit Fräulein Christine passiert?«

»Sie ... äh ... ist in Ohnmacht gefallen«, sagte Agnes. »Vermutlich wegen ... äh ... der Aufregung. Damit meine ich die Oper. Heute abend. Die Aufregung. Wegen der Oper.«

Walter bedachte sie mit einem besorgten Blick. »Ja«, sagte er und fügte geduldig hinzu: »Ich weiß wo sich der Arzneikasten befindet soll ich ihn holen?«

Christine stöhnte und klimperte mit den Wimpern. »Wo bin ich?!«

Perdita knirschte mit Agnes' Zähnen. *Wo bin ich*? Das waren nicht die Worte, die man aussprach, wenn man aus einer Ohnmacht erwachte. Es waren die Worte, von denen jemand *glaubte,* daß sie beim Erwachen aus einer Ohnmacht ausgesprochen werden mußten.

»Du bist in Ohnmacht gefallen«, sagte Agnes und maß Walter mit einem durchdringenden Blick. »Warum bist du hier, Walter?«

»Muß den Abort der Bühnenarbeiter wischen Fräulein Nitt! Dabei gibt es immer Schwierigkeiten arbeite schon seit Monaten daran!«

»Aber du trägst einen Abendanzug!«

»Ja, nachher muß ich als Kellner einspringen weil nicht genug Bedienstete da sind und sonst kann keiner Kellner sein wenn es vor der Oper Getränke und Würstchen an Stöcken gibt.«

Niemand konnte so schnell sein. Zugegeben, Walter und der Geist waren nicht beide gleichzeitig im Kulissenlager gewesen, aber Agnes hatte seine Stimme gehört. Niemand konnte durch eine Tür verschwinden und wenige Sekunden später auf der gegenüberliegenden Seite des Raums erscheinen – so etwas erforderte Magie. Nun, einige der Mädchen behaupteten, den Geist praktisch an zwei Orten gleichzeitig gesehen zu haben. Vielleicht gab es weitere geheime – oder vergessene – Wege wie die alte Treppe. Vielleicht …

Agnes unterbrach sich bei diesen Überlegungen. Walter war nicht der Geist. Es ergab keinen Sinn, nach irgendwelchen aufregenden Erklärungen zu suchen, damit Absurdes wirklich wurde.

Sie hatte Christine davon erzählt. Als Walter ihr nun aufhalf, warf sie Agnes einen leicht verwirrten Blick zu. Auch mit André hatte sie darüber gesprochen, ohne daß er ihr glaubte – das schien soweit in Ordnung zu sein.

Alles lief darauf hinaus, daß …

… sich jemand anders hinter der weißen Maske des Geistes verbarg.

Und sie war so *sicher* gewesen.

»Es wird dir gefallen, Mutter. Bestimmt.«

»Es paßt nicht zu unsereins, Henry. Ich frage mich, wieso Herr Tagscheu dir keine Karten für Nellie Stempels Auftritt beim Varieté gegeben hat. So was nenne ich Musik. Richtige Melodien, die man verstehen kann.«

»Lieder wie ›Mit einem anzüglichen Lächeln sitzt sie im Kohl‹ sind nicht besonders kulturell, Mutter.«

Zwei Gestalten wanderten inmitten der Menge, die zum Opernhaus unterwegs war.

»Aber man hat seinen Spaß dabei. Und man braucht sich keine teure Kleidung zu besorgen. Ich find's blöd, daß man besondere Kleidung tragen muß, nur um Musik zu hören.«

»Das erhöht den Erlebniswert«, behauptete der junge Henry, der das irgendwo gelesen hatte.

»Ich meine, woher soll die Musik davon wissen?« erwiderte seine Mutter. »Nellie Stempel hingegen …«

»*Komm* jetzt, Mutter.«

Vermutlich stand ihm *so ein* Abend bevor, befürchtete er.

Henry Gesetzlich gab sich alle Mühe. Und eigentlich konnte er durchaus zufrieden sein, wenn man die Umstände bedachte. Er arbeitete als Angestellter bei Tagscheu, Schräg und Honigfleck, einer etwas altmodischen Anwaltskanzlei. Daß es ihr an Modernität fehlte, lag unter anderem daran, daß die Herren Tagscheu und Honigfleck Vampire waren, während Herr Schräg zu den Zombies zählte. Genaugenommen waren die drei Anwälte tot, was sie jedoch nicht daran hinderte, gute Arbeit zu leisten, vor allem nachts, soweit es die Herren Tagscheu und Honigfleck betraf.

Der Job war nicht schlecht, wie Henry gern zugab, doch ihn störten die eher schlechten Beförderungschancen. Der Tod von Vorgesetzten führte nicht automatisch dazu, daß Untergebene in höhere Positionen aufstiegen. In den Schuhen der Toten steckten weiter die Füße der Toten. Henry hoffte, daß er seine Karriereaussichten mit Weiterbildung verbessern konnte. Folgender Hinweis vermittelt den besten Eindruck von Henry Gesetzlichs Wesen: Ein Buch mit dem Titel *Wie man innerhalb von fünf Minuten intelligenter wird* hätte er mit der Stoppuhr gelesen. Er kam im Leben nur schwer voran, weil er viel zu sehr von seiner eigenen Dummheit überzeugt war – eine Behinderung, an der unglücklicherweise nur wenige Personen litten.

Herr Tagscheu hatte ihm zwei Opernkarten geschenkt, weil es ihm gelungen war, einen besonders verzwickten Fall zu lösen. Er ließ sich von seiner Mutter begleiten, weil sie genau hundert Prozent der ihm bekannten Frauenwelt ausmachte.

Die Leute neigten dazu, Henrys Hand ganz vorsichtig zu schütteln, aus Furcht davor, daß sie sich vom Arm löste.

Er hatte ein Buch über die Oper gekauft und es aufmerksam gelesen, weil ihm irgendwann mitgeteilt worden war, daß es sich nicht gehörte, die Oper zu besuchen, ohne etwas über sie zu wissen; und man durfte kaum hoffen, sie zu verstehen, während man im Zuschauersaal saß und das Geschehen auf der Bühne beobachtete. Henry spürte das beruhigende Gewicht des Buches in der Jackentasche. Um den Abend einigermaßen würdevoll hinter sich zu bringen, brauchte er nur eine Mutter, die etwas weniger Verlegenheit verursachte.

»Sollen wir uns Erdnüsse besorgen, bevor wir Platz nehmen?« fragte Henrys Begleiterin.

»In der Oper werden keine Erdnüsse verkauft, Mutter.«

»Nein? Wie soll man sich dann die Zeit vertreiben, wenn einem die Lieder nicht gefallen?«

Greebos argwöhnische Augen glühten in der Dunkelheit.

»Stoß ihn mit dem Besenstiel an«, schlug Oma Wetterwachs vor.

»Nein«, sagte Nanny. »Bei jemandem wie Greebo muß man höflicher vorgehen.«

Oma senkte die Lider und winkte mit der Hand.

Unter dem Schrank ertönte ein Quieken; Krallen kratzten über den Boden. Sie hinterließen tiefe Furchen, als Greebo mit dem Schwanz voran zum Vorschein kam und verzweifelten Widerstand leistete.

»Manchmal kommt man auch mit energischer Entschlossenheit weiter«, räumte Nanny ein. »Katzen haben dir nie gefallen, oder, Esme?«

Greebo hätte Oma gern angefaucht, aber selbst in seinem Katzenhirn steckte genug Intelligenz für die Erkenntnis, daß so etwas nicht ratsam war.

»Gib ihm die Fischeier«, sagte Oma. »Er kann sie genausogut jetzt sofort fressen.«

Greebo inspizierte den Napf. Oh, man wollte ihm Nahrung geben. Dann war ja alles in Ordnung.

Oma nickte Nanny Ogg zu. Sie streckten die Hände aus, die Handflächen nach oben.

Greebo hatte die Hälfte des Klaviars verputzt, als es geschah.

»Miaaa…«, heulte er. Seine Stimme wurde tiefer, als sich der Brustkasten verbreiterte. Seine Hinterbeine wuchsen und stemmten ihn hoch.

Seine Ohren preßten sich an den Kopf und krochen dann nach unten.

»… aaauuuuuu …«

»Die Jacke ist für eine vierundvierzig Zoll breite Brust vorgesehen«, sagte Nanny. Oma nickte.

»... uuuoooooo ...« Sein Gesicht wurde flach. Die Schnurrhaare verwandelten sich in einen Schnurrbart. Greebos Nase entwickelte ein Eigenleben.

»... ooouuuuu ... Mist!«

»In letzter Zeit geht's schneller«, stellte Nanny fest. »Er scheint sich bereits daran gewöhnt zu haben.«

»Zieh sofort was an, junger Mann«, sagte Oma. Sie hielt die Augen geschlossen.

Eigentlich machte es gar keinen Unterschied, mußte sie später zugeben. Auch im voll angezogenen Zustand verstand es Greebo, die unter der Kleidung verborgene Nacktheit zur Schau zu stellen. Der unbekümmerte Schnurrbart, die langen Koteletten, das zerzauste Haar und die gut ausgeprägte Muskulatur vermittelten den Eindruck von einem Freibeuter oder romantischen Dichter, der das Opium aufgegeben hatte und jetzt Steaks bevorzugte. Eine Narbe zog sich über eine Hälfte seines Gesichts und verschwand unter der schwarzen Augenklappe. Wenn er lächelte, brachte er auf lässige Weise aufregend gefährliche Lüsternheit zum Ausdruck. Er konnte selbst dann stolzieren, wenn er schlief. Greebo war zu sexueller Belästigung fähig, während er ruhig im Nebenzimmer saß.

Abgesehen natürlich Hexen gegenüber. Für Oma blieb eine Katze eine verdammte Katze, ganz gleich, welche Gestalt sie hatte. Und Nanny bestand weiterhin darauf, in Greebo ein niedliches Kätzchen zu sehen.

Sie rückte die Fliege zurecht, trat zurück und musterte den Mann kritisch. »Was glaubst du?« fragte sie.

»Er sieht wie ein Assassine aus«, meinte Oma. »Aber es dürfte genügen.«

»Eine gemeine Bemerkung!«

Greebo bewegte versuchsweise die Arme und drehte den Stock. Seine Finger fühlten sich noch ein wenig steif an, aber Katzenreflexe lernten schnell. Nanny hielt ihm die Hand unter die Nase. Greebo schnappte halbherzig danach.

»Du bleibst jetzt bei Oma, bist ein braver Junge und gehorchst ihr«, sagte sie.

»Ja, Nan-ny«, antwortete Greebo widerstrebend. Er schaffte es, den Spazierstock richtig zu halten.

»Keine Kämpfe, verstanden?«

»Ja, Nan-ny.«

»Und du läßt auch nicht Teile irgendwelcher Leute auf der Fußmatte liegen.«

»Nein, Nan-ny.«

»Und stell keinen Unsinn an wie mit den Räubern im letzten Monat.«

»Nein, Nan-ny.«

Greebo wirkte deprimiert. Menschen *vergnügten* sich nicht. Selbst die einfachsten Aktivitäten verursachten unglaubliche Komplikationen.

»Und du verwandelst dich erst wieder in eine Katze, wenn wir es erlauben.«

»Ja, Nan-ny.«

»Wenn du klug bist, springt zum Schluß vielleicht ein Räucherhering für dich heraus.«

»Ja, Nan-ny.«

»Wie sollen wir ihn nennen?« fragte Oma. »Er kann nicht einfach Greebo heißen – was ich immer für einen dummen Katzennamen gehalten habe.«

»Nun, er sieht aristokratisch aus ...«, begann Nanny.

»Er sieht aus wie ein hübscher und hirnloser Rüpel«, korrigierte Oma.

»Aristokratisch«, beharrte Nanny.

»Wie ein hübscher und hirnloser Aristokrat.«

»Nun, wir können ihn tatsächlich nicht Greebo nennen.«

»Uns fällt sicher was ein.«

Salzella lehnte sich niedergeschlagen an das Marmorgeländer der großen Foyertreppe und starrte mißmutig in sein Glas.

Er hatte das Publikum immer für einen der größten Nachteile bei der Oper gehalten. Es paßte einfach nicht dazu. Die meisten Leute verstanden überhaupt nicht, worum es ging. Von diesen Ignoranten hörte man Bemerkungen wie: »Mir gefiel die Stelle am Schluß, als die Stimme der Sängerin plötzlich ganz wacklig wurde.« Noch schlimmer waren die Leute, die glaubten, etwas von der Oper zu verstehen …

»Möchtest du noch was zu trinken Herr Salzella? Es gibt jede Menge!«

Walter Plinge wankte vorbei. In dem schwarzen Anzug sah er aus wie eine vornehme Vogelscheuche.

»Sag einfach nur: Etwas zu trinken?« erwiderte der Musikdirektor. »Und nimm bitte das lächerliche Barett ab.«

»Meine Mama hat es mir gekauft!«

»Das glaube ich, aber …«

Eimer näherte sich. »Du solltest dafür sorgen, daß Señor Basilica nicht an die Appetithappen herankommt!« zischte er.

»Leider haben wir keine Brechstangen, die groß genug wären.« Salzella winkte Walter und sein Barett fort. »Er müßte eigentlich in der Garderobe sitzen und sich mit den Musen beraten. In zwanzig Minuten geht der Vorhang auf.«

»Angeblich kann er mit vollem Magen besser singen.«

»In dem Fall dürfen wir uns alle auf einen wundervollen Auftritt freuen.«

Eimer drehte sich um und ließ den Blick durchs Foyer schweifen. »Bestimmt wird alles gut«, hoffte er.

»Ja.«

»Es sind Wächter hier, weißt du. Inkognito. Haben sich unter die Leute gemischt.«

»Ah, laß mich raten …«

Salzella beobachtete die Menge und bemerkte einen ziemlich kleinen Mann, dessen Anzug für eine wesentlich größere Person bestimmt war. Das galt vor allem für den Abendmantel, dessen unteres Ende über den Boden schleifte, wodurch die Gestalt wirkte wie ein Superheld, der zuviel Zeit in der Nähe von Kryptonit verbracht hatte. Der kleine Mann trug einen verbeulten Pelzhut und versuchte, heimlich eine Zigarette zu rauchen.

»Meinst du den Burschen, über dessen Kopf der Hinweis ›Verkleideter Wächter‹ blinkt?«

»Wo? Das habe ich gar nicht gesehen.«

Salzella seufzte. »Ich meine Korporal Nobby Nobbs«, sagte er müde. »Er ist der einzige bisher bekannte Zweibeiner, in dessen Ausweis steht, zu welcher Spezies er gehört. Eben hat er versucht, sich unter drei große Sherries zu mischen.«

»Er ist nicht der einzige Wächter«, sagte Herr Eimer. »Sie nehmen diese Angelegenheit sehr ernst.«

»Oh, ja«, entgegnete Salzella. »Wenn wir zum Beispiel den Blick dorthin richten, sehen wir Feldwebel Detritus. Er ist ein Troll und trägt einen erstaunlich gut sitzenden Anzug. Um so mehr bedauere ich, daß er vergessen hat, den Helm abzunehmen. Und von solchen Wächtern erwartet man, daß sie inkognito bleiben.«

»Nun, wir können sie bestimmt gut gebrauchen, wenn der Geist erneut zuschlägt«, meinte Eimer hoffnungslos.

»Der Geist würde einfach ...« Salzella unterbrach sich und blinzelte. »Meine Güte!« hauchte er. »Wo hat sie den denn aufgetrieben?«

Eimer drehte sich um. »Das ist Lady Esmeralda ... Oh.«

Greebo bewegte sich neben Oma auf eine Weise, die Frauen nachdenklich stimmt und Männer neidisch werden läßt. Das Brummen der vielen Gespräche ließ nach. Als es wieder einsetzte, klang es ein wenig schriller als vorher.

»Ich bin beeindruckt«, gestand Salzella.

»Wie ein *Gentleman* sieht der Bursche gewiß nicht aus«, sagte Eimer. »Sieh dir nur die Farbe seines Auges an!« Er zwang seine Lippen zu einem freundlichen Lächeln und verbeugte sich.

»Lady Esmeralda!« grüßte er. »Wie sehr es mich freut, dich wiederzusehen! Möchtest du uns nicht deinem ... Gast vorstellen?«

»Das ist Lord Gribeau«, sagte Oma. »Mr. Eimer, Besitzer des Opernhauses. Und Salzella, der hier alles zu bestimmen scheint.«

»Haha«, machte Salzella.

Gribeau knurrte und offenbarte längere Schneidezähne, als Eimer sie jemals außerhalb eines Zoos gesehen hatte. Und dann das grüngelb glänzende Auge ... Mit der Pupille schien irgend etwas nicht zu stimmen.

»Ahaha ...«, sagte er. »Möchtet ihr etwas zu trinken?«

»Er bekommt Milch«, entschied Oma.

»Damit er bei Kräften bleibt, nehme ich an«, kommentierte Salzella.

Oma drehte sich zu ihm um. Ihre Miene hätte Stahl verätzen können.

»Hat jemand Durst?« Wie aus dem Nichts erschien Nanny Ogg mit einem Tablett und trat wie eine kleine Friedensstreitmacht zwischen sie. »Hab hier praktisch alles ...«

»Auch ein Glas Milch, wie ich sehe«, stellte Eimer fest.

Salzella musterte die beiden Hexen nacheinander. »Das beweist erstaunlichen Weitblick.«

»Nun, man kann nie wissen«, sagte Nanny.

Gribeau nahm das Glas mit beiden Händen und schleckte mit der Zunge. Dann sah er Salzella an.

»Wass starrst du sso? Hasst du noch nie gesehen, wie jemand Mihilch trinkt?«

»Nun ... nicht auf diese Weise, wie ich zugeben muß.«

Nanny winkte Oma Wetterwachs zu, drehte sich um und eilte fort. Besser gesagt, sie *wollte* forteilen.

Oma hielt sie am Arm fest. »Denk daran«, flüsterte sie. »Wenn wir die Loge erreichen ... behältst du Frau Plinge im Auge. Sie weiß etwas. Ich bin mir nicht ganz sicher, was geschehen wird. Aber irgend etwas *wird* geschehen, das steht fest.«

»In Ordnung«, bestätigte Nanny, trippelte fort und murmelte dabei vor sich hin: »Oh, sicher, mach dies, mach das ...«

»Bitte einen Drink, Gnädigste.«

Nanny sah nach unten. »Na so was!« platzte es aus ihr heraus. »Was bist du denn?«

Die Erscheinung mit dem verbeulten Pelzhut zwinkerte. »Ich bin der Graf de Nobbs«, sagte sie und deutete auf eine mobile Wand. »Das hier ist der Graf de Tritus.«

Nanny blickte zu dem Troll. »Noch ein Graf? Meine Güte, hier gibt's mehr Grafen als Bäume im Wald von Lancre. Nun, was darf's sein, Wächter?«

»Wächter? Wir?« erwiderte Graf de Nobbs. »Wie kommst du darauf, daß wir zur Wache gehören?«

»Er trägt einen Helm.« Nanny deutete auf den Troll. »Außerdem hat er seine Dienstmarke an die Jacke gesteckt.«

»Ich habe dir doch *gesagt*, daß du sie im Wachhaus lassen sollst!« zischte Nobby seinem Kollegen zu. Er wandte sich wieder an Nanny und lächelte voller Unbehagen. »Militärischer Schnickschnack«, behauptete er. »Ein modisches Assässoa. Wir sind vornehme Herren und haben überhaupt nichts mit der Stadtwache zu tun.«

»Nun, möchten die vornehmen Herren etwas Wein?«

»Wir keinen Alkohol trinken dürfen, solange wir sind im Dienst«, sagte der Troll.

»Oh, ja, herzlichen Dank«, erwiderte Nobby bitter. »Das ist wirklich sehr inkognito! Warum holst du nicht den Schlagstock hervor, damit ihn jeder sehen kann?«

»Wenn du das hältst für richtig ...«

»*Weg* mit dem Ding!«

Die Augenbrauen des Grafen de Tritus neigten sich einander entgegen, als er nachzudenken versuchte. »Das Ironie gewesen ist, nicht wahr? Einem Vorgesetzten gegenüber?«

»Du kannst gar nicht mein Vorgesetzter sein, weil wir überhaupt keine Wächter sind. Hör mal, Kommandeur Mumm hat es *drei*mal erklärt ...«

Nanny Ogg ging taktvoll fort. Es war schon schlimm genug zu sehen, wie aus den beiden Grafen Wächter wurden; sie wollte nicht dabei zusehen, wie sie sich selbst zum Narren machten.

Dies war eine neue Welt für Nanny. In ihrem Universum trugen Männer bunte Kleidung, und die Frauen begnügten sich mit Schwarz. Dadurch fiel es einem wesentlich leichter zu entscheiden, was man morgens anziehen sollte. Doch im Innern des Opernhauses kehrten sich die Bekleidungsregeln um, ebenso die Gebote der Vernunft. Hier präsentierten sich die Frauen wie eisgekühlte Pfauen, während die Männer wie Pinguine aussahen.

Es waren also Wächter zugegen. Im Grunde zählte Nanny Ogg zu den gesetzestreuen Bürgern, solange sie keinen Grund sah, gegen das Gesetz zu verstoßen. Polizisten und Ordnungshütern begegnete sie mit der für sie typischen Einstellung: mit tiefem Mißtrauen.

Zum Beispiel Diebstahl. Nanny sah Diebstahl aus dem Blickwinkel der Hexe, der weitaus komplexer war als die entsprechende Perspektive von Wächtern oder von Leuten, die stehlenswerte Dinge besaßen. Wächter neigten dazu, die große, stumpfe Axt des Gesetzes zu schwingen, wenn die Umstände das kleine, scharfe Skalpell des gesunden Menschenverstands verlangten.

Nein, fand Nanny. Tolpatschige Polizisten wurden an einem solchen Abend nicht gebraucht. Es war sicher eine gute Idee, einen Reißnagel unter den schwerfälligen Fuß vermeintlicher Gerechtigkeit zu legen.

Sie duckte sich hinter eine vergoldete Statue und tastete zwischen ihren Unterröcken, während sich die Leute in der Nähe verwundert umsahen, als sie sirrende Gummibänder hörten. Wo steckte das Fläschchen? Nanny war sicher, eins mitgenommen zu haben …

Irgendwo klackte etwas. Ah, ja.

Wenige Sekunden später kam Nanny Ogg wieder zum Vorschein, mit zwei kleinen Gläsern auf ihrem Tablett. Sie näherte sich den Wächtern.

»Ein Obstgetränk für die Herren Wächter?« fragte sie. »Oh, wie dumm von mir, was sage ich da? Ihr seid ja Grafen. Nun, wie wär's mit einem hausgemachten Obstsaft?«

Detritus schnupperte, und sofort wurde seine verstopfte Nase frei. »Was da drin ist?« fragte er.

»Äpfel«, antwortete Nanny. »Nun … hauptsächlich Äpfel.«

Unter ihrer Hand fraßen sich einige vergossene Tropfen durch das Metall des Tabletts und fielen auf den Teppich. Es dampfte.

Ein insektenartiges Summen erfüllte den Zuschauersaal, als Hunderte von Personen mehr oder weniger leise miteinander sprachen und Platz nahmen. Frau Gesetzlich suchte nach ihren Schuhen.

»Du hättest sie nicht ausziehen sollen, Mutter.«

»Die Füße haben mich geplagt.«
»Hast du die Stricksachen mitgebracht?«
»Muß sie auf der Toilette vergessen haben.«
»Oh, *Mutter.*«
Henry Gesetzlich markierte die Stelle im Buch, sah zur Decke hoch – und blinzelte. Direkt über ihm, weit oben, sah er einen Ring aus Licht.
Seine Mutter hob ebenfalls den Blick. »Was ist das?«
»Ein Kronleuchter, glaube ich.«
»Scheint ziemlich groß zu sein. Was hält ihn oben?«
»Vermutlich einige spezielle Seile, Mutter.«
»Meiner Ansicht nach sieht's gefährlich aus.«
»Ich bin davon überzeugt, daß es absolut sicher ist, Mutter.«
»Was weißt du von Kronleuchtern?«
»Bestimmt gingen keine Leute in die Oper, wenn sie damit rechnen müßten, daß ihnen ein Kronleuchter auf den Kopf fällt, Mutter«, sagte Henry und versuchte, die Lektüre fortzusetzen.

Il Truccatore, Meister der Verkleidung.
Il Truccatore (Tenor), ein geheimnisvoller Adliger, verursacht einen Skandal in der Stadt, indem er hochgeborenen Damen, als ihre Gatten verkleidet, den Hof macht. Doch Laura (Sopran), die neue Braut von Capriccio (Bariton), weigert sich, dem Drängen des Verführers nachzugeben …

Henry legte ein Lesezeichen in das Buch, holte ein kleineres Buch hervor und schlug unter »Verführer« nach. Er sah sich hier mit einer Welt konfrontiert, die er nicht kannte. Verlegenheit lauerte überall, und er wollte nicht über ein Wort stolpern. Henry verbrachte sein Leben in der ständigen Furcht, *später Fragen beantworten zu müssen.*

… und mit der Hilfe seines Dieners Wingie (Tenor) findet er ein Refugium …

Wieder das Wörterbuch.

… kumuliert …

Und noch einmal.

… alles in der Szene des berühmten Maskenballs im Palast des Herzogs. Doch Il Truccatore hat nicht mit seinem alten Widersacher gerechnet, dem Grafen …

»Widersacher«, seufzte Henry und griff erneut in die Tasche.

Noch fünf Minuten, bis der Vorhang aufging …

Salzella inspizierte die Truppe. Sie bestand aus Dekorateuren, Malern und allen anderen Angestellten, die nicht unbedingt für die Aufführung gebraucht wurden. Am Ende der Reihe hatten etwa fünfzig Prozent von Walter Plinge Haltung angenommen.

»Nun, ihr alle kennt eure Positionen«, sagte Salzella. »Wenn euch irgend etwas auffällt, gebt ihr mir sofort Bescheid. Verstanden?«

»Herr Salzella!«

»Ja, Walter?«

»Wir dürfen die Oper nicht unterbrechen Herr Salzella!«

Der Musikdirektor schüttelte den Kopf. »Die Leute haben bestimmt Verständnis dafür …«

»Die Show muß weitergehen Herr Salzella!«

»Du wirst tun, was man dir sagt, Walter!«

Jemand hob die Hand. »Er hat da nicht ganz unrecht, Herr Salzella …«

Salzella rollte mit den Augen. »Fangt den Geist«, sagte er. »Wenn das ohne großes Geschrei gelingt … um so besser. Ich möchte die Show natürlich nicht unterbrechen.« Er sah, wie sich die Truppe entspannte.

Ein tiefer Ton hallte über die Bühne.

»Um Himmels willen, was war denn das?«

Salzella trat an den Kulissen vorbei und begegnete einem aufgeregten André.

»Was ist los?«

»Wir haben sie repariert, Herr Salzella! Allerdings ... Er will den Platz jetzt nicht räumen ...«

Der Bibliothekar nickte dem Musikdirektor zu. Salzella kannte den Orang-Utan und wußte daher: Wenn er irgendwo sitzen wollte, saß er dort. Aber er war ein erstklassiger Organist. Seine Mittagskonzerte im Großen Saal der Unsichtbaren Universität erfreuten sich enormer Beliebtheit, auch deshalb, weil die Orgel der Universität über alle besonderen akustischen Effekte verfügte, die das musikalische Genie des Absolut Bekloppten Johnson ersinnen konnte. Bevor zwei Affenhände und zwei Affenfüße die Tasten bedienten, hatte sich niemand vorstellen können, daß ein so romantisches Werk wie Doinows *Präludium in G* auch mit »Quietschkissen« und »zerquetschten Kaninchen« gespielt werden konnte.

»Ich denke da nur an die Ouvertüre«, sagte André. »Und an die Ballsaalszene ...«

»Besorg ihm wenigstens eine Fliege«, meinte Salzella.

»Niemand kann ihn sehen. Und sein Hals bietet kaum genug Platz, um ...«

»Wir haben hier einen gewissen Standard, André.«

»Ja, Herr Salzella.«

»Da du heute abend nichts zu tun hast ... könntest du uns dabei helfen, den Geist zu fassen.«

»Gewiß, Herr Salzella.«

»Besorg ihm eine Fliege und komm dann mit mir.«

Kurze Zeit später öffnete der sich selbst überlassene Bibliothekar das Notenheft und plazierte es vorsichtig auf dem Ständer.

Dann griff er unter die Sitzbank und holte eine große braune Tüte mit Erdnüssen hervor. Er wußte noch immer nicht genau, warum André dem anderen Mann gegenüber behauptet hatte, er beanspruche diesen Platz für sich. Die Sache erschien ihm um so seltsamer, da er von André dazu *überredet* worden war, an diesem Abend die Orgel zu spielen. Eigentlich hatte er sich mit einigen sehr interessanten Katalogisierungsarbeiten beschäftigen wollen. Statt dessen schien er die nächsten Stunden an diesem Ort verbringen zu müssen – wobei ein Pfund geschälte Erdnüsse nach Orang-Utan-Maßstäben eine großzügige Bezahlung darstellte. Nun, der menschliche Geist war ein unlösbares Rätsel, und der Bibliothekar freute sich auch bei dieser Gelegenheit darüber, daß er keinen mehr besaß.

Er betrachtete die Fliege. Sie war tatsächlich ein Problem für jemanden, der hinter der Tür gestanden hatte, als die Hälse verteilt wurden.

Oma Wetterwachs blieb vor Loge acht stehen und blickte sich um. Von Frau Plinge war weit und breit nichts zu sehen. Sie öffnete die Tür mit dem vermutlich teuersten Schlüssel der Welt.

»Und du bist brav«, sagte sie.

»Ja, Oh-ma«, stöhnte Greebo.

»Machst nicht in die Ecke oder so.«

»Nein, Oh-ma.«

Oma musterte ihren Begleiter. Trotz der Fliege und des gewichsten Schnurrbarts war er nach wie vor ein Kater. Von solchen Geschöpfen konnte man erwarten, daß sie nur erschienen, wenn es was zu fressen gab.

Das Innere der Loge bestand aus rotem Plüsch und vergoldeten Dekorationen. Sie sah aus wie ein gemütliches privates Zimmer.

Auf der gegenüberliegenden Seite ragten zwei Säulen auf, die einen Teil des Balkons weiter oben stützten. Oma sah über den Rand und stellte fest, daß die Loge ziemlich weit über dem Boden des Saals schwebte. Wahrscheinlich konnte jemand von den angrenzenden Logen herüberklettern, wäre dabei aber von den Zuschauern gesehen worden und hätte sicher Aufmerksamkeit erregt. Sie warf einen Blick unter die Sessel. Sie kletterte auf einen Stuhl und betastete die Decke, an der mehrere golden glänzende Sterne prangten. Sie überprüfte auch den Teppich.

Und schließlich lächelte Oma. Gleich zu Anfang hatte sie geahnt, auf welche Weise der Geist die Loge acht betrat, und jetzt gab es keinen Zweifel mehr.

Greebo spuckte auf seine Hand und versuchte ohne großen Erfolg, sich das Fell – die Haare – zu putzen.

»Setz dich hin und iß die Fischeier«, sagte Oma Wetterwachs.

»Ja, Oh-ma.«

»Und sieh dir die Oper an. Etwas Kultur kann dir nicht schaden.«

»Ja, Oh-ma.«

»Guten Abend, Frau Plinge!« grüßte Nanny fröhlich. »Es ist aufregend, nicht wahr? Die vielen Leute, die alle gespannt darauf warten, daß etwas passiert. Und die Burschen vom Orchester ... verstecken ihre Flaschen und versuchen sich daran zu erinnern, wie man richtig spielt ... Alle freuen sich auf ein neues dramatisches Opernerlebnis ...«

»Oh, hallo, Frau Ogg«, sagte Frau Plinge. Sie spülte Gläser an ihrer kleinen Bar.

»Heute abend sind ziemlich viele Leute da«, meinte Nanny und warf der alten Frau einen kurzen Blick zu.* »Alle Plätze sollen ausverkauft sein, habe ich gehört.«

Die erhoffte Reaktion blieb aus.

»Soll ich dir helfen, in Loge acht sauberzumachen?« fügte sie hinzu.

»Das habe ich vergangene Woche erledigt.« Frau Plinge hielt ein Glas gegen das Licht.

»Ja, aber Ihre Ladyschaft soll sehr pingelig sein«, sagte Nanny. »Nimmt alles sehr genau.«

»Welche Ladyschaft?«

»Herr Eimer hat entschieden, dem Publikum heute abend auch die Plätze in Loge acht zur Verfügung zu stellen«, erklärte Nanny.

Glas klirrte leise. *Aha.*

Frau Plinge erschien in der Tür ihrer kleinen Nische. »Das darf er nicht!«

»Es ist sein Opernhaus«, erwiderte Nanny und beobachtete Frau Plinge aufmerksam. »Ich schätze, er darf es doch.«

»Aber es ist die Loge des *Geistes*!«

Opernbesucher erschienen im Flur.

»Er glaubt wahrscheinlich, daß für einen Abend eine Ausnahme mög-

* Nanny Ogg hielt *sich selbst* nicht für eine alte Frau, obgleich sie nicht zögerte, alle entsprechenden Vorteile zu nutzen, wenn *andere* Leute sie dafür hielten.

lich ist«, sagte Nanny Ogg. »Die Show muß weitergehen, stimmt's? Ist alles in Ordnung mit dir, Frau Plinge?«

»Ich … äh … sollte besser gehen und …«, begann sie und trat vor.

»Nein, du nimmst jetzt Platz und versuchst, dich zu entspannen«, sagte Nanny und drückte Frau Plinge energisch in die Nische zurück.

»Aber ich muß wirklich …«

»*Was* mußt du, Frau Plinge?« fragte Nanny.

Die alte Frau erblaßte. Oma Wetterwachs konnte gemein sein, aber das gehörte zu ihrem ständigen Angebot – es überraschte kaum jemanden, eine Kostprobe davon zu bekommen. Doch wenn Nanny Oggs Stimme plötzlich scharf klang … das war, als würde man von einem lieben Hund gebissen. Und weil es ohne jede Vorwarnung geschah, war es noch schlimmer.

»Du wolltest los, um mit jemandem zu reden, nicht wahr, Frau Plinge?« fragte Nanny sanfter. »Mit jemandem, den es sehr verblüffen würde, zu hören, daß die Loge acht heute abend besetzt ist. Ich glaube, ich könnte den Namen der betreffenden Person nennen, Frau Plinge. Nun, wenn …«

Frau Plinges Hand fuhr mit einer Flasche Sekt in die Höhe und senkte sich wieder in dem Bemühen, den Schoner *Gytha Ogg* dem Meer der Bewußtlosigkeit zu übergeben. Die Flasche prallte ab.

Eine halbe Sekunde später sprang Frau Plinge an der Hexe vorbei und eilte davon. Ihre auf Hochglanz polierten schwarzen Schuhe glänzten.

Nanny Ogg hielt sich am Türrahmen fest und schwankte ein wenig, während blaue und purpurne Lichter ihre Augen blendeten. Es gab auch einige Zwerge im Stammbaum der Ogg, was bedeutete, daß sich ihr Schädel bestens für die Arbeit in einem niedrigen Bergwerksschacht eignete.

Benommen starrte sie auf die Flasche. »Jahr der beleidigten Ziege«, murmelte sie. »Ein guter Jahrgang.«

Dann gewann das Bewußtsein wieder die Oberhand.

Ein Lächeln wuchs in ihrem Gesicht, als sie losgaloppierte und die Verfolgung aufnahm. An Frau Plinges Stelle hätte sie sich ebenso verhalten, allerdings fester zugeschlagen.

Agnes wartete mit den anderen darauf, daß sich der Vorhang hob. Sie gehörte zu etwa fünfzig Bürgern, die zuhörten, während Enrico Basilica von seinem Erfolg als Meister der Verkleidung sang. Wichtig während dieser Phase der Oper war, daß der Chor zwar den Schilderungen der Handlung zuhörte, doch danach an akutem Gedächtnisschwund litt, damit spätere Demaskierungen überraschen konnten.

Aus irgendeinem Grund trugen die meisten »Bürger« Hüte mit sehr breiten Krempen. Wer nicht in der Lage gewesen war, sich einen zu beschaffen, blickte immer wieder besorgt nach oben.

Hinter dem Vorhang begann Herr Trubelmacher mit der Ouvertüre.

Enrico legte den Hühnerknochen, an dem er geknabbert hatte, auf ein Tablett und nickte. Der wartende Bühnenarbeiter setzte sich in Bewegung.

Die Oper begann.

Frau Plinge erreichte das Ende der großen Treppe und hielt sich schnaufend am Geländer fest.

Die Oper hatte begonnen. Niemand war in der Nähe. Kein Geräusch deutete darauf hin, daß sie verfolgt wurde.

Sie richtete sich auf und versuchte, wieder zu Atem zu kommen.

»Hallihallo, Frau Plinge!«

Nanny Ogg hielt die Sektflasche wie eine Keule und erreichte ziemlich schnell die erste Kurve des Geländers. Sie beugte sich geschickt zur Seite, wahrte das Gleichgewicht, erreichte die Gerade und neigte sich erneut zur Seite, als vor ihr die nächste Kurve auftauchte …

Und dann erschien die große vergoldete Statue am Ende der Treppe. Die Tücke aller Geländer, die des Herunterrutschens wert sind, besteht darin, daß an ihrem Ende etwas Scheußliches lauert. Doch Nanny Ogg reagierte sofort. Sie schwang ein Bein herum und stieß sich genau im richtigen Augenblick ab. Die Nägel ihrer Stiefel kratzten Furchen in den Marmor, als sie sich drehte und vor der Alten zum Stehen kam.

Frau Plinge wurde hochgehoben und in die Schatten hinter einer anderen Statue getragen.

»Du solltest nicht noch einmal versuchen, vor mir wegzulaufen, Frau

Plinge«, flüsterte Nanny, als sie Walters Mutter die Hand auf den Mund preßte. »Sei jetzt *ganz still.* Und halt mich bloß nicht für nett. Nett bin ich nur im Vergleich zu Esme, und das ist praktisch jeder ...«

»Mmf!«

Mit der einen Hand hielt Nanny Frau Plinges Arm fest, die andere blieb auf ihrem Mund, als sie hinter der Statue hervorspähte. In der Ferne ertönte Gesang.

Nichts geschah. Nach einer Weile keimte Besorgnis in ihr. Vielleicht fürchtete sich der junge Mann. Vielleicht hatte ihm Frau Plinge irgendein Signal übermittelt. Vielleicht glaubte er, daß die Welt derzeit zu gefährlich war für Geister, obwohl Nanny bezweifelte, daß er jemals zu einem solchen Schluß gelangen würde.

Wenn nicht bald was passierte, ging der erste Akt vorbei, ohne daß ...

Irgendwo öffnete sich eine Tür. Eine schlaksige Gestalt – sie trug einen schwarzen Anzug und ein absurd wirkendes Barett – durchquerte das Foyer und ging die Treppe hoch. Oben wandte sie sich in Richtung der Logen und verschwand.

»Weißt du ...« Nanny versuchte, die Steifheit aus ihren Gliedern zu vertreiben. »Eigentlich ist Esme dumm ...«

»Mmf?«

»Bei der Frage, wie ein Geist die Loge betritt und wieder verläßt, denkt sie zuerst an die Tür. Wenn man vergeblich nach einem geheimen Zugang sucht, dann gibt es ihrer Meinung nach keinen. Nun, ein geheimer Zugang, der gar nicht existiert, ist der beste geheime Zugang, den man sich denken kann – weil ihn niemand findet. In dieser Hinsicht denkt ihr viel zu opernhaft. Ihr verbringt zuviel Zeit hier drin und beschäftigt euch mit dummen Aktivitäten, und das wirkt sich auf euer Denken aus. Die Leute finden keine geheime Tür, deshalb sagen sie: Meine Güte, wie geheim muß diese geheime Tür sein. Normale Personen wie Esme und ich würden sagen: Vielleicht gibt es gar keine. Und die beste Möglichkeit für den Geist, sich unbemerkt zu bewegen, ist die, gesehen zu werden, ohne daß man ihm Aufmerksamkeit schenkt. Das gilt besonders dann, wenn er Schlüssel hat. Auf Walter achtet niemand. Alle sehen einfach woanders hin.«

Nanny lockerte ihren Griff ein wenig. »Ich gebe dir keine Schuld, Frau Plinge. Ich würde wie du versuchen, einem meiner Söhne zu helfen. Aber du hättest Esme gleich zu Anfang vertrauen sollen. Sie wird dir helfen, wenn sie kann.«

Nanny Ogg ließ Frau Plinge los, hielt jedoch vorsichtshalber die Sektflasche bereit.

»Und wenn sie *nicht* helfen kann?« fragte Frau Plinge bitter.

»Glaubst du, daß Walter die Leute umgebracht hat?«

»Er ist ein guter Junge?«

»Das dürfte ›nein‹ bedeuten, oder?«

»Vielleicht steckt man ihn ins Gefängnis!«

»Das wird Esme bestimmt nicht zulassen«, erwiderte Nanny.

Etwas kroch in Frau Plinges nicht sehr wachsames Bewußtsein. »Was soll das heißen, sie wird es nicht zulassen?«

»Ich meine, wenn Oma Wetterwachs ein Machtwort spricht, dann hat sie ... äh ... ein Machtwort gesprochen.«

»Oh, Frau Ogg ...«

»Sei unbesorgt«, sagte Nanny – der Hinweis kam recht spät, wenn man die Umstände berücksichtigte. Ihr fiel ein, daß die unmittelbare Zukunft für alle Beteiligten etwas weniger problematisch war, wenn Frau Plinge ihre wohlverdiente Ruhe bekam. Sie griff unter ihr Kleid und holte eine kleine Flasche hervor, die zur Hälfte mit trüber, orangefarbener Flüssigkeit gefüllt war. »Hier, trink einen Schluck. Es beruhigt die Nerven ...«

»Was ist das?«

»Eine Art Tonikum«, entgegnete Nanny. Sie löste mit dem Daumen den Korken, und an der Decke über ihr blätterte etwas Farbe ab. »Wird aus Äpfeln hergestellt. Hauptsächlich ...«

Walter Plinge blieb vor Loge acht stehen und sah sich um.

Er nahm das Barett, verstaute es in der Tasche und setzte die Maske auf.

Er straffte die Gestalt – mit der Maske schien Walter ein ganzes Stück größer zu sein.

Er holte einen Schlüssel hervor und schloß die Tür auf. Als er die Loge betrat, bewegte er sich nicht mehr wie Walter Plinge: Alle seine Nerven und Muskeln standen unter voller athletischer Kontrolle.

Die Geräusche der Oper strömten ihm entgegen. Roter Plüsch bedeckte die Wände, teilweise hinter schweren Gardinen verborgen. Die Stühle hatten hohe Rückenlehnen und dicke Polster.

Der Geist ließ sich auf einen davon sinken.

Auf einem anderen Stuhl beugte sich jemand vor. »Meine Fischeier bekommsst du nicht!«

Der Geist sprang auf. Hinter ihm klickte das Schloß der Tür.

Oma trat an den Gardinen vorbei.

»Tja, so sieht man sich wieder«, sagte sie.

Die Gestalt wich zum Rand der Loge zurück.

»Du solltest besser nicht springen«, meinte Oma. »Es geht ziemlich tief hinunter.« Sie richtete einen besonders durchdringenden Blick auf die weiße Maske. »Und nun, Herr Phantom ...«

Der Geist sprang auf die Brüstung der Loge, verbeugte sich vor Oma und hechtete nach oben.

Oma Wetterwachs blinzelte.

Bisher hatte niemand ihrem besonders durchdringenden Blick standhalten können ...

»Hier ist es zu dunkel«, brummte sie. »Greebo!«

Der Napf mit Kaviar flog aus nervösen Fingern und bescherte jemandem im Parkett eine überraschende Fischerfahrung.

»Ja, Oh-ma!«

»Fang ihn! Wenn du ihn schnappst, bekommst du einen Räucherhering zur Belohnung!«

Greebo knurrte fröhlich. Das gefiel ihm schon besser. Die Oper hatte den Reiz für ihn verloren, als er begriff, daß niemand einen Eimer mit kaltem Wasser über den Sängern ausschütten würde. Dinge zu verfolgen ... damit kannte er sich aus.

Agnes sah die Bewegung aus den Augenwinkeln. Jemand sprang aus einer der Logen und kletterte zum Balkon hinauf. Eine andere Gestalt folgte ihm und schob sich mit sicherer Eleganz an vergoldeten Cherubinen vorbei.

Die Sänger verstummten plötzlich. Es konnte kein Zweifel daran bestehen, um wen es sich bei der ersten Gestalt handelte.

Um den Geist.

Der Bibliothekar hörte, wie das Orchester aufhörte zu spielen. Irgendwo jenseits des Bühnenhintergrunds hielten die Sänger inne. Aufgeregte Stimmen murmelten, und zwei Schreie erklangen.

Das Fell des Bibliothekars prickelte. In ihm erwachten gewisse Instinkte, die normalerweise dazu dienten, das Überleben der Spezies in einem dichten Regenwald zu gewährleisten. Sie hatten sich inzwischen an das Leben in einer Großstadt gewöhnt – eigentlich bestand der Unterschied nur darin, daß es in Ankh-Morpork mehr Fleischfresser und weniger Regen gab.

Er griff nach der beiseite gelegten Fliege und band sie sich sorgfältig um die Stirn, was ihn wie einen Kamikaze aussehen ließ. Dann warf er das Notenheft der Oper von sich und starrte einige Sekunden ins Leere. Tief in seinem Innern wußte er, daß besondere Situationen besondere musikalische Untermalung erforderten.

Dieser Orgel mangelte es an einigen Komponenten, die der Bibliothekar inzwischen für wesentlich hielt: Es gab weder ein Donner-Pedal noch eine fast vierzig Meter lange Erdbeben-Pfeife. Außerdem fehlte eine Tiergeräusch-Klaviatur. Aber bestimmt konnte er mit den Baß-Registerzügen etwas Interessantes anstellen.

Er streckte die Arme aus und ließ die Fingerknöchel knacken, was bei ihm eine ganze Weile dauerte.

Und dann begann er zu spielen.

Der Geist tanzte am Rand des Balkons entlang und stieß dabei Hüte und Operngläser beiseite. Die Zuschauer beobachteten das Geschehen erstaunt und klatschten dann. Sie wußten nicht genau, wie dieses Ereignis in die Handlung der Oper paßte, aber bei Opern konnte man nie wissen.

Er erreichte die Mitte des Balkons, drehte sich um, rannte ...

... stieß sich vom Rand ab, flog hoch über dem Publikum, flog noch weiter ...

... und landete auf dem Kronleuchter, der klirrte und schwankte.

Die Zuschauer standen auf und applaudierten noch lauter, als der Geist durch die klimpernden Schichten des Leuchters kletterte und sich dem Seil näherte.

Die zweite Gestalt eilte ebenfalls über den Balkon und folgte der ersten. Sie war kräftiger gebaut, hatte nur ein Auge, breite Schultern und eine schmale Taille. Der Mann wirkte auf faszinierende Weise unheilvoll, wie ein Pirat, der wirklich wußte, was die Totenkopfflagge bedeutete. Er nahm keinen Anlauf, stieß sich einfach nur ab, als er die dem Kronleuchter am nächsten liegende Stelle erreichte.

Man konnte auf den ersten Blick erkennen, daß er es nicht schaffen würde.

Und dann fragten sich die Leute, wie er es geschafft hatte.

Wer das Geschehen mit Hilfe eines Opernglases beobachtete, würde später schwören, daß der Mann einen Arm ausstreckte, der den Kronleuchter nur streifte – was es ihm trotzdem ermöglichte, seinen ganzen Leib zu drehen und hochzuziehen.

Zwei oder drei Beobachter schworen noch feierlicher, daß die Fingernägel des Mannes um etwa zehn Zentimeter wuchsen, als er den Kronleuchter berührte.

Der gewaltige Glasberg schwang an seinem Seil, und als er sich ganz zur einen Seite geneigt hatte, streckte sich Greebo wie ein Trapezkünstler. Dem Publikum entfuhr ein anerkennendes »Oooh«.

Greebo wandte sich in die andere Richtung. Der Leuchter zögerte kurz und schwang dann zurück.

Während er über dem Parkett bimmelte, nutzte der hängende Mann das Bewegungsmoment, um sich nach oben schleudern zu lassen. Er vollführte einen Salto rückwärts und landete mitten in den Kristallen. Kerzen und Prismen fielen auf diverse Sitze tief unten.

Die Zuschauer klatschten und jubelten, als die Gestalt das Seil erklomm und dem Geist folgte.

Henry Gesetzlich versuchte, seinen Arm zu bewegen, aber ein heruntergefallener Kristall hatte den Ärmel an die Armlehne geheftet.

Er sah sich mit einem Dilemma konfrontiert, das ihn verlegen machte. Einerseits glaubte er, daß so etwas nicht passieren sollte, andererseits war er nicht *sicher.*

Um ihn herum flüsterten sich die Leute Fragen zu.

»Gehört das zur Handlung?«

»Ich denke schon.«

»Oh, ja. Es gehört zweifellos dazu«, sagte jemand, der einige Plätze entfernt saß und die Aura des Kenners zur Schau stellte. »Ja. Die berühmte Verfolgungsszene. Natürlich. Ja. Sie wurde auch in Quirm gezeigt.«

»Oh ... ja. Ja. Jetzt erinnere ich mich. Habe davon gehört ...«

»Eine verdammt gute Szene«, kommentierte Frau Gesetzlich.

»Mutter!«

»Wurde auch Zeit, daß was Aufregendes passiert. Du hättest mir rechtzeitig Bescheid geben sollen, Henry. Dann hätte ich meine Brille aufgesetzt.«

Nanny Ogg eilte die Treppe zu den Soffitten hoch.

»Etwas ist schiefgegangen!« stieß sie atemlos hervor und nahm mit jedem Schritt zwei Stufen auf einmal. »Esme glaubt immer, daß sie die Leute nur anstarren muß, und schon ist die Sache geritzt. Und wer muß nachher alles in Ordnung bringen?«

Die alte Holztür am oberen Ende der Treppe gab Nanny Oggs Tritt nach, der durch ihr Bewegungsmoment noch größeren Nachdruck bekam. Dahinter erstreckte sich tiefe Düsternis. Mehrere Personen liefen darin herum. Beine erschienen im Licht von Laternen. Verschiedene Stimmen riefen etwas.

Jemand sprintete Nanny entgegen.

Sie duckte sich, beide Daumen an dem Korken der ordentlich geschüttelten Sektflasche, die sie sich unter den Arm geklemmt hatte.

»Das ist eine Magnum«, sagte sie. »Und ich bin durchaus bereit, sie zu trinken!«

Die Gestalt verharrte. »Oh, du bist's, Frau Ogg ...«

Nannys unfehlbares Gedächtnis lieferte sofort die Einzelheiten des betreffenden Individuums. »Peter, nicht wahr?« Sie entspannte sich. »Der mit den schmerzenden Füßen, stimmt's?«

»Ja, Frau Ogg.«

»Wirkt das Puder, das ich dir gegeben habe?«

»Es geht mir jetzt viel besser, Frau Ogg ...«

»Was ist hier los?«

»Herr Salzella hat den Geist gefangen!«

»Tatsächlich?«

Nannys Augen gewöhnten sich allmählich an die Dunkelheit. Sie erkannte so etwas wie Ordnung in dem Chaos. Beim Kronleuchter hatte sich eine Gruppe gebildet.

Salzella saß auf dem Holzboden. Sein Kragen war zerrissen, und ihm fehlte ein Ärmel, aber in seinen Augen leuchtete es triumphierend.

Er hob etwas und winkte damit.

Das Objekt war weiß und wirkte wie der Teil eines Schädels.

»Plinge!« sagte er. »Walter Plinge steckt dahinter! Ihm nach!«

»Walter?« erwiderte einer der Männer ungläubig.

»Ja, *Walter*.«

Ein anderer Mann eilte herbei und schwang seine Laterne.

»Ich habe gesehen, wie der Geist zum Dach gerannt ist! Und ein einäugiger Bursche folgt ihm wie eine übergeschnappte Katze!«

Hier geht etwas nicht mit rechten Dingen zu, dachte Nanny.

»Zum Dach!« rief Salzella.

»Sollten wir uns nicht vorher lodernde Fackeln besorgen?«

»Die sind nicht obligatorisch!«

»Wie wär's mit Heugabeln und Sensen?«

»Braucht man nur bei Vampiren!«

»Und wenn wir wenigstens *eine* Fackel mitnehmen?«

»Aufs Dach, und zwar sofort, verstanden?«

Der Vorhang fiel. Hier und dort erklang Applaus, aber er verlor sich im allgemeinen Schnattern der Stimmen.

Die Chorsänger wandten sich einander zu. »Gehörte das dazu?«

Staub rieselte herab. Bühnenarbeiter kletterten weit oben über Balken und Gerüststangen. Dumpfe Echos hallten von hochgezogenen Kulissen wider. Jemand eilte mit einer brennenden Fackel auf die Bühne.

»He, was geht hier vor?« fragte ein Tenor.

»Sie haben den Geist aufgestöbert! Der Bursche flieht zum Dach! Es ist *Walter Plinge*!«

»Was, Walter?«

»*Unser* Walter Plinge?«

»Ja!«

Der Mann sauste in einem Funkenregen davon und hinterließ die Hefe des Gerüchts, die sofort den Teig des Chors aufgehen ließ.

»Walter? Ausgeschlossen!«

»Nuuun ... er ist ein bißchen seltsam, nicht wahr?«

»Aber erst heute morgen hat er zu mir gesagt: Es ist ein schöner Tag, Herr Sidney. War ganz normal. Ich meine, normal für Walter ...«

»Um ganz ehrlich zu sein ... Mir erschien es immer sonderbar, daß sich seine Augen unabhängig voneinander bewegen ...«

»Und er ist ständig anwesend!«

»Ja, aber er erledigt hier alles ...«

»Auch Leute!«

»Es ist nicht Walter«, sagte Agnes.

Alle sahen sie an.

»Eben haben wir gehört, daß man ihn verfolgt, Teuerste.«

»Ich habe keine Ahnung, wer verfolgt wird, aber eins steht fest: Walter ist nicht der Geist. Wieso glaubt ihr eigentlich, daß er der Geist sein könnte?« entfuhr es Agnes scharf. »Er könnte nicht einmal einer Fliege etwas zuleide tun! Außerdem habe ich beobachtet ...«

»Er kam mir immer ein bißchen ölig vor.«

»Und es heißt, daß er oft den Keller aufsucht. Weshalb, frage ich mich. Sehen wir den Tatsachen ins Auge. Er ist verrückt.«

»Er verhält sich nicht wie ein Verrückter!« widersprach Agnes.

»Aber es schien immer, als könnte er jeden Augenblick ausrasten, oder? Ich sehe nach, was jetzt geschieht. Kommt jemand mit?«

Agnes gab auf und stellte sich einer sehr unangenehmen Erkenntnis: Manchmal wird die Vernunft mit Füßen getreten – von den Füßen der Leute, die sehen wollen, was geschieht.

Eine Klappe öffnete sich. Der Geist kletterte aufs Dach, sah nach unten und schloß die Klappe. Darunter erklang dumpfes Heulen.

Er eilte über die Schindeln, bis er die mit Wasserspeiern bestückte Brüstung erreichte. Schwarz und silbern erstreckte sie sich im Mondschein. Der Wind zupfte an seinem dunklen Umhang, als der Geist am Rand des Daches entlanglief und sich neben einer anderen Klappe niederkniete.

Einer der Wasserspeier streckte plötzlich den Arm aus und nahm dem Geist die Maske ab.

Es war, als hätte jemand Schnüre durchgeschnitten.

»Guten Abend, Walter«, sagte Oma, als der junge Mann auf die Knie sank.

»Hallo Fräulein Wetterwachs!«

»Frau«, korrigierte Oma. »Steh auf.«

Irgendwo unter dem Dach ertönte leises Knurren, dann pochte es. Im Mondschein war zu sehen, wie sich die Falltür kurz hob.

»Es ist nett hier oben, nicht wahr?« fragte Oma. »Es gibt viel frische Luft, und man kann die Sterne sehen. Nach oben oder unten, habe ich mich gefragt. Aber unten gibt's nur Ratten.«

Sie streckte erneut die Hand aus, griff nach Walters Kinn und drehte seinen Kopf so, daß er sie ansehen mußte. Zur gleichen Zeit kletterte Greebo aufs Dach, dazu bereit, jemanden in Stücke zu reißen.

»Wie funktioniert dein Bewußtsein, Walter? Wenn dein Haus in Flammen stünde – was würdest du dann als erstes herausholen?«

Greebo stapfte knurrend übers Dach. Er mochte Dächer; einige seiner angenehmsten Erinnerungen betrafen Ereignisse, die sich auf Dächern abgespielt hatten. Doch ihm war gerade eine Falltür auf den Kopf gerammt worden, und er hoffte, jemandem den Bauch aufschlitzen zu können.

Dann erkannte er in Walter Plinge die Person, die ihm zu fressen gegeben hatte. Und neben ihm bemerkte er die sehr unwillkommene Gestalt von Oma Wetterwachs – sie hatte ihn einmal beim Wühlen in ihrem Garten erwischt und das zum Anlaß genommen, ihn in bestimmte Weichteile zu treten.

Walter sagte etwas. Greebo achtete nicht darauf.

»Ausgezeichnet«, erwiderte Oma Wetterwachs. »Eine gute Antwort. Greebo!«

Er stieß Walter in den Rücken.

»Will Milch jetzt ssofort, schnurr, schnurr!«

Oma warf ihm die Maske zu. In der Ferne eilten Leute die Treppe herauf und riefen.

»Setz das auf! Und du duckst dich, Walter Plinge. Ein Maskierter sieht praktisch genauso aus wie ein anderer. Und wenn man dich verfolgt, Greebo ... heiz ihnen ordentlich ein. Wenn du dir Mühe gibst, bekommst du zur Belohnung ...«

»Ja, ich weiß«, sagte Greebo niedergeschlagen und nahm die Maske. Der in Aussicht gestellte Räucherhering verlangte ihm eine ganze Menge ab.

Jemand öffnete die Falltür und sah aufs Dach. Greebos Maske spiegelte den Mondschein, und selbst Oma mußte zugeben, daß er einen sehr guten Geist abgab. Einen Beitrag dazu leistete das morphogenetische Feld des Katers, das inzwischen damit begonnen hatte, die ursprüngliche Struktur wiederherzustellen: Seine Krallen konnten jetzt nicht mehr mit Fingernägeln verwechselt werden.

Er spuckte in Richtung der Verfolger, als sie über das Dach eilten, schob sich noch etwas näher an den Rand heran, krümmte herausfordernd den Rücken – und trat ins Leere.

Einen Stock weiter unten streckte er den Arm aus, hielt sich an einem Fenstersims fest und landete auf dem Kopf eines Wasserspeiers, der vorwurfsvoll sagte: »Oh, herflichen Dank, fehr nett von dir.«

Die Verfolger blickten zu ihm herab. Einige von ihnen hatten sich lodernde Fackeln besorgt, denn manchmal sind alte Traditionen stark genug, ihre Beachtung zu erzwingen.

Greebo fauchte spöttisch, sprang über Fenstersimse, Abflußrohre und Balkone. Ab und zu hielt er kurz inne, um sich in eindrucksvoller Pose zu zeigen und erneut höhnisch zu fauchen.

»Wir sollten ihm besser folgen, Korporal de Nobbs«, sagte einer der Verfolger, der etwas hinter den anderen zurückblieb.

»Wir sollten ihm besser folgen, indem wir ganz langsam und vorsichtig die Treppe hinuntergehen, meinst du wohl. Ich hab nämlich was getrunken, das nicht im Magen bleiben will. Wenn wir weiterlaufen, lasse ich was davon zurück.«

Die übrigen Mitglieder der Schar gelangten unterdessen zu dem Schluß, daß sich ihre Lebenserwartung möglicherweise drastisch verringerte, wenn sie die Verfolgung an der ziemlich vertikalen Außenwand des Gebäudes fortsetzten. Synchron drehten sie sich um, winkten mit den Fackeln und kehrten zur Treppe zurück.

Hinter der Menge kam Nanny Ogg zum Vorschein. Sie hielt eine Heugabel in der einen Hand und eine Fackel in der anderen, fuchtelte mit beidem und brummte dabei: »Rhabarbar, Rhabarbar.«

Oma näherte sich und klopfte ihr auf die Schulter. »Sie sind weg, Gytha.«

»Rhabar... Oh, hallo, Esme«, sagte Nanny und ließ die Instrumente gerechten Zorns sinken. »Ich bin nur mitgekommen, um sicherzustellen, daß die Sache nicht außer Kontrolle gerät. Habe ich da eben Greebo gesehen?«

»Ja.«

»Ach, ist er nicht tapfer?« seufzte Nanny. »Er schien ein bißchen verärgert zu sein. Hoffentlich läuft ihm niemand über den Weg.«

»Wo ist dein Besen?« fragte Oma.

»Im Besenschrank hinter der Bühne.«

»Ich leihe ihn mir aus und beobachte, wie sich die Dinge weiterentwickeln«, sagte Oma.

»He, er ist *mein* Kater«, wandte Nanny ein. »Ich sollte darauf achten, daß ihm nichts geschieht ...«

Oma trat beiseite, wodurch eine am Boden kauernde Gestalt sichtbar wurde. »Du kümmerst dich um Walter Plinge. Das kannst du besser als ich.«

»Hallo Frau Ogg!« sagte Walter in klagendem Tonfall.

Nanny musterte ihn kurz.

»Er ist also …?«

»Ja.«

»Du meinst, er hat die Leute umge…«

»Was glaubst du?« fragte Oma.

»Nun, wenn du's unbedingt wissen willst … Ich glaube nicht, daß er jemanden ermordet hat. Kann ich unter vier Augen mit dir reden, Esme? Was ich dir zu sagen habe, ist nicht für Walters Ohren bestimmt.«

Die Hexen traten zur Seite und flüsterten miteinander.

»Alles ist ganz einfach, wenn man die Antwort kennt«, sagte Oma. »Ich kehre bald zurück.«

Sie eilte davon. Nanny hörte, wie ihre Schuhe auf den Treppenstufen klapperten.

Sie richtete ihren Blick wieder auf Walter. »Hoch mit dir.«

»Ja Frau Ogg!«

»Ich schätze, wir müssen einen sicheren Platz für dich finden.«

»Ich kenne einen verborgenen Ort Frau Ogg!«

»Tatsächlich?«

Walter wankte übers Dach und deutete stolz auf eine weitere Falltür.

»Das da?« Nanny wirkte skeptisch. »Sieht mir nicht sehr geheim aus.«

Walter sah verwirrt darauf hinab – und lächelte dann wie ein Wissenschaftler, der eine besonders komplizierte Gleichung gelöst hat. »Es ist dort verborgen wo es jeder sehen kann Frau Ogg!«

Nanny musterte ihn verblüfft, doch in Walters Augen entdeckte sie nur trübe Unschuld.

Er hob die Falltür und deutete höflich nach unten. »Du gehst vor mir hinunter damit ich nicht deinen Schlüpfer sehe!«

»Sehr … freundlich von dir«, erwiderte Nanny. So etwas hatte sie nie zuvor gehört.

Der junge Mann wartete geduldig, bis sie das Ende der Leiter erreicht hatte, dann folgte er ihr schnell.

»Dies ist ein altes Treppenhaus, nicht wahr?« fragte Nanny und neigte ihre Fackel der Dunkelheit entgegen.

»Ja! Es reicht ganz nach unten! Es sei denn man steht unten! Von dort reicht es ganz nach oben!«

»Weiß sonst noch jemand davon?«

»Der Geist Frau Ogg!« sagte Walter und begann mit dem Abstieg.

»Oh, ja«, entgegnete Nanny langsam. »Und wo ist der Geist jetzt, Walter?«

»Weggelaufen!«

Nanny Ogg hob die Fackel. Walters Gesicht verriet noch immer nichts. »Was macht der Geist?«

»Er wacht über die Oper.«

»Das ist sicher sehr nett von ihm.«

Nanny setzte sich in Bewegung. Schatten tanzten um sie herum, als Walter sagte: »Weißt du sie hat mir eine ganz einfache Frage gestellt Frau Ogg! Eine so einfache Frage daß jeder Narr die Antwort kennt!«

»Oh, ja«, sagte Nanny und sah zur Wand. »Über ein Haus, das in Flammen steht, nehme ich an …«

»Ja! Sie fragte was ich als erstes herausholen würde wenn mein Haus in Flammen stünde!«

»Als braver Junge würdest du bestimmt deine Mama in Sicherheit bringen«, meinte Nanny.

»Nein! Meine Mama kommt auch allein zurecht!«

Nanny betastete die Wand. Die Türen waren zugenagelt worden, als man dieses Treppenhaus aufgegeben hatte. Wer hier unterwegs war und aufmerksam lauschte, konnte viele Dinge in Erfahrung bringen …

»Was würdest du aus dem Haus holen, Walter?« fragte sie.

»Das Feuer!«

Nanny starrte an die Wand, ohne sie zu sehen. Langsam breitete sich ein Lächeln in ihrem Gesicht aus.

»Du bist dumm, Walter Plinge«, sagte sie.

»Dumm wie Bohnenstroh Frau Ogg!« erwiderte Walter fröhlich.

Aber du bist nicht verrückt, fügte Nanny in Gedanken hinzu. Du bist dumm, aber geistig völlig gesund. So würde Esme deinen Zustand beurteilen. Und es gibt Schlimmeres.

Greebo lief über den Breiten Weg und fühlte sich plötzlich nicht mehr sehr wohl. Immer wieder zuckten seine Muskeln auf seltsame Weise. Ein Prickeln im verlängerten Rücken deutete darauf hin, daß ihm ein Schwanz wachsen wollte, und seine Ohren schienen bestrebt zu sein, an den Seiten des Kopfes emporzukriechen, was recht peinlich sein kann, wenn es in Gesellschaft geschieht.

In diesem besonderen Fall war die Gesellschaft etwa hundert Meter hinter ihm und offenbar dazu entschlossen, seine Ohren ein großes Stück von ihrer gegenwärtigen Position zu entfernen, so peinlich das auch werden mochte.

Und die Entfernung schrumpfte. Normalerweise wäre es Greebo nicht schwergefallen, den Abstand zu vergrößern, aber diesmal schienen seine Knie ständig eine andere Richtung einschlagen zu wollen.

Daheim bestand seine Verteidigungstaktik darin, auf die Wassertonne hinter Nanny Oggs Hütte zu springen und mit den Krallen tiefe Furchen in die Nasen der Verfolger zu kratzen, wenn sie um die Ecke kamen. Das hätte einen achthundert Kilometer langen Sprint erfordert, deshalb mußte er nach einer Alternative suchen.

Vor einem der Häuser stand eine Kutsche. Greebo rannte zu ihr hin, sprang auf den Kutschbock, griff nach den Zügeln und wandte sich kurz an den Kutscher.

»Verschwinde!«

Greebos Zähne glänzten im Mondschein. Der Kutscher hielt es für besser, jedes Risiko zu vermeiden, und ließ sich rasch und gründlich von der Nacht verschlingen.

Die Pferde bäumten sich auf und versuchten, von Null auf vollen Galopp zu beschleunigen. Tiere lassen sich nicht so leicht täuschen wie Menschen. Die Rösser wußten, daß eine ziemlich große Katze hinter ihnen saß. Daß sie zufälligerweise die Gestalt eines Menschen hatte, spielte dabei nur eine untergeordnete Rolle.

Die Kutsche rollte los. Greebo sah über seine zuckende Schulter zu der vom Fackelschein erhellten Verfolgerschar und winkte spöttisch mit einer Pfote. Er fand solchen Gefallen daran, daß er aufs Dach der schwankenden Kutsche kletterte und die Leute weiter verhöhnte.

Katzen neigen dazu, ihre Gegner von einem sicheren Ort aus zu verspotten. In diesem Fall wäre es besser gewesen, wenn Katzen auch über die Fähigkeit verfügten, richtig zu steuern.

Ein Rad traf die Brüstung der Messingbrücke und schabte daran entlang. Funken stoben von der eisernen Felge. Die jähe Erschütterung schleuderte Greebo vom Dach, und er landete mitten auf der Straße, während entsetzte Pferde die von einer Seite zur anderen schwankende Kutsche mit sich zerrten.

Die Verfolger zögerten.

»Was macht er jetzt?«

»Er steht einfach nur da.«

»Er ist ganz allein, und wir sind viele, stimmt's? Wir könnten ihn leicht überwältigen.«

»Gute Idee. Bei ›drei‹ laufen wir los und schnappen ihn, einverstanden? Eins ... zwei ... drei.« Eine kurze Pause. »Du bist nicht losgelaufen.«

»Du auch nicht.«

»Ja, aber *ich* habe ›eins, zwei, drei‹ gezählt. Du solltest laufen.«

»Erinnert ihr euch an das, was er mit Herrn Pfundler angestellt hat?«

»Ja. Nun, ich konnte den Burschen ohnehin nicht ausstehen ...«

Greebo knurrte. Seltsames geschah in seinem Leib. Er neigte den Kopf nach hinten und brüllte.

»Hört mal ... Schlimmstenfalls erwischt er ein oder zwei von uns ...«

»Oh, und daran gibt es nichts auszusetzen?«

»Warum windet er sich so hin und her?«

»Vielleicht hat er sich beim Sturz von der Kutsche verletzt ...«

»Holen wir uns den Kerl!«

Die Verfolger näherten sich. Greebo war in einem morphogenetischen Feld gefangen, das zwischen zwei verschiedenen Spezies fluktuierte. Er rammte dem ersten Mann die Faust ins Gesicht, dem zweiten zerriß er mit einer großen Pfote das Hemd.

»Oh, Miiiiii...«

Zwanzig Hände packten ihn. Und dann, mitten in dem dunklen Durcheinander, hielten die zwanzig Hände nur noch leere Kleidung fest. Zwanzig rachsüchtige Stiefel trafen nichts weiter als leere Luft. Keulen und Knüppel, die ein fratzenartiges, knurrendes Gesicht treffen sollten, klatschten ihren Eigentümern ans Ohr.

»...iiiaaaooouuu!«

Ein Ball aus grauem Pelz schoß mit angelegten Ohren aus dem Beinwald, ohne daß jemand auf ihn achtete.

Die Tritte und Hiebe hörten erst auf, als die Menge begriff, daß sie sich damit nur selbst schadete. Da der Intelligenzquotient einer Gruppe dem IQ des Dümmsten geteilt durch die Anzahl der Gruppenmitglieder entspricht, wußte später niemand zu sagen, was überhaupt geschehen war. Sie hatten den Geist gestellt, und er konnte unmöglich geflohen sein. Doch nur eine Maske und zerfetzte Kleidungsstücke erinnerten an ihn. Woraus die Verfolger den Schluß zogen, daß der Geist in den Fluß gefallen war. Nun, um so besser.

Die Leute freuten sich so sehr darüber, ihre Pflicht erfüllt zu haben und Helden zu sein, daß sie beschlossen, in der nächsten Taverne zu feiern.

Zurück blieben Feldwebel Graf de Tritus und Korporal Graf de Nobby Nobbs, der zur Mitte der Brücke schlenderte und dort auf einige Kleidungsfetzen hinabstarrte.

»Das Kommandeur Mumm bestimmt nicht gefallen wird«, sagte Detritus. »Du weißt ja, daß er möchte Gefangene lebend.«

»Ja, aber in diesem Fall wäre der Bursche ohnehin gehängt worden«, erwiderte Nobby, der versuchte, aufrecht zu stehen. »Wir haben gerade so etwas wie ... angewandte Demokratie beobachtet. So wurde eine Menge gespart, zum Beispiel ein Seil, die Abnutzung von Schlössern und Schlüsseln ...«

Detritus kratzte sich am Kopf. »Sollte hier nicht sein Blut?« fragte er.

Nobby warf ihm einen mißmutigen Blick zu. »Der Kerl kann unmöglich entkommen sein. Also haben solche Fragen keinen Sinn.«

»Aber wenn man Menschen schlägt hart genug, dann Blut aus ihnen herausläuft«, erwiderte Detritus.

Nobby seufzte. Aus solchen Leuten bestand die Wache heutzutage.

Witterten überall Geheimnisse und Rätsel. Früher, als die Stadtwache nur eine kleine Gruppe gewesen und nach den Prinzipien einer gesunden Lässehfähr-Politik vorgegangen war, hätte sie den Anhängern der Lynchjustiz gratuliert und anschließend den Patrouillengang vorzeitig beendet. Doch seit Mumm zum Kommandeur befördert worden war, bevorzugte er Leute, die immerzu Fragen stellten. Davon ließ sich sogar Detritus beeinflussen, der selbst nach Trollmaßstäben als dämlich galt.

Detritus bückte sich nun und hob eine Augenklappe auf.

»Was glaubst du denn?« fragte Nobby. »Hältst du es für möglich, daß er sich in eine Fledermaus verwandelt hat und davongeflattert ist?«

»Ha! Das nach bisheriger Polizeierfahrung als sehr unwahrscheinlich bezeichnet werden muß«, meinte Detritus.

»Nun, wenn du wissen willst, was *ich* glaube ...«, begann Nobby. »Wenn man das Unmögliche ausgeklammert hat, so bleibt in den meisten Fällen das Unwahrscheinliche übrig, das es jedoch nicht wert ist, daß man sich darüber in einer kalten Nacht den Kopf zerbricht. Kalte Nächte eignen sich viel besser dazu, den einen oder anderen leckeren Tropfen zu schlabbern. Ich möchte ein Bein des Elefanten, der mich gebissen hat.«

»Das ist Ironie?«

»Nein, eine Metapher.«

Detritus betastete die Kleidungsfetzen und versuchte nachzudenken.

Etwas strich an seinem Bein entlang – ein Kater, der nur noch mit einem Auge sehen konnte und dessen Gesicht wie eine fellbedeckte Faust aussah.

»Hallo, kleine Katze«, sagte Detritus.

Der Kater streckte sich und grinste. »Verrrschwinde, Bulle ...«

Detritus blinzelte. Es gibt keine Trollkatzen. Die erste Katze hatte Detritus kurz nach seinem Eintreffen in Ankh-Morpork gesehen – um wenig später festzustellen, daß man sie nur schwer essen konnte. Bisher hatte er nicht gewußt, daß diese Geschöpfe sprachen. Andererseits wußte er um seinen Ruf, die dümmste Person in der ganzen Stadt zu sein, und er wollte sich auf keinen Fall laut über sprechende Katzen wundern, wenn sich vielleicht herausstellte, daß sie schon immer gesprochen hatten.

Etwa anderthalb Meter entfernt lag etwas Weißes im Rinnstein. Detritus griff behutsam danach. Das Ding sah nach der Maske aus, die der Geist getragen hatte.

Das war vermutlich ein Indiz.

Er winkte aufgeregt damit. »He, Nobby ...«

»Danke.« Etwas sauste durch die Dunkelheit, riß die Maske aus der Hand des Trolls und verschwand in der Nacht.

Korporal Nobbs drehte sich um. »Ja?«

»Äh ... wie groß werden Vögel? Normalerweise, meine ich.«

»Meine Güte, keine Ahnung. Einige sind klein, andere groß. Wieso fragst du?«

Detritus saugte an seinem Finger. »Oh, nur so«, erwiderte er. »Ich viel zu klug bin, um zu wundern mich über ganz gewöhnliche Dinge.«

Etwas platschte.

»Es ist naß hier unten, Walter«, sagte Nanny.

Außerdem schien die muffige und schwere Luft das Licht der Fackel erdrücken zu wollen. Die Flamme brannte mit einem düsteren Glanz.

»Es ist jetzt nicht mehr weit Frau Ogg!«

Schlüssel klirrten in der Finsternis, dann quietschten Angeln.

»Ich habe das hier gefunden Frau Ogg! Die geheime Höhle des Geistes!«

»Eine geheime Höhle, wie?«

»Du mußt jetzt die Augen schließen! Du mußt jetzt die Augen schließen!« drängte Walter.

Nanny schloß nicht nur die Augen, sondern auch die Hand fester um die Fackel, nur für den Fall. »Ist der Geist hier, Walter?« fragte sie.

»Nein!«

Nanny Ogg vernahm das leise Klappern einer Streichholzschachtel, dann dumpfes Schlurfen ...

»Jetzt kannst du die Augen wieder öffnen Frau Ogg!«

Sie hob die Lider.

Farben und Licht verschmolzen miteinander und bildeten anschließend erste Konturen, zunächst vor Nannys Pupillen, dann auch hinter ihrer Stirn. «Meine Güte«, murmelte sie. »Na so was ...«

Kerzen brannten überall: große, niedrige Exemplare, wie jene, die man zur Beleuchtung der Bühne gebrauchte. Sie schwammen in flachen Schüsseln.

Der Glanz schimmerte über den Schnabel eines großen Schwans und spiegelte sich im Auge eines riesigen, herabhängenden Drachen wider.

Nanny Ogg drehte sich langsam um. Sie hatte erst seit recht kurzer Zeit Gelegenheit, Erfahrungen mit Opern zu sammeln, doch Hexen lernen schnell: *Dort* war der Flügelhelm, den Hildabrun in *Der Ring der Nibelungingung* getragen hatte, und *dort* war der gestreifte Pfahl aus *Der Barbier von Pseudopolis*, und *dort* war das falsche Pferd mit der lustigen Falltür aus *Die verzauberte Pikkoloflöte*. Und *dort ...*

... dort gab es die Oper im wahrsten Sinne des Wortes haufenweise. Wenn man einen ersten Eindruck gewonnen hatte, bemerkte man danach rissige Farbe und abbröckelnden Putz und Schimmel. Man hatte die alten Requisiten und abgewetzten Kostüme an diesem Ort untergebracht, weil sie niemand mehr haben wollte.

Doch hier unten lag jemandem etwas an ihnen. Beim zweiten oder dritten Blick sah der aufmerksame Beobachter reparierte Stellen und neue Anstriche.

In dem kleinen noch freien Bereich stand ein Schreibtisch. Nanny stellte fest, daß er eine Tastatur hatte, vor der mehrere Stapel Papier lagen.

Walter lächelte stolz.

Nanny näherte sich dem tischartigen Etwas. »Das ist ein Harmonium? Eine kleine Orgel?«

»Ja das stimmt Frau Ogg!«

Nanny griff nach den Blättern. Ihre Lippen bewegten sich, als sie die fein säuberliche Handschrift las.

»Eine Oper über *Katzen*?« fragte sie. »Habe noch nie von einer Oper über *Katzen* gehört ...«

Sie überlegte kurz und dachte dann: Aber warum nicht? Eigentlich ist es eine ausgezeichnete Idee. Das Leben von Katzen gleicht einer Oper, wenn man genauer darüber nachdenkt.

Sie griff nach den anderen Papierbündeln und blätterte. »*Burschen und Trolle*? *Geschichte der mittwärtigen Seite*? *Miserabel Les*? Wer ist damit gemeint? *Sieben Zwerge für sieben andere Zwerge*? Was bedeutet das, Walter?«

Nanny setzte sich, drückte einige der vergilbten Tasten und hörte, daß sie leise quietschten. Unter dem Harmonium entdeckte sie zwei große Pedale. Sie trat einen Blasebalg, mit dessen Hilfe die alten Tasten Töne erzeugen konnten – Geräusche, die den Klängen einer echten Orgel ebenso nah kamen wie »verflixt« dem herzhaften Fluchen.

Hier sitzt Wal... der Geist also, dachte Nanny. Unter der Bühne, inmitten der Überreste längst vergessener Aufführungen. Unter dem großen, fensterlosen Raum, in dem Abend für Abend Musik erklang, die Gefühle stimulierte und von den Wänden widerhallte, ohne jemals ganz zu verstummen. Hier unten arbeitete der Geist, mit einem Bewußtsein so offen wie ein Brunnen, mit einem Selbst, das sich nach Oper sehnte. Die Oper kam durch seine Ohren herein, und das Ich des Geistes schuf daraus etwas anderes.

Nanny trat einige Male versuchsweise auf die Pedale. Luft zischte aus kleinen Rissen und undichten Säumen. Sie spielte einige Noten und hörte schrille Töne. Wie dem auch sei, dachte die Hexe. Manchmal stimmt die alte Lüge. Manchmal kommt es nicht auf die Größe an, sondern darauf, was man damit macht.

Walter beobachtete sie erwartungsvoll.

Nanny nahm ein weiteres Papierbündel und sah auf die erste Seite. Doch Walter beugte sich vor und nahm ihr das Manuskript aus der Hand.

»Das ist noch nicht fertig Frau Ogg!«

Noch immer herrschte Aufregung im Opernhaus. Die eine Hälfte des Publikums war nach draußen gegangen; die andere verharrte im Saal und wartete darauf, daß sich weitere interessante Ereignisse zutrugen. Das Orchester beriet sich in der Grube und bereitete eine Petition vor, die eine Störungen-durch-den-Geist-Zulage verlangte. Der Vorhang war geschlossen. Einige Chorsänger standen noch auf der Bühne; ihre Kollegen nahmen an der Verfolgungsjagd teil. In der prickelnden Luft spürte man jene Art von Elektrizität, die entsteht, wenn es im zivilisierten Leben zu vorübergehenden Kurzschlüssen kommt.

Agnes eilte von Gerücht zu Gerücht. Man hatte den Geist gefangen und als Walter Plinge identifiziert. Walter Plinge hatte den Geist geschnappt. Jemand anders hatte ihn überwältigt. Der Geist war entkommen. Der Geist war tot.

Überall wurde erregt diskutiert.

»Ich kann einfach nicht glauben, daß Walter dahintersteckt! Ich meine, lieber Himmel ... ausgerechnet *Walter*?«

»Was ist mit der Show? Sie muß weitergehen. Wir hören *nie* mit der Show auf, nicht einmal, wenn jemand stirbt!«

»Oh, wir haben die Show einmal unterbrochen, als jemand starb ...«

»Ja, aber nur lange genug, um die Leiche von der Bühne zu tragen.«

Agnes wich in die Kulissen zurück und trat auf etwas. »Entschuldigung«, sagte sie automatisch.

»Es war nur mein Fuß«, erwiderte Oma Wetterwachs. »Nun ... wie gefällt es dir in der Großstadt, Agnes Nitt?«

Agnes drehte sich um. »Oh ... hallo, Oma ...«, murmelte sie. Etwas trotziger fügte sie hinzu: »Hier bin ich nicht Agnes, herzlichen Dank.«

»Es befriedigt dich sicher sehr, die Stimme einer anderen zu sein.«

»Ich beschäftige mich mit Dingen, mit denen ich mich schon immer beschäftigen wollte.« Agnes atmete tief durch und schwoll zu ihrer vollen Breite an. »Und du kannst mich nicht daran hindern!«

»Eigentlich gehörst du gar nicht dazu«, sagte Oma im Plauderton. »Du gibst dir Mühe, stellst aber immer wieder überrascht fest, daß du dich selbst beim Beobachten anderer Leute beobachtest. Und du denkst die falschen Gedanken, habe ich recht?«

»Sei still!«

»Ah. Dachte ich mir.«

»Ich habe nicht die geringste Absicht, Hexe zu werden. O nein, ausgeschlossen!«

»Reg dich nur nicht auf, nur weil du weißt, daß es früher oder später doch passiert. Du wirst eine Hexe, weil du eine Hexe bist. Und wenn du Walter Plinge jetzt den Rücken kehrst ... wer weiß, was dann mit ihm geschieht?«

»Er ist nicht tot?«

»Nein.«

Agnes zögerte. »Ich *wußte*, daß er der Geist ist«, begann sie. »Doch dann wurde mir klar, daß er es gar nicht sein kann.«

»Hm«, brummte Oma. »Hast du dich vielleicht von dem leiten lassen, was deine Augen dir zeigten? An einem Ort wie diesem?«

»Einer der Bühnenarbeiter hat eben erzählt, sie hätten den Geist aufs Dach verfolgt und dann auf die Straße, um ihn schließlich zu erschlagen.«

»Nun, du kommst nie sehr weit, wenn du glaubst, was du *hörst*. Was *weißt* du?«

»Was ich weiß? Was soll das heißen?«

»Komm mir bloß nicht auf die schlaue Tour, junge Dame.«

Agnes musterte Oma und hielt es für besser, an diesem Punkt nachzugeben. »Ich weiß, daß er der Geist ist«, sagte sie.

»Ja.«

»Aber mir ist auch klar, daß er nicht der Geist sein kann.«

»Ja?«

»Und ich weiß ... ich meine, ich bin ziemlich sicher, daß er niemandem schaden möchte.«

»Gut. Ausgezeichnet. Es fällt Walter schwer, rechts von links zu unterscheiden, aber er weiß, was richtig und was falsch ist.« Oma Wetterwachs rieb sich die Hände. »Na, damit dürfte alles geklärt sein.«

»Wie bitte? Das Rätsel ist doch überhaupt nicht gelöst!«

»O doch. Wir wissen, daß Walter nichts mit den Morden zu tun hat, woraus folgt: Wir müssen den wahren Schuldigen finden. Und das ist ganz einfach.«

»Wo ist Walter jetzt?«

»Nanny hat ihn an einem sicheren Ort untergebracht.«

»Sie ist ganz allein?«

»Ich habe gerade gesagt, daß sie Walter Gesellschaft leistet.«

»Ich meine nur ... nun, er ist ein wenig sonderbar.«

»Nur ein bißchen.«

Agnes seufzte und wollte darauf hinweisen, daß es nicht ihr Problem war. Doch das hatte keinen Sinn. Das Wissen hockte wie ein selbstgefälliger Eindringling in ihrem Bewußtsein. Worum es auch immer ging: Es war auch ihr Problem.

»Na schön«, sagte sie. »Ich helfe, wenn ich kann – weil ich hier bin. Aber nachher ist es *vorbei*, klar? Nachher läßt du mich in Ruhe. Versprochen?«

»Meinetwegen.«

»In Ordnung. Ich ...« Agnes unterbrach sich. »O nein, das war viel zu einfach. Ich traue dir nicht.«

»Du traust mir nicht?« wiederholte Oma. »Du sagst allen Ernstes, daß du mir nicht traust?«

»Ja. Bestimmt findest du eine Möglichkeit, dich aus der Verpflichtung des Versprechens herauszuwinden.«

»Ich winde mich nie irgendwo heraus«, widersprach Oma. »Außerdem ist es Nanny Ogg, die glaubt, daß wir unbedingt eine dritte Hexe brauchen. *Meiner* Meinung nach ist das Leben auch so schon schwer genug – ohne ein Mädchen, das einem dauernd im Weg ist, nur weil es glaubt, mit einem spitzen Hut gut auszusehen.«

Eine kurze Pause folgte. »Auch darauf falle ich nicht herein«, erwiderte Agnes schließlich. »Du sagst, ich sei zu dumm, eine Hexe zu sein. Darauf antworte ich: O nein, dazu bin ich nicht zu dumm. Im Endeffekt läuft alles darauf hinaus, daß du dich wieder durchsetzt. Ich bin lieber die Stimme einer anderen Person als eine alte Hexe ohne Freunde, vor der sich alle fürchten, eine Hexe, die nur etwas schlauer ist als andere Leute und die eigentlich gar keine richtige Magie anwendet ...«

Oma neigte den Kopf ein wenig zur Seite.

»Mir scheint, deine Sinne sind so scharf, daß du dich an ihnen schneiden könntest. Na schön. Wenn alles vorbei ist, lasse ich dich deinen Lebensweg selbst bestimmen. Ich werde nicht versuchen, dich aufzuhalten. So, und jetzt zeig mir den Weg zu Herrn Eimers Büro ...«

Nanny lächelte das Fröhlicher-alter-Apfel-Lächeln. »Gib mir das Manuskript, Walter«, sagte sie. »Es kann doch nicht schaden, wenn ich einen Blick hineinwerfe. Nicht bei der alten Nanny.«

»Du darfst es erst sehen, wenn es fertig ist!«

»Oh, ich bitte dich.« Nanny verabscheute sich selbst, als sie die Atombombe abwarf. »Deine Mama soll doch nicht zu hören bekommen, daß du ein unartiger Junge gewesen bist, oder?«

Der Ausdruck in Walters wächserner Miene veränderte sich, als ihm mehrere Gedanken gleichzeitig durch den Kopf gingen. Er gab keinen Ton von sich, als er Nanny das Manuskript reichte.

»Du bist wirklich ein guter Junge«, lobte Nanny Ogg.

Sie sah sich die ersten Seiten an und rückte etwas näher ans Licht. »Hmm.«

Sie trat die Pedale des Harmoniums und drückte mit der linken Hand die Tasten der Noten, die sie kannte – viele waren es nicht. Trotzdem entstand eine angenehm klingende Melodie. »He …«

Ihre Lippen bewegten sich, als sie die Geschichte las.

»Das finde ich wirklich erstaunlich, Walter«, sagte sie. »Es ist eine Oper über einen Geist, der in einem Opernhaus wohnt.« Nanny blätterte. »Ein sehr kluger und verwegener Geist. Hat eine geheime Höhle …«

Wieder spielte sie einige Takte. »Die Musik ist auch nicht schlecht.«

Sie las weiter und gab gelegentliche Kommentare wie »Sieh mal einer an« und »Du liebe Zeit« ab. Dann und wann richtete sie einen anerkennenden Blick auf Walter.

»Ich frage mich, warum der Geist das hier geschrieben hat, Walter«, sagte sie nach einer Weile. »Ein interessanter Bursche. Hat alles in der Musik zum Ausdruck gebracht.«

Walter blickte zu Boden. »Bestimmt gibt es viele Schwierigkeiten Frau Ogg!«

»Oh, Oma und ich bringen alles in Ordnung«, erwiderte Nanny.

»Es ist falsch zu lügen«, betonte Walter.

»Ja, wahrscheinlich«, räumte Nanny ein, die deshalb noch nie in Verlegenheit geraten war.

»Es wäre nicht richtig wenn meine Mama ihre Arbeit verliert Frau Ogg.«

»Nein, das wäre tatsächlich nicht richtig.«

Nanny gewann den Eindruck, daß Walter versuchte, ihr etwas mitzuteilen. »Äh … welche Lügen sollte man besser nicht erzählen, Walter?«

Die Augen des jungen Mannes schienen sich vorzuwölben. »Lügen über … Dinge die man sieht Frau Ogg! Selbst wenn man sie wirklich sieht.«

Nanny hielt den Zeitpunkt für gekommen, Walter mit dem oggischen Blickwinkel vertraut zu machen. »Man kann ruhig Lügen erzählen, wenn man nicht auch Lügen *denkt*«, behauptete sie.

»Er meinte meine Mama würde ihre Arbeit verlieren und mich würde man einsperren wenn ich was sage Frau Ogg!«

»Tatsächlich? Und wen meinst du mit ›er‹?«

»Den Geist Frau Ogg!«

»Ich schätze, Oma sollte dir einmal in den Kopf schauen«, murmelte Nanny. »Dein Bewußtsein ist vermutlich ebenso durcheinander wie ein abgewickeltes Wollknäuel.« Nachdenklich trat sie in die Pedale des Harmoniums. »Hat der Geist all diese Musik geschrieben, Walter?«

»Es ist falsch Lügen über den Raum mit den Säcken zu erzählen Frau Ogg!«

Aha, dachte Nanny. »Er ist hier unten, nicht wahr?«

»Er hat mir verboten jemandem davon erzählen!«

»Wer?«

»Der Geist Frau Ogg!«

»Aber du …« Nanny suchte nach geeigneten Worten und versuchte es anders. »Aber ich bin nicht jemand«, sagte sie. »Und angenommen, ich folge dir, wenn du den Raum mit den Säcken aufsuchst – dann hast du mir doch nichts davon erzählt, oder? Es wäre wohl kaum deine Schuld, wenn dir eine alte Frau folgt.«

Schmerzliche Unschlüssigkeit zeigte sich in Walters Zügen. Seine unberechenbare Logik hatte kaum eine Chance gegen Nanny Oggs verbale Verführungskunst. Er trat gegen eine Person an, die das Wahre als einen Bezugspunkt akzeptierte, sich davon jedoch keine Fesseln anlegen ließ. Nanny Ogg konnte sich während eines Tornados durch einen Korkenzieher denken, ohne jemals die Wände zu berühren.

»Außerdem ist es sowieso in Ordnung, wenn es mich betrifft«, sagte sie. »Er hat bestimmt nur vergessen, ›Abgesehen von Frau Ogg‹ hinzuzufügen.«

Langsam streckte Walter die Hand aus und griff nach einer Kerze. Wortlos drehte er sich um, trat durch die Tür und kehrte in den dunklen, feuchten Keller zurück.

Nanny Ogg folgte ihm, und ihre Stiefel quatschten im Schlamm.

Die Entfernung ließ sich nur schwer abschätzen. Nanny glaubte, daß sie sich schon nicht mehr unter dem Opernhaus befanden, aber sie war nicht sicher. Ihre eigenen Schatten tanzten um sie herum, und sie passierten noch dunklere und feuchtere Räume als die hinter ihnen liegenden. Vor einem Stapel aus halb vermodertem Holz blieb Walter stehen und zog einige verfaulte Planken beiseite.

Darunter kamen Säcke zum Vorschein.

Nanny trat nach einem, und das Ding riß auf.

Im flackernden Kerzenschein rutschten schimmernde Objekte aus dem Sack heraus, begleitet von einem charakteristischen Geräusch: Münzen, die über Münzen kratzten. Geld. Jede Menge Geld. Genug Geld, um zu vermuten, daß es entweder einem Dieb oder einem Verleger gehörte, und von Büchern war weit und breit nichts zu sehen.

»Was ist das, Walter?«

»Das Geld des Geistes Frau Ogg!«

In der gegenüberliegenden Wand des Raums war eine quadratische Öffnung. Wasser glänzte einige Zentimeter darunter. Neben dem Loch standen mehrere Behälter unterschiedlicher Art: alte Keksdosen, zerbrochene Schalen und ähnliches. In jedem Behälter steckte ein Stock beziehungsweise der traurige Rest eines Strauchs.

»Und das, Walter? Was ist das?«

»Rosenbüsche Frau Ogg!«

»Hier unten? Aber an einem solchen Ort kann nichts wa…«

Nanny unterbrach sich.

Sie platschte zu den Töpfen. Jemand hatte sie mit Schlamm gefüllt; Schleim glänzte an den toten Stielen.

Nein, hier unten konnte nichts wachsen. Es gab kein Licht. Wenn etwas wachsen wollte, brauchte es etwas anderes, das Energie lieferte. Und...

Nanny hielt die Kerze etwas näher und schnupperte. Ja. Der charakteristische Duft war zwar schwach, aber eindeutig vorhanden. Rosen in der Dunkelheit.

»Na so was, Walter Plinge«, sagte sie. »Du bist immer für eine Überraschung gut.«

Bücher stapelten sich auf Herrn Eimers Schreibtisch.

»Was du da machst, ist falsch, Oma Wetterwachs«, sagte Agnes von der Tür her.

Oma sah auf. »Ist es ebenso falsch, wie das Leben anderer Leute für sie zu leben?« erwiderte sie. »Oder, noch schlimmer, das Leben anderer Leute *selbst* zu leben. Ist es so falsch?«

Agnes schwieg. Oma Wetterwachs konnte nicht *Bescheid wissen.*

Oma wandte sich wieder den Büchern zu. »Nun, dies *sieht* nur falsch aus. Und der Schein trügt häufig. Behalte du den Flur im Auge, junge Dame.«

Erneut nahm sie sich Teile des Chaos aus zerknitterten Briefumschlägen und zerfransten Zetteln vor, aus dem hier die Bücher bestanden. Es war ein einziges Durcheinander, sogar noch mehr. Es war mehr als ein »normales« Durcheinander, in dem zumindest eine zufällige Ordnung existierte. In diesem Fall war das Chaos völlig chaotischer Natur, was die Vermutung nahelegte, daß Absicht dahintersteckte.

Zum Beispiel die Kontobücher. Sie enthielten viele kleine Reihen und Spalten, aber jemand hatte es nicht für nötig gehalten, in Linienpapier zu investieren. Hinzu kam eine Handschrift, die ständig dazu neigte, hin und her zu wandern. Auf der linken Seite waren vierzig Reihen, auf der rechten reduzierte sich ihre Anzahl auf sechsunddreißig. Der Grund dafür ließ sich nur schwer feststellen, da einem die Augen tränten.

»Was hast du gefunden?« fragte Agnes und wandte den Blick vom Flur ab.

»Es ist erstaunlich«, sagte Oma. »Manche Dinge sind zweimal eingetragen! Und bestimmt gibt es hier eine Seite, auf der jemand den Monat addiert und die Uhrzeit subtrahiert hat!«

»Ich dachte, du magst keine Bücher dieser Art«, meinte Agnes.

»Da hast du ganz recht«, bestätigte Oma. »Solche Bücher können einem direkt ins Auge sehen und trotzdem lügen. Wie viele Geigenspieler sind in der Kapelle?«

»Ich glaube, dem Orchester gehören neun Violinisten an.«

Oma nahm die Berichtigung nicht zur Kenntnis.

»Interessant«, sagte Oma. »Anscheinend werden insgesamt zwölf bezahlt, aber drei stehen auf der anderen Seite.« Sie rieb sich zufrieden die Hände. »Sie fallen nur auf, wenn man ein gutes Gedächtnis hat.«

Ihr dürrer Finger folgte einer weiteren zittrigen Kolonne. »Was ist eine fliegende Ratsche?«

»Keine Ahnung.«

»Hier steht: Reparatur der fliegenden Ratsche, neue Federn für rotierendes Getriebe, Wartung. Hundertsechzig Dollar und dreiundsechzig Cent. Ha!«

Sie befeuchtete ihren Finger und blätterte.

»Selbst Nanny geht nicht so schlecht mit Zahlen um«, sagte Oma. »Um so schludrig mit Zahlen umzugehen, muß man sie gut kennen. Kein Wunder, daß hier nie Geld verdient wird. Genausogut könnte man versuchen, ein Sieb zu füllen.«

Agnes eilte herein. »Es kommt jemand!«

Oma stand auf und blies die Laterne aus. »Versteck dich hinter den Gardinen.«

»Und du?«

»Oh… ich werde nur unauffällig.«

Agnes eilte zum großen Fenster und drehte sich dort zu Oma um, die am Kamin stand.

Die Gestalt der alten Hexe … verblaßte. Sie verschwand nicht, verschmolz nur mit dem Hintergrund.

Ein Arm wurde Teil des Kaminsimses. Ein Teil des Kleides mutierte zu einem Schatten, und der Ellenbogen ging in den Stuhl über. Omas Gesicht verlor sich in einer Vase mit halb verwelkten Blumen.

Sie war immer noch da wie die Frau des Rätselbilds, das manchmal im Almanach Verwirrung stiftete: Man konnte darin die alte Frau oder das junge Mädchen sehen, aber nicht beide zugleich, da die eine Darstellung aus den Schatten der anderen bestand. Oma Wetterwachs stand nach wie vor am Kamin, aber man sah sie nur, wenn man von ihrer Präsenz wußte.

Agnes blinzelte. Woraufhin ihre Augen nur noch den Stuhl, das Feuer und formlose Schemen wahrnahmen.

Die Tür schwang auf. Agnes trat hinter die Vorhänge und kam sich ebenso auffällig vor wie eine große Erdbeere im Eintopf. Sie zweifelte kaum daran, daß ihr Herz laut genug schlug, um sie zu verraten.

Die Tür schloß sich mit einem leisen Klicken. Jemand durchquerte das Zimmer. Holz kratzte über Holz, als ein Stuhl bewegt wurde.

Kurz darauf ertönte eine andere Art von Kratzen, gefolgt von einem Zischen – ein Streichholz wurde entzündet. Dann ein Klirren vom Glas der Lampe …

Plötzlich herrschte völlige Stille.

Agnes erstarrte. Die Lampe war nicht angezündet worden. Das Licht hätte sie gewiß gesehen, auch hinter dem dichten Vorhang.

Jemand im Zimmer versuchte mit viel Erfolg, völlig still zu sein.

Jemand im Zimmer hatte Verdacht geschöpft.

Eine Diele knarrte laaangsam, als verlagerte jemand sein Gewicht.

Ein Schrei steckte in Agnes' Kehle und wollte unbedingt heraus. Nur mit großer Mühe gelang es ihr, weiterhin keinen Ton von sich zu geben. Es fiel ihr so schwer, daß sie befürchtete, jeden Augenblick platzen zu müssen. Der Griff des Fensters, der bisher nur leicht gegen ihren Rücken gedrückt hatte, schien sich nun hartnäckig in ihren Leib bohren zu wollen. Ihr Mund war so trocken, daß er vermutlich wie eine Türangel quietschte, wenn sie schluckte.

Es konnte unmöglich jemand sein, der das Recht hatte, sich hier aufzuhalten. Berechtigte Personen blieben nicht mucksmäuschenstill.

Die Sache mit dem Fenstergriff wurde immer mehr zu einer *persönlichen* Angelegenheit.

Agnes versuchte, an etwas anderes zu denken ...

Der Vorhang bewegte sich. Jemand stand auf der anderen Seite.

Wenn ihr Hals nicht völlig trocken gewesen wäre ... dann hätte sie vielleicht schreien können.

Sie spürte die fremde Präsenz durch den Stoff vor ihr. Bestimmt riß gleich jemand den Vorhang beiseite.

Agnes sprang, soweit sie dazu überhaupt imstande war; es war mehr ein vertikales Walzen. Der Vorhang wogte, und die junge Frau stieß mit jemandem jenseits davon zusammen, um in einem Durcheinander aus Gliedmaßen und zerrissenem Samt auf dem Boden zu landen.

Sie schnappte nach Luft und lastete schwer auf dem zitternden Bündel unter ihr.

»Ich schreie!« drohte sie. »Und *wenn* ich schreie, kommen dir die Trommelfelle aus der Nase!«

Der Fremde gab jeden Widerstand auf.

»*Perdita*?« brachte er undeutlich hervor.

Über ihr löste sich ein Ende der Gardinenstange aus der Halterung. Messingringe rutschten herunter und fielen einer nach dem anderen zu Boden.

Nanny wandte sich erneut den Beuteln und Säcken zu. Jeder einzelne war prall gefüllt mit Münzen, die leise klimperten, wenn man sie berührte.

»Das ist eine Menge Geld, Walter«, sagte Nanny langsam.

»Ja Frau Ogg!«

Wenn es um Geld ging, verlor Nanny schnell den Überblick – was keineswegs bedeutete, daß dieses Thema nicht von Interesse für sie war. Doch wenn dabei ein gewisses Maß überschritten wurde, gewann alles eine traumhafte Qualität. Aber in diesem Fall konnte sie sicher sein, daß bei *soviel* Geld auch anderen Leuten der Atem stockte.

»Wenn ich dich fragen würde, wie das hierhergekommen ist ...«, sagte sie, »... bekäme ich wahrscheinlich von dir zu hören, daß der Geist dahintersteckt, stimmt's? So wie bei den Rosen?«

»Ja, Frau Ogg.«

Nanny musterte ihn besorgt. »Hier unten bist du doch sicher, oder? Bleib bitte hier. Ich glaube, ich muß mit einigen Leuten reden.«

»Wo ist meine Mama, Frau Ogg?«

»Sie schläft, Walter.«

Mit dieser Auskunft schien sich der junge Mann zufriedenzugeben.

»Du bleibst ganz ruhig in ... in dem Raum da drüben sitzen, in Ordnung?«

»Ja, Frau Ogg!«

»Du bist ein guter Junge.«

Wieder sah sie zu den Geldsäcken. Geld bedeutete Probleme.

Agnes wich zurück.

André stemmte sich auf den Ellenbogen und zog einen Teil des Vorhangs von seinem Gesicht. »Meine Güte, was machst du denn hier?« fragte er.

»Ich wollte ... He, was *ich* hier mache? *Du* bist doch herumgeschlichen!«

»Und *du* hast dich hinter dem Vorhang versteckt!« André stand auf und griff nach den Streichhölzern. »Wenn du das nächstemal eine Lampe ausbläst, denk daran, daß sie noch eine Zeit heiß bleibt.«

»*Wir* haben ... Nachforschungen angestellt ...«

Die Lampe glühte. André drehte sich um. »Wir?« wiederholte er.

Agnes nickte und sah zu Oma. Die Hexe hatte sich nicht von der Stelle gerührt, doch man mußte sich sehr konzentrieren, um sie inmitten der Schatten und Schemen zu erkennen.

André nahm die Lampe und trat vor.

Die Düsternis wogte.

»Nun?«

Agnes ging durchs Zimmer und streckte die Hand aus. Hier stand der Stuhl, da die Vase und dort ... nichts.

»Aber eben war sie noch hier!«

»Ein Geist, wie?« fragte André sarkastisch.

Agnes drehte den Kopf von einer Seite zur anderen.

Wenn eine Lampe tiefer als das Gesicht der beleuchteten Person gehalten wird, kommt es zu einem seltsamen Effekt. Die Schatten entstanden dort, wo eigentlich alles hell bleiben sollte. Die Zähne schienen länger zu werden. Agnes begriff plötzlich, daß sie sich unter sehr seltsamen Umständen in einem Zimmer aufhielt, in dem sie eigentlich nichts zu suchen hatte, zusammen mit einem Mann, der jetzt nicht mehr so freundlich wirkte wie sonst.

»Ich schlage vor, daß du jetzt sofort zur Bühne zurückkehrst«, sagte André. »Das ist zweifellos das Beste für dich. Und misch dich nicht in Dinge ein, die dich nichts angehen. Du hast dich bereits viel zu sehr mit dieser Angelegenheit beschäftigt.«

Die Furcht wich zwar aus Agnes, fand aber einen Platz, an dem sie sich in Ärger verwandeln konnte.

»So was muß ich mir nicht gefallen lassen! Vielleicht bist *du* der Geist!«

»Ach?« erwiderte André. »Warst du nicht davon überzeugt, daß sich Walter Plinge hinter der weißen Maske des Geistes verbirgt? Und jetzt ist er tot ...«

»Nein, ist er nicht!«

Die Worte platzten aus Agnes heraus, bevor sie ihre Zunge unter Kontrolle bringen konnte. Eigentlich wollte sie nur den Spott aus Andrés Zügen vertreiben, und das gelang ihr auch. Doch sein neuer Gesichtsausdruck war keine Verbesserung.

Eine Diele knarrte.

Sie drehten sich beide um.

In der Ecke neben dem Bücherschrank ragte ein Hutständer auf. Sicher lag es an den Schatten, daß er aus diesem besonderen Blickwinkel Ähnlichkeit mit einer alten Frau hatte. Oder ...

»Verdammte Dielen«, sagte Oma Wetterwachs. Sie wurde wieder sichtbar und trat in die Mitte des Zimmers.

Wie Agnes später erklärte, war Oma keineswegs unsichtbar gewesen. Sie verschmolz einfach mit der Umgebung, bis sie schließlich entschied, sich wieder der Aufmerksamkeit anderer Personen darzubieten. Sie hatte sich auf perfekte Weise im Hintergrund gehalten.

»Wie bist du hereingekommen?« fragte André. »Ich habe mich gründlich im Zimmer umgesehen!«

»Sehen ist glauben«, erwiderte Oma ruhig. »Das Problem besteht darin, daß glauben auch sehen ist, und von beidem gab's hier in letzter Zeit zuviel. Nun, ich weiß, daß du nicht der Geist bist, also: Warum treibst du dich hier herum, an einem Ort, an dem du nichts zu suchen hast?«

»Das könnte ich dich auch fragen ...«

»Mich? Ich bin eine Hexe, *und ich verstehe mein Handwerk*!«

»Sie ... äh ... kommt aus Lancre, aus meiner Heimat«, murmelte Agnes und versuchte, auf ihre Füße zu blicken.

»Ach, ist sie etwa die Hexe, die das Buch geschrieben hat?« erwiderte André. »Ich habe davon gehört ...«

»Nein! Ich bin viel schlimmer als sie, verstanden?«

»Sie hat recht«, bestätigte Agnes.

André maß Oma mit einem abschätzenden Blick und schien sich zu fragen, wie seine Chancen standen. Offenbar gelangte er zu dem Schluß, daß sie ihn hastig verließen wie Ratten das sinkende Schiff.

»Ich ... halte an düsteren Orten nach ... Schwierigkeiten Ausschau«, sagte er.

»Tatsächlich?« entgegnete Oma scharf. »Für solche Leute gibt es einen häßlichen Namen.«

»Ja«, pflichtete ihr André bei. »Sie heißen ›Polizisten‹.«

Nanny Ogg verließ den Keller des Opernhauses und rieb sich nachdenklich das Kinn. Noch immer liefen Musiker und Chorsänger umher; sie fragten sich vermutlich, was als nächstes geschehen würde. Der Geist war so anständig gewesen, sich während der Pause jagen und töten zu lassen, was rein theoretisch bedeutete, daß der dritte Akt beginnen konnte, sobald Herr Trubelmacher die vermißten Angehörigen des Orchesters aus den nächsten Tavernen geholt hatte. Die Show mußte weitergehen.

Ja, dachte Nanny. Sie muß weitergehen. Es ist wie vor einem Gewitter, wenn sich dunkle Wolken zusammenballen.

Nein. Es war wie beim Liebesakt. Diese Metapher hatte einen weitaus angemesseneren oggischen Charakter. Man gab alles dabei und erreichte früher oder später einen Punkt, an dem man weitermachen mußte – weil man es sich gar nicht vorstellen konnte aufzuhören. Der Inspizient konnte den Darstellern und allen anderen einige Dollar vom Lohn abziehen, was diese nicht daran hinderte, sich bei der nächsten Vorstellung erneut auf der Bühne einzufinden. Die Show ging weiter, immer.

Nanny erreichte eine Leiter und kletterte zu den Soffitten hinauf.

Sie war nicht sicher gewesen. Und sie mußte jetzt sicher sein.

Leer und dunkel erstreckte sich der Bereich über der Bühne. Vorsichtig ging Nanny über einen Laufsteg, bis sie sich über dem Zuschauersaal befand. Die brummenden Stimmen des Publikums drangen dumpf durch die Decke unter ihr.

Sie sah Licht an der Stelle, wo das dicke Seil des Kronleuchters in einer Öffnung verschwand. Nanny trat zur knarrenden Falltür und sah in die Tiefe.

Enorme Hitze versengte ihr fast das Haar. Wenige Meter weiter unten brannten Hunderte von Kerzen.

»Wäre schlimm, wenn das Ding hinunterfiele«, murmelte Nanny. »Hier würde vermutlich alles wie Zunder brennen ...«

Ihr Blick wanderte nach oben, bis zu jener Stelle, an der das Seil halb durchgeschnitten war. Sicher wäre ihr überhaupt nichts aufgefallen, wenn sie nicht genau danach Ausschau gehalten hätte.

Wieder sah sie sich in der Düsternis um, bis sie etwas halb verborgen im Staub liegen sah.

Hinter ihr bewegte sich ein Schemen in den Schatten, stand auf, beugte sich vor und lief davon.

»Über Polizisten weiß ich Bescheid«, sagte Oma Wetterwachs. »Sie haben große Helme und große Füße, und man kann sie schon aus einer Entfernung von einem Kilometer sehen. Zwei haben sich unter die Zuschauer gemischt und sind auf den ersten Blick zu erkennen. Du siehst nicht wie ein Polizist aus.« Sie drehte die Dienstmarke hin und her. »Die

Vorstellung, daß es *geheime* Polizisten gibt, gefällt mir nicht besonders«, fügte sie hinzu. »Wozu braucht man geheime Polizisten?«

»Man braucht sie, weil es manchmal geheime Verbrecher gibt«, erklärte André.

Oma lächelte fast und betrachtete die Gravur auf der Rückseite der Marke. »Hier steht ›Sondergruppe Ankertaugasse‹ ...«

»Wir sind nicht sehr viele«, sagte André. »Unsere Abteilung wurde gerade erst eingerichtet. Kommandeur Mumm vertritt folgenden Standpunkt: Da wir in Hinsicht auf die Diebes- und Assassinengilde kaum etwas unternehmen können, sollten wir besser nach anderen Verbrechen Ausschau halten. Nach verborgenen Verbrechen. Dafür sind Wächter mit ... besonderen Fähigkeiten nötig. Ich kann ziemlich gut Klavier spielen ...«

»Über welche Fähigkeiten verfügen der Troll und der Zwerg?« erkundigte sich Oma. »Mir scheint, sie taugen nur dazu, herumzustehen und von allen Leuten als dumme Wächter erkannt zu werden, die ... Oh, ich verstehe.«

»Ja, und sie müssen nicht einmal ausgebildet werden«, sagte André. »Kommandeur Mumm meint, sie seien die offensichtlichsten Polizisten, die man sich vorstellen kann. Übrigens führt Korporal Nobbs Papiere mit sich, die beweisen, daß er ein Mensch ist.«

»Sind sie gefälscht?«

»Ich glaube nicht.«

Oma Wetterwachs neigte den Kopf zur Seite. »Wenn dein Haus in Flammen stünde – was würdest du als erstes herausholen?«

»Ach, *Oma* ...«, begann Agnes.

»Hm, den Brandstifter?« erwiderte André.

»Du bist ein Polizist, völlig klar.« Oma gab ihm die Dienstmarke zurück. »Bist du gekommen, um den armen Walter zu verhaften?«

»Ich weiß, daß er Herrn Unterschaft nicht ermordet hat. Ich habe ihn beobachtet. Er hat den ganzen Nachmittag über versucht, die Verstopfung der Aborte zu beseitigen ...«

»Es kann kein Zweifel mehr daran bestehen, daß Walter nicht der Geist ist«, warf Agnes ein.

»Ich war fast sicher, daß Salzella dahintersteckt«, sagte André. »Gelegentlich begibt er sich in den Keller, und mit ziemlicher Sicherheit stiehlt er Geld. Aber man hat den Geist gesehen, während Salzella ebenfalls zugegen war. Deshalb denke ich nun ...«

»Du denkst?« ließ sich Oma vernehmen. »Gibt es hier endlich jemanden, der denkt? Nun, woran willst du den Geist erkennen, Herr Polizist?«

»Äh ... er trägt eine Maske ...«

»Ach? Sag das noch einmal und hör dir selbst dabei zu. Meine Güte! Du kannst den Geist erkennen, weil er eine *Maske* trägt? Du erkennst ihn, weil du nicht weißt, wer er ist? Glaubst du etwa, im Leben wäre alles hübsch einfach und übersichtlich? Wer sagt denn, daß es nur einen Geist gibt?«

Die Gestalt sprintete mit wehendem Mantel durch die Soffitten. Nanny Ogg zeichnete sich vor dem Licht der vielen Kerzen ab und blickte nach unten.

Sie drehte sich nicht um, als sie sagte: »Hallo, Herr Geist. Bist wegen der Säge gekommen, nicht wahr?«

Sie sprang am Seil vorbei dem Schemen entgegen. »Millionen von Leuten wissen, daß ich hier oben bin. Du würdest einer armen alten Frau doch nichts zuleide tun, oder? Du lieber Himmel ... mein schwaches Herz!«

Nanny kippte nach hinten und prallte mit solcher Wucht auf den Boden, daß das Seil vibrierte.

Der Schemen zögerte, zog dann eine Schnur aus der Tasche und näherte sich der reglosen Hexe vorsichtig. Er kniete nieder, band beide Enden um Nannys Hände, beugte sich vor ...

Nannys Knie schossen nach oben.

»Fühle mich schon wieder viel besser«, sagte sie, als der Schemen zurücktaumelte.

Mit einem Satz war Nanny Ogg auf den Beinen und griff nach der Säge.

»Wolltest das Seil wohl jetzt ganz durchtrennen?« Sie winkte mit dem Werkzeug. »Ich frage mich, wie du es Walter in die Schuhe geschoben hättest. Du würdest dich freuen, wenn hier alles niederbrennt, was?«

Die Gestalt taumelte ein wenig, als sie noch weiter zurückwich. Dann drehte sie sich um, humpelte über den Laufsteg und verschwand in der Finsternis.

Nanny folgte ihr und beobachtete, wie sie eine Leiter hinunterkletterte. Rasch sah sich die Hexe um und griff ein Seil, um sich daran herabzuhangeln. Doch das Ding gab nach, und irgendwo rasselte ein Flaschenzug.

Mit hoher Geschwindigkeit und wehenden Röcken sauste Nanny nach unten. Etwa auf halbem Weg kamen ihr mehrere Sandsäcke entgegen und setzten den Weg nach oben fort.

Zwischen ihren Stiefeln sah sie, wie jemand an der Falltür hantierte, die zum Keller führte.

Sie landete knapp einen Meter entfernt und hielt das Seil fest.

»Herr Salzella?«

Nanny steckte zwei Finger in den Mund und ließ ein Pfeifen erklingen, das Ohrenschmalz verdampfen lassen konnte.

Ihre Hände gaben das Seil frei.

Salzella sah zu ihr auf, als er die Falltür öffnete. Und dann bemerkte er, daß etwas von den Soffitten herabfiel.

Hundertachtzig Pfund schwere Sandsäcke knallten auf die Falltür und schlossen sie.

»Paß besser auf!« rief Nanny fröhlich.

Eimer wartete nervös in den Kulissen. Eigentlich gab es gar keinen Grund für seine Nervosität. Der Geist war tot. In dieser Hinsicht brauchte er nichts mehr zu befürchten. Die Leute hatten *gesehen*, wie er starb, obwohl sie bei der Schilderung von Einzelheiten erstaunliche Zurückhaltung übten.

Alles war in bester Ordnung.

Es gab nicht den geringsten Grund, nervös zu sein.

Nicht den geringsten.

Eimer strich mit dem Finger an der Innenseite seines Kragens entlang. Das Leben in der Käsebranche war eigentlich gar nicht so schlecht gewesen. Wenn man sich dort Sorgen machen mußte, dann höchstens darum, daß einer von Reginald Viels Hosenknöpfen in den Ankh-Morpork-Emmentaler geraten war oder sich der junge Jammervoll an der Rührmaschine den Daumen aufgeschnitten hatte – zum Glück war das während der Herstellung von Erdbeerjoghurt geschehen.

Eine Gestalt ragte neben ihm auf. Eimers Hände schlossen sich krampfhaft um den nahen Vorhang, bevor er den Mut aufbrachte, sich langsam umzudrehen. Zu seiner großen Erleichterung sah er einen weit vorgewölbten Bauch, der nur Enrico Basilica gehören konnte. Der Tenor trug ein geradezu riesiges Hahnenkostüm, komplett mit Schnabel, Kamm und Kehllappen.

»Ah, Señor«, brachte Eimer hervor. »Sehr eindrucksvoll, muß ich sagen.«

»Sí«, erklang eine gedämpfte Stimme irgendwo hinter dem Schnabel.

Einige Chorsänger eilten vorbei, auf dem Weg zur Bühne.

»Ich möchte betonen, wie sehr ich die ... äh ... jüngsten Ereignisse bedaure. Ich versichere dir, daß so etwas hier nicht jeden Abend passiert, ahahah...«

»Sí?«

»Ich glaube, mit einigen Leuten ist das Temperament durchgegangen, ahaha...«

Der Schnabel wandte sich ihm zu. Emil Eimer wich zurück.

»Sí!«

»Ja ... äh ... nun ... dein Verständnis freut mich sehr ...«

Temperamentvoll und launenhaft, dachte Eimer, als der Tenor zur Bühne schritt und die Ouvertüre des dritten Akts zu Ende ging. So sind sie, die wahren Künstler. Die Nerven immer zum Zerreißen gespannt. Es ist, wie auf Käse zu warten. Man kann richtig nervös werden, wenn man sich immer wieder fragt, was herauskommt: eine halbe Tonne erlesener Gourmet-Käse oder ein Bottich voller Schweinefutter. Vielleicht empfindet man ähnlich, wenn man eine Arie singen muß ...

»Wo ist er hin? Wo ist er hin?«

»Was? Oh ... Frau Ogg ...«

Die alte Frau winkte mit einer Säge vor seinem Gesicht. Es war keine sehr hilfreiche Geste, wenn man Eimers gegenwärtige geistige Verfassung berücksichtigte.

Plötzlich umringten ihn weitere Gestalten, und jede von ihnen verdiente mehrere Ausrufezeichen.

»Perdita? Warum bist du nicht auf der Bühne ... Oh, Lady Esmeralda, habe dich gar nicht gesehen, entschuldige, nun, wenn du dich in den Kulissen umschauen möchtest, so brauchst du nur ...«

»Wo ist Salzella?« fragte André.

Eimer sah sich verwundert um. »Eben war er noch hier ... das heißt ...« Er straffte die Schultern. »*Herr* Salzella geht wahrscheinlich irgendwo seiner Pflicht nach, was man von dir nicht behaupten kann, junger Mann ...«

»Ich verlange, daß die Show *jetzt sofort* aufhört«, sagte André.

»Ach, das verlangst du? Und mit welcher Befugnis, hm?«

»Er wollte das Seil durchtrennen!« warf Nanny ein.

André holte seine Dienstmarke hervor. »Das hier gibt mir Befugnis genug!«

Eimer sah genau hin. »Musikergilde von Ankh-Morpork, Mitgliedsnummer 1244?«

André starrte ihn groß an, blickte dann auf das Abzeichen und begann damit, auf seine Taschen zu klopfen. »Meine Güte, eben hatte ich das Ding noch ... Hör mal, du mußt den Zuschauersaal räumen lassen, damit eine gründliche Untersuchung stattfinden kann ...«

»Unterbrich die Show nicht«, sagte Oma.

»Ich unterbreche sie nicht«, sagte Eimer.

»Ich glaube nämlich, daß es ihm gefallen würde, wenn die Show unterbrochen wird. Sie muß weitergehen, nicht wahr? Könnte er das Gebäude verlassen haben?«

»Ich habe Korporal Nobbs zum Bühneneingang geschickt, und Feldwebel Detritus ist im Foyer«, sagte André. »Wenn es nötig ist, in einer Tür zu stehen, gehören sie zu den besten Leuten.«

»Entschuldigt bitte, aber was ist hier eigentlich los?« fragte Eimer.

»Er könnte überall sein!« entfuhr es Agnes. »Hier gibt es Hunderte von Verstecken!«

»Wer?« fragte Eimer.

»Vielleicht steckt er in dem Keller, von dem alle reden«, spekulierte Oma.

»Wo?«

»Es gibt nur einen Zugang«, meinte André. »So dumm ist er nicht.«

»Nein, er kann unmöglich im Keller sein«, sagte Nanny. »Er ist weggelaufen, und inzwischen steckt er vermutlich in irgendeinem Schrank.«

»Nein, er bleibt dort, wo sich viele Leute aufhalten«, erwiderte Oma. »So würde ich mich an seiner Stelle verhalten.«

»An wessen Stelle?« fragte Eimer.

»Wäre es ihm möglich, von hier aus den Zuschauersaal zu erreichen?« fragte Nanny.

»Von wem sprichst du?« fragte Eimer.

Oma Wetterwachs deutete mit dem Daumen zur Bühne. »Er ist irgendwo auf der Bühne. Ich *fühle* es.«

»Dann warten wir, bis er die Bühne verläßt!«

»Achtzig Personen verlassen gleichzeitig die Bühne«, sagte Agnes. »Weißt du nicht, wie's hier zugeht, wenn sich der Vorhang schließt?«

»Und wir wollen die Show nicht unterbrechen«, betonte Oma.

»Nein, wir wollen die Show nicht unterbrechen.« Eimer hielt sich am Strohhalm einer vertrauten Vorstellung fest, während er auf einer Welle der Verwirrung ritt. »Wir möchten es auch vermeiden, den Leuten das Geld für die Eintrittskarten zurückzugeben. Hat vielleicht jemand eine Ahnung, wovon wir hier reden?«

»Die Show muß weitergehen ...«, murmelte Oma Wetterwachs und starrte zur Bühne. »Alles muß auf die richtige Art und Weise enden. Wir sind hier in einem Opernhaus. Der Schluß muß ... opernhaft sein.«

Nanny Ogg sprang aufgeregt von einem Bein aufs andere. »Oh, ich weiß, was dir durch den Kopf geht, Esme!« quiekte sie. »Oh, ja! Können wir? Ich möchte so gern sagen dürfen, daß ich daran teilgenommen habe! Ja? Ja! Also los!«

Henry Gesetzlich sah forschend in sein Programmheft. Die Ereignisse der ersten beiden Akte hatte er nicht ganz verstanden, aber das war völlig normal. Man mußte schon sehr naiv sein, um außer guten Liedern auch noch eine vernünftige Handlung zu erwarten. Außerdem wurde alles im letzten Akt erklärt, dem Maskenball im Palast des Herzogs. Dabei stellte sich bestimmt heraus, daß die Frau, die einer der Männer so leidenschaftlich umworben hatte, seine eigene Gattin war – eine kleine Maske täuschte so gut über ihre wahre Identität hinweg, daß dem Gemahl weder die vertraute Kleidung noch die bekannte Frisur auffiel. Ein Diener würde sich als verkleidete Tochter eines anderen Protagonisten erweisen, und sicher starb jemand durch etwas, das ihn überraschend umbrachte, obwohl zuvor minutenlang darüber gesungen worden war. Man durfte damit rechnen, daß die Handlung schließlich durch einige Zufälle gerettet wurde, die im wirklichen Leben ebenso wahrscheinlich waren wie ein Hammer aus Pappe.

Dies alles wußte Henry nicht *genau.* Er stellte nur Vermutungen an.

Unterdessen begann der dritte Akt mit dem traditionellen Ballett. Diesmal war es der Volkstanz der Hausmädchen.

Gelächter erklang.

Henry Gesetzlich hielt nach dem Grund dafür Ausschau und brauchte nicht lange zu suchen. Als er den Blick in Kopfhöhe über die Tänzerinnen gleiten ließ, die Arm in Arm über die Bühne hüpften, bemerkte er eine Lücke. Und als er den Blick dort etwa einen halben Meter weit senkte …

… erreichte er eine kleine, dicke Ballerina, die breit grinste und nicht nur ein sehr straff sitzendes Ballettröckchen trug, sondern auch einen weißen Schlüpfer mit langen Beinen und … Stiefel …

Henry riß die Augen auf. Die Stiefel waren *groß* und bewegten sich verblüffend schnell vor und zurück. Die aus Satin bestehenden Schuhe der anderen Tänzerinnen funkelten, als sie hin und her schwangen und elegant über die Bühne trippelten. Die Stiefel hingegen klapperten wie ein Steptänzer, der befürchtete, ins Spülbecken zu fallen.

Auch die Pirouetten waren einzigartig. Die übrigen Ballerinas bewegten sich wie Schneeflocken, doch die kleine Dicke wirkte wie ein

Kreisel. Während sie sich drehte, versuchten verschiedene Teile ihrer Anatomie, eine Umlaufbahn zu erreichen.

Henry hörte, wie andere Zuschauer miteinander flüsterten.

»O ja«, meinte jemand. »Das haben sie auch in Pseudopolis versucht ...«

Seine Mutter stieß ihn an. »Ist das so vorgesehen?«

»Ich ... äh ... glaube nicht ...«

»Ich find's gut! Ist lustig!«

Die dicke Ballerina stieß mit einem Esel zusammen, der einen Abendanzug trug. Sie griff nach seiner Maske, die sich löste ...

Herr Trubelmacher, der Dirigent, erstarrte verblüfft und entsetzt. Nacheinander verstummten die Musikinstrumente des Orchesters, abgesehen von der Tuba ...

... um-BAH-um-BAH-um-BAH ...

Der Tuba-Spieler hatte die Noten schon vor Jahren gelernt und interessierte sich kaum dafür, was um ihn herum geschah.

Zwei Gestalten erhoben sich direkt vor Herrn Trubelmacher. Eine Hand griff nach dem Taktstock.

»Entschuldige bitte«, sagte André. »Aber die Show muß weitergehen, nicht wahr?« Er reichte den Stock der anderen Gestalt.

»Hier. Und laß nicht zu, daß sie aufhören zu spielen.«

»Ugh!«

Der Bibliothekar schob Herrn Trubelmacher vorsichtig mit einer Hand beiseite, beleckte den Taktstock nachdenklich und sah dann den Tuba-Spieler an.

... um-BAH-um-BAHhhh-um-um ...

Der Tuba-Spieler klopfte einem Posaunisten auf die Schulter.

»He, Frank, wo eben noch der alte Trubelmacher stand, steht jetzt ein Affe ...«

»Seibloßstillseibloßstillseibloßstill!!«

Der Orang-Utan hob zufrieden die Arme.

Die Musiker sahen auf ... und sahen noch etwas höher. Nie zuvor in der Musikgeschichte hatte ein Dirigent so ehrfürchtige Aufmerksamkeit genossen, nicht einmal derjenige, der wegen einer falschen Note zuviel einst die Leber eines Flötenspielers auf einem Becken gebraten hatte, auch nicht der, der drei uneinsichtige Violinisten bestraft hatte, indem er sie mit dem Taktstock aufgespießt hatte. Selbst der Dirigent, der für seine *laut* ausgesprochenen, wirklich *schmerzhaften* sarkastischen Kommentare bekannt gewesen war, hatte sich mit weniger Respekt begnügen müssen.

Auf der Bühne nutzte Nanny Ogg die allgemeine Verwirrung, um einem Frosch den Kopf abzunehmen.

»Gnä' Frau!«

»Entschuldige. Hab dich für jemand anderen gehalten …«

Die langen Arme neigten sich nach unten, und das Orchester erwachte zu erschrockenem Leben. Die Chorsänger starrten erstaunt.

Christine fühlte eine Berührung an der Schulter, drehte sich um und sah Agnes. »Perdita!!« zischte sie. »Wo bist du gewesen?! Gleich beginnt mein Duett mit Enrico!!«

»Ich brauche deine Hilfe!« flüsterte Agnes. Tief in ihr dachte Perdita: Enrico, wie? Für alle anderen ist er Señor Basilica …

»Meine Hilfe?! Wobei?!«

»Wir müssen allen die Masken abnehmen!«

Hübsche Falten bildeten sich auf Christines hübscher Stirn. »Das soll doch erst am Ende der Oper geschehen, oder?!«

»Es … ist geändert worden«, behauptete Agnes. Sie wandte sich einem Adligen zu, der eine Zebra-Maske trug. Energisch zerrte sie daran, und der Sänger darunter bedachte sie mit einem finsteren Blick.

»Tut mir leid«, hauchte Agnes. »Ich habe dich für jemand anderen gehalten.«

»Wir sollen die Masken erst am Ende der Oper abnehmen!«

»Es ist geändert worden!«

»Tatsächlich? Mir hat niemand was gesagt!«

Eine Giraffe mit bemerkenswert kurzem Hals beugte sich vor. »Wie bitte?«

»Die große Demaskierungsszene findet offenbar schon jetzt statt.«

»*Mir* hat niemand was gesagt!«

»Ja, aber wann sagt man uns schon etwas? *Wir* sind ja nur der Chor … He, warum trägt der alte Trubelmacher ein Affenkostüm …?«

Nanny Ogg pirouettierte vorbei, stieß gegen einen Elefanten und enthauptete ihn. »Wir suchen den Geist, weißt du«, flüsterte sie.

»Aber ... der Geist ist doch tot, oder?«

»Geister sind schwer zu töten«, erwiderte Nanny.

Ab jetzt breitete sich das Flüstern von allein aus. Gerüchte sind eine seltsame Sache. Manche Leute begegnen einem Hohepriester mit argwöhnischer Skepsis, wenn er behauptet, der Himmel sei blau. Sie halten sogar an ihrem Zweifel fest, wenn er eidesstattliche Versicherungen seiner weißhaarigen Mutter und von drei Vestalinnen vorlegen kann. Doch die gleichen Leute glauben praktisch alles, was ihnen ein völlig Fremder in einer Taverne hinter vorgehaltener Hand erzählt.

Ein Kakadu drehte sich und nahm einem Papagei die Maske ab ...

Eimer schluchzte. Dies war noch schlimmer als der Tag, an dem die Buttermilch explodiert war. Es war sogar noch schlimmer als die plötzliche Hitzewelle, die ein ganzes Lagerhaus mit erlesenem Lancre-Gorgonzola in etwas Verheerendes verwandelt hatte.

Aus der Oper wurde *wildes Theater.*

Das Publikum *lachte.*

Die einzige noch immer maskierte Person war Señor Basilica, der das Durcheinander mit soviel erhabener Verwirrung beobachtete, wie seine Maske zum Ausdruck bringen konnte – und sie erwies sich als erstaunlich ausdrucksstark.

»O nein ...«, stöhnte Eimer. »Das bringt für immer Schande über uns! Wir sehen Basilica nie wieder! Wir werden zum Gespött der ganzen Opernwelt!«

»Nie wieder was?« murmelte eine Stimme hinter ihm.

Eimer drehte sich um. »Oh, Señor Basilica. Hab dich gar nicht bemerkt ... Ich dachte gerade ... Ich hoffe, du denkst nicht, daß dies hier typisch für uns ist.«

Señor Basilica starrte durch ihn hindurch und schwankte von einer Seite zur anderen. Er trug ein zerrissenes Hemd.

»Jeman' ...«, brachte er hervor.

»Wie bitte?«

»Jeman' … äh … hat mich auf'n Kopf gehau'n«, sagte der Tenor undeutlich. »Möchte bitte 'n Glas Wasser …«

»Aber du … wolltest … doch gerade … singen, nicht wahr?« fragte Eimer. Er packte den benommenen Mann am Kragen und versuchte, ihn näher zu sich heranzuziehen, was bedeutete, daß er sich selbst nach oben zog und seine Schuhe auf eine Höhe mit Basilicas Knien brachte. »Sag mir bitte … daß du da draußen … auf der Bühne … stehst!!!«

Sogar in seinem gegenwärtigen Zustand begriff Enrico Basilica alias Henry Faul, daß es dieser Bemerkung an Logik mangelte. Er blieb bei dem, was er wußte.

»Jeman' hat mich gehau'n, im Flur …«, verkündete er.

»Das dort auf der Bühne bist nicht du?«

Basilica blinzelte. »Bin nich' ich?«

»Gleich singst du ein berühmtes Duett!!!«

Ein anderer Gedanke formte sich im mißhandelten Kopf des Tenors. »Singe gleich? Ich? Gut. Hatte nie Gele'nheit, mir selbst zuzuhören.«

Er seufzte glücklich und kippte nach hinten.

Eimer lehnte sich gegen eine Säule. Einige Sekunden später runzelte er die Stirn, blickte in der besten Tradition einer gut in Szene gesetzten mentalen Spätzündung zum bewußtlosen Basilica und zählte mit Hilfe der Finger bis eins. Dann drehte er den Kopf, sah zur Bühne und zählte bis zwei.

Er spürte, daß bald ein viertes Ausrufezeichen fällig wurde.

Der Enrico Basilica auf der Bühne drehte seine Maske hierhin und dorthin. Rechts flüsterte Eimer mit einigen Bühnenarbeitern, links wartete der geheime Klavierspieler André. Neben ihm ragte ein großer Troll auf.

Die dicke rote Sängerin trat in die Bühnenmitte, als das Präludium des Duetts begann. Das Publikum beruhigte sich. Tolles Treiben im Chor mochte ja ganz interessant sein und vielleicht sogar zur Handlung gehören, aber die Zuschauer waren gekommen, um Lieder zu hören. *Dafür* hatten sie bezahlt.

Agnes starrte ihn an, als sich Christine näherte. Oh, sie konnte sehen, daß mit ihm etwas nicht stimmte. Sicher, er war dick, auf eine Unters-Hemd-gestopfte-Kissen-Weise, aber er bewegte sich nicht wie Basilica. Enrico Basilica hatte – wie viele fettleibige Männer – den leichtfüßigen Schritt eines schlecht festgebundenen Heißluftballons.

Agnes sah zu Nanny, die ihn ebenfalls beobachtete. Vergeblich hielt sie nach Oma Wetterwachs Ausschau. Das bedeutete vermutlich, daß sie irgendwo in der Nähe war.

Die gespannte Erwartung des Publikums flutete ihnen entgegen. Ohren öffneten sich wie Blütenkelche. Die vierte Wand der Bühne – jene tiefe, saugende Schwärze – wurde zu einem Brunnen des Schweigens, der darum flehte, gefüllt zu werden.

Christine näherte sich unbesorgt. Christine wäre auch in das Maul eines Drachens marschiert, wenn darüber ein Schild mit der Aufschrift »Völlig harmlos, keine Sorge« hing. Ein Schild mit großen, leicht zu lesenden Buchstaben.

Niemand schien irgend etwas *unternehmen* zu wollen.

Es war ein berühmtes Duett. Und ein wundervolles dazu. Agnes wußte das natürlich. Während der vergangenen Nacht hatte sie es mehrmals gesungen.

Christine griff nach der Hand des falschen Basilica und öffnete den Mund, als die Eröffnungsmelodie erklang …

»Aufhören, jetzt sofort!«

Agnes rief diese drei Worte mit der ganzen Macht ihrer Stimme. Der Kronleuchter klirrte.

Das Orchester hinterließ eine akustische Bremsspur in Form von nervösem Geklimper.

Die Melodie verklang, Echos verstummten – die Show ging nicht mehr weiter.

Walter Plinge saß im Raum unter der Bühne, und der Schein von Kerzen umschmiegte ihn. Seine Hände ruhten im Schoß. Es geschah selten, daß es für Walter Plinge nichts zu tun gab, aber *wenn* es für ihn nichts zu tun gab, saß er einfach da und tat nichts.

Ihm gefiel es hier unten. Alles war vertraut, und die Geräusche der

Oper drangen herab. Sie blieben leise und gedämpft, aber das spielte keine Rolle. Walter kannte alle Wörter, alle Noten, jeden einzelnen Tanzschritt. Er brauchte die Aufführungen wie ein Uhrwerk die Hemmung – sie sorgten dafür, daß er weiterhin hübsch tickte.

Frau Plinge hatte ihm beigebracht, die alten Programmhefte zu lesen. Deshalb wußte er, daß er ein Teil von allem war. Natürlich wäre ihm das auch ohne die Lektüre der Hefte klar gewesen. Schon als Kleinkind hatte er mit dem Hörnerhelm gespielt: Das erste Bett, an das er sich erinnerte, war das Trampolin, daß Dame Gigli beim berühmten Springende-Gigli-Zwischenfall benutzt hatte.

Walter Plinge lebte in der Oper. Er atmete ihre Lieder, malte ihre Kulissen, entzündete ihre Feuer, wischte ihren Boden und putzte ihre Schuhe. Die Oper füllte Stellen in Walter, die andernfalls leer geblieben wären.

Und jetzt hatte die Show aufgehört.

Doch ihre Energie, die pure Kraft der dahinter angestauten Gefühle, das gewaltige Durcheinander aus Schreien, Furcht, Hoffnungen und Sehnsüchten ... all dies flog weiter wie der Kutscher einer Kutsche, die gegen ein plötzliches Hindernis geprallt war.

Walter wurde von dem enormen Bewegungsmoment erfaßt wie eine Kaffeetasse von einer Flutwelle.

Es riß ihn vom Stuhl und schleuderte ihn in die alten Requisiten.

Er rutschte herunter, landete zuckend auf dem Boden und preßte sich die Hände auf die Ohren, um nicht der plötzlichen, unnatürlichen Stille lauschen zu müssen.

Jemand trat aus den Schatten.

Oma Wetterwachs wußte nichts von Psychiatrie und hätte auch nichts damit zu tun haben wollen – vor manchen Dingen schreckten selbst Hexen zurück. Sie befaßte sich mit Pschikologie, damit kannte sie sich aus. Es mag den Anschein haben, daß es viele Gemeinsamkeiten zwischen Psychiatern und Pschikologen gibt, aber es existiert ein großer praktischer Unterschied. Wenn ein Psychiater jemanden behandelt, der sich von einem großen, schrecklichen Ungeheuer verfolgt fühlt, so überzeugt er ihn davon, daß sich das Ungeheuer nur in seiner

Einbildung herumtreibt. Oma Wetterwachs hingegen hätte ihm einen Stuhl und einen dicken Knüppel zur Verteidigung gegeben.

»Steh auf, Walter Plinge«, sagte sie.

Walter erhob sich und blickte starr geradeaus. »Sie hat aufgehört!« brachte er heiser hervor. »Sie hat aufgehört! Es bringt *Unglück,* die Show zu unterbrechen!«

»Jemand sollte dafür sorgen, daß sie weitergeht«, erwiderte Oma.

»Man darf sie nicht unterbrechen! Es ist die *Show*!«

»Ja. Jemand sollte dafür sorgen, daß sie weitergeht, Walter Plinge.«

Walter schien die Worte gar nicht zu hören. Ziellos blätterte er erst in den Manuskripten auf dem Harmonium und dann in den alten Programmheften. Einmal berührte er die Tasten und spielte einige neurotische Takte.

»Es ist falsch aufzuhören. Die Show muß weitergehen ...«

»Herr Salzella versucht, die Show zu beenden, nicht wahr, Walter?«

Der junge Mann hob ruckartig den Kopf und blickte weiter geradeaus.

»Du hast nichts gesehen, Walter Plinge«, sagte er; seine Stimme ähnelte so sehr der Salzellas, daß sogar Oma eine Braue wölbte. »Und wenn du lügst, wirst du eingesperrt, und dann sorge ich dafür, daß deine Mutter große Probleme bekommt.«

Oma Wetterwachs nickte.

»Er hat das mit dem Geist herausgefunden, stimmt's?« fragte sie. »Ich meine den Geist, der mit der Maske erscheint, Walter Plinge. Und da dachte Salzella: Das kann ich zu meinem Vorteil nutzen. Und wenn es Zeit wird, daß man den Geist schnappt ... nun, dann gibt es einen, den man schnappen *kann.* Und das *Beste* daran ist, daß niemand Verdacht schöpft, daß es alle glauben. Den Leuten mag nicht ganz wohl dabei sein, aber sie glauben es trotzdem. Nicht einmal Walter Plinge kann sicher sein, denn in seinem Kopf ist alles durcheinander.«

Oma atmete tief durch. »Ja, darin ist alles durcheinander, aber nicht *verdreht.*« Sie seufzte. »Dieser Punkt hat große Bedeutung.«

Sie nahm den Hut ab und tastete in der Spitze herum. »Nun, Walter, ich erzähle dir dies nur, weil du es nicht verstehst und gleich wieder vergißt. Es gab einmal eine böse alte Hexe, die man Schwarze Aliss nannte. War das Unheil in Person. Nie lebte eine schlimmere oder mächtigere Hexe. Bis jetzt. Ich könnte der Schwarzen Aliss ins Auge spucken und ihr Gebiß stehlen. Weil sie nicht Richtig von Falsch unterscheiden konnte, *verdrehte* sich in ihr alles, und schließlich fiel sie sich selbst zum Opfer.

Wenn man Richtig und Falsch voneinander unterscheiden kann, verliert man die Möglichkeit, sich für das Falsche zu entscheiden. Man ist einfach nicht imstande, was Falsches zu tun und damit zu leben. Als böse Hexe könnte ich dafür sorgen, daß Herr Salzellas Muskeln sich gegen seine eigenen Knochen wenden und sie zerbrechen. Vorausgesetzt natürlich, ich wäre eine *böse* Hexe. Ich könnte in seinem Kopf Dinge verändern und ihn glauben lassen, er hätte eine andere Gestalt. Dann würde er auf den Knien vor mir rutschen und mich *anflehen,* ihn in einen Frosch zu verwandeln. Ja, als böse Hexe könnte ich ihm das Gehirn zermanschen, auf daß er Farben lauscht und Gerüche hört.« Oma seufzte noch etwas hingebungsvoller als beim erstenmal. »Aber so etwas kommt für mich nicht in Frage. Weil es nicht richtig ist.«

Sie lachte leise, und wenn Nanny Ogg zugegen gewesen wäre, hätte sie folgendes festgestellt: Weder das irre Glucksen der Schwarzen Aliss noch das freudige Kichern eines Vampirs, der sich auf die Jungfrau zum Nachtisch freut, oder das grölende Gelächter eines besonders einfallsreichen Folterers konnte so entsetzlich sein wie das leise, zufriedene Lachen einer Oma Wetterwachs, die sich anschickte, Gutes zu tun.

Oma zog eine papierdünne Maske aus der Hutspitze. Sie stellte ein einfaches Gesicht dar: glatt, weiß und ohne irgendwelche Verzierungen. Halbrunde Öffnungen waren für die Augen bestimmt. Die Maske wirkte weder fröhlich noch traurig.

Oma drehte sie hin und her. Walter schien den Atem anzuhalten.

»Ein ganz einfaches Ding, nicht wahr?« fragte Oma. »Sieht gut aus, ja. Aber es ist nur ein schlichtes *Ding,* so wie alle Masken. Selbst nach jahrelanger Untersuchung dieses Objekts würden Zauberer zu dem Schluß gelangen, daß ihm nicht die geringste Magie anhaftet. Was beweist, wie dumm sie sind.«

Sie warf Walter die Maske zu. Er fing sie begierig und schob sie sich rasch vors Gesicht.

Dann stand er auf und bewegte sich plötzlich mit der Eleganz eines Tänzers.

»Ich weiß nicht, was du hinter der Maske bist«, sagte Oma. »Aber Geist ist nur ein anderes Wort für Seele. Also los, Walter Plinge.«

Die maskierte Gestalt rührte sich nicht.

»Ich meine ... also los, Geist. Die Show muß weitergehen.«

Der Maskierte nickte und sauste fort.

Oma klatschte in die Hände. Es klang wie der Auftakt des Verderbens.

»Na schön!« teilte sie dem Universum mit. »Fangen wir damit an, Gutes zu tun.«

Alle starrten sie an.

Dies war ein ganz spezieller Moment in der Zeit, ein Punkt zwischen Vergangenheit und Zukunft, an dem sich eine Sekunde dehnen konnte ...

Und wieder spürte Agnes die Verlegenheitsröte. Der Rache eines Vulkangottes gleich brodelte sie in ihr empor, und wenn das Glühen ihr Gesicht erreichte ... dann war alles vorbei für sie.

Du wirst dich entschuldigen, höhnte Perdita in ihr.

»Sei still!« rief Agnes.

Sie trat vor, bevor das Echo aus den Ecken des Zuschauersaals zurückkehren konnte. Sie hob die Hand und zerrte an der roten Maske.

Der Chor reagierte. Immerhin war dies eine Oper. Die Show hatte aufgehört, aber die Oper ging weiter ...

»*Salzella*!«

Er packte Agnes und preßte ihr eine Hand auf den Mund. Die andere zuckte zum Gürtel und zog das Schwert.

Es war keineswegs ein Requisit, sondern eine echte Waffe. Die Klinge zischte durch die Luft, als sich Salzella dem Chor zuwandte.

»*Oje, oje, oje, oje*«, sagte er. »Wie *opernhaft* von mir. Ich schätze, jetzt muß ich dieses arme Mädchen als Geisel nehmen. Das verlangen die Umstände von mir, nicht wahr?«

Er sah sich triumphierend um. Das Publikum beobachtete die Ereignisse fasziniert und stumm.

»Will denn niemand sagen: Damit kommst du nicht durch!« fügte Salzella hinzu.

»Damit kommst du nicht durch«, ließ sich André aus den Kulissen vernehmen.

»Ich nehme an, ihr habt alles umstellt, nicht wahr?« fragte Salzella munter.

»Ja, wir haben alles umstellt.«

Christine schrie und fiel in Ohnmacht.

Salzellas Lächeln wuchs in die Breite.

»Ah, *da* ist jemand richtig opernhaft!« sagte er. »Nun, ich komme damit durch, weil ich nicht in opernhaften Bahnen denke. Diese junge Dame und ich gehen nun in den Keller, und dort gebe ich sie *vielleicht* unverletzt frei. Ich bezweifle sehr, daß auch der Keller umstellt ist. Nicht einmal ich kenne sein ganzes Ausmaß, und ich darf euch versichern, daß ich mich dort unten häufig umgesehen habe …«

Er zögerte. Agnes versuchte, sich zu befreien, aber der Arm schloß sich noch fester um ihren Hals.

»Inzwischen sollte eigentlich jemand gefragt haben: Aber *warum*, Salzella?« sagte er. »Meine Güte, muß ich denn den *ganzen* Dialog allein sprechen?«

Eimer merkte, daß sein Mund offenstand. »Ich wollte es gerade fragen!« behauptete er.

»Ah, gut. In dem Fall lautet meine Antwort: Weil ich es wollte. Weil es mir gefällt, eine Menge Geld zu haben. Und außerdem …« Er holte tief Luft. »Ich hasse die Oper. Ich möchte mich deshalb nicht unnötig aufregen, aber für mich steht fest, daß die Oper abscheulich ist. Ich habe *genug* davon. Laßt mich diese gute Gelegenheit nutzen, darauf hinzuweisen, daß ich die Oper für eine gräßliche, völlig unrealistische, sich selbst verherrlichende Kunstform halte, die gute Musik auf schreckliche Weise vergeudet und …«

Etwas surrte an einer Seite der Bühne. Die langen Röcke einiger Kostüme gerieten in Bewegung. Staub wirbelte auf.

André sah sich um. Neben ihm war die Windmaschine aktiv geworden, ohne daß jemand die Kurbel drehte.

Salzella drehte den Kopf, um festzustellen, wem oder was die allgemeine Aufmerksamkeit galt.

Der Geist war gesprungen und leichtfüßig auf der Bühne gelandet. Sein Umhang wogte ... opernhaft.

Er deutete eine Verbeugung an und zog das Schwert.

»Aber du bist doch to...«, begann Salzella. »Oh, ja! Der Geist eines Geistes! Völlig unglaubwürdig und absolut unsinnig, was den Traditionen der Oper entspricht! Ich hätte es mir denken können!«

Er stieß Agnes beiseite und nickte fröhlich.

»So wirkt sich die Oper aus«, fuhr Salzella fort. »Sie verfault einem das Gehirn, und davon hat er ohnehin nur wenig. Sie treibt einen in den Wahnsinn. Habt ihr gehört? In den Wahnsinn!! Ähem. Wer von der Oper beeinflußt wird, verhält sich irrational. Glaubt ihr etwa, ich hätte euch im Lauf der Jahre nicht beobachtet? Dies ist eine Art Treibhaus für Idiotie und Demenz!! Habt ihr gehört? Für Idiotie und Demenz!!«

Geist und Musikdirektor belauerten sich gegenseitig.

»Ihr ahnt nicht, wie es ist, der einzige geistig gesunde Mensch in einem Irrenhaus zu sein!! Ihr glaubt *alles*!! Ihr glaubt lieber, daß sich ein Geist an zwei Orten gleichzeitig aufhalten kann, als die Möglichkeit in Erwägung zu ziehen, daß es vielleicht zwei verschiedene Personen sind!! Und Pfundler ... Er versuchte, mich zu erpressen!! Schnüffelte an Orten herum, wo er nichts zu suchen hatte!! Ich mußte ihn töten, zu seinem eigenen Besten. An diesem Ort schnappen sogar die Rattenfänger über!! Und Unterschaft ... Warum hatte er nicht seine Brille vergessen, wie sonst?«

Er schlug mit dem Schwert zu. Der Geist parierte.

»Und jetzt kämpfe ich gegen den Geist«, sagte Salzella. Er führte mehrere Attacken aus und trat dabei einen Schritt nach dem anderen vor. »Euch fällt sicher auf, daß der Geist nicht richtig fechten kann. Er kennt nur den Schwertkampf auf der Bühne, wo es allein darum geht, daß es angemessen laut klirrt. Und dann klemmt man sich das Schwert einfach unter die Achsel und stirbt auf dramatische Weise ...«

Angesichts der vielen Hiebe mußte der Geist zurückweichen und stolperte über die ohnmächtige Christine.

»Seht ihr?« rief Salzella. »Das kommt davon, wenn man an die Oper glaubt!!

Er bückte sich und zog Walter Plinge die Maske vom Gesicht.

»Also wirklich, Walter!!! Du bist ein *sehr* unartiger Junge!!!!«

»Entschuldige bitte Herr Salzella!«

»Sieh nur, wie dich alle anstarren!!!!«

»Tut mir leid Herr Salzella!«

Die Maske zerbröckelte in der Hand des Musikdirektors. Er ließ die einzelnen Bruchstücke zu Boden fallen und zerrte Walter auf die Beine.

»Seht ihr? *Hier* habt ihr euer Glück!!! *Hier* habt ihr euren Geist!!! Ohne die Maske ist er ein Idiot, der sich nicht mal allein die Schuhe zubinden kann!!! Ahahaha!!!! Ähem. Es ist alles deine Schuld, Walter Plinge ...«

»Ja Herr Salzella!«

»Nein.«

Salzella drehte sich um.

»Niemand würde Walter Plinge glauben. Selbst Walter Plinge bringt manchmal die Dinge durcheinander, die Walter Plinge sieht. Sogar seine Mutter befürchtete, daß er jemanden umgebracht haben könnte. Einen Walter Plinge hält man praktisch für zu allem fähig.«

Etwas pochte rhythmisch.

Die Falltür neben Salzella öffnete sich.

Ein spitzer Hut erschien, gefolgt von Oma Wetterwachs. Sie hatte die Arme verschränkt und sah Salzella an, als sich die Luke wieder schloß. Das Pochen verstummte, als Oma nicht mehr mit dem Fuß auf die Dielen klopfte.

»Na so was«, sagte Salzella. »Lady Esmeralda, wie?«

»Jetzt bin ich keine Lady mehr, Herr Salzella.«

Er betrachtete den spitzen Hut. »Statt dessen bist du eine Hexe?«

»Ja.«

»Eine böse, nehme ich an.«

»Eine schlimmere.«

»Aber *das* hier ist ein Schwert«, stellte Salzella fest. »Es ist allgemein bekannt, daß Hexenmagie bei Eisen und Stahl versagt. Aus dem Weg!!!«

Die Klinge zischte.

Oma streckte den Arm aus. Man sah einige schemenhafte Bewegungen von Stahl und Hand.

Und dann …

… hielt Oma Wetterwachs das Schwert an der Klinge fest.

»Eigentlich sollte Walter Plinge diese Sache zu Ende führen«, meinte Oma ruhig. »Du hast *ihn* verletzt, abgesehen von den Leuten, die von dir umgebracht worden sind. Und das war überhaupt nicht nötig. Du hast dabei eine Maske getragen, stimmt's? Masken zeichnen sich durch eine besondere Art von Magie aus. Sie verbergen ein Gesicht, offenbaren jedoch ein anderes – jenes, das sich nur in der Dunkelheit zeigt. Mit einer Maske kannst du dich so verhalten, wie du *möchtest,* nicht wahr?«

Salzella blinzelte. Er zog an dem Schwert, dessen Klinge in der ungeschützten Hand ruhte.

Mehrere Chorsänger stöhnten. Oma lächelte. Die Fingerknöchel ihrer Hand traten weiß hervor, als sie noch fester zugriff.

Sie drehte den Kopf und sah Walter Plinge an. »Setz die Maske auf, Walter.«

Alle sahen zu den Pappresten auf dem Boden.

»Ich habe keine Frau Wetterwachs!«

Oma folgte seinem Blick. »Ach du liebe Zeit«, sagte sie. »Nun, dabei können wir es nicht bewenden lassen. Sieh mich an, Walter.«

Er kam der Aufforderung nach. Oma schloß halb die Augen. »Du … *vertraust* Perdita, nicht wahr, Walter?«

»Ja Frau Wetterwachs!«

»Das freut mich, denn sie hat eine neue Maske für dich, Walter Plinge. Eine magische. Sie ist genauso wie deine alte, aber du trägst sie unter der Haut und mußt sie nicht extra aufsetzen oder abnehmen. Niemand braucht von ihr zu wissen. Hol sie hervor, Perdita.«

»Aber ich …«, begann Agnes.

»*Hol sie hervor*!«

»Äh … oh, ja. Hier ist sie.« Agnes winkte unsicher mit einer leeren Hand.

»Du hältst sie falsch herum, Mädchen!«

»Oh. Entschuldigung.«

»Worauf wartest du noch? Gib sie ihm.«

»Äh … ja.«

Agnes näherte sich Walter.

»Nimm die Maske, Walter«, sagte Oma und hielt weiter das Schwert fest.

»Ja Frau Wetterwachs …«

Er hob die Hand, und Agnes glaubte, einen kurzen Druck an ihren Fingerkuppen zu spüren.

»Nun? Setz sie auf!«

Walter wirkte ein wenig unsicher.

»Du *glaubst* doch, daß die magische Maske existiert, nicht wahr, Walter?« fragte Oma. »Perdita ist vernünftig und erkennt eine unsichtbare Maske, wenn sie eine sieht.«

Er nickte langsam und hob beide Hände zum Gesicht.

Agnes gewann den Eindruck, daß Walters Miene deutlichere Konturen gewann. Mit ziemlicher Sicherheit geschah nichts, das sich mit irgendeinem Gerät messen ließ. Es war ebenso unmöglich, eine Idee zu wiegen oder ein Meter Glück zu verkaufen. Wie dem auch sei: Walter stand auf und lächelte.

»Gut«, sagte Oma. Ihr Blick kehrte zu Salzella zurück.

»Ich schlage vor, ihr kämpft noch einmal«, sagte sie. »Aber man soll nicht von mir behaupten können, ich wäre unfair gewesen. Du hast doch bestimmt eine Geistmaske. Frau Ogg hat gesehen, wie du damit gewunken hast, und sie ist nicht so doof, wie es zunächst den Anschein hat …«

»Herzlichen Dank«, murmelte eine dicke Ballerina.

»Sie hat sich gefragt, wieso die Leute nachher behaupten konnten, daß sie den Geist gesehen hatten. Denn daran erkennt man ihn: an der Maske. Es muß also *zwei* Masken geben.«

Salzella fühlte noch immer den durchdringenden Blick der Hexe und redete sich ein, ihm jederzeit widerstehen zu können, als er in die Tasche griff und seine Maske hervorholte.

»Setz sie auf.« Oma ließ das Schwert los. »Dann kann das, was *du* bist, gegen den antreten, der *er* ist.«

Unten in der Orchestergrube riß der Schlagzeuger die Augen auf, als sich seine Schlegel von ganz allein hoben und mit einem Trommelwirbel begannen.

»Machst du das, Gytha?« fragte Oma Wetterwachs.

»Ich dachte, das wäre *dein* Werk.«

»Also ist es die Oper. Die Show muß weitergehen.«

Walter Plinge hob sein Schwert. Der maskierte Salzella blickte von ihm zu Oma Wetterwachs und griff an.

Die beiden Schwertklingen trafen aufeinander.

Es war ein typischer Bühnenkampf, stellte Agnes fest. Es schepperte immer wieder, als die Klingen gegeneinanderprallten und ihre Besitzer über die Bühne tanzten. Walter versuchte gar nicht, Salzella zu treffen. Er parierte jeden Hieb. Der Zorn des Musikdirektors wuchs, weshalb sich immer mehr Möglichkeiten boten, ihm einen tödlichen Stoß zu versetzen. Doch Walter ließ seine guten Chancen ungenutzt.

»Das ist ein Kampf!« rief Salzella und trat zurück. »Das ist ...«

Walter stieß zu.

Salzella taumelte, bis er gegen Nanny Ogg stieß. Er kippte zur Seite, wankte nach vorn, sank auf ein Knie, stemmte sich wieder hoch und wankte zur Bühnenmitte.

»Was auch immer geschieht ...«, keuchte er und zerrte sich die Maske vom Gesicht. »Es kann nicht schlimmer sein als eine Aufführungssaison der Oper!!!! Es ist mir gleich, wie es im Jenseits aussieht, solange es dort keine dicken Männer gibt, die sich als dünne Jungen ausgeben, und keine langen Lieder, die das Publikum nur deshalb so großartig findet, weil es gar nicht versteht, wovon sie handeln!!!! Ah ... Ahargh ...«

Er fiel zu Boden.

»Aber Walter hat doch gar nicht ...«, begann Agnes.

»Sei still«, zischte ihr Nanny Ogg aus dem Mundwinkel zu.

»Aber er hat doch gar nicht ...«, begann Eimer.

»Was ich *außerdem* an der Oper nicht ausstehen kann, ist der Plot«, sagte Salzella. Mühsam stand er noch einmal auf und stolperte zum Vorhang. »Er ergibt keinen Sinn!! Und niemand nimmt Anstoß daran!!! Und dann die schauspielerischen Fähigkeiten der Darsteller ... Sie existieren überhaupt nicht!! Alle stehen herum und beobachten die Person, die gerade singt. Bei den Göttern, welch eine Erleichterung, das alles zurückzulassen ... ah ... argh ...«

Er sank einmal mehr zu Boden.

»Das war's?« fragte Nanny.

»Nein, ich glaube nicht«, erwiderte Oma.

»Und dann die Leute, die sich eine Oper ansehen ...« Wieder gelang es Salzella, auf die Beine zu kommen. Er schwankte von einer Seite zur anderen. »Ich verabscheue sie noch mehr als die Oper, falls das möglich ist!!! Sie sind absolut *dumm*!!! Kaum ein Zuschauer versteht etwas von Musik!!! Sie reden über *Melodien*!!! Den ganzen Tag über sind sie einigermaßen vernünftige Menschen, doch wenn sie das Opernhaus betreten, geben sie ihre Intelligenz an der Tür ab ...«

»Warum bist du nicht einfach gegangen?« fragte Agnes scharf. »Wenn du soviel Geld gestohlen hast und der Oper tatsächlich mit solcher Abscheu begegnest ... Warum hast du Ankh-Morpork nicht verlassen, um woanders ein neues Leben zu beginnen?«

Salzella starrte sie an, während er weitertaumelte. Sein Mund öffnete und schloß sich mehrmals, als wäre er bemüht, unvertraute Worte zu formulieren.

»Verlassen?« wiederholte er. »Ankh-Morpork und die Oper *verlassen*? Argh, argh, argh ...«

Er fiel noch einmal auf die Dielen.

André stieß den Musikdirektor an. »Ist er jetzt tot?« fragte er.

»Wie kann er tot sein?« entfuhr es Agnes. »Meine Güte, seht ihr denn nicht ...«

»Was mich *noch mehr* nervt«, sagte Salzella und schaffte es bis auf die Knie, »ist die Länge der Oper. Sie geht einfach *nie*!!!!! ... zu!!!!! ... Ende!!!!! Argh ... argh ... argh ...«

Er kippte zur Seite und blieb liegen.

Eine Zeitlang geschah nichts auf der Bühne. Die Zuschauer hielten kollektiv den Atem an.

Nanny Ogg berührte ihn mit der Stiefelspitze. »Ja, diesmal ist er wirklich hin. Hat gerade seinen letzten Auftritt hinter sich gebracht.«

»Aber Walter hat das Schwert doch gar nicht in ihn hineingestoßen«, sagte Agnes. »Warum hört denn niemand zu? Die Klinge steckt doch gar nicht in seinem Körper! Sie ist nur zwischen dem Arm und der Seite eingeklemmt, um Himmels willen!«

»Ja«, erwiderte Nanny. »Sehr bedauerlich, daß er das gar nicht bemerkt hat.« Sie rieb sich die Schulter. »Diese Ballettkleider kratzen.«

»Aber er ist tot!«

»Hat sich vielleicht zu sehr aufgeregt«, meinte Nanny und zupfte an einem Träger.

»Zu sehr aufgeregt?«

»Ist ganz außer sich geraten. Du kennst ja die Künstler. Gehörst jetzt zu ihnen, nicht wahr?«

»Er ist *tatsächlich* tot?« fragte Eimer.

»So scheint's«, entgegnete Oma. »Bestimmt eine der besten opernhaften Sterbeszenen, nehme ich an.«

»Wie schrecklich!« Eimer packte den verstorbenen Salzella am Kragen und zog ihn hoch. »Wo ist mein Geld? Na komm schon, sag mir, was du mit meinem Geld angestellt hast!!! Ich *höre* nichts von dir!!!! Er sagt überhaupt nichts!!!«

»Weil er tot ist«, erklärte Oma Wetterwachs. »Tote sind normalerweise nicht sehr gesprächig.«

»Du bist eine Hexe!!! Kannst du nicht irgend etwas mit Karten und Glaskugeln bewirken?«

»Karten?« wiederholte Nanny. »Gute Idee. Wir könnten Poker spielen.«

»Das Geld ist im Keller«, sagte Oma. »Walter zeigt dir den Weg.«

Walter Plinge nahm Haltung an. »Natürlich, sehr gern.«

Eimer riß die Augen auf. Es war Walter Plinges Stimme, und sie kam aus Walter Plinges Mund, aber ... Stimme und Mund beziehungsweise das Gesicht waren auf subtile Weise anders. Die Stimme hatte ihren unsicheren, ängstlichen Klang verloren, und das Gesicht wirkte nicht mehr leer.

»Meine Güte«, murmelte Eimer und ließ Salzellas Kragen los. Es pochte dumpf.

»Und da du einen neuen Musikdirektor brauchst …« sagte Oma. »Du könntest eine schlechtere Wahl treffen als Walter.«

»*Walter*?«

»Er weiß alles, was man über die Oper wissen kann«, sagte Oma. »Und übers Opernhaus.«

»Du solltest die Musik sehen, die er geschrieben hat …«, warf Nanny ein.

»Walter?« brachte Eimer hervor. »Musikdirektor?«

»… man kann richtig danach summen …«

»Ja, ich glaube, du wärst sehr überrascht«, sagte Oma Wetterwachs.

»In einem Lied geht es um Seeleute, die tanzen und singend klagen, daß keine Frauen in der Nähe sind …«

»Das *ist* doch Walter, oder?«

»… und ein anderes erzählt von einem Burschen namens Les, der sich die ganze Zeit miserabel fühlt …«

»Oh, ja, das ist Walter«, bestätigte Oma. »Die gleiche Person.«

»Und dann gibt es noch ein Stück über Katzen, die dauernd umherspringen und singen«, gluckste Nanny. »Ist sehr lustig. Frage mich, woher er die Idee dazu hatte …«

Eimer kratzte sich am Kinn. Seine Verwirrung verdichtete sich zu einem Nebel der Benommenheit.

»Und er ist vertrauenswürdig«, fuhr Oma fort. »Und ehrlich. Und er weiß alles übers Opernhaus, wie ich bereits sagte. Ich meine, wo die Dinge sind und so …«

Das genügte Eimer. »Möchtest du Musikdirektor werden, Walter?« fragte er.

»Ja, Herr Eimer«, erwiderte Walter Plinge. »Das würde mir sehr gefallen. Aber wer reinigt dann die Aborte?«

»Wie bitte?«

»Ich muß doch nicht damit aufhören, oder? Es ist mir gerade gelungen, die Verstopfung zu beseitigen.«

»Ach? Oh? Tatsächlich?« Eimer schielte für ein oder zwei Sekunden. »Nun, meinetwegen. Wenn du willst, kannst du singen, während du dich um die Aborte kümmerst«, fügte er großzügig hinzu. »Und ich kürze nicht einmal deinen Lohn! Ich … erhöhe ihn sogar! Du bekommst sechs … nein, *sieben* glänzende Dollar!«

Walter schürzte nachdenklich die Lippen. »Herr Eimer …?«

»Ja, Walter?«

»Ich glaube, Herr Salzella hat vierzig glänzende Dollar von dir bekommen …«

Eimer wandte sich an Oma Wetterwachs. »Ist er eine Art Ungeheuer?«

»Ihr solltet euch mal anhören, was er geschrieben hat«, sagte Nanny. »Tolle Lieder, und nicht einmal auf Fremdländisch. Hier, seht euch das an … Entschuldigung …«

Sie kehrte dem Publikum den Rücken zu …

Twingtwangtwong …

Mit einem Papierbündel in der Hand drehte sie sich wieder um.

»Ich erkenne gute Musik, wenn ich sie sehe«, sagte sie, reichte Eimer das Manuskript und deutete auf einige Auszüge. »Es ist voller Kleckse und Schnörkel, siehst du?«

»Du hast dieses Werk geschrieben?« wandte sich Eimer an Walter. »Ein Werk, das erstaunlich warm ist?«

»Ja, Herr Eimer.«

»Etwa während der Arbeitszeit?«

»Dieses Lied gefällt mir besonders«, sagte Nanny. »Es heißt ›Wein nicht um mich, Gennua‹. Es ist sehr traurig. Da fällt mir ein … Ich sollte besser nachsehen, ob Frau Plinge inzwischen zu sich ge… aufgewacht ist.« Sie schlenderte fort, zupfte immer wieder an ihrem Kostüm und stieß eine faszinierte Ballerina an. »Beim Ballett kann man ganz schön ins Schwitzen kommen, was?«

»Entschuldigt bitte, es gibt da etwas, das ich kaum glauben kann«, sagte André. Er nahm Salzellas Schwert und berührte die Klinge.

»Autsch!« entfuhr es ihm.

»Scharf, nicht wahr?« fragte Agnes.

»Ja!« André saugte an seinem Daumen. »Sie hat es mit der Hand festgehalten.«

»Sie ist eine Hexe«, erwiderte Agnes.

»Aber die Klinge besteht aus Stahl! Bei Stahl versagt Hexenmagie. Das ist allgemein bekannt.«

»An deiner Stelle wäre ich nicht zu beeindruckt«, sagte Agnes verdrießlich. »Wahrscheinlich steckt irgendein Trick dahinter ...«

André wandte sich an Oma. »Deine Hand ist nicht einmal zerkratzt! Wie ist ... das ... möglich?«

Er starrte einige Sekunden in Omas Augen. Als er sich anschließend umdrehte, wirkte er so verwirrt wie jemand, der sich nicht mehr daran erinnert, wo er einen bestimmten Gegenstand hingelegt hat.

»Hoffentlich hat er Christine nicht verletzt«, murmelte er. »Warum kümmert sich niemand um sie?«

»Weil sie immer darauf achtet, zu schreien und in Ohnmacht zu fallen, bevor etwas geschieht«, antwortete Perdita aus Agnes' Mund.

André trat über die Bühne, und Agnes folgte ihm. Zwei Tänzerinnen knieten neben Christine.

»Es wäre schrecklich, wenn ihr etwas zugestoßen ist«, sagte André.

»Oh ... ja.«

»Alle sind der Ansicht, daß sie zu den besten Hoffnungen berechtigt ...«

Walter gesellte sich zu ihnen. »Ja«, sagte er. »Wir sollten sie forttragen.« Er sprach klar und deutlich.

Agnes glaubte zu spüren, wie sie den Boden unter den Füßen verlor. »Aber ... *du* weißt doch, daß ich gesungen habe.«

»Ja ... ja, natürlich«, erwiderte André verlegen. »Andererseits ... dies ist die Oper, weißt du.«

Walter nahm ihre Hand.

»Aber du hast *mich* unterrichtet!« platzte es verzweifelt aus Agnes heraus.

»Und du bist *sehr* gut gewesen«, entgegnete Walter. »Ich schätze,

Christine kann nie auch nur annähernd so gut werden, nicht einmal nach vielen Monaten meines Unterrichts. Wie dem auch sei, Perdita: Hast du jemals das Wort ›Starqualität‹ gehört?«

»Bedeutet es soviel wie *Talent*?« fragte Agnes scharf.

»Etwas, das noch seltener ist.«

Agnes starrte ihn an. Walters Gesicht wirkte nun kontrolliert, und das Rampenlicht verlieh seinen Zügen eine gewisse Attraktivität.

Sie zog ihre Hand zurück. »Als Walter Plinge hast du mir besser gefallen.«

Agnes wandte sich ab und spürte den Blick von Oma Wetterwachs. Bestimmt lag eine Menge Spott darin.

»Äh ... laßt uns Christine in Herrn Eimers Büro bringen«, schlug André vor.

Damit schien ein Bann gebrochen zu sein.

»Ja, richtig!!!« sagte der Besitzer des Opernhauses. »Und wir können Herrn Salzella auch nicht einfach so auf der Bühne liegenlassen. Äh ... tragt ihn hinter die Kulissen. Was die anderen betrifft ... Nun, es scheint alles vorbei zu sein, nicht wahr? Ja. Äh ... die Oper ... ist zu Ende ...«

»Walter Plinge!«

Nanny Ogg näherte sich und stützte Frau Plinge, die einen besorgten Blick auf ihren Sohn richtete. »Bist du ein böser Junge gewesen?«

Herr Eimer trat zu der alten Frau und klopfte ihr auf die Hand. »Du solltest mich besser zu meinem Büro begleiten«, sagte er und reichte André das Manuskript, der es an einer vom Zufall bestimmten Stelle aufschlug.

Der junge Mann las eine kurze Passage und staunte. »He, das ist *gut*«, meinte er.

»Ja?«

André blätterte zu einer anderen Seite. »Meine Güte!«

»Was ist? Was ist?« fragte Eimer.

»Ich hätte nie gedacht ... Ich meine, selbst mir ist klar ... Tamm-ti-TAMM Tamm-tamm ... ja ... Herr Eimer, weißt du eigentlich, daß dies keine Oper ist? Es gibt Musik ... ja ... und auch Gesang und Tanz, aber es ist trotzdem keine Oper. Ganz und gar nicht. Ich meine, dies könnte kaum *weniger* mit einer Oper zu tun haben.«

»Soll das heißen ...« Eimer zögerte und genoß die Idee. »Soll das heißen, daß man Musik hineinsteckt und ... Geld herausbekommt?«

André summte einige Takte. »Das könnte durchaus der Fall sein, Herr Eimer.«

Der Opernhausbesitzer strahlte. Er legte André den einen Arm um die Schultern und Walter den anderen. »Gut!!!!!« sagte er. »Das muß mit einem sehr großen ... mit einem mittelgroßen Drink gefeiert werden!!!!!«

Die Chorsänger traten einzeln oder in kleinen Gruppen von der Bühne herunter. Schließlich blieben nur die Hexen und Agnes übrig.

»Ist damit alles vorbei?« fragte Agnes.

»Noch nicht ganz«, erwiderte Oma.

Jemand taumelte am Vorhang vorbei. Den Verband um seinen Kopf verdankte Enrico Basilica einer freundlichen Hand, eine andere freundliche Hand hatte ihm einen Teller mit Spaghetti gegeben. Der Tenor schien sich noch immer nicht ganz erholt zu haben. Er sah die Hexen an, blinzelte und sprach wie jemand, der von den jüngsten Ereignissen nichts wußte und sich an ältere Erinnerungen festklammerte.

»Jemand hat mir Schpagetti gegeben«, sagte er.

»Wie nett«, kommentierte Nanny.

»Ha! Schpagetti sind gut für Leute, die sie mögen – aber nicht für mich! Ha! Ha!« Er drehte den Kopf und blickte benommen in die Dunkelheit des Zuschauersaals.

»Wißt ihr, was ich jetzt mache? Wißt ihr, was ich jetzt mache? Ich verabschiede mich von Enrico Basilica! Jawohl! Er hat seinen letzten Tintenfischtentakel gekaut! Ich gehe jetzt nach draußen und genehmige mir acht Halbe von Turbots wirklich seltsamem Bier! Ja! Und vielleicht esse ich auch ein heißes Würstchen! Und *dann* gehe ich zum Varieté und höre mir an, wie Nellie Stempel ›Eine Schnecke nützt nichts, wenn man keine Nadel hat‹ trilliert. Und sollte ich hier noch einmal singen, so nur unter dem stolzen Namen Henry Faul, ist das klar ...?«

Irgendwo im Publikum erklang ein Schrei. »Henry Faul?«

»Äh … ja?«

»Ich *dachte* mir, daß du es bist! Du hast jetzt einen Bart und dir einen Heuhaufen unters Hemd gesteckt, aber ich war fast sicher, daß sich unter dieser Maske mein alter Henry verbirgt!«

Henry Faul schirmte sich die Augen vor dem hellen Rampenlicht ab.

»Angeline?«

»O nein!« stöhnte Agnes. »In der Wirklichkeit geschieht so etwas *nie*!«

»Im Theater passiert das ständig«, meinte Nanny Ogg.

»Stimmt«, pflichtete ihr Oma bei. »Wir können von Glück sagen, daß er keinen seit langer Zeit verschollenen Zwillingsbruder hat.«

Unter den Zuschauern wurde es unruhig. Jemand kletterte durch eine lange Reihe und zog noch jemanden hinter sich her.

»Mutter!« tönte eine Stimme aus der Düsternis. »Was hast du vor?«

»Komm mit mir, junger Henry!«

»Wir können nicht auf die Bühne, Mutter …!«

Henry Faul warf den Spaghettiteller wie ein Frisbee in die Kulissen, trat zur Orchestergrube und schob sich mit der Hilfe von zwei Violinisten über ihren Rand.

Sie trafen sich bei der ersten Sitzreihe. Agnes hörte ihre Stimmen.

»Ich *wollte* zurückkehren. Das weißt du!«

»Und ich wollte warten. Aber dann kam eins zum anderen, insbesondere zum anderen. Komm her, junger Henry …«

»Was ist hier eigentlich *los*, Mutter?«

»Sohn … ich habe dir doch gesagt, dein Vater sei Herr Gesetzlich, der Aaljongleur …«

»Ja …«

»Bitte begleitet mich beide in meine Garderobe. Ich glaube, wir haben eine Menge zu besprechen.«

»Oh, ja. Eine Menge …«

Agnes sah ihnen nach. Das Publikum klatschte – es erkannte eine Oper selbst dann, wenn sie nicht gesungen wurde.

»Na schön«, sagte sie. »Ist es *jetzt* vorbei?«

»Fast«, erwiderte Oma.

»Habt ihr irgend etwas mit den Köpfen der Leute angestellt?«

»Nein, aber ich hätte Lust, einige gegeneinanderzuknallen«, sagte Nanny.

»Niemand hat ›Danke!‹ oder so gesagt!«

»Das ist oft der Fall«, murmelte Oma.

»Sind viel zu sehr damit beschäftigt, an die nächste Aufführung zu denken«, spekulierte Nanny. »Die Show muß weitergehen«, fügte sie hinzu.

»Das ist doch … Wahnsinn!«

»Es ist die Oper«, sagte Nanny. »Selbst Herr Eimer hat sich angesteckt. Und wenn ich mich nicht irre, wurde der junge André vor dem Schicksal bewahrt, weiterhin Polizist zu sein.«

»Und was ist mit *mir*?«

»Oh, wer für den guten Schluß sorgt, wird meistens nicht daran beteiligt«, sagte Oma und strich ein imaginäres Staubkorn von ihrer Schulter.

»Wir sollten jetzt besser gehen, Gytha«, fuhr sie fort und kehrte Agnes den Rücken zu. »Wir brechen morgen früh auf.«

Nanny trat vor, schirmte sich wie eben Henry Faul die Augen ab und spähte in den dunklen Saal.

»Die Zuschauer sind nicht gegangen«, stellte sie fest. »Sie hocken immer noch da.«

Oma blieb neben ihr stehen und sah ebenfalls in die Schwärze. »Worauf warten die Leute denn? Er hat doch gesagt, daß die Oper beendet ist …«

Sie drehten sich um und sahen zu Agnes, die in der Bühnenmitte stand und wütend ins Nichts starrte.

»Bist du ein wenig zornig?« fragte Nanny. »Unter den gegebenen Umständen durchaus verständlich.«

»Ja!«

»Du hast den Eindruck, daß alles für andere Leute geschehen ist und nicht für dich?«

»Ja!«

»Sieh die Sache einmal so«, sagte Oma. »Was hat Christine vor sich?

Sie wird eine Sängerin und steckt in einer kleinen Welt fest. Vielleicht lernt sie, gut genug zu singen, um ein wenig Ruhm zu erringen. Doch eines Tages versagt ihre Stimme, und dann ist ihr Leben zu Ende. Du hast die Wahl. Du kannst die Bühne wählen und zu einer Künstlerin werden, die sich streng an ihren Text halten muß. Oder du kannst außerhalb davon stehen, das *ganze* Manuskript kennen und wissen, wo sich die Kulissen, Falltüren und so weiter befinden. Ist das nicht besser?«

»Nein!«

Später dachte Agnes: Was einen bei Oma Wetterwachs und Nanny Ogg so sehr in Rage bringen konnte, war der Umstand, daß sie häufig gemeinsam agierten, ohne sich dabei absprechen zu müssen. Natürlich gab es noch viele andere Dinge. So glaubten die beiden Hexen zum Beispiel, daß von Einmischung und dergleichen keine Rede sein konnte, wenn sie selbst entsprechend aktiv wurden. Sie gingen automatisch davon aus, daß die Angelegenheiten anderer Leute auch sie selbst betrafen. Ihr Lebensweg bestand praktisch aus einer geraden Linie, und wenn sie es mit einer neuen Situation zu tun bekamen, begannen sie sofort damit, alles zu verändern. Im Vergleich dazu war eine gemeinsame Strategie, die keine besonderen Vereinbarungen erforderte, nur ein kleines Ärgernis, doch es existierte hier und jetzt.

Oma und Nanny näherten sich Agnes. Und beide legten ihr eine Hand auf die Schulter.

»Bist du sauer?« fragte Oma.

»Ja!«

»An deiner Stelle würde ich die Wut herauslassen«, meinte Nanny.

Agnes schloß die Augen, ballte die Fäuste, öffnete den Mund und schrie.

Es begann mit einem tiefen Ton. Staub rieselte von der Decke, und die Prismen des Kronleuchters klirrten.

Die Tonhöhe wuchs rasch durch die geheimnisvolle Grube bei vierzehn Hertz, in der das menschliche Bewußtsein vages Unbehagen gegenüber dem Universum und seinem Platz darin empfindet. Überall im Opernhaus vibrierten kleine Objekte, fielen von Regalen und zerbrachen auf dem Boden.

Schnell ging es höher die Tonleiter hinauf, was unter anderem dazu führte, daß in der Orchestergrube alle Violinensaiten rissen.

Aus dem Zittern der Prismen wurde ein lautes Klappern und Rasseln. In der Bar feuerten die Sektflaschen eine Korkensalve ab. Eis klirrte und splitterte in einem Kübel. In einer langen Reihe stehende Weingläser stimmten mit ein, bis ihre Konturen verschwammen und sie wie Distelwolle explodierten.

Die Schwingungen und Echos bewirkten Seltsames. In der Garderobe Nummer drei schmolz Fettschminke. Spiegel zersprangen und füllten die Ballettschule mit Myriaden von gebrochenen Bildern.

Staub wallte. Insekten fielen. Im Gestein des Opernhauses tanzten einige Sekunden lang winzige Quarzpartikel …

Dann folgte Stille, nur unterbrochen von vereinzeltem Klirren oder Pochen.

Nanny lächelte.

»Ah«, sagte sie. »*Jetzt* ist die Oper zu Ende.«

Salzella öffnete die Augen.

Leer und dunkel erstreckte sich die Bühne – trotzdem war sie hell. Ein gewaltiges, schattenloses Licht strömte von einer nicht lokalisierbaren Quelle herab, obgleich es, abgesehen von Salzella, nichts gab, das beleuchtet werden mußte.

In der Ferne erklang das Geräusch von Schritten. Es dauerte eine Weile, bis ihr Verursacher sichtbar wurde. Als er in der wie flüssigen Luft vor Salzella stehenblieb, schien er in Flammen aufzugehen.

Er trug rote Kleidung: einen roten Anzug mit roter Spitze, einen roten Umhang, rote Schuhe mit roten Schnallen sowie einen roten Hut mit breiter roter Krempe und einer langen roten Feder. In der einen Hand hielt er einen roten Spazierstock mit roten Bändern. Für jemanden, der seine Kleidung mit so großer Sorgfalt zusammengestellt hatte, war er bei der Maske erstaunlich nachlässig gewesen: Sie zeigte das schlichte Gesicht eines Totenschädels. So was konnte man praktisch an jeder Straßenecke kaufen. Salzella sah sogar das dünne Gummiband.

»Wo sind die anderen?« fragte er. Unangenehme Erinnerungen an die jüngsten Ereignisse regten sich in ihm. Sie blieben undeutlich, ließen nur Schlimmes ahnen.

Die Gestalt schwieg.

»Wo ist das Orchester? Was ist mit dem Publikum passiert?«

Die hochgewachsene rote Gestalt zuckte andeutungsweise mit den Schultern.

Salzella bemerkte weitere Einzelheiten. Was er bisher für die Bühne gehalten hatte, war ein Boden, der aus feinem Schotter zu bestehen schien. Die Decke war weit entfernt – sie konnte gar nicht weiter entfernt sein –, und kalte Lichtpunkte glühten in ihr.

»Ich habe dir eine Frage gestellt!«

SOGAR DREI, WENN MAN'S GENAU NIMMT.

Die Worte erschienen in Salzellas Ohren, ohne daß sie wie normale Töne reisen mußten.

»Warum antwortest du nicht?«

EINIGE DINGE MUSST DU SELBST HERAUSFINDEN, UND DIES IST EINS DAVON.

»Wer *bist* du? Du gehörst nicht zum Ensemble! Nimm die Maske ab!«

WIE DU WÜNSCHST. ICH LIEBE EINEN DRAMATISCHEN AUFTRITT.

Die Gestalt nahm ihre Maske ab.

»Und jetzt laß auch die andere Maske verschwinden!« rief Salzella und spürte die kalten Finger der Furcht.

Tod drückte eine verborgene Taste am Stock. Eine Klinge sprang daraus hervor, so dünn, daß sie transparent zu sein schien. Ihre Schneide glitzerte blau, als sie Luftmoleküle in ihre atomaren Bestandteile zerteilte.

OH, sagte er und hob die Sense. ICH SCHÄTZE, DA VERLANGST DU ZUVIEL VON MIR.

Es war finster im Keller, aber Nanny Ogg war allein durch die seltsamen Höhlen unter Lancre gewandert und zusammen mit Oma Wetterwachs im nächtlichen Wald unterwegs gewesen. Eine Ogg fürchtete sich nicht vor der Dunkelheit.

Sie entzündete ein Streichholz.

»Greebo?«

Stundenlang waren hier Leute umhergestapft, weshalb die Finsternis keine Geheimnisse mehr enthielt. Es hatte ziemlich lange gedauert, das ganze Geld nach oben zu schaffen. Bis zum Ende der Oper blieb der Keller in einen Schleier des Mysteriösen und Unheimlichen gehüllt. Jetzt gab es hier nur noch ... nun, feuchte Kammern. Wenn hier irgend etwas gelebt hatte, so war es inzwischen weitergezogen.

Nanny stieß mit dem Fuß an einen Topf.

Mit einem leisen Stöhnen sank sie auf ein Knie. Schlamm und Tonsplitter lagen auf dem Boden. Hier und dort, teilweise zerbrochen, lagen einige tote Zweige.

Nur ein Narr konnte auf die Idee kommen, in einem dunklen Keller Holzstücke in Schlamm zu stecken und zu hoffen, daß etwas daraus wuchs.

Nanny griff nach einem Zweig und schnupperte daran. Er roch nach Schlamm und sonst nach nichts.

Sie hätte gern gewußt, wie man es anstellte. Aus rein ... beruflichen Gründen, gewissermaßen. Und sie wußte, daß sie jetzt nicht mehr mit Aufklärung rechnen durfte. Walter war ein sehr beschäftigter Mann, oben, im Licht. Wenn etwas neu begann, mußte etwas anderes enden.

»Wir alle tragen Masken, von der einen oder anderen Art«, teilte sie der muffigen Luft mit. »Und es hat keinen Sinn, die Dinge erneut durcheinanderzubringen ...«

Die Kutsche fuhr erst um sieben Uhr morgens los. Nach Lancre-Begriffen war das praktisch Mittag. Die Hexen fanden sich schon früh an der Haltestelle ein.

»Ich hatte gehofft, noch ein paar Andenken kaufen zu können«, sagte Nanny. Sie stampfte mit den Füßen auf, um sich warm zu halten. »Für die Kinder.«

»Keine Zeit«, erwiderte Oma Wetterwachs.

»Was eigentlich keine Rolle spielt, da ich ohnehin kein Geld mehr habe, um *irgend etwas* zu kaufen«, fügte Nanny hinzu.

»Ist wohl kaum meine Schuld, wenn du es einfach verplemperst«, sagte Oma.

»Ich hatte gar keine Gelegenheit, es zu verplempern.«

»Geld nützt nur dann etwas, wenn man es verwendet.«

»Ja, stimmt. Zum Beispiel hätte ich *mein* Geld gern dazu verwendet, mir neue Stiefel zu kaufen.«

Nanny sprang mehrmals auf und ab und pfiff dabei an ihrem einen Zahn vorbei.

»Ich finde es nett von Frau Palm, daß wir gratis bei ihr wohnen durften«, sagte sie.

»Ja.«

»Nun, ich habe eine gewisse Gegenleistung erbracht; mit dem Klavierspielen und Witzeerzählen.«

»Da kann sich Frau Palm freuen«, meinte Oma.

»Nicht zu vergessen die von mir zubereiteten Appetithäppchen. Mit der *Besonderen Partysoße*.«

»Ja«, sagte Oma. Ihr Gesicht blieb ausdruckslos. »Erst heute morgen hat mir Frau Palm anvertraut, daß sie daran denkt, sich nächstes Jahr in den Ruhestand zurückzuziehen.«

Nanny sah erneut über die Straße.

»Die junge Agnes müßte jetzt jeden Augenblick eintreffen«, sagte sie.

»Glaubst du?« entgegnete Oma skeptisch.

»Eigentlich gibt es hier keine großen Aussichten für sie.«

Oma Wetterwachs schniefte. »Die Entscheidung liegt allein bei ihr.«

»Alle waren sehr beeindruckt, als du das Schwert mit der bloßen Hand festgehalten hast ...«

Oma seufzte. »Ha! Typisch für die Leute. Sie denken einfach nicht richtig nach. Weil sie zu faul sind. Sie überlegen nicht: Vielleicht hielt sie etwas in der Hand, ein Stück Metall oder so. Nicht eine Sekunde lang erwägen sie die Möglichkeit, daß es ein Trick gewesen sein könnte. Niemand kommt auf den Gedanken, nach einer ganz vernünftigen Erklärung zu suchen. Vermutlich glauben alle, es wäre Magie gewesen.«

»Ja, aber du hattest doch nichts in der Hand, oder?«

»Darum geht es nicht. Ich hätte etwas in der Hand halten *können.*« Oma sah über den Platz. »Außerdem versagt Magie bei Eisen.«

»Stimmt. Gegen Eisen läßt sich mit Magie nichts ausrichten. Hexen wie die Schwarze Aliss konnten ihre Haut angeblich härter als Stahl werden lassen. Aber ich nehme an, das ist nur eine alte Legende ...«

»Sie konnte es tatsächlich«, erwiderte Oma. »Aber man sollte nicht mit Ursache und Wirkung herumpfuschen. Letztendlich hat ihr das den Verstand geraubt. Aliss glaubte, abseits von Ursache und Wirkung stehen zu können. Aber das ist nicht möglich. Wenn man eine Schwertklinge mit der Hand festhält, verletzt man sich. Die Welt wäre ein schrecklicher Ort, wenn die Leute das vergäßen.«

»Aber *du* hast dich nicht verletzt.«

»Es war nicht meine Schuld. Ich hatte keine Zeit.«

Nanny behauchte ihre Hände. »Wenigstens ist der Kronleuchter nicht heruntergefallen«, sagte sie. »Das ist wirklich eine gute Sache. Ich habe mir gleich Sorgen gemacht, als ich das Ding zum erstenmal sah. Sieht viel zu dramatisch aus, dachte ich mir. Ein normaler Irrer hätte das Ding in den Saal stürzen lassen.«

»Ja.«

»Habe gestern abend vergeblich nach Greebo gesucht.«

»Gut.«

»Nun, er taucht immer wieder auf.«

»Schade.«

Es klapperte, als die Kutsche um die Ecke rollte.

Sie hielt an.

Der Kutscher zerrte an den Zügeln, drehte und verschwand wieder.

»Esme?« fragte Nanny nach einer Weile.

»Ja?«

»Ein Mann und zwei Pferde spähen da drüben um die Ecke.« Sie hob die Stimme. »Kommt her, ich weiß, daß ihr da seid! Um sieben Uhr soll die Kutsche abfahren! Hast du die Fahrkarten, Oma?«

»Ich?«

»Oh«, murmelte Nanny unsicher. »Wir ... äh ... haben also keine achtzig Dollar, um die Fahrt zu bezahlen?«

»Was steckt hinter den Gummibändern deines Schlüpfers?« fragte Oma, als sich die Kutsche vorsichtig näherte.

»Nichts, das sich in diesem Fall als Zahlungsmittel verwenden ließe, fürchte ich.«

»Dann ... können wir uns keine Fahrkarten leisten.«

Nanny seufzte. »Na schön. In dem Fall greife ich auf meinen Charme zurück.«

»Zu Fuß ist es ein langer Heimweg«, stellte Oma Wetterwachs fest.

Die Kutsche hielt an. Nanny sah zum Kutscher auf und lächelte unschuldig. »Guten Morgen, werter Herr!«

Der Mann bedachte sie mit einem furchtsamen und vor allem argwöhnischen Blick. »Ist es wirklich ein guter Morgen?«

»Wir würden gern nach Lancre reisen, aber unglücklicherweise sind wir derzeit indisponiert, in finanzieller Hinsicht, meine ich.«

»Seid ihr das?«

»Als Hexen hätten wir jedoch die Möglichkeit, auf andere Weise zu bezahlen. Zum Beispiel könnten wir dich von den kleinen Beschwerden befreien, die du vielleicht hast.«

Der Kutscher runzelte die Stirn. »Ich befördere euch nicht kostenlos, ihr alten Schachteln. Und ich habe keine kleinen Beschwerden.«

Oma trat vor.

»Möchtest du vielleicht einige große bekommen?« fragte sie.

Regen fiel auf die weite Ebene. Es war kein beeindruckender Gewitterregen wie in den Spitzhornbergen, eher ein beharrliches Nieseln, so träge wie ein dicker Hund. Die dunklen, tief hängenden Wolken folgten der Kutsche schon den ganzen Tag.

Die Hexen hatten das Passagierabteil ganz für sich allein. Einige Leute hatten die Tür geöffnet, als die Kutsche noch wartete. Doch beim Anblick der beiden Insassen änderten sie plötzlich ihre Reisepläne.

»Wir kommen gut voran«, sagte Nanny. Sie zog den Vorhang beiseite und sah nach draußen.

»Der Kutscher hat's vermutlich eilig.«

»Ja, das nehme ich an.«

»Schließ das Fenster. Es wird naß hier drin.«

»In Ordnung.«

Nanny griff nach der Schnur – und steckte den Kopf noch einmal hinaus in den Regen.

»Anhalten! Anhalten! Wir müssen sofort anhalten!«

Die Kutsche kam in spritzendem Schlamm zum Stehen.

Nanny öffnete die Tür. »Na so was! Ganz allein nach Hause zu laufen, und das bei diesem Wetter! Du holst dir noch den Tod!«

Regen und Nebel wallten herein. Ein zotteliges, durchnäßtes Etwas sprang über die Türleiste und kroch unter die Sitzbank.

»Er will unabhängig sein«, sagte Nanny. »Ach, ist er nicht lieb?«

Die Kutsche setzte sich wieder in Bewegung. Oma blickte über endlose dunkle Felder ins unaufhörliche Nieseln. Nach einer Weile bemerkte sie eine andere Gestalt, die im Schlamm neben der Straße stapfte … neben einer Straße, die irgendwann Lancre erreichte. Die Kutschenräder bespritzten den Wanderer mit Matsch.

»Ja«, sagte Oma und zog die Vorhänge zu. »Das Streben nach Unabhängigkeit ist wirklich sehr lobenswert.«

Die Bäume waren kahl, als Oma Wetterwachs zu ihrer Hütte zurückkehrte.

Der Wind hatte Samenkörner und kleine dünne Zweige unter der Tür hindurchgeweht. Es galt, Blätter fortzufegen und Holzscheite unterm Dachvorsprung zu stapeln. Der von den Herbststürmen zerrissene Windsack hinter den Bienenstöcken wartete darauf, geflickt zu werden. Die Ziegen brauchten Heu. Außerdem durfte Oma nicht zu lange damit warten, die Äpfel auf dem Dachboden zu verstauen. Und die Wände konnten eine neue Schicht aus weißer Tünche vertragen.

Doch bevor sie sich um diese Dinge kümmerte, mußte sie etwas anderes hinter sich bringen. Die übrigen Aufgaben wurden dadurch schwieriger, aber daran ließ sich nichts ändern. Bei Eisen versagte Magie. Und man konnte keine Schwertklinge mit der bloßen Hand festhalten, ohne sich zu verletzen. Wenn das nicht mehr stimmte, geriet die ganze Welt außer Rand und Band.

Oma kochte sich Tee und setzte anschließend erneut Wasser auf. Einer Schachtel auf der Anrichte entnahm sie eine Handvoll Kräuter und gab sie in eine Schüssel mit dampfendem Wasser. Sie öffnete eine Schublade, holte eine Verbandsrolle daraus hervor und legte sie neben die Schüssel. Sie fädelte eine besonders spitze Nadel ein und legte Nadel und Faden dann neben die Verbandsrolle. Sie schöpfte etwas grüne Salbe aus einer Dose und schmierte sie auf ein Stück Mull.

Damit schienen alle Vorbereitungen getroffen zu sein.

Oma setzte sich und legte den einen Arm so auf den Tisch, daß die Handfläche nach oben zeigte.

»Nun«, teilte sie dem Universum mit, »ich glaube, jetzt habe ich Zeit.«

Der Abort mußte erneuert werden, was Oma gern selbst erledigte. Es konnte sehr angenehm sein, ein tiefes Loch zu graben. Es war *unkompliziert*. Bei einem Loch im Boden wußte man genau, woran man war. Erde kam nicht auf komische Gedanken und glaubte nicht an die Ehrlichkeit von Leuten, nur weil sie einen ruhigen Blick oder einen festen Händedruck hatten. Sie lag einfach nur da und wartete darauf, bewegt zu werden. Und *nachher* konnte man das angenehme Wissen genießen, daß man diese Arbeit erst in einigen Monaten wiederholen mußte.

Als Oma unten im Loch grub, fiel ein Schatten auf sie.

»Guten Tag, Perdita«, sagte sie, ohne aufzusehen.

Sie hob den Spaten in einem Bogen auf Kopfhöhe, und Lehmbrocken sausten über den Rand des Loches hinweg.

»Bist auf Besuch hier, nicht wahr?« fügte Oma hinzu.

Sie rammte den Spaten in den Boden, schnitt eine Grimasse und drückte ihn mit dem Fuß tiefer ins Erdreich.

»Bei der Oper kommst du gut zurecht, oder?« fragte sie. »Obwohl … Ich kenne mich da natürlich nicht aus. Aber es freut mich immer, wenn junge Leute versuchen, in der großen Stadt ihr Glück zu machen.«

Oma hob mit einem freundlichen Lächeln den Kopf.

»Hast auch abgenommen.« Unschuld klebte an ihren Worten wie Zuckerwatte an einer Lippe.

»Ich … bewege mich viel«, erwiderte Agnes.

»Oh, Bewegung kann gewiß nicht schaden«, sagte Oma und grub weiter. »Obwohl es heißt, daß man auch zuviel davon haben kann. Wann kehrst du zurück?«

»Ich ... weiß noch nicht.«

»Nun ... es hat nicht *immer* Sinn, alles im voraus zu planen. Vermeide es, dir selbst Fesseln anzulegen, so lautet mein Motto. Wohnst bei deiner Mutter, nehme ich an?«

»Ja«, bestätigte Agnes.

»Magrats Hütte steht noch immer leer. Du würdest allen einen Gefallen tun, wenn du dort ein wenig lüftest. Du weißt schon ... solange du hier bist.«

Agnes schwieg. Ihr fiel keine passende Antwort ein.

»Komische Sache«, sagte Oma und hackte mit dem Spaten in eine Baumwurzel, die hartnäckigen Widerstand leistete. »Normalerweise spreche ich nicht darüber, aber neulich fiel mir ein, daß ich mich in meiner Jugend einmal Endemonidia nannte ...«

»*Tatsächlich*? Wann?«

Oma rieb sich mit der verbundenen Hand die Stirn und hinterließ einen roten Striemen.

»Oh, nur drei oder vier Stunden lang«, entgegnete sie. »Manche Namen sind einfach nicht von Dauer. Man lege sich nie einen Namen zu, mit dem man nicht auch den Boden schrubben kann.«

Sie warf den Spaten aus dem Loch. »Hilfst du mir hoch?«

Agnes reichte ihr die Hand, und kurze Zeit später stand Oma Wetterwachs neben dem Loch. Sie klopfte sich Schmutz von der Schürze und versuchte, den Lehm von den Stiefeln zu stampfen.

»Zeit für eine Tasse Tee. Meine Güte, du siehst wirklich gut aus. Liegt sicher an der frischen Luft. Im Opernhaus fand ich's zu stickig.«

Agnes versuchte vergeblich, in Omas Augen etwas anderes zu entdecken als Ehrlichkeit und guten Willen.

»Ja, das stimmt«, sagte sie. »Äh ... hast du dich an der Hand verletzt?«

»Oh, das heilt früher oder später. Wie viele andere Dinge auch.«

Oma legte sich den Spaten über die Schulter und schritt zur Hütte. Auf halbem Weg blieb sie stehen und drehte sich um.

»Wenn du mir eine Frage gestattest, als Nachbarin, die Anteil nimmt, ich meine, das ist doch nur menschlich ...«

Agnes seufzte. »Ja?«

»Hast du an deinen Abenden viel zu tun?«

Es steckte gerade noch genug Rebellion in Agnes, um ihrer Stimme sarkastische Schärfe zu verleihen. »Ach? Bietest du mir an, mich etwas zu lehren?«

»Dich etwas zu lehren?« wiederholte Oma Wetterwachs. »Nein. Dafür fehlt mir die Geduld. Aber vielleicht lasse ich dich etwas lernen.«

»Wann werd'n wir drei uns wiedersehen?«

»Wir sind doch noch gar nicht zusammengetroffen.«

»Natürlich sind wir das. Schon sehr oft. Ich meine, wir kennen uns seit mindestens ...«

»Ich meine, wir *drei* sind noch nicht zusammengetroffen. Zumindest nicht offiziell.«

»Na schön ... Wann werd'n wir drei uns ... sehen?«

»Wir sind schon hier.«

»Na gut. Wann werd'n ...«

»Sei still und hol das Brot. Agnes, gib Nanny das Brot.«

»Ja, Oma.«

»Und verbrennt meine Scheiben nicht.«

Oma lehnte sich zurück. Es war eine klare Nacht, obwohl die Wolken am mittwärtigen Horizont Schnee in Aussicht stellten. Das Feuer prasselte, und Funken stoben den Sternen entgegen.

Oma Wetterwachs sah sich stolz um.

»Ist das nicht nett?« fragte sie.